Arthur C. Clarke
Simon Welfare · John Fairley

GEHEIMNISVOLLE WELTEN

An den Grenzen unserer Wirklichkeit

Mit 174 meist farbigen Fotos und Zeichnungen

Weltbild Verlag

Genehmigte Lizenzausgabe für Weltbild Verlag GmbH, Augsburg 1990

Titel der englischen Ausgabe: »Mysterious World«

Die englische Ausgabe wurde von Rainbird Publishing
Group Limited, 36 Park Street, London, gestaltet
Aus dem Englischen von Siglinde Summerer und Gerda Kurz
Umschlaggestaltung: Peter Engel, Grünwald
Gesamtherstellung: Appl, Wemding
Printed in Germany
ISBN 3-89350-217-3

Inhalt

Vorwort

Die in diesem Buch behandelten Themen wurden von Simon Welfare, John Fairley und mir in monatelangen Diskussionen ausgewählt. Ich bin schon immer eine Leseratte gewesen und habe alles verschlungen, was mir in die Finger kam (schon als Schuljunge habe ich mich durch die Bibliothek von Tauton hindurchgefressen). In diesen über fünfzig Jahren bin ich auf zahllose Rätsel und Geheimnisse gestoßen, die mich nicht mehr aus ihrem Bann ließen. Viele dieser Rätsel sind inzwischen gelöst, die meisten jedoch nicht, und aus diesen haben wir unsere Themen ausgewählt. Auf meine Vorschläge hin haben sich Simon, John und ihre Kollegen an die Erforschung gemacht und Kamerateams in alle Welt auf die Suche nach geeignetem Filmmaterial gesandt. Wir hoffen, daß sich unsere Mühe gelohnt hat und wenigstens *einige* der Geheimnisse aufgeklärt werden können. Aber ich glaube doch ganz im Sinne meiner Freunde zu sprechen, wenn ich sage, ich wunschte nichts weniger, als alle Rätsel gelöst zu sehen, was allerdings auch nicht zu befürchten steht …

Der folgende Haupttext stammt von Simon und John, die das Buch und eine Fernsehserie zusammengestellt haben. Natürlich treten bei so umstrittenen Gegenständen wie UFOs, Seeschlangen, unbekannten Monstern und anderen Exponaten unseres »Kuriositätenkabinetts« die verschiedensten Meinungen und Gesichtspunkte auf. Da ich jedoch mit meinen Kollegen im wesentlichen übereinstimme, habe ich ihre Darstellung nicht angetastet, sondern lediglich, wenn ich meinte, zur Diskussion noch etwas beitragen zu können, einzelnen Kapiteln einen Kommentar angefügt. In vielen Fällen jedoch habe ich Wittgensteins weisen Rat befolgt: »Worüber man nichts zu sagen weiß, darüber schweige man.«

Einleitung von Arthur C. Clarke

Geheimnisse treten in so vielerlei Gestalt und Größe auf, daß es nahezu unmöglich ist, sie in ein Schema einzuordnen. Als brauchbar erweist sich eine Einteilung in drei Kategorien entsprechend unserem gegenwärtigen Wissensstand, die wir, eine fremde Terminologie übernehmend, Geheimnisse der Ersten, der Zweiten und der Dritten Art nennen wollen.

Unter Geheimnissen der Ersten Art verstehen wir alle Phänomene, die den Menschen einst zutiefst verwirrten, heute jedoch vollständig aufgeklärt sind. In diese Kategorie gehören praktisch alle Naturerscheinungen, so auch, um eins der bekanntesten und schönsten Beispiele herauszugreifen, der Regenbogen. Er muß für den frühen Menschen ein ehrfurchtgebietender, ja schreckenerregender Anblick gewesen sein, da er ihn sich nur als das Werk einer überlegenen Intelligenz erklären konnte. Bestätigung dafür ist die Stelle in der Genesis, in der Jahwe Noah verheißt, sein Zeichen an den Himmel zu setzen.

Erklären konnte das Phänomen des Regenbogens erst Sir Isaac Newton durch den Beweis, daß »weißes« Licht in Wirklichkeit eine Mischung aller möglichen Farben darstellt, die durch ein Prisma – oder auch durch vom Himmel fallende Wassertropfen – in ihre Bestandteile zerlegt werden kann. Nach der Veröffentlichung von Newtons »Optics« 1704 haftete dem Regenbogen nichts Geheimnisvolles mehr an; sein Zauber und seine Schönheit dagegen blieben erhalten. Nur törichte Leute fürchten, die Wissenschaft könnte die Wunder aus der Welt schaffen; in Wirklichkeit trifft das Gegenteil zu. *Echtes* Verstehen ist nicht nur nützlicher als Aberglaube oder Mythos, sondern eröffnet in den meisten Fällen auch viel interessantere Perspektiven. Außer dem Regenbogen gibt es noch zahllose andere Geheimnisse der Ersten Art, so das noch eindrucksvollere Polarlicht. Erst seit dem Anbruch des Raumzeitalters wissen wir, daß es auf einer von der Sonne ausgesandten elektrischen Korpuskularstrahlung beruht, die in der höheren Atmosphäre durch das Magnetfeld der Erde eingefangen wird. Aber selbst heute müssen noch viele Einzelheiten geklärt werden, wenn auch an den allgemeinen Prinzipien nicht mehr zu rütteln ist.

Natürlich gibt es, übrigens sehr zur Freude der Philosophen, für *nichts* eine wirklich erschöpfende, endgültige »Erklärung«; hinter jedem Geheimnis tut sich ein neues, noch unergründlicheres auf. Gewiß, der Regenbogen entsteht durch Brechung, Spiegelung und Beugung des Lichtes – aber was ist das Licht selbst? Und so geht es weiter ohne Ende. Die meisten von uns jedoch begnügen sich mit der Antwort auf Grund des gesunden Menschenverstandes und nehmen dem Universum gegenüber die Haltung des Mannes von der Straße ein, die der Komiker Shelley Berman so treffend mit den Worten umriß: »Man reiche einem Philosophiestudenten ein Glas Wasser, und er wird fragen: ›Ist das wirklich ein Glas Wasser? Und wenn ja, *warum?*‹ und so vor lauter Wissensdurst schließlich noch verdursten.«

Geheimnisse der Zweiten Art – und um diese geht es uns in diesem Buch und der ihm zugrunde liegenden Fernsehserie – sind heute *noch* Geheimnisse, auch wenn wir uns in manchen Fällen die Lösung des Rätsels bereits recht gut vorstellen können. Oft allerdings liegt die Schwierigkeit gerade darin, daß wir zu viele Lösungen parat haben, wo wir doch mit einer einzigen zufrieden wären – aber die anderen scheinen nicht weniger richtig zu sein. Das eindrucksvollste Beispiel in unserer Zeit ist natürlich das UFO-Phänomen, bei dem die Erklärungen von psychischen Manifestationen über atmosphärische Effekte bis zum Besuch außerirdischer Raumschiffe reichen und sich unter den Deutern, um alles noch komplizierter zu machen, ebenso unverbesserliche Phantasten wie nüchterne Wissenschaftler finden (wobei hier selbstverständlich auch schwachköpfige Wissenschaftler nicht fehlen). In diesem Zusammenhang möchte ich jedoch zu dem umstrittenen Thema der UFOlogie nur sagen, daß dort, wo es so viele Antworten gibt, mit den Fragen etwas nicht stimmen kann.

Ein anderes Rätsel, das die Gemüter gleichfalls, wenn auch nicht ganz so heftig erregt, gibt uns die große Seeschlange auf. Die meisten Zoologen schließen die Existenz großer, bislang unentdeckter Meereslebewesen nicht aus, die unter Umständen, wie der Quastenflosser oder Coelacanthus, sogar aus der Frühzeit unserer Erde stammen könnten. Sollten sich aber in unseren Gewässern tatsächlich noch urzeitliche Seeschlangen tummeln, müßte uns eines Tages auch der Nachweis gelingen (wenngleich nicht unbedingt, könnte doch in eben diesem Augenblick das letzte überlebende Exemplar durch eine Überdosis an Industrieabwässern den Geist aufgeben).

Klammert man ein solch ungewöhnliches Pech aber einmal aus, so werden die meisten Geheimnisse der Zweiten Art letztendlich aufgeklärt und unter Geheimnisse der Ersten Art eingestuft. Wir selbst haben das Glück, diesen Prozeß wie keine andere Generation vor uns mitzuerleben. In unserer Zeit wurden Fragen, die frühere Jahrhunderte bedrängten, beantwortet, Fragen, die jenseits einer Klärung zu liegen schienen. So haben wir, um gleich das dramatischste Beispiel anzuführen, die Rückseite des Mondes erforscht, die, ehedem Symbol alles Unbekannten schlechthin, heute mit ihren Ebenen und Kratern nicht nur kartographisch vollständig erfaßt ist, sondern vom Menschen auch schon mit bloßem Auge betrachtet wurde.

Daneben gibt es aber auch einige Geheimnisse der Zweiten Art, die es wohl für immer bleiben werden, vor allem solche, in denen es um geschichtliche Ereignisse geht, da sich verlorengegangenes oder gar vernichtetes Beweismaterial nicht wieder beschaffen läßt. So kann man zwar endlose Mutmaßungen über so berühmte Rätsel wie die wahre Identität von Kaspar Hauser oder der sogenannten Dark Lady in Shakespeares Sonetten oder Homer anstellen, aber falls nicht eine Methode, in die Vergangenheit zurückzuschauen, erfunden wird – was freilich höchst unwahrscheinlich, wenn auch nicht gänzlich unmöglich ist –, werden wir die Wahrheit wohl nie erfahren. Die Naturwissenschaftler haben es hier wesentlich besser, da die Natur keine Beweise vernichtet und sie so im Gegensatz zu den Historikern letztlich alle Fragen, die sie stellen, einmal werden beantworten können, auch wenn sie dabei auf neue, noch schwierigere stoßen.

Geheimnisse der Dritten Art sind von allen die seltensten. Über sie gibt es nicht viel zu sagen, ja, einige Skeptiker bestreiten sogar, daß es sie überhaupt gibt. Bei dieser Kategorie handelt es sich um Erscheinungen oder Ereignisse, für die sich allem Anschein nach *keine* vernünftige Erklärung finden läßt; und wenn in dem einen oder anderen Fall dennoch eine Theorie aufgestellt wurde, so ist diese womöglich noch phantastischer als die »Fakten« selbst.

Das Paradebeispiel dafür ist ein so schreckliches, daß man Material darüber, selbst wenn es vorläge, lieber nicht in eine Fernsehsendung aufnähme: Ich meine das außergewöhnliche Phänomen der menschlichen Selbstentzündung.

In der Tat kennen wir eine ganze Reihe medizinisch offenbar sicher verbürgter Fälle, in denen menschliche Körper in kürzester Zeit unter Einwirkung einer außergewöhnlichen Hitze zerstört wurden, *während die Umgebung – sogar die Kleider des Opfers! – oft unversehrt blieb.* Charles Dickens hat uns in *Bleak House* eine klassische Schilderung dieses Vorgangs hinterlassen, aber auch im wirklichen Leben haben sich Dutzende ähnlicher Vorfälle ereignet – wahrscheinlich noch weit mehr, über die nie berichtet wurde.

Gewöhnlich besteht beim menschlichen Körper keine Feuergefahr; seine Einäscherung erfordert im Gegenteil sogar eine beträchtliche Menge Brennstoff. Wie also sollte man diesem Geheimnis je auf die Spur kommen ohne eine Fülle weiteren Beweismaterials – das sich aber im Grunde niemand wünschen kann.

Ein nicht so entsetzliches, wiewohl gelegentlich ebenfalls recht beängstigendes Geheimnis der Dritten Art ist der Poltergeist. Gewiß ist bei solchen Phänomenen eine gesunde Portion Skepsis angebracht, da außergewöhnliche Ereignisse auch außergewöhnliche Überprüfungsmaßstäbe erfordern, aber es liegt doch eindrucksvolles Beweismaterial dafür vor, daß kleine Gegenstände ohne ersichtliche physikalische Ursache durch die Luft fliegen bzw. materialisiert werden können. Gewöhnlich steckt ein medial veranlagter Jugendlicher dahinter, und obwohl Jugendliche auch ohne paranormale Mittel durchaus imstande sind, die Welt auf den Kopf zu stellen, läßt sich das Schema doch über so viele Kulturen und so lange Zeiten hin verfolgen, daß man in der Tat auf *irgend etwas* Sonderbares schließen kann. In diesem Fall aber stehen wir vor einem eindeutigen Rätsel, und Etiketten wie »Psychokinese« dienen lediglich als Feigenblätter zur Kaschierung unserer Unwissenheit.

Geheimnisse der Dritten Art haben wir, und wie mir scheint aus gutem Grund, in unsere Auswahl nicht aufgenommen. Erstens ist ihre Existenz noch umstritten, das heißt, Diskussionen über ihr Vorkommen wären nicht überzeugend und insofern unbefriedigend. Im günstigsten Fall würden die Diskussionsteilnehmer darin übereinstimmen, daß sie nicht übereinstimmen; im ungünstigsten Fall würden die Gespräche als Schimpfkanonaden enden, bei denen es Vorwürfe wie Betrug oder Engstirnigkeit nur so hagelte, was sich eine Weile ja ganz amüsant anhören mag, auf die Dauer aber eher langweilt.

Zweitens beschränkt sich das verfügbare Beweismaterial in den meisten Fällen auf Augenzeugenberichte – für den Rundfunk wohl zum großen Teil recht brauchbar, für das Fernsehen dagegen magere Kost, es sei denn, man mogelte und »rekonstruierte« die berichteten Vorfälle – eine doch äußerst fragwürdige Methode, zu der sich *meine* Kollegen, versteht sich, niemals hergeben würden ...

Und schließlich und endlich, wohin sollte uns auch der Nachweis führen, daß es ein bestimmtes Geheimnis der Dritten Art wirklich gibt? Gewiß ist es außerordentlich wichtig, anomale Vorgänge jenseits der Grenzen der anerkannten Wissenschaft schlüssig zu beweisen, da unser Wissen durch solche Entdeckungen erweitert wird. Andererseits aber läßt sich, solange keine einleuchtende Theorie oder Arbeitshypothese aufgestellt werden kann, wenig Vernünftiges darüber sagen. Kaum etwas ist so unerfreulich wie ein vereinzeltes Rätsel, das sich mit Hilfe der Vernunft anscheinend *nicht* erklären läßt. Bei den Geheimnissen der Zweiten Art ist immerhin etwas vorhanden, woran wir uns die Zähne ausbeißen können.

Falls jedoch die Geheimnisse der Dritten Art tatsächlich existieren, so werden sie schnell zu Geheimnissen der Zweiten Art aufrücken und schließlich in die erste Kategorie eingeordnet werden. Beweis dafür ist die Entdeckung der Radioaktivität Ende des 19. Jahrhunderts, als die Naturwissenschaftler der spätviktorianischen Zeit zu ihrem maßlosen Erstaunen feststellen mußten, daß bestimmte Uranverbindungen beständig Energie ausstrahlen – eine Entdeckung, die nicht nur völlig unerwartet kam, sondern sich auch mit dem damaligen Wissensstand der Physik in keiner Weise vereinbaren ließ. Dennoch war an der Tatsache als solcher bald nicht mehr zu rütteln, und binnen kürzester Zeit gewann die Wissenschaft auf dieser Grundlage erstmals Einblick in den Atomaufbau.

Daß sich bei den paranormalen Phänomenen keine vergleichbare Entwicklung vollzog, spricht allein schon gegen ihre Existenz. In der Tat ist es den Fürsprechern des Übersinnlichen nach über hundert Jahren noch immer nicht gelungen, die Mehrheit ihrer Wissenschaftlerkollegen davon zu überzeugen, daß doch »etwas dran ist«. Ja, die Strömung scheint sich neuerdings sogar gegen sie zu kehren, da unlängst einige Betrugsmanöver und unglaublich unseriöse Techniken aufgedeckt wurden und auf diese Weise scheinbar sicher verbürgte Resultate erneut ins Zwielicht gerieten.

Aber das Urteil ist noch nicht gefällt und wird in unserer Zeit auch nicht mehr gefällt werden. Fest steht lediglich, daß die Wissenschaftsgläubigen, die von den Naturwissenschaften eine Erklärung für alles erwarten, ebenso töricht sind wie diejenigen, die die phantastischsten Geschichten trotz dürftigster Begründung akzeptieren.

Damit komme ich zu meinem letzten Punkt. Eingangs habe ich drei Arten von Geheimnissen genannt. Hier nun möchte ich noch eine vierte hinzufügen: die Geheimnisse der Nullten Art.

Das einzig Geheimnisvolle an ihnen ist, daß sie überhaupt jemals als Geheimnisse gelten konnten. Nehmen wir zum Beispiel den klassischen Fall des Bermuda-Dreiecks, über das von zahllosen Schriftstellern, mitunter wohl sogar im guten Glauben, wieder und wieder der gleiche Unsinn verbreitet worden ist. Geht man aber all den Geschichten über die in dieser Region verschwundenen Flugzeuge und Schiffe anhand der *ursprünglichen* Quellen auf den Grund, so bleiben nur die üblichen, völlig erklärbaren Alltagstragödien übrig. Ja, man muß sich im Gegenteil sogar wundern, wie es der Küstenwacht von Florida gelingt, dafür Sorge zu tragen, daß in diesem Dreieck, in dem es von Amateurseglern und Wochenendpiloten mit oft völlig unzulänglicher Ausrüstung nur so wimmelt, *nicht noch mehr* verschwindet.

Ein Blick ins Schaufenster einer Buchhandlung zeigt, welcher Beliebtheit sich die Geheimnisse der Nullten Art – geistiges Opium unserer Generation – in den Paperbackreihen erfreuen. Es ist ein Jammer, daß Bücher, die den Geist verwirren, nicht wie folgt gebrandmarkt werden können: VORSICHT! DURCH DIE LEKTÜRE DIESES BUCHES KANN IHR VERSTAND SCHADEN NEHMEN! Aber die praktischen Schwierigkeiten liegen auf der Hand. Dennoch ist es schade, daß nicht irgendein Wohltäter in einem Anflug von Gemeinsinn Exemplare der letzten Bücher über fliegende Untertassen, Atlantis oder den Pyramidenunsinn aufkaufen und den Autor wegen Unfähigkeit verklagen kann.

Manche dieser Machwerke sind freilich ganz harmlos, und gelegentlich kann sogar der größte Schund einem Menschen die Augen für die Wunder des Alls öffnen (wie auch ein schlechter Science-fiction-Roman den Horizont erweitern kann). Umgekehrt aber vermag das Treiben von Betrügern, verschrobenen Phantasten und Schwindlern die ernsthafte Untersuchung und Aufklärung echter Geheimnisse nachhaltig zu behindern. So ist die Idee, die Erde könnte von extraterrestrischen Wesen aufgesucht worden sein, durchaus vernünftig, ja, ich fände es sogar verwunderlich, wenn es in all den Jahrmilliarden nicht dazu gekommen wäre. Unseligerweise aber haben das gefälschte »Beweismaterial« und die unsinnigen Deutungen archäologischer Gegebenheiten, die sich in manchen Büchern finden, seriösen Forschern das Thema verleidet. Ganz ähnlich verhält es sich mit der Erforschung der UFOs – die sich trotz all des Nonsens, der darüber verbreitet worden ist, als wichtig und interessant erweisen kann.

Meine Hoffnung ist, daß dieses Buch wie die ihm zugrunde liegende Fernsehserie allen an der Wahrheit Interessierten helfen möge, zwischen echten und falschen Geheimnissen zu unterscheiden. Wahre Weisheit ist, wie stets, auf dem schmalen Pfad zwischen Skepsis und Leichtgläubigkeit zu suchen. Das Universum birgt so viel an Seltsamem und Wunderbarem, daß die wildeste Phantasie nicht an die Wirklichkeit heranreicht; immer wird es Unbekanntes und vielleicht vom Menschen nicht zu Ergründendes geben.

Ein Glück im übrigen für uns, bedeutet es doch, daß, welche Gefahren der Menschheit in Zukunft auch drohen mögen, die der Langeweile nicht dazugehören wird.

Arthur C. Clarke, Colombo, Januar 1980

1

Der Affenmensch oder das fehlende Glied in der Evolutionskette

Die Fußspuren, die auf diesen Seiten auftauchen, sind von den Gipfelhöhen des Himalaja, den Bergen Georgiens, Nordwestamerikas und Kanadas in die Phantasie Tausender eingegangen, haben Wissenschaftler und Zoologen, Bergsteiger und Schausteller davon träumen lassen, das fehlende Glied in der Evolutionskette aufzuspüren, jenes aus unzähligen Fabelmärchen bekannte, halb affen-, halb menschenähnliche Geschöpf. Diese Spuren haben auf ihrem langen Weg aber auch so manchen um seinen guten Ruf gebracht, Mammutexpeditionen ausgelöst und dafür gesorgt, daß sogar gerissenen Geschäftsleuten das Geld aus der Tasche gezogen wurde.

Das geheimnisvolle, als Urheber der Spuren geltende Wesen, das als »der scheußliche Schneemensch«, »Bigfoot« oder der russische »Bergmensch« durch die unglaublichsten Geschichten geistert, erweist sich als ein rechter Kinderschreck: 2,10, 2,40, ja gar 2,70 m soll er nach den Beschreibungen groß sein, ein abstoßend häßliches Gesicht haben und mit langen Haaren bedeckt sein, die Kraft besitzen, ausgewachsenen Rindern das Genick zu brechen, er soll schneller rennen können als Mensch oder Hund oder, laut russischer Darstellung, sogar Pferd, über Jungfrauen herfallen und Männer mit seiner Keule erschlagen.

Andererseits hält Lord Hunt, der Leiter der ersten erfolgreichen Everest-Expedition, die Existenz eines solchen Geschöpfes durchaus für möglich, zumal er und seine Frau 1978 im Himalaja überzeugende Spuren fanden und photographierten. Und ebenso ist Dr. Grover Krantz von der amerikanischen Washington State University von der Existenz Bigfoots oder Sasquatchs (wie ihn die nordamerikanischen Indianer nennen) überzeugt. 1978 veranstaltete die University of

Links: Yeti-Fußspuren am Annapurna, aufgenommen von Don Whillans

Rechts: Von Lord Hunt 1978 im Himalaja photographierte Yeti-Fußspuren

British Columbia ein Akademikertreffen, bei dem 35 von Universitäten aus aller Welt eingereichte wissenschaftliche Abhandlungen mit Analysen und Spekulationen zur Debatte standen. In Rußland widmet sich eine ganze Abteilung unter der Leitung von Professor N. I. Burtschak Abramowitsch im georgischen Tbilisi der Erforschung des »Neandertal-Bergmenschen«, und »Hsin-hua«, die Nachrichtenagentur der Volksrepublik China, verbreitet dann und wann die Meldung, chinesische Soldaten hätten in Tibet einen Schneemenschen erlegt und verzehrt. Die Berichte derer gar, die in den wilden Landstrichen beidseits der von Kanada über Washington bis Oregon längs der amerikanischen Pazifikküste nach Süden verlaufenden Kaskadenkette einen Bigfoot oder Sasquatch gesehen haben wollen, gehen bereits in die Hunderte.

Auch in allerjüngster Vergangenheit, nämlich 1979, entdeckte eine britische Expedition bei der Erstbesteigung eines 4520 m hohen Himalajagipfels im Hinken Valley deutliche Fußspuren und vernahm »gellende Schreie«.

Wie der Führer der Seilschaft, Major John Edwards von der Royal Air Force, ausführte: »finden sich im Himalaja handfeste Hinweise auf die Existenz eines sonderbaren Lebewesens. Einer der von uns gesichteten Fußabdrücke ließ an Deutlichkeit nichts zu wünschen übrig, wie auch unsere Aufnahmen wohl alles bisherige Bildmaterial übertreffen. Außerdem konnten wir dieses gellende Schreien hören, das nach Aussage der Sherpas von einem Yeti stammte.«

Obgleich die meisten Zoologen die Vorstellung von der Existenz eines bislang unentdeckten menschenähnlichen Lebewesens, eines fehlenden Gliedes in der Evolutionskette, spöttisch belächeln, so hat doch kein Geringerer als der große Charles Darwin der zahlenstarken Schar der Yeti-Jäger die theoretischen Grundlagen geliefert. Namentlich in der UdSSR ist man der Überzeugung, Darwins Entwicklungslehre beinhalte ein »fehlendes Glied«, und in der Tat fände ein menschenscheues Geschöpf in den gewaltigen, auf keiner Landkarte erfaßten Bergen im zentralasiatischen Teil der Sowjetunion sicheren Unterschlupf.

Das Gebiet, in dem Yeti und Alma gesichtet wurden

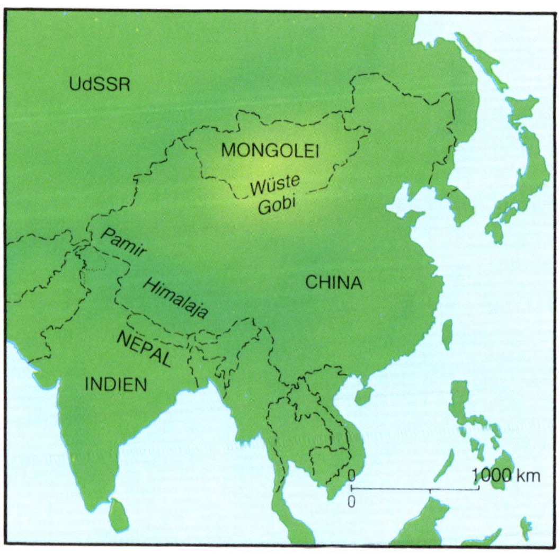

Aber auch wer von Nordindien nach Nepal, Sikkim, Bhutan oder über die alte indische Nordostgrenze fliegt, sieht eine unwirtliche und zumeist so gut wie unbesiedelte Berg- und Hügelkette nach der anderen unter sich auftauchen.

Und selbst im pazifiknahen Nordwesten Nordamerikas bedecken dichte Wälder das Land am Columbia River. In diesem Gebiet, in dem man oft 80 km zurücklegen muß, ehe man auf die nächste kleine Straße stößt, sind seit dem Zweiten Weltkrieg über 70 Flugzeuge spurlos verschwunden. Das brachte bei den Ortskundigen den makabren Witz in Umlauf, außer Sasquatch oder Bigfoot müsse im Bergland wohl noch ein anderes, flugzeugfressendes Ungeheuer auf der Lauer liegen. Letztlich aber genießt doch der »scheußliche Schneemensch« von allen »fehlenden Affenmenschen« das größte Ansehen.

Der scheußliche Schneemensch

Denn der »scheußliche Schneemensch« oder der Yeti, wie ihn die Sherpas nennen, ist unter den geheimnisvollen Affenmenschen des Hochlandes zweifellos der eindrucksvollste. So dicht das Gespinst aus Einbildung, Glaube, Sage, Verdrehung und Geschäftstüchtigkeit, das ihn umgibt, auch anmutet, so soll er doch von angeblich zuverlässigen Zeugen gesehen worden sein. Man hat seine Exkremente untersucht und seine Spuren unter offenbar unanfechtbaren Umständen aufgenommen und analysiert, und so scheint das Beweismaterial für die Existenz dieses Wesens, das bei den Expeditionen der späten fünfziger und der sechziger Jahre noch als Ausgeburt der Phantasie abgetan wurde, mit jedem Jahr zuzunehmen.

Wer nach Katmandu fliegt, sieht sich schon vor der Ankunft in den Yeti-Geschäftsrummel hineingezogen. Zugegeben: Wenn die Maschine der Royal Nepalese Airlines über die niedrigeren Bergketten mit ihren auf steil abfallenden Höhen liegenden Dörfern gleitet, die scheinbar stündlich vom Absturz in die Schluchten bedroht sind, und plötzlich die weißen, gezackten Gipfel der Himalajariesen aus der Wolkendecke auftauchen, dann erscheinen Vorstellungen von fernen paradiesischen Horizonten, von unentdeckten Tälern und unbekannten Stämmen, erscheint selbst der Gedanke an die Existenz des Yeti so abwegig nicht. Aber wenn der Fluggast dann die Speisekarte für den Yeti-Service der Fluggesellschaft aus dem Netz am Vordersitz zieht und sich vergegenwärtigt, daß das von ihm gebuchte, im Auftrag der Weltbank erbaute Hotel den Namen *Yak and Yeti* trägt, dann werden ihm die Augen geöffnet über die geschäftliche Seite der Yeti-Sage, und ihm wird bewußt, daß dieses geheimnisumwitterte Geschöpf womöglich Nepals Hauptdevisenbringer ist.

Im übrigen erzählen sich auch die Nepalesen, besonders die im Hochgebirge hausenden Sherpas, zahllose Geschichten über den Yeti. Der Abt des im Schatten des Everest gelegenen Klosters Thyangboche spricht ganz sachlich über die Schneemenschen, die seinem Klostergarten angeblich so manchen Besuch abstatten, und Jahr für Jahr laufen in Katmandu neue, in lebhaften Farben gehaltene Schilderungen von Yeti-Überfällen um. Das Sherpamädchen Lakhpa Domani beschrieb dem im Bereich des Dorfes Machherma im Everestgebiet eingesetzten freiwilligen Entwicklungshelfer William Weber einen solchen Zwischenfall folgendermaßen: Als sie, an einem Fluß sitzend, ihre Yaks hütete, habe sie plötzlich ein Geräusch vernommen, sich umgewandt und ein riesenhaftes, affenähnliches Geschöpf mit großen Augen und vorstehenden Backenknochen vor sich gesehen. Der mit schwarzem und rotbraunem Haar bedeckte Unhold habe sie gepackt und ans Wasser geschleppt, sie auf ihre gellenden Hilferufe hin aber wieder losgelassen und statt dessen zwei ihrer Yaks angefallen, von denen er den einen erschlug und dem anderen, indem er ihn bei den Hörnern packte, das Genick brach. Der Zwischenfall sei bei der Ortspolizei gemeldet worden, die am Tatort Fußspuren entdeckt habe. »Aus welchem Grund«, meint Weber, »sollte mir das Mädchen ein Lügenmärchen aufgetischt haben? Meiner Ansicht nach hat sie die Wahrheit gesagt.«

Das derzeit verfügbare Beweismaterial für die Existenz des Yetis gliedert sich in drei Hauptkategorien: Fußspuren, Augenzeugenberichte und körperliche Relikte wie Schädel und Bälge.

Das angeblich häufig von Yetis heimgesuchte Kloster Thyangboche im Schatten des Everest

Yeti-Fußabdruck, 1951 von Eric Shipton auf einem Gletscher des Menlung-Beckens (Nepal) aufgenommen

Am faszinierendsten und verblüffendsten sind zweifellos die Fußspuren. Die ersten einschlägigen Berichte westlicher Augenzeugen stammen bereits aus dem Jahr 1887, und 1921 entdeckte ein britischer Offizier am Everest in 6400 m Höhe gleichfalls derartige Abdrücke. Doch das aufregendste Material stellen eindeutig die Photos dar, von denen die ersten F. S. Smythe 1937 in 5000 m Höhe machte. Nachdem Eric Shiptons Aufnahmen aus dem Jahr 1951 ernsthafte Untersuchungen in die Wege geleitet hatten (ein neben die Fußspur gelegter Eispickel ermöglichte erstmals die genaue Größenbestimmung), fanden die amerikanischen Expeditionsteilnehmer McNeely und Cronin 1972 so deutliche und scharf umrissene Spuren, daß sie Gipsabgüsse machen konnten. Im darauffolgenden Jahr entdeckte dann auch Lord Hunt solche Fährten, und 1978 gelangen ihm Aufnahmen von riesenhaften, 35,5 cm langen und 17,7 cm breiten Abdrücken, zu denen er sich in einem Vortrag vor der Londoner Royal Geographical Society folgendermaßen äußerte:

»Wir befanden uns in einem Seitental unterhalb des Everest, als meine Frau und ich spätabends bei einbrechender Dunkelheit auf die Fußspuren stießen. Sie waren ganz frisch, stammten meiner Meinung nach mit Sicherheit vom selben Tag und mußten von einem schweren Geschöpf stammen, das auf einem ziemlich steilen kleinen Hang in den Tiefschnee eingebrochen war, auf dessen hartgefrorener Kruste wir selbst keinerlei Fußabdruck hinterließen. Die länglich-ovalen Spuren waren, wie ich mit dem Eispickel nachmaß, 35,5 cm lang und etwa halb so breit.«

Lord Hunt, der im Verlauf von rund 30 Jahren mehrfach auf ähnliche Fußspuren stieß und laut eigener Aussage »hohe kläffende Schreie« vernommen hat, weiß dafür »keine andere Erklärung als die Existenz eines bislang unentdeckten und unbekannten Geschöpfes«.
Der britische Bergsteiger und Chirurg Michael Ward, der 1951 gemeinsam mit Eric Shipton die bereits erwähnten Fußspuren photographierte, erzählt: »Wir befanden uns etwa 48–56 km westlich des Everest und stießen, nachdem wir in ca. 5700–6000 m Höhe eine breite Gebirgskette überquert hatten, in völlig unerforschtes Neuland vor, in einen ›weißen Fleck‹ auf der Landkarte, die an der betreffenden Stelle keinerlei topographische Angaben enthielt.« Auf einem Gletscher sichteten sie ein paar Schneeziegen und deren Spuren. Und plötzlich war da noch eine andere Spur:

»Sie war sehr deutlich ausgeprägt, völlig anderer Art, ließ bei sämtlichen Fußabdrücken deutlich die Zehen erkennen und führte, so weit mein Auge reichte, kilometerweit geradewegs den Gletscher hinunter. Vermutlich entstanden sie in derselben Nacht oder einer früheren Tagesstunde, da sich an den Rändern keinerlei Abschmelzungsspuren zeigten. An manchen Stellen hatte das betreffende Lebewesen offensichtlich eine kleine Gletscherspalte übersprungen und dabei Eindrücke von Fußnägeln hinterlassen. Wie aus den Photos zu ersehen, war das Wesen viel tiefer in den Schnee eingesunken als wir. Wahrscheinlich hätten wir die Spuren noch wesentlich ausführlicher photographiert und beschrieben, wäre nicht unser Proviant zur Neige gegangen. So hingegen verspürten wir nur das eine Bestreben, dieses gänzlich unerforschte, nicht einmal den Sherpas und Tibetern, geschweige denn einem Europäer bekannte Gebiet wieder hinter uns zu lassen.«

Nebenbei bemerkt, ein durchaus begründetes Bestreben, waren Shipton und Ward doch auf tibetisches Gebiet geraten, wo sie dann von bewaffneten Wachen festgenommen wurden und von ihren Sherpas erst nach längerem Feilschen gegen das fürstliche Lösegeld von £ 1 freigekauft werden konnten.
Skeptiker sehen in den Abdrücken durch Sonneneinstrahlung oder auf Grund besonderer Schneeverhältnisse verzerrte Fußspuren anderer Arten – etwa des wegen seiner Seltenheit gleichfalls nahezu sagenhaften Tibetbären oder des Berghulmans, dessen Vorkommen bis in beachtliche Höhenlagen verbürgt ist. Auch der Schneeleopard wurde in diesem Zusammenhang genannt, ja, in einem Leserbrief an die britische Zeitschrift *Country Life* ist sogar von einem Vogel, nämlich der Alpendohle, die Rede, die Beobachtungen zufolge beim Herumhüpfen ähnliche Spuren wie der Yeti im Schnee hinterlassen soll.
Der Zoologe W. Tschernezky vom Londoner Queen Mary College dagegen, der die von Shipton aufgenommenen Spuren aufs sorgfältigste analysierte und ein rekonstruiertes Modell mit den Fußabdrücken des Gorillas sowie des fossilen und des Neuzeitmenschen verglich, gelangt zu einem anderen Schluß. Er verweist auf die ungewöhnlich breite zweite Zehe und den auffallend

kurzen Mittelfußknochen, zwei Besonderheiten, die so gar keine Ähnlichkeit mit Bär oder Hulman zeigen, und fährt dann fort: »Alle Hinweise deuten darauf hin, daß es sich bei dem sogenannten Schneemenschen um einen riesenhaften, schwer gebauten, typologisch höchstwahrscheinlich dem fossilen *Gigantopithecus* nahestehenden zweibeinigen Primaten handelt« – womit er den Yeti so nah in die Nachbarschaft des »fehlenden Gliedes« rückt, als es ein seriöser Wissenschaftler verantworten kann.
Am glaubwürdigsten muten jene Augenzeugen an, die allein schon auf Grund ihres Werdegangs und sozialen Umfelds gegen das Yeti-Märchen gefeit scheinen – Leute wie der Schweizer Flugkapitän Emil Wick, der als Pilot der Royal Nepalese Airlines am Stadtrand von Katmandu ein elegantes Haus bewohnt und uns eines Abends in seinem Garten bei einer Flasche Bier erzählte:

»Als ich hier in Nepal anfing, waren mir diese verflixten Yetis piepegal, das dürfen Sie mir glauben. Ich kam her, um die Touristen möglichst nah an die Berge heranzufliegen – ich kann mit diesen kleinen Maschinen nämlich ganz gut umgehen – und mich in meiner Freizeit zu amüsieren wie ehedem in Bangkok und Indonesien oder wo ich mich sonst gerade aufhielt. Als ich dann aber im vergangenen Jahr eines schönen Morgens ein paar Japaner zum Kangchenjunga flog, entdeckte ich in schwindelerregender Höhe erstmals diese Spuren. Es waren drei gesonderte Fährten, die eindeutig von einem zweibeinigen Geschöpf stammen mußten. Sie kamen von zwei Seiten, vereinigten sich auf einem steilen Grat und führten abwärts zu einem See, vielleicht einer Tränke. Ich entsinne mich noch, daß Neuschnee lag und daß es nicht später als halb acht Uhr morgens war, so daß uns die Sonne noch keinen Streich gespielt haben konnte. Ich drehte zwei oder drei Runden und bat dann – wirklich kaum zu glauben – die Japanerin neben mir, mit ihrem Photoapparat Aufnahmen zu machen, worauf sie mich anfuhr: ›Hören Sie gefälligst mit dieser Herumfliegerei auf! Wir bezahlen Sie nicht für Ihr eigenes Vergnügen, sondern damit Sie uns zum Kangchenjunga fliegen. Dort und nirgendwo sonst wollen wir unsere Aufnahmen machen.‹«

Auch ein Franzose, Abbé Bordet vom Geologischen Institut Paris, verfolgte 1955 als Teilnehmer einer Expedition drei verschiedene Fährten, darunter eine, wie er in seinem Bericht für das

Die Spuren des Schneeleoparden weisen wenig Ähnlichkeit mit denen des Yetis auf

Eric Shipton

Yeti-Fußspur, photographiert 1955 von Lester Davies. Die Aufnahme läßt deutlich den Zehenabdruck erkennen, der gelegentlich auch fehlen kann, vermutlich, weil die Zehe vorgestreckt oder nach oben gebogen wird

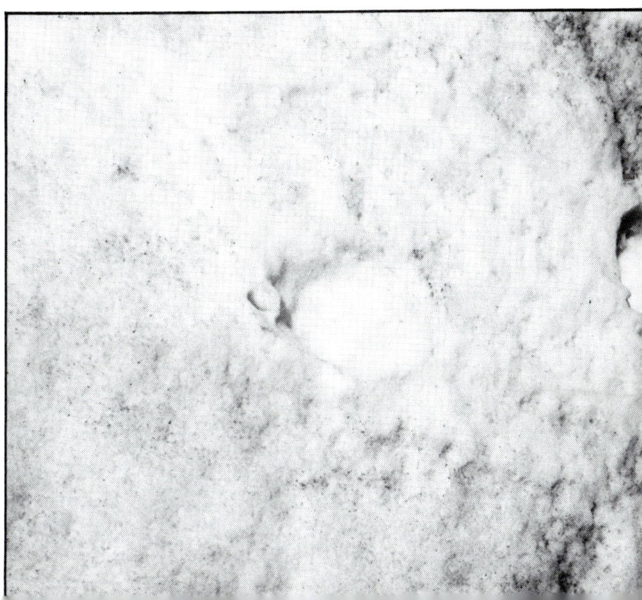

Don Whillans

Bulletin des Pariser Musée National d'Histoire Naturelle hervorhebt, fast 1 km weit. Zeitweilig zeichneten sich die Abdrücke so deutlich ab, daß er den Schnee zwischen den Zehen erkennen konnte. An einer Stelle, wo das Wesen von einer kleinen, 1–1,50 m hohen Felswand herabgesprungen war, betrug die Spurentiefe im Schnee ca. 15 cm. Pater Bordet ließ seine Aufnahmen von den beiden namhaftesten Säugetierforschern Frankreichs überprüfen, die übereinstimmend erklärten, die Spuren stammten von einer unbekannten Art.

Major Lester Davies von der Ullswater Outward Bound School fand die Tiefe der von ihm 1955 auf der Himalaja-Expedition der Royal Air Force gefilmten Fußabdrücke gleichfalls verblüffend:

»Sie waren ca. 12–15 cm tief in den Schnee eingedrückt, während ich, der ich mit Filmkameras und Rucksack immerhin an die 80 kg wog, nur etwa 2,5–4 cm tief einsank. Muß ein gewaltiges Wesen sein, dachte ich mir.«

Dieses Wesen wurde von unbedingt vertrauenswürdigen Zeugen laut eigener Aussage sogar gesichtet, so von Don Whillans, einem zähen, wirklichkeitsnahen Mann, der in Wales eine Fremdenpension besitzt und sich bei der Besteigung von Everest und Kangchenjunga durch Ausdauer und Mut auszeichnete. Im Juni 1970 hatte er am Annapurna folgendes Erlebnis:

»Wir befanden uns im sogenannten Annapurna sanctuary, einer von besonders hohen Bergen umringten Stelle, und ich hielt eifrig nach einem geeigneten Platz für ein Nachtlager Ausschau. Als wir langsam einen Bergvorsprung umrundeten, vermeinte ich hinter mir Vogelschreie zu vernehmen und schaute den Sherpa an, der erklärte: ›Yeti kommen, Sahib.‹ Ich schnellte herum, und wie ich den Blick bergaufwärts richte, sehe ich zwei schwarze Krähen auffliegen und eine schwarze Gestalt hinter dem Grat verschwinden. Mein erster Gedanke war: ›Was machst du jetzt – zum Eispickel greifen oder was sonst?‹ Doch es tat sich nichts weiter, und so sagte ich: ›Los, schlagen wir das Lager auf.‹ Als wir dann tags darauf weiter talaufwärts stiegen, um die Erkundung der Südseite fortzusetzen, sah ich die Spuren, die dieses Geschöpf offenbar in der vorigen Nacht hinterlassen hatte. Sie waren fast 45,7 cm in den äußerst lockeren Schnee eingesunken und schienen ungefähr so groß wie mein eigener Fuß, was mit der Behauptung der Sherpas, es habe sich um ganz kleine Yetis gehandelt, übereinstimmte. Vermutlich treten die Yetis, falls es sie überhaupt gibt, wie die Menschen in verschiedenen Größen auf.

An diesen Abend schloß sich eine überaus mondhelle Nacht an, und aus irgendeinem Grund konnte ich das Gefühl nicht loswerden, daß sich dieses Wesen noch in der Nähe herumtrieb. So streckte ich den Kopf zum Zelt hinaus – es war so mondhell, daß man hätte lesen können – und hielt ungefähr eine Viertelstunde lang aufmerksam Ausschau. Als ich mir eben sagte: ›Gib's auf, es ist weg, was immer es gewesen sein mag‹, sah ich, wie sich etwas rührte. Wer viel klettert, gewöhnt sich an, die Berge mit dem Auge nach winzigen Gestalten und Veränderungen abzusuchen. Und dieses Geschöpf, das mich in seinen Bewegungen affenähnlich anmutete, näherte sich in grotesken Sprüngen einer Stelle, wo in einigen Wochen nach der Schneeschmelze ganz offensichtlich eine Baumgruppe zum Vorschein kam, und zerrte, wie mir schien, an den Zweigen. Ich schaute ihm etwa 20 Minuten lang zu und holte sogar das Fernglas, konnte aber nichts weiter er-

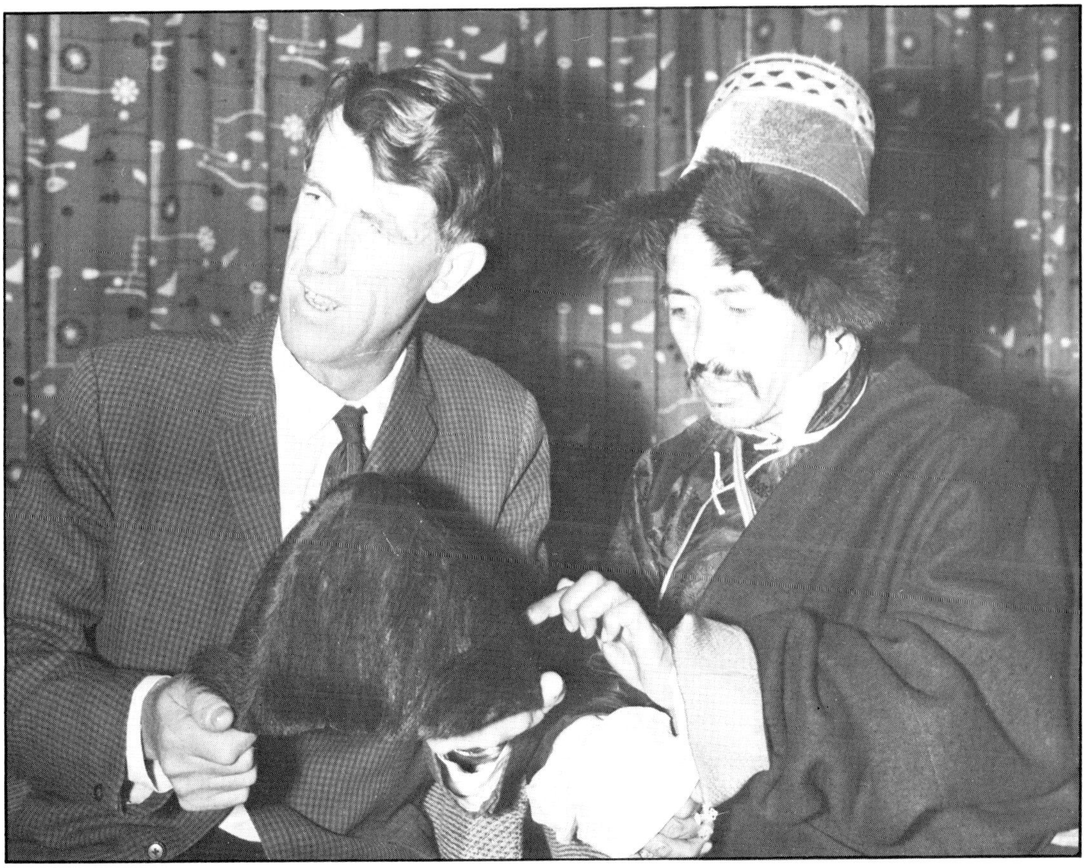

Sir Edmund Hillary anläßlich seiner 1960 unternommenen Welttournee mit dem sagenhaften Yeti-Skalp; neben ihm der Hüter des Skalps, der Dorfälteste Khunjo Chumbi aus dem nepalesischen Khumjung

kennen als eine schwarze, affenartige Gestalt. Doch dann stürmte das Wesen mit einemmal, als hätte es gemerkt, daß es beobachtet wurde, über den ganzen Berghang und legte wohl fast einen Kilometer zurück, ehe es im Felsschatten verschwand. Was mich wirklich seltsam anmutete, war das Verhalten der Sherpas. Wäre es ein Bär gewesen – sie sind mit Bären sehr vertraut –, hätten sie gesagt: ›Ach, ein barlu‹ – so nennen sie, glaube ich, die Bären – und es dabei bewenden lassen. Aber sie waren ein paar Tage lang auffallend still und tuschelten miteinander, sooft ich das Thema anschneiden wollte oder untertags die Spuren durchs Fernglas betrachtete.

Ob es sich, wie behauptet wurde, um einen Hulman handelte, weiß ich nicht. Zur Not hätte es auch ein zum Skelett abgemagerter, eben aus der Winterruhe erwachter Bär sein können, doch schien es mir nicht so. Und die Fährten, die ich sah, wiesen zwischen den eigentlichen Fußspuren sehr eigentümliche Eindrücke auf, die mir schlagartig wieder einfielen, als ich rund ein Jahr später in einem Tierbuch eine Gorillaabbildung sah. Leicht möglich, daß die Eindrücke von den Knöcheln dieses Geschöpfes herrührten.«

Doch nun zu einer weiteren Begegnung, die der polnische Trekker Janusz Tomaszczuk 1975 gehabt haben will und die ihm laut eigener Aussage einen tüchtigen Schrecken einjagte. Als er sich auf der Wanderung durchs Everestgebiet das Knie verstaucht hatte und zu einer nahe gelegenen Ortschaft zurückhinkte, nahm er in der Ferne eine Gestalt wahr, die auf seine Hilferufe hin näherkam. Jetzt erst bemerkte Tomaszczuk, daß es sich bei dem »Mann«, den er um Hilfe angegangen hatte, um ein affenähnliches, über 1,80 m großes Geschöpf mit bis zu den Knien herabbaumelnden Armen handelte, das sich jedoch durch Tomaszczuks lautes Geschrei vertreiben ließ.

Für die Sherpas sind derartige Geschichten etwas Alltägliches. Doch obwohl das Forstministerium von Sikkim, wo sich 1978 die Meldungen über Yeti-Überfälle häuften, eine Reihe von Expeditionen ausrüstete, blieb die Jagd auf den Yeti ergebnislos. Der ernsthafteste Versuch, das Yeti-Rätsel zu lösen, wurde von der amerikanischen *World Book Encyclopedia* finanziert: 1960 brach eine Expedition unter Führung von Desmond Doig und Sir Edmund Hillary auf, der (gemeinsam mit Sherpa Tenzing) als erster den Gipfel des Mount Everest bezwungen hatte. 10 Monate lang durchstreiften sie bei grimmigster Winterkälte das Gebiet, aus dem die meisten Berichte über Begegnungen mit Yetis vorlagen. Die Expedition führte eine photographische Spezialausrüstung mit, die u. a. Zeitraffer- und Infrarotaufnahmen ermöglichte. Die Welt hielt den Atem an, als Hillary die Bewohner des Dorfes Khumjung dazu bewegen konnte, ihren sagenhaften Yeti-Skalp – neben zwei weiteren und einigen Bälgen (die sich später allerdings als Tibetbärenfelle entpuppten) angeblich das einzige vorhandene Relikt eines Yetis – sechs Wochen lang zur wissenschaftlichen Untersuchung auszuleihen.

Im Herbst unternahmen Hillary und Doig in Begleitung des Skalphüters Khunjo Chumbi eine Welttournee, die sie u. a. nach Honolulu, Chikago, Paris und sogar in den Buckingham-Palast führte, und bei jeder neuen Etappe ahmte Chumbi für die Fernsehteams das für den Yeti angeblich so bezeichnende Geheul nach, während Experten den Skalp untersuchten.

Nach Art des Phileas Fogg aus Jules Vernes »Reise um die Erde in 80 Tagen« hatten sich Hillary und Doig verpflichtet, binnen 42 Tagen nach Khumjung zurückzukehren – andernfalls sollten Land und Besitz ihrer Sherpas als Sicherheitspfand eingezogen werden. Doch als sie am letzten Tag mit ihrem Hubschrauber landeten, brachten sie neben dem wohlbehalten in seiner Schachtel verwahrten Skalp auch die traurige Überzeugung mit, daß die Trophäe mit ziemlicher Sicherheit aus einem Serau-Fell gefertigt war. Auch mit ihren versteckten Kameras hatte die Expedition kein Glück, und so ließ Hillary vom Schneemenschen ab und wandte sich den Problemen einer schwierigen Mount-Makalu-Besteigung zu.

In ihren Expeditionsberichten stuften Hillary und Doig den Yeti als Sage ein: Schließlich hatten sie einen der Skalpe als Fälschung entlarvt und im Kerngebiet der mutmaßlichen Yeti-Heimat fast ein Jahr lang so gründliche Nachforschungen angestellt, als es Erfahrung und technische Perfektion nur irgend erlaubten.

Neuerdings indessen äußert sich Desmond Doig sehr skeptisch über die Expedition von 1960 und hält entgegen seiner damaligen Auffassung die Existenz des Yeti durchaus für möglich. »Wir haben«, so meinte er, »zwar keinen gesehen, aber schließlich bekamen wir auch keinen Schneeleoparden zu Gesicht, obwohl es ihn nachweislich gibt. Wir sind in der Tat fast keinem Lebewesen begegnet. Die Expedition war einfach zu groß und schwerfällig. Im übrigen glaube ich, Jahre später hinter das Skalp-Geheimnis gekommen zu sein«, dabei schleuderte er etwas durchs Zimmer, was dem Skalp von Khumjung wie ein Ei dem anderen glich: »Als ich im Grenzgebiet von Sikkim herumzog, begegnete ich einem Stammesangehörigen, der außer diesem Ding da nicht viel anhatte. Wie sich herausstellte, fertigen sie das Zeug dort ganz regulär als Kopfbedeckung an.« So mag es sich bei dem Skalp um einen Irrtum gehandelt haben – doch selbst eine bewußte Fälschung würde nichts gegen die Existenz des Yeti besagen.

Später konnte Doig von einem Kloster in Bhutan ein prachtvolles Bärenfell erwerben, das vom Londoner Auktionshaus Christie 1978 für £1200 versteigert wurde. Im Katalog fand sich dazu der Vermerk: »Dieses überaus seltene Fell wurde dem Yeti oder scheußlichen Schneemenschen zugeschrieben.«

Doig, der über dreißig Jahre im Himalaja zugebracht hat und viele der dortigen Sprachen beherrscht, betont, daß die Sherpas drei Arten von Yetis unterscheiden. Da ist einmal der große zottige *dzu teh,* der Rinder anfällt und reißt – nach Doigs Meinung nahezu mit Sicherheit der Tibetbär, den bislang noch kein westlicher Besucher zu Gesicht bekam, obgleich das erste Fell bereits 1853 in den Besitz der Londoner Asiatic Society gelangte. Ein halbes Dutzend Bälge, ein Schädel und ein paar Knochen – das ist alles, was wir von diesem Bären besitzen. »Ich bin«, so Doig, »einmal einer Tibeterin begegnet, die mir erzählte, im Tiergarten des Pantschen-Lama im tibetischen Shigatse habe es ein Exemplar gegeben. Das Tier habe sich auf zwei Beinen fortbewegt und die Größe eines hochgewachsenen Mannes und ein Gesicht wie ein Affe oder Bär besessen. Unseligerweise jedoch sei der Bär samt dem Zoo einem Hochwasser zum Opfer gefallen.«

Auch die zweite, von den Sherpas als *thelma* bezeichnete Art, »ein ›kleiner Mann‹, der schreiend umherrennt und Stöcke sammelt«, scheint für Doig kein Problem darzustellen: »Nahezu mit Sicherheit ein Gibbon, auch wenn die Schulbuch-

1979 aufgenommene Fußspuren von zwei Yetis

zoologie behauptet, Gibbons kämen nördlich des Brahmaputra nicht mehr vor.«
Bei der dritten Art, dem *mih teh,* dagegen, handelt es sich laut Doig wirklich um den sagenhaften Schneemenschen. Dieses wilde, affenähnliche Wesen, das als Menschenfresser auftritt, mit schwarzen bis roten Haaren bedeckt ist und die klassischen »aufgebogenen Zehen« aufweist, streift auf Beutesuche in Höhen bis über 6000 m umher.

»1961 taten wir den *mih teh* noch als reines Märchen ab – zu Unrecht, wie ich heute glaube. Ich habe wiederholt Sherpas, die ihn gesehen haben wollten, eine Art Steckbrief mit Abbildungen von verschiedenen Bären, Menschen, darunter Neandertaler und Gigantopithecus, Gorillas, Schimpansen, Gibbons und Orang-Utans vorgelegt. Bei der Identifizierung deuteten sie, obgleich ihnen die großen Affen völlig unbekannt waren, ausnahmslos auf einen solchen, gewöhnlich einen Orang-Utan. Auf Grund fossiler Funde wissen wir, daß der Orang-Utan einst in Nordindien vorkam. Wer weiß? Es gibt dort noch immer riesige Dschungelgebiete, in denen sich ganze Yeti-Stämme versteckt halten könnten. Vielleicht unternehmen sie, wie Abbé Bordet meinte, auf Wassersuche hin und wieder Ausflüge auf die Höhen. Gelegentlich kann ja an der oberen Waldgrenze ziemliche Trockenheit herrschen.«

Nach allem Gesagten stützt sich die Hypothese von der Existenz des Yeti auf die Erzählungen der Sherpas, die Berichte einiger westlicher Augenzeugen, vor allem aber auf die mittlerweile in über 20 glaubwürdigen Bildfolgen (darunter auch Aufnahmen, die die Royal Air Force von ihrer Expedition Weihnachten 1979 mit nach Hause brachte) festgehaltenen Fußspuren. Während Zweifler die Frage stellen, wo ein derartiges Geschöpf in solchen Höhen Nahrung finden sollte, führen Yeti-Anhänger Luchs, Polarwolf, Steinbock und Yak ins Treffen, die alle in über 5500 m Höhe beobachtet wurden. Doch konnte bislang niemand eine überzeugende Erklärung angesichts von Aufnahmen wie die von Shipton und Lord Hunt finden, auf denen sich gestochen scharf die Fährte eines Geschöpfes abzeichnet, das wesentlich schwerer zu sein scheint als der Mensch, sich auf zwei Beinen fortbewegt und Fußabdrücke hinterläßt, die sich von denen aller anderen bekannten Tiere unterscheiden.

Bigfoot

Im Vergleich zum Yeti des Himalaja taucht der nordamerikanische Bigfoot oder Sasquatch, wenn man den Erzählungen glauben darf, erstaunlich oft auf. So konnte eine regelmäßig erscheinende Zeitschrift, *Bigfoot News,* jahrelang ausführliche Augenzeugenberichte über Begegnungen mit Bigfoot veröffentlichen. Sie stammten vielfach von einfachen Leuten, denen sicher nichts daran lag, öffentliches Aufsehen zu erregen und denen die Bigfoot-Story nicht einmal bekannt war. Und gelegentlich war Bigfoot gar so nett, Fußspuren zu hinterlassen, die den Geschichten der Augenzeugen einige Glaubwürdigkeit verliehen.

Zu einer typischen Begegnung kam es im Mount Hood National Forest in Nordoregon, wo drei Holzfäller, Fermin Osborne, J. C. Rourke und Jack Cochran, auf einer Lichtung arbeiteten. Eines schönen Julimorgens bemerkte Cochran, daß er bei der Bedienung des Krans von einer menschenähnlichen Gestalt beobachtet wurde. Er stieg aus dem Führerhaus, um der Sache auf den Grund zu gehen, und stellte lediglich fest, daß es sich um ein massiges, dunkel behaartes, aufrecht gehendes Wesen handelte. Fermin Osborne berichtete:

»Ich selbst sah es bei dieser Gelegenheit nicht genau, da es sich rasch in den Wald zurückgezogen hatte. Tags darauf aber, als ich mit Rourke draußen war und wir eben beschlossen hatten, eine Pause einzulegen, und zum Waldrand hinübergingen, tauchte es plötzlich direkt vor uns in höchstens 9 m Entfernung aus dem Unterholz auf. War ein Riesenbiest mit einem dunklen Fell, das auch Kopf und Gesicht bedeckte, und ausgesprochen schwer gebaut. Rourke jagte hinterher, konnte es aber nicht einholen und warf ihm lediglich ein paar Steine nach. Ein Grizzly war's bestimmt nicht – dazu hab' ich schon zu viele Bären gesehen. Eher ein Gorilla.«

Auch einem Gesetzesvertreter von der obersten Vollzugsbehörde des Bezirks Yakima im Staate Washington, Sergeant Larry Gamache, geruhte Bigfoot zu erscheinen, als sich dieser mit Bruder und Schwägerin auf der Heimfahrt von einer Angelpartie befand.

»Mein Bruder«, erzählte Gamache, »schlief im Fond des Kombiwagens, als ich plötzlich eine Gestalt, die ich für einen Mann hielt, aus dem Wald am Straßenrand treten sah. Doch dann erkannte ich, daß es sich um keinen Mann handelte, sondern um ein nacktes, mit langem Haar bedecktes Wesen. Ich fuhr ganz langsam an ihm vorbei, und da hörte ich schon Kathy laut aufschreien. Das Geschöpf war herangetreten und hatte sie durchs Seitenfenster angestarrt. Sie war völlig verängstigt, während mein Bruder weiterschlief und von alledem nichts mitbekam.«

Seit über einem halben Jahrhundert ist der Sasquatch ungezählte Male in Erscheinung getreten. So erzählte bereits 1928 ein Indianer namens Muchalat Harry dem in Kanada wirkenden Pater Anthony Terhaar, er sei von einem männlichen Bigfoot gekidnappt und in ein »Lager« verschleppt worden. Dort hätten sich zwanzig dieser Geschöpfe von unterschiedlichem Aussehen befunden, darunter auch Weibchen und mehrere Junge. Sie taten ihm nichts zuleide, und als ihr Interesse an ihm nach einiger Zeit nachließ, konnte er in seinem Kanu entkommen. Pater Terhaar fand den Mann, dessen Haar sich auf Grund dieses Erlebnisses schlohweiß gefärbt hatte, in Nootka, Vancouver Island, wo er, nur mit seinem zerfetzten Unterzeug bekleidet, gelandet war. 1922 arbeitete der Bergmann Fred Beck mit einigen Kumpeln in einer Grube am Mount St. Helens, Washington, als sie, wie ihnen schien, riesenhafte Affen gewahrten. Sie trafen einen von ihnen, worauf ihre Hütte mehrere Nächte lang mit Steinen und Felsbrocken beworfen wurde, bis es ihnen schließlich zu bunt wurde und sie mit Sack und Pack abzogen. Und 1966 schossen zwei junge Männer, die in Jackson Hole, Wyoming, Kojoten jagten, ein »gorillaähnliches Wesen« nieder. Sie liefen zu ihm hin und entdeckten eine massige, mit Ausnahme des Gesichtes über und über behaarte Gestalt mit riesigen Händen und Füßen. In der Annahme, sie hätten einen Menschen, irgendeinen mißgestalteten Dorftrottel, erschossen, sprangen die Männer ins Auto und brausten Hals über Kopf davon.

All diese Geschichten klingen so unglaubwürdig, daß man sie zunächst nur belustigt zur Kenntnis nimmt, doch pflegt einem das Lachen bald zu vergehen angesichts der Vielzahl der aus Nordamerika berichteten Begegnungen und der Genauigkeit, mit der die oft ausgesprochen vernünftig wirkenden Augenzeugen trotz allen Spotts ihre Erlebnisse schildern. So berichtete der Waldarbeiter Glenn Thomas aus Estacada, Oregon, wie er unterwegs in der Nähe von Tarzan Springs am Round Mountain plötzlich ein Geräusch hörte:

»Ich befand mich hinter den Bäumen in Dekkung, konnte aber durchs Geäst drei riesenhafte Gestalten in einem Steinhaufen graben sehen. Sie schauten genauso aus, wie Bigfoot immer geschildert wird: gewaltige behaarte Hände und sehr kräftig gebaut. Die drei – es war ein großer mit einem Weibchen und einem Jungen – wuchteten Felsbrocken weg, d.h. der große männliche, und gruben 1,80–2,10 m tiefe Löcher. Dann langte das Männchen hinein, hob ein Nest mit Nagetieren aus und verzehrte sie.«

Diese Geschichte beantwortet eine der vielen im Zusammenhang mit Bigfoot auftauchenden Fragen, nämlich die nach seiner Nahrung. Bei den anschließend an Ort und Stelle durchgeführten Nachforschungen fanden sich mehr als 30 Löcher und teilweise über 114 kg schwere Felsblöcke, die offenbar beim Graben beiseite geschoben worden waren, sowie eine große Anzahl von Murmeltieren. Letztere überwintern in Nestern unter den Felsen, was ganz zur Aussage von Glenn Thomas, er habe seine Bigfoot-Familie im Oktober beobachtet, paßt.

Als ein kalifornischer Tierschriftsteller und seine Frau eines Nachts auf der Straße von Paradise nach Stirling City fuhren, sahen sie im Scheinwerferlicht eine menschenähnliche, mindestens 1,80 m große, schwarz behaarte Gestalt mit weißem, unbehaartem Gesicht und kleinem, kegelförmig aufgewölbtem Schädel. Sie rannte nicht weg, sondern schlurfte, offenbar hinkend, davon. »Mein Mann schreibt für Publikationen wie *Field and Stream* und *Sports Afield*«, schrieb Mrs. L. Behme. »Ich erwähne dies in der Hoffnung, daß Sie uns für vernünftige Leute halten, die nicht gleich Gespenster sehen, wenn sie um Mitternacht eine abgelegene Waldstraße entlangfahren.«
Robert Bellamy sichtete gemeinsam mit sechs Familienangehörigen und Freunden im Tygh Valley, Oregon, einen Bigfoot, den sie mehrere Minuten lang beobachteten. Desgleichen sahen auch die beiden Brüder Welch, kanadische Bergbauprospektoren, einen Bigfoot und folgten seiner Fährte bis zu einem See, wo sie feststellten, daß der Schnee weggefegt und ein großes Loch ins Eis geschlagen war. In British Columbia schließlich sahen Bootsvermieter ein Geschöpf am Strand entlangwandern und anscheinend Austern, die dort im Flachwasser leben, verspeisen. Am faszinierendsten aber ist der berühmte Kurzfilm, den Roger Patterson 1967 im nordkalifornischen Bluff Creek von einem im Wald herumtollenden Bigfoot drehte. Wie auf den schärferen Einzelaufnahmen an Brüsten und abstehendem Gesäß zu erkennen, handelt es sich mit ziemlicher Sicherheit um ein Weibchen, dessen leichte

Bigfoots Verbreitungsgebiet

Glenn Thomas auf den Felsbrocken, die eine von ihm 1967 beobachtete Bigfoot-Gruppe bei Estacada, Oregon, bei der Nahrungssuche auftürmte

Einzelaufnahme aus Roger Pattersons berühmtem, 1967 gedrehtem Bigfoot-Film

und possierliche Sprünge bei den Zuschauern, die den Streifen zum erstenmal sehen, gewöhnlich schallendes Gelächter auslösen.

Der Film zeigt viele interessante Details und hat noch einen besonderen Vorzug: Sein Drehort ist bekannt, und so war es Wißbegierigen schon wenig später möglich, die an einer kleinen Straße beim Onion Mountain gelegene Stelle zu besichtigen. Wie Patterson und sein Kamerad Bob Gimlin konnten sie Abgüsse von den Fußspuren anfertigen, die Schrittweite des unbekannten Wesens nachmessen und, da an der Stellung der Bäume und umgestürzten Stämme nichts verändert worden war, Bigfoots Körpergröße mit einiger Genauigkeit abschätzen.

Dr. D. W. Grieve, Dozent für Biomechanik am Londoner Royal Free Hospital, der neben einer Gruppe russischer Wissenschaftler den Film am sorgfältigsten analysierte, errechnete durch Vergleich mit am selben Ort gefilmten Personen für das Geschöpf eine Größe von ca. 1,95 m – für einen Menschen beträchtlich, aber nicht abnorm. Schulter- und Hüftbreite hingegen liegen weit über den menschlichen Maßen und lassen auf ein Gewicht von ca. 127 kg schließen. Auch die etwa 1,07 m betragende Schrittweite erscheint für einen Menschen zu groß, und zudem wäre es nach Dr. Grieves Meinung für einen Menschen im Pelzkostüm mit Schulterpolstern und anderen ausgestopften Körperpartien äußerst schwierig, das auf dem Film festgehaltene ungezwungene Laufen und Armschwingen nachzuahmen. »Falls es sich um eine Fälschung handelt, ist sie sehr geschickt gemacht«, kommentiert Dr. Grieve.

Zu ähnlichen Schlüssen gelangten auch drei russische Wissenschaftler, die Doktoren Bajanow, Burzew und Donskoj, die den Film in Moskau genau unter die Lupe nahmen. »Gangart und Haltung«, so Donskoj, »wirken in keiner Weise gekünstelt, wie man es bei einer Nachahmung zu gewärtigen hätte, und dürfen mithin wohl als natürliche Bewegungsabläufe angesehen werden.« Wie Bajanow und Burzew hervorheben, besitzt das Geschöpf einen affenartigen Kopf auf auffallend kurzem Hals. Es verlagert den hier wie andernorts aufgefundenen Spuren nach zu schließen beim Gehen weniger Gewicht auf die Fersen als ein normaler Mensch, besitzt kein Fußgewölbe und scheint bei der Fortbewegung leicht in den Knien einzuknicken. Die Wissenschaftler ziehen eine enge Parallele zum Javamenschen oder *Pithecanthropus erectus,* jenem affenähnlichen Wesen, das im Gegensatz zum frühen *Homo sapiens*

Grover Krantz von der Washington State University und Robert Morgan, der Präsident der amerikanischen Anthropological Research Foundation, untersuchen den Abguß eines Bigfoot-Fußabdrucks, der 1974 zusammen mit weiteren 160 bei Merwin Dam, Washington, entdeckt wurde

Rechts: Roger Patterson mit dem Abguß eines Bigfoot-Fußabdrucks, den man 1967 im kalifornischen Bluff Creek fand

als Tier und nicht als Mensch eingestuft wird, obwohl es nach Ansicht der Wissenschaft evolutionsgeschichtlich aus derselben Wurzel hervorgegangen ist.

Die Haupteinwände gegen den Film erwachsen aus dem Umstand, daß die Aufnahmegeschwindigkeit – 24 oder 16 Bilder pro Sekunde – nicht bekannt ist (die beiden Geschwindigkeiten rufen bei der Filmvorführung jeweils einen völlig anderen Eindruck hervor) und daß die bei Bluff Creek entdeckten Fußspuren mit den auf Grund des Films ermittelten Maßen nicht übereinstimmen: Sie sind 38-41 cm lang, lassen also auf ein weit über 1,95 m großes Wesen mit beträchtlich größerer Schrittweite schließen.

Wie beim Yeti, so liefern auch beim Bigfoot die Fußspuren das wohl hieb- und stichfesteste Beweismaterial. Man hat Fährten mit mehr als 3000 Einzelabdrücken über Strecken von mehreren Kilometern verfolgt – eine Fälschung wäre doch wohl ein allzu mühseliges Geschäft gewesen – und außerdem Spuren an Stellen entdeckt, die so abgelegen sind, daß hier ein Betrug eigentlich als witzlos erscheint. Die gesammelten Unterlagen wurden an der Washington State University, in der Sowjetunion sowie von vielen Institutionen Kanadas und der Vereinigten Staaten genauestens untersucht. Man kam zu folgendem Ergebnis: Ein typischer Abdruck weist eine Länge von 41–46 cm und eine Breite von 18 cm oder mehr auf und zeigt, sofern er nicht möglicherweise von einem jungen Bigfoot stammt, keine Analogie zum menschlichen Fußgewölbe. Der deutlich ausgeprägte Doppelballen (im Gegensatz zum einfachen Ballen des menschlichen Fußes) deutet auf Anpassung an ein großes Körpergewicht hin. Dieses dürfte, der Tiefe der Abdrücke und der mutmaßlichen Größe des Lebewesens nach zu schließen, bei mindestens 136 kg, nach Schätzungen mancher Experten sogar bei 227–454 kg liegen.

Sorgfältig erstellte Kurven, Maßanalysen, Formeln und Diagramme, Aufsätze in Fachzeitschriften wie *Northwest Anthropological Research Notes* befassen sich mit Bigfoots Füßen, wobei schon ein flüchtiger Blick auf das Bildmaterial bestätigt, daß die Abdrücke entgegen der üblichen Ansicht von Skeptikern nicht von einem Bären stammen können, da sie keinerlei Klauenspuren aufweisen. Grover S. Krantz, der einen wesentlichen Beitrag zur exakten Erfassung und Aufzeichnung der Sasquatch-Abdrücke geleistet hat, meint: »Selbst wenn keine der vielen hundert Begegnungen je stattgefunden hätte, müßten wir

dennoch den Schluß ziehen, daß ein riesenhafter zweibeiniger Primat in den Wäldern der Pazifikregion Nordwestamerikas haust.«
Krantz gibt jedem, der einen Sasquatch sichtet, den guten Rat, ihn abzuschießen, da letztendlich nur so der wissenschaftliche Nachweis für seine Existenz erbracht werden könne. Getreu dieser Devise hat auch er selbst bei seinen Fahrten durch Bigfoot-Territorium stets ein geladenes Gewehr neben sich liegen und kann mit Hilfe von seitlich an seinem Wagen angebrachten schwenkbaren Spezial-Nebelscheinwerfern die Dunkelheit des Waldes am Straßenrand durchdringen.
Aber so überzeugend all diese Geschichten von Bigfoot auch klingen, dürfen wir doch nicht vergessen, daß wir uns in einem Lande befinden, in dem es Schwindler und Geschäftemacher gibt. Mindestens zwei der Filme sind mit Sicherheit von A bis Z gefälscht, und künstliche Fußspuren wurden mit Hilfe verschiedener Gegenstände – von umgeformten Stiefeln bis zu eigens geschnitzten Holzfüßen – erzeugt. Im Gebiet von San Francisco bis Vancouver ziehen Leute aus, um Bigfoot entweder zu suchen oder sein Auftreten vorzutäuschen.
Manche wollen aus 270 m Entfernung seine Augenfarbe und aus noch größerem Abstand die Form seiner Zehennägel erkannt haben. Ein wirklicher Betrugsversuch allerdings könnte leicht zu einer gefährlichen Angelegenheit werden. Man braucht nur auf einer beliebigen Straße ins Kaskadengebirge hinaufzufahren, und man wird feststellen, daß fast jedes Schild und die Hälfte aller Bäume am Wegesrand von Kugeln durchlöchert sind. Das sind die Visitenkarten ballernder Einheimischer, die sich auf ihren halsbrecherischen Samstagnacht-Heimfahrten im Scheibenschießen üben. Ein Witzbold, der in dieser Gegend in absonderlicher Kostümierung herumhüpfte, riskierte sein Leben, läuft doch das Gerücht um, dem Finder des ersten Bigfoot-Kadavers winke eine Belohnung in Höhe von einer Million Dollar. Anders als im Himalaja, wo sich die Jagd auf den Yeti auf wenige Auserwählte beschränkt, die sich in 6000 m Höhe und noch weiter hinaufwagen und die Gefahren in der Region der höchsten Berge der Welt kennen, stellt die Verfolgung des Sasquatch einen Volkssport dar, zu dem Gruppenfahrten von Portland und Seattle aus veranstaltet werden und der jeden Cowboy im Umkreis von 800 km in Versuchung führt, sich am Wochenende mit geschultertem Gewehr auf die Fährte zu setzen.

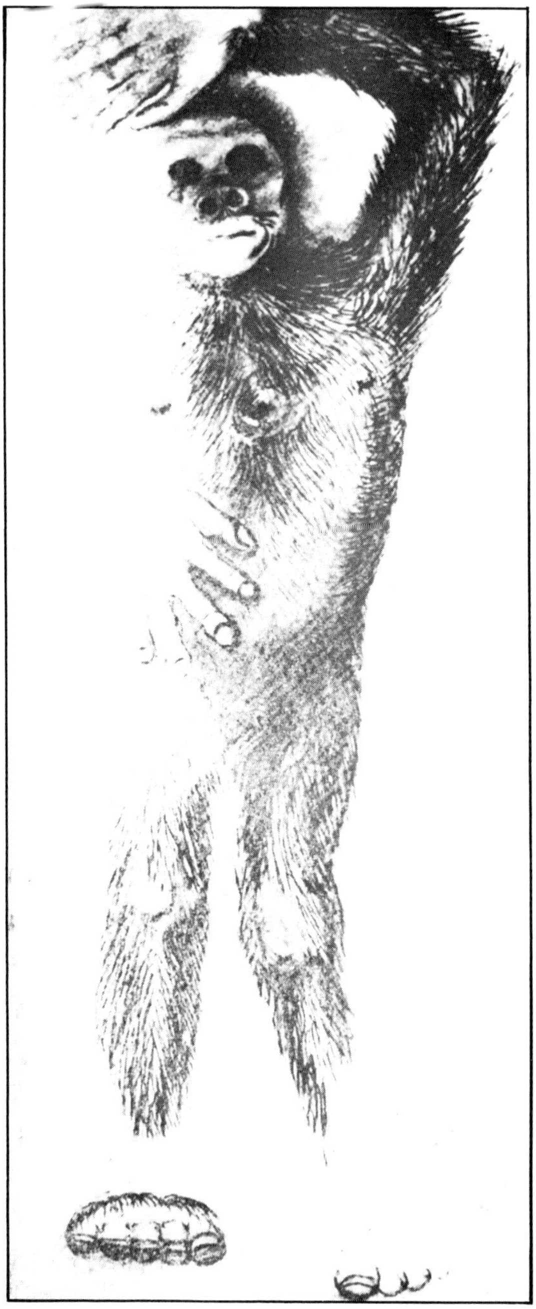
Der Eismensch von Minnesota

Die Publicitywelle hat nicht nur zu einer unaufhaltsamen Vermehrung der Bigfoot-Berichte geführt – mittlerweile liegen mindestens 2000 Aussagen über Spurenfunde oder Begegnungen vor –, sondern auch Bigfoots Revier stetig ausgeweitet. Allein in den Jahren 1978 und 1979 liefen außer aus seiner Heimat im Nordwesten auch Meldungen aus den Staaten Florida, Tennessee,

Dr. Igor Burzew mit dem Abguß eines Alma-Fußabdrucks, den man am 21. August 1979 im Bereich des Gissargebirges (Pamir) in der Tadschikischen Sozialistischen Sowjetrepublik entdeckte

Michigan, Alabama, North Carolina, Iowa und Arizona ein.

Und dann gibt es da noch die Geschichte von dem Minnesota-Eismenschen, der auf einem Jahrmarkt in Chicago und in den Nordstaaten zur Schau gestellt und vom belgischen Zoologen Dr. Bernard Heuvelmans und anderen besichtigt und photographiert wurde. Sie alle hielten ihn für einen Neandertaler oder dergleichen, während die Smithsonian Institution in Washington von einer in Hollywood angefertigten Gummiattrappe sprach. Doch obwohl das Märchen vom Eismenschen mittlerweile in Vergessenheit geraten ist, hält Heuvelmans an der Überzeugung fest, das in einen Eisblock eingefrorene Etwas, das er 1968 drei Tage lang untersuchte, sei ein echter Kadaver gewesen. Er will sogar Verwesungsgeruch wahrgenommen haben, als beim Abtauen des Eises ein Stückchen Fleisch zum Vorschein kam. Der Spott, den ihm sein Bericht über diesen Eismenschen einbrachte, in dem viele einen ausgemachten Jahrmarktsschwindel sahen, entmutigte Heuvelmans zutiefst. Doch obwohl das Schaustück in seinem Eissarkophag drei Jahre lang die Runde machte, unterblieb jede genauere Untersuchung. Schließlich beseitigte der Besitzer, der ehemalige Air-Force-Pilot Frank Hansen, still und leise das Streitobjekt, um dem Rummel ein Ende zu bereiten. Der mit vielen guten Photos ausgerüstete Heuvelmans indessen ist sich nach wie vor sicher, daß der Eismensch ein Troglodyt oder Neandertaler gewesen sei, der vermutlich während des Vietnamkrieges erschossen und auf dem Wege über die Opiumstraße in die Vereinigten Staaten geschmuggelt worden war – verpackt in einem der Säcke für verstümmelte Kriegsopfer mit der Aufschrift »Nicht öffnen«.

Noch unwahrscheinlicher als der Sasquatch selbst muten allerdings die Methoden einiger seiner nordamerikanischen Verfolger an. So verbreitete KFYR Television News im Rahmen eines Filmberichtes aus Bismarck die Kunde, Lieutenant Verdell Veo vom Bureau of Indian Affairs in South Dakota habe ein Team aufgestellt, um Bigfoot zu jagen, nachdem seine Anwesenheit in Little Eagle, South Dakota, festgestellt worden

Diese Darstellung eines Almas wurde 1977 vom Zoologen Dr. W. Tschernezky vom Londoner Queen Mary College nach der Beschreibung und Anleitung von Slavomir Rawicz angefertigt

sei. Der Köder: ein Drahtnetz mit »gebrauchten Damenartikeln«, da Bigfoot sich angeblich zu menstruierenden Frauen besonders hingezogen fühle …

Der Alma

Aus der Sowjetunion werden zwar keine derart ausgefallenen Jagdmethoden gemeldet, doch wird die Suche nach dem Alma, dem russischen Gegenstück zu Yeti und Sasquatch, zweifelsohne beharrlicher und auf wissenschaftlicherer Basis vorangetrieben als die nach seinen Artgenossen. Aus Sibirien, den russischen Steppen und dem Kaukasus sind viele Geschichten über Begegnungen mit menschenähnlichen Geschöpfen nach draußen gesickert. Sie stammen vor allem von Kriegsgefangenen und Flüchtlingen, die während des Zweiten Weltkriegs auf der Flucht vor den Deutschen oder den Russen oder beiden den Alma gesehen haben wollen. So behauptet Slavomir Rawicz in seinem umstrittenen Buch *The Long Walk,* einem Bericht über seine Flucht aus einem sibirischen Arbeitslager ins 6400 km entfernte Indien, einem männlichen und einem weiblichen Alma begegnet zu sein. Sie sollen ihm zwei Stunden lang den Weg versperrt und ihn so zu einem verhängnisvollen Umweg gezwungen haben. Und im englischen Seebadeort Blackpool in Lancashire ergötzt der Pole Wiktor Juszczyk seine Angehörigen hin und wieder mit der Geschichte, wie er in der Gegend von Sinkiang im sowjetischen Turkestan einem Alma begegnete. Chinesische Soldaten, die ihn auf der Flucht aus einem sowjetischen Kriegsgefangenenlager aufgriffen, erzählten ihm, sie legten regelmäßig ein Stück Fisch und einen großen Laib Schwarzbrot als Nahrung für einen Alma aus. In der zweiten Nacht tauchte dieser laut Mr. Juszczyk dann tatsächlich auf:

»Er kam mit großen federnden Sprüngen durch den 60 cm tiefen Schnee geradewegs auf den Tisch zu, ließ sich auf die Hinterbacken nieder, packte den Laib und fraß. Er muß an die 2,10 m groß gewesen sein, hatte eine breite Nase und kleine Schlitzaugen. Nie habe ich ein so kraftvoll anmutendes Geschöpf gesehen: langer Rumpf, kurze Beine, Brustkasten, Schultern und Arme rotbraun behaart, die Hände jedoch genau wie Menschenhände geformt. Er blieb ein paar Minuten, fraß das Brot und einen Teil des Fisches auf, stieß ein paar tierische Grunzlaute aus und trollte sich gemächlich davon.«

Mr. Juszczyk, der schließlich nach England fliehen konnte, wo er eine Engländerin heiratete und heute als Vater von drei Kindern lebt, räumt zwar ein, daß seine Geschichte gewiß phantastisch klänge, doch er beteuert: »Ich habe ihn wirklich gesehen.«

Der Alma scheint sich vom Yeti deutlich zu unterscheiden. Er haust in einem Gebiet, das vom unwegsamen Bergland des Kaukasus im Westen der Sowjetunion bis zum Altai und der mongolischen Wüste Gobi im Osten reicht, und dürfte allen Berichten zufolge im Gegensatz zum eher affenähnlichen Yeti dem Menschen gleichen.

Im übrigen halten die Russen ihre Alma-Forschungen nach Möglichkeit geheim, wohl aus Angst, sich damit im Westen lächerlich zu machen. Wer vor Ort, etwa im Moskauer Darwin-Museum, Erkundigungen einholen möchte, bekommt die klassischen Ausreden und Ausflüchte zu hören: Gesprächspartner sind entweder »nicht anwesend«, »nicht zu sprechen« oder haben die Stelle gewechselt, und da es in Moskau kein Telefonbuch mit Privatnummern gibt, ist diese Taktik durchaus wirksam. Dennoch hat eine am Darwin-Museum tätige Gruppe passionierter Wissenschaftler auf Anregung Professor Portschnews das wohl aufregendste und beeindruckendste Material zusammengetragen. So gelang u. a. der Nachweis, daß die Begegnungen mit dem Alma zumindest bis in die Zeit des großen Forschers und Zoologen Prschewalski zurückreichen, der im vorigen Jahrhundert das nach ihm benannte Urwildpferd und das Wildkamel entdeckte.

Auch Professor Rintschen von der Universität Ulan Bator hat zahlreiche Berichte seiner mongolischen Landsleute über Begegnungen mit Almas gesammelt. Anders als beim Yeti oder Sasquatch liegen auch viele Meldungen über den Abschuß und die Tötung von Almas vor. Allerdings haben Kriegsumstände oder im Verlaufe von Expeditionen auftauchende Versorgungsschwierigkeiten die Bergung und Rückführung der Kadaver zur wissenschaftlichen Untersuchung stets unmöglich gemacht. So soll 1944 in Tashkurghan nahe dem Schnittpunkt der indischen, chinesischen, pakistanischen, afghanischen und sowjetischen Grenze ein dicht behaarter Mann erschossen worden sein – nach Überzeugung von Professor B. A. Fedorowitsch, der in der Folge viele der Augenzeugen ins Kreuzverhör nahm, eine wahre Begebenheit. Und der Moskauer Betriebsleiter G. N. Kolpatschnikow, der während der japanischen Invasion 1937 eine Aufklärungseinheit in der Mongolei anführte, erzählt, wie zwei seiner Wachtposten eines Nachts zwei schattenhafte Gestalten über einen Hang herabkommen sahen. Als diese auf den Anruf der Posten nicht reagierten, eröffneten die Soldaten das Feuer. Doch wie erstaunt war Kolpatschnikow, als er am nächsten Morgen die Leichen in Augenschein nahm: »Das da vor mir waren keine Feinde, sondern merkwürdige, behaarte Geschöpfe, die eher an Menschenaffen erinnerten. Dabei wußte ich ganz genau, daß es in der Mongolischen Volksrepublik keine Menschenaffen gibt.« Er befragte daraufhin einen alten Mann und erfuhr, daß man im Hochgebirge zuweilen wilden Menschen begegnen könne. Kolpatschnikow entsinnt sich noch, daß die etwa mannsgroßen Körper mit einem unregelmäßigen, rötlichen Haarkleid bedeckt waren, das stellenweise dicht war, vielfach aber auch die Haut durchschimmern ließ, und daß das Gesicht an ein grob geschnittenes Menschenantlitz mit stark vorgewölbten Brauen erinnerte.

Doch da man sich mitten im Kriege befand, blieb nichts anderes übrig, als die Leichen zu begraben. Viele Dutzend Begegnungen mit Almas sind so in beispielhaften Berichten verbürgt. 1948 schlug der nahe dem Tien-Shan-Gebirge prospektierende Geologe M. A. Stronin mit seinen beiden kirgisischen Führern in einem Tal sein Lager auf. Am frühen Morgen weckte ihn das Geschrei der Führer, die einen Pferdedieb gestellt hatten. Stronin griff zum Gewehr. Er selber berichtet: »Ich gewahrte diese Gestalt neben den Pferden. Sie stand aufrecht da, schien aber längere Arme zu besitzen als ein Mensch. Ich rief: ›He da, warum willst du uns bestehlen?‹ Beim Klang meiner Stimme wandte sich das Geschöpf um und entfernte sich gemächlichen Schrittes.«

Stronin, der gleichfalls das rötliche Haar und den aufrechten Gang erwähnt, setzte ihm nach: »Es war weder ganz Mensch noch ganz Tier, aber obwohl er sich in Sichtweite befand, konnte ich mich nicht entschließen, auf ein Wesen zu schießen, das immerhin eine Art Mensch sein mochte.«

Anhand von Geschichten wie dieser haben die Russen ein sehr detailliertes Bild des Almas rekonstruiert, das sich weitgehend mit Mr. Juszczyks Schilderung deckt und nach der ausführlichen Darstellung von Professor Boris Portschnew von der Moskauer Akademie der Wissenschaften folgendermaßen aussieht:

»Da das Unterhaar fehlt, schimmert stellenweise die Haut durch ... Neugeborene sind unbehaart ... der Schädel wölbt sich kegelförmig auf ... das Gebiß entspricht dem menschlichen, doch sind die Zähne breiter und die Lücken zwischen den Eckzähnen größer ... beim Fassen von Gegenständen werden oft nur Finger und Handfläche, nicht aber der Daumen gebraucht ... sie sind ebenso schnell wie Pferde, können auf Bäume klettern und in reißenden Gewässern schwimmen ... Pärchen bleiben zur Aufzucht der Jungen zusammen und suchen vielfach in Löchern im Boden Unterschlupf ... sie riechen unangenehm, können Steine schleudern, aber keine Werkzeuge fertigen und wärmen sich gern an der Glut verlassener Feuer ... sie ernähren sich von Kleintieren und Pflanzen und sind vorwiegend in der Dämmerung oder nachts aktiv.«

Die Berichte (einschließlich solcher über Albinos) klangen so überzeugend, daß die Sowjetische Akademie der Wissenschaften 1958 eine großangelegte, von Portschnew wissenschaftlich betreute Expedition unter Leitung K. V. Staniukowitschs in das Gebiet des Pamir entsandte, um nach dem »Schneemenschen« zu fahnden. Die Teilnehmer brachten zwar einige sensationelle Augenzeugenberichte mit, darunter eine Schilderung, wie Almas bei besonders grimmiger Kälte ein Dorf mit Steinen beworfen hatten und anschließend mit Nahrung davongezogen waren, aber kein hieb- und stichfestes Beweismaterial. Auf einer 1959 anberaumten Sitzung mußte sich Portschnew als Hauptverfechter der Alma-Hypothese heftige Vorwürfe gefallen lassen, woraufhin die Akademie dem Projekt jede weitere Förderung versagte.

Einige Experten allerdings, darunter Dr. Bajanow und eine bemerkenswerte, aus Frankreich stammende Moskauer Doktorin, Marie Jeanne Koffman, dürfen ihre Forschungen fortsetzen und sogar mit dem Westen Erfahrungen austauschen. Sie haben ein gewaltiges Dossier mit Abgüssen riesenhafter, aber menschenähnlicher Fußspuren, Haar- und Exkrementproben und einem chronologischen Verzeichnis aller Begegnungen zusammengestellt. Demnach brachte erst 1979 eine Expedition von Amateuren unter Leitung Igor Tatsls Aufnahmen und Gipsabgüsse von Fußspuren aus dem Gissargebirge im sowjetischen Zentralasien nach Hause.

All dieses Beweismaterial rückte neuerdings dank Dr. Myra Shackley von der englischen Universität Leicester, die als Archäologin zu den führenden Neandertaler-Experten der Welt zählt, in den Brennpunkt des Interesses. Dr. Shackley hält es durchaus für möglich, daß die Almas die letzten überlebenden Exemplare des Neandertalers sind, der vor 40000 Jahren durch den Jetztmenschen, *Homo sapiens sapiens,* ausgerottet worden sein soll. Sie erklärt:

»Es wollte mir nie einleuchten, daß eine so lebenskräftige und erfindungsreiche, Werkzeuge hervorbringende Kultur, die sich viele Jahrtausende lang behaupten konnte, während der letzten Eiszeit einfach zusammengebrochen sein soll. Die im sowjetischen Asien ausgegrabenen Neandertaler-Fundstätten decken sich ziemlich genau mit den Orten, an denen der Alma gesichtet wurde. Sollte der Neandertaler überlebt haben, so allenfalls in einem abgelegenen Gebiet mit ausreichenden Nahrungsquellen und vor allem den richtigen Gesteinsarten zur Werkzeugherstellung.«

Im Sommer und Herbst 1979 konnte Dr. Shackley in die Mongolei einreisen und eine Expedition in die abgelegensten, steil gegen die Wüste Gobi abfallenden Teile des Altai unternehmen.

»Vermutlich war ich seit Jahren, vielleicht sogar überhaupt der erste europäische Besucher, der auf einige dieser Berge vorstieß«, meinte sie. »Nicht einmal die Mongolen begeben sich dorthin. Es treibt sie nichts dazu, und außerdem fürchten sie die Geschöpfe, die dort hausen.«

Obgleich es sich nur um eine Erkundungstour handelte, konnte Dr. Shackley mit einem ersten Erfolg aufwarten: In einem hochgelegenen Flußtal stieß sie auf mutmaßliche Neandertaler-Werkzeuge, wenn auch älteren Datums.

»Das ganze Gebiet ist reich an Neandertaler-Artefakten aus dem Moustérien«, bemerkt sie. »Sollte der Neandertaler überlebt haben, so höchstwahrscheinlich in genau den Regionen, aus denen am kontinuierlichsten Berichte über das Auftauchen des Alma einlaufen. Die Frage mag seltsam anmuten, und doch: Könnte es nicht sein, daß der Neandertaler noch existiert und gesund und wohlbehalten in der Mongolei haust?«

Die Suche nach Yeti, Sasquatch und Alma erstreckt sich rund um die Welt, und dennoch sind diese Wesen nach wie vor nicht greifbar. So verweisen die meisten, wie Sir Edmund Hillary, sie ins Reich der Sage, reihen sie in die endlose Schar der Geister, Ungeheuer und Riesen ein, die seit jeher die menschliche Phantasie bevölkern. Die

Der Altai (Aufnahme von Myra Shackley, 1979)

Naturwissenschaftler sind in der Mehrzahl der Überzeugung, daß die Erde nicht mehr viele große Geheimnisse preiszugeben hat. Doch auch der Berggorilla wurde als Ausgeburt der Phantasie abgetan, bis man schließlich um die Jahrhundertwende ein Exemplar einfing. Mit dem Panda schloß der Westen erst Bekanntschaft, als der Zoo von Chicago in den dreißiger Jahren ein Exemplar erwerben konnte. Und selbst der Orang-Utan, der zu den dem Menschen am nächsten stehenden Affen gehört, mußte erst gefangen werden, ehe man an seine Existenz glaubte.

Andererseits jedoch erhebt sich die Frage, warum von Yeti, Bigfoot und Alma, sofern sie existieren, keine Knochen, Häute oder Kadaver gefunden wurden. Falls sie nicht, wie Desmond Doig befürchtet, kurz vor der Ausrottung stehen, müßten sie sich nicht nur sehr vorsichtig verhalten, sondern auch großes Glück gehabt haben bei dem Versuch, sich dem Zugriff des Menschen zu entziehen.

Die Skeptiker lehnen viele Augenzeugen als unglaubwürdig ab, aber kann man sie alle als Betrüger, Narren, Phantasten einstufen? Und wenn es kein unbekanntes Wesen war, das sie gesehen haben – was war es dann? In Nordamerika und selbst im Himalaja könnte es sich um Bären handeln, aber viele Berichte stammen von erfahrenen Waldläufern und Bergsteigern, die einen Bären oder ein anderes ihnen bekanntes Tier doch sicher erkennen würden. Und wie kommt es zu dieser Übereinstimmung der Beschreibungen selbst in Fällen, in denen die Beteiligten nie etwas von einem Alma oder Bigfoot gehört haben? Warum identifizieren die nepalesischen Sherpas den Yeti so beharrlich als ein affenähnliches Geschöpf?

Zwar besitzen wir neben all den Ungewißheiten auch handfestes Beweismaterial in Form der Fußspuren, aber auch sie lassen sich offenbar durch keine der bislang aufgestellten Theorien befriedigend erklären. Dies gilt für den Himalaja und Amerika ebenso wie für die Sowjetunion, wo sie laut Professor Chalkow große Ähnlichkeit mit denen des Neandertalers aufweisen. Immerhin scheinen sie echt. Schwindler und Fälscher mögen zwar in der pazifischen Region Nordwestamerikas am Werk sein, aber würden sie sich im Gebiet von Everest und Kangchenjunga bis in eine Höhe von 6000 m hinaufwagen oder in den unwirtlichsten Teil des Pamir vordringen? Ob Yeti, Alma oder Bigfoot – irgend etwas scheint zu existieren.

Arthur C. Clarke meint dazu:

Ich persönlich würde Berichte über das Auftreten von Affenmenschen in unserer Zeit ernster nehmen, wenn sie nicht in so großer Zahl und aus so dichtbesiedelten Gegenden eingingen. Doch falls Bigfoot existiert, würde ich die Jagd auf diejenigen eröffnen, die ihn – und wäre es auch im Namen der Wissenschaft – abschießen wollen ...

Obgleich die Vorstellung, daß einige unserer entfernten Vorfahren überlebt haben könnten, an sich nicht abwegig ist, spricht doch das traurige Schicksal der Tasmanier gegen eine solche Möglichkeit. Die Tasmanier waren immerhin Angehörige unserer eigenen Spezies – und was ist aus ihnen geworden?

Dennoch könnte es sein, daß wir die Neandertaler nicht um Jahrtausende, sondern nur um ein paar Jahrhunderte verfehlt haben. Eine ceylonesische Sage, die mich viele Jahre lang beschäftigte, ließe sich in diesem Sinne deuten. Die scheuen, im Wald hausenden Wedda, die praktisch bis vor kurzem ein steinzeitliches Dasein führten*, erzählen von Zusammenstößen mit noch primitiveren, affenähnlichen Geschöpfen, die zwar eine Sprache besessen, aber die Erzeugung des Feuers noch nicht gekannt haben sollen. Die letzten dieser Affenmenschen, so behaupten die Wedda, seien in eine Höhle getrieben und getötet worden.

Dieses Ereignis soll angeblich nur ein paar Generationen zurückliegen. Denkbar also, daß in einer Höhle irgendwo in den fernen Dschungeln Sri Lankas Knochen liegen, die der Anthropologie ganz neue Perspektiven eröffnen könnten ...

* Es gibt heute noch vereinzelte Wedda. Beim Herannahen der Touristenbusse greifen sie zu Pfeil und Bogen und verstecken ihre Transistorradios.

Bis 1901 galt der Berggorilla als Ausgeburt der Phantasie

2072

2

Aus Charles Forts Kuriositätenkabinett

Kein Buch über die Rätsel dieser Welt kommt um Charles Fort herum, jenen Amerikaner, der seine Lebensaufgabe darin sah, Berichte über phantastische Begebenheiten zusammenzutragen. Der im August 1874 im New Yorker Stadtbezirk Bronx geborene Fort arbeitete viele Jahre lang mit denkbar geringem Erfolg als Journalist. Im Alter von 42 Jahren verschaffte ihm eine kleine Erbschaft die Möglichkeit, sich voll und ganz jener Tätigkeit zu widmen, derentwegen wir uns hier mit ihm befassen.
Nahezu ein Vierteljahrhundert lang war Fort ständiger Besucher der New Yorker Public Library, bzw., wenn er sich gerade in London aufhielt, des Britischen Museums. Dort durchforschte er wissenschaftliche Zeitschriften und Zeitungen nach Meldungen über Vorfälle, die sich nicht ohne weiteres erklären oder in die anerkannten Wissenskategorien einordnen ließen. Seine fast unleserlichen Notizen, die Ausbeute dieser strapaziösen Arbeit, wertete er in vier zwischen 1919 und 1932 veröffentlichten Büchern aus: *The Book of the Damned, New Lands, Lo!* und *Wild Talents.*
In *The Book of the Damned* erläutert Fort sein Vorgehen eingangs so: »Ich bin ins dunkle Umfeld wissenschaftlicher und philosophischer Berichte und Protokolle vorgestoßen, in Bereiche, in denen sich außerordentlich Interessantes findet und die dennoch vom Staub der Nichtbeachtung bedeckt sind. Ich bin in die Tiefen des Journalismus hinabgestiegen und sozusagen mit den Seelen vergessener Fakten zurückgekehrt.«
Getreu diesem Motto, stellen Forts Bücher Bestandsaufnahmen unerklärlicher Ereignisse dar, die im angelsächsischen Raum die Bezeichnung *Forteana* tragen. So führt er beispielsweise in *The Book of the Damned* Fälle auf, in denen es roten Staub, Frösche, Manna, gallertartige Substanzen, Getreide, Pflanzenteile, Soda, Salpetersäure, Kalkstein, Salz, Koks, Asche, Schlangen, Ameisen, Würmer oder gar Kanonenkugeln regnete.
Unter den über sechzigtausend heute in der New

Links: »Es regnet Katzen, Hunde und Heugabeln!« (Stich aus dem 19. Jahrhundert)

Rechts: Charles Fort

Yorker Public Library aufbewahrten Notizen von Forts Hand existieren auch Berichte über seltsame Flugkörper, die Jahrzehnte vor dem Aufkommen der Begriffe »UFO« oder »fliegende Untertasse« entstanden. Unter ihnen findet sich die Meldung über ein »hell erleuchtetes Flugzeug«, das 1912 über das englische Dorf Warmley schwebte oder über Dreiecksformen, die sich 1885 am Himmel über den Bermuda-Inseln zeigten, merkwürdige Vorboten des in unserem Jahrhundert »entdeckten«, für Schiffe und Flugzeuge angeblich so verhängnisvollen Bermudadreiecks. Außerdem berichtet Fort von geisterhaften Kriegern, klugen Eulen, Luftspiegelungen, »neuen« Sternen und Planeten, außergewöhnlichen Zufällen und sonderbaren dröhnenden Geräuschen.
Seit Forts Tod im Jahre 1932 wird sein Werk von seinen Anhängern in aller Welt mit Eifer und Hingabe weitergeführt. Viele von ihnen bringen Zeitschriften heraus, deren überreiches Repertoire an Forteana sie entsprechend der Methode ihres Meisters aus Zeitungen und wissenschaftlichen Publikationen zusammengetragen haben. Die Anzahl der berichtenswerten Phänomene ist so groß, daß ein kanadischer Forteaner seine Daten sogar mittels Computer speichert. Hier als typische Beispiele die seltsamen Erlebnisse, die zwei außerordentlich vertrauenswürdige Augenzeugen, die Engländer Roland Moody und Wilson Osborne, in jüngster Zeit hatten.

Es regnet Samen

Roland Moody und seine Frau wohnen mit ihren unmittelbaren Nachbarn, Mr. und Mrs. Gale sowie Mrs. Stockley und deren Sohn Patrick in einer ruhigen Vorortstraße Southamptons, in der sich offenbar bis zu jenem denkwürdigen 12. Februar 1979 nichts Ungewöhnliches ereignet hat. An besagtem Morgen gegen 9.30 Uhr versetzte Mr. Moody, ein leidenschaftlicher Gärtner (was genau in den Rahmen unserer Geschichte paßt), mit seiner Frau bei Schneefall und starkem Wind im warmen Treibhaus hinter seinem Haus Sämlinge. Da geschah etwas, woran sich Roland Moody noch in allen Einzelheiten erinnert:

»Ich hörte ein Prasseln über mir, nahm aber weiter keine Notiz davon, bis sich das Geräusch etwa eine Dreiviertelstunde später wiederholte. Als ich aufschaute, sah ich, daß das ganze Treibhausdach mit, wie sich später herausstellte, Senfkörnern und Kressesamen bedeckt war. Am meisten erstaunte uns, daß der Kressesamen mit einer gallertartigen Masse überzogen und so klebrig war, daß er beim Aufsammeln an den Fingern haftenblieb. Der Vorgang wiederholte sich im Laufe des Tages noch fünf- oder sechsmal, und jedesmal kam mehr Senf- und Kressesamen herunter, bis der ganze Garten davon bedeckt war. Und, äußerst merkwürdig, als wir das Zeug an den Schuhen ins Haus hineintrugen, nahmen wir deutlich den Senf- und Kressegeruch wahr.«

Roland Moody, der sich den Vorfall nicht erklären konnte, erkundigte sich bei seinen Nachbarn, ob sie etwa Ähnliches erlebt hätten. Bei Mrs. Stockley war der Senfkorn-Kresse-Beschuß geringer ausgefallen. Sie vertraute Mr. Moody jedoch etwas an, was sie bis dahin noch niemand erzählt hatte – nämlich, daß es im Vorjahr so viele Senfkörner und Kressesamen in ihren Vorgarten geregnet hatte, daß sie das ganze Jahr mit dem Ausjäten der in ihren Blumenrabatten aufgehenden Pflanzen beschäftigt war.
Im weiteren Verlauf der Woche kam es dann noch schlimmer. »Am nächsten Tag, einem Dienstag«, so erinnert sich Mr. Moody, »als wir wiederum Setzlinge pikierten – ich ziehe nämlich viele Pflanzen, rund dreißig Kästen pro Jahr –, regnete es Erbsen, Mais und weiße Bohnen.« Mrs. Moody, der die Sache allmählich zu bunt wurde, flüchtete ins Haus, während sich ihre Nachbarn von nebenan, Mr. und Mrs. Gale, in ihren Garten hinauswagten, den sie bereits mit Bohnen und Erbsen beregnet vorfanden. »Und da ging auch schon«, so berichtet Mrs. Gale, »eine solche Ladung Puffbohnen nieder, daß wir uns beide ducken mußten.« Auch Mrs. Stockley war nicht verschont geblieben: »Sooft ich die Haustür aufmachte, kam eine Salve Puffbohnen herunter. Sie rollten über den Flur und landeten geradewegs in unserer Küche. Es war die reinste Überschwemmung.« Beim Telefonieren im Flur wurde Mrs. Stockley mit Dutzenden von Bohnen beschossen, als ihr Sohn die Haustür öffnete. Bei jedem Öffnen der Tür kam ein neuer Schwall herein. Als auf einige Besucher ein Bohnenregen niederprasselte, rief Mrs. Stockley schließlich die Polizei, die jedoch auch keine Erklärung für den Samenregen wußte. Schließlich sammelten die verdutzten Nachbarn den Segen von oben, insgesamt rund 4,5 kg als Ausbeute von mindestens fünfundzwanzig »Regengüssen«, ein und säten als sparsame Gärtner später auch das Saatgut aus. »Ich räumte an die acht Eimer voll Senf und Kresse ab«, berichtet Mr. Moody. »Die Bohnen

Roland Moody in seinem Treibhaus

Wilson Osborne und seine Frau an der Stelle, an der es Haselnüsse regnete

wuchsen, die Erbsen wuchsen, alles gedieh.« Mr. und Mrs. Gale erzielten gleichfalls »einen prächtigen Bohnenertrag«, und Mrs. Stockley bewahrt zum Beweis dafür noch heute einen Rest der himmlischen Ernte in ihrer Tiefkühltruhe auf.

Woher aber konnten die Samen stammen? Das ist eine Frage, an der die Nachbarn bis heute herumrätseln, zumal die Berieselung ziemlich regellos erfolgte: Bei Mr. Moody kamen die Samen vorwiegend aus südöstlicher Richtung, bei Mrs. Gale fielen sie auf den Garten hinter dem Haus, während Mrs. Stockleys Bohnen zur Haustür hereinrollten. Das im Falle Mr. Moodys allenfalls in Frage kommende nächste Haus lag 640 m weit entfernt, und um die Bohnen bei Mrs. Stockley mit solcher Wucht zur Tür hineinzubefördern, hätte es einer Kanone bedurft. Auf der Straße aber hatte sich zur fraglichen Zeit nichts Ungewöhnliches ereignet. Außerdem waren, merkwürdig genug, nur die drei genannten Häuser mit Samen beregnet worden, alle anderen jedoch samt dem Gehsteig verschont geblieben.

Bis zum heutigen Tag grübelt Mr. Moody bei der Gartenarbeit über die Ursache des Samenregens und die Herkunft der Gallertmasse nach, die beim ersten Schwall am Senf- und Kressesamen haftete. Doch der erfahrene Gärtner weiß keine Erklärung und bekennt: »Es ist mir heute noch genauso schleierhaft wie damals im Februar 1979.«

Nüsse im März

Knapp zwei Jahre zuvor, am 13. März 1977, erlebten Mr. Alfred Wilson Osborne (von Beruf Schachkorrespondent einer Zeitung) und seine Ehefrau auf dem Heimweg von der Kirche in der Nähe ihrer Wohnung in Bristol etwas, wie Mr. Osborne sich ausdrückt, »ganz Erstaunliches«: Als sie an einem großen Autohaus vorbeigingen, hörten sie nach Osbornes Worten »etwas klicken, als hätte ich einen Knopf verloren. Doch dann ging mir auf, daß es kein Knopf war, sondern daß etwas vom Himmel gefallen war.« Dieses »Etwas« entpuppte sich als Haselnuß, und schon prasselte ein ganzer Nußschauer, schätzungsweise 350–400 Stück, auf die Osbornes nieder. »Es schepperte nur so, als sie auf die Autos aufschlugen«, erinnert sich Mr. Osborne. Ein Haselnußregen, an einem Sonntagmorgen in Bristol an sich schon reichlich ungewöhnlich, war in diesem Fall ein besonders erstaunliches Ereignis, da es in der Straße keine Nußbäume gab und auch die Zeit der Nußernte noch nicht gekommen war. Statt September/Oktober schrieb man März. »Und doch«, präzisiert Mr. Osborne, »waren die Nüsse ganz frisch und milchig-süß.« Die Osbornes sind auch davon überzeugt, daß die Nüsse nicht vom Flachdach des nahen Autohauses, sondern vom Himmel geflogen kamen, einem »klaren blauen Himmel, über den nur eine einzige Wolke zog«. In der Hoffnung, des Rätsels Lösung zu finden, steckte Mr. Osborne ein paar Nüsse ein und schilderte den Vorfall seinen Freunden, »die aber nur erklärten, ich müsse wohl übergeschnappt sein«. Einer aus dem Freundeskreis geriet, als er etwa drei Minuten später die bewußte Autofirma passierte, gleichfalls in einen Nußregen. Er fand dafür ebensowenig eine Erklärung wie die Leser der von Osborne angeschriebenen Lokalzeitung. »Der Vorgang ist wirklich unbegreiflich«, meint Mr. Osborne. »Wie und woher sie geflogen kamen, das weiß ich nicht. Vielleicht wurden sie von einer Windhose davongetragen – aber wo sollte es im März Haselnüsse geben?«

Charles Fort hätte an Mr. Moodys Samenregen und Mr. Osbornes Haselnußbeschuß gewiß Gefallen gefunden und ihre Geschichten festgehalten, obwohl er es anscheinend versäumte, über die *versteinerten* Haselnüsse zu berichten, die laut *Symons Monthly Meteorological Magazine* 1867 in Dublin mit solcher Wucht niedergingen, »daß selbst die Polizisten trotz ihres äußerst stabilen Kopfschutzes vor der himmlischen Salve in Deckung gehen mußten!«
Dafür erwähnt Fort mehrere Samenregen, darunter die »Weizenkörner«, die 1686 in Hagelschloßen eingefroren auf die englische Grafschaft Wiltshire und die »kleinen runden Samen«, die auf das deutsche Marienwerder niederfielen.

Fische und Frösche

Merkwürdige Objekte, die aus luftiger Höhe herabfallen, gehören zum Grundinventar der Forteana, und mehrere Leute, darunter auch Wissenschaftler, haben über diese absonderlichen Ereignisse Buch geführt. Hier einige Beispiele, die der Herausgeber des angesehenen amerikanischen Wettermagazins *Weatherwise,* David Ludlum, aus alten und neuen Berichten zusammentrug: 1819 klatschte auf die Main Street von Buffalo, New York, ein 33 cm langer Hering herunter, während auf den Odd Fellows Cemetery in Sacramento 1879 gleich ein »heftiger Heringsregen« und auf Boston 1841 ebenfalls ein Regenguß aus Fischen, darunter ein 25 cm langer Kalmar, niederging. 1894 landete in Bovina, Mississippi, eine in Eis eingeschlossene Gopherschildkröte, und in Worcester, Massachusetts, fielen 1933 gefrorene Enten vom Himmel. Im Juni 1957 schließlich bedeckten Tausende von Fischen Magnolia Terminal in Thomasville, Alabama, nachdem es in Wichita, Kansas, bereits 1899 Fische geregnet hatte und in Utah im Jahre 1870 Salamander. 1901 verzeichnete man im Bezirk Kershaw einen Regen von »Welsen, Flußbarschen und forellenähnlichen Fischen«, während die Einwohner von Charleston acht Jahre zuvor an der Kreuzung Wentworth/Anson Street einen vom Himmel fallenden Alligator gesehen hatten. Wer einen derartigen »Regenschauer« miterlebt hat, sucht nach einer Erklärung; Erklärungen sind jedoch in solchen Fällen, wen würde es wundern, schwerlich zu finden. Kaum etwas dürfte einen Wissenschaftler in größere Verlegenheit bringen als ein Froschregen, wie ihn die Engländerin Sylvia Mowday am 12. Juni 1954 erlebte. Mrs. Mowday, die am Nachmittag des besagten Tages mit ihrem kleinen Sohn und ihrem Töchterchen eine Ausstellung der Royal Navy in einem Park in Sutton Coldfield, Birmingham, besuchte, erzählt:

»Nachdem wir die Ausstellung besichtigt hatten, wollten wir uns noch den Jahrmarkt auf der anderen Seite des Parks ansehen, gerieten aber unterwegs in dieses schwere Gewitter. Wir eilten auf eine Baumreihe zu, und als meine vierjährige Tochter ihren kleinen roten Regenschirm aufspannte, hörten wir diese Dinger draufplatschen. Bei genauerem Hinsehen stellten wir erstaunt fest, daß es Frösche regnete. Sie fielen zu Hunderten vom Himmel, lagen auf dem Schirm und auf unseren Schultern, und als wir nach oben blickten, sahen wir sie wie Schneeflocken herunterkommen. Der Boden ringsum war im Umkreis von etwa 40 Quadratmetern so dicht mit den Tieren bedeckt, daß wir Angst hatten, sie zu zertreten. Es waren lauter winzige, rund 1–2 cm lange, wie frisch aus dem Laich geschlüpfte sandfarbene Frösche mit kleinen gelben Flecken.«

Wie sich herausstellte, war Mrs. Mowday nicht der einzige Zeuge eines Froschregens: Bereits zehn Jahre früher, im August 1944, hatte Mr. John W. Pittman gleichfalls in den englischen

Midlands ein ähnliches Erlebnis. Als er an einem heißen Tag mit seiner Frau und seinen beiden Kindern mit dem Bus in ein Dorf zwischen Tamworth und Lichfield fuhr, geriet er auf offener Straße in einen Regenschauer. Plötzlich wimmelte die ganze Straße von winzigen Fröschen, die nur mit dem Regen niedergegangen sein konnten. Charles Fort hätte am Namen des Dorfes gewiß Gefallen gefunden: Hopwas.

Mehr Schlagzeilen machte der Froschregen, über den die bekannte Zeitungskolumnistin Veronica Papworth 1969 berichtete. Sie bewohnte damals ein Haus hoch über Penn, Buckinghamshire, und schilderte den Vorgang im Londoner *Sunday Express* folgendermaßen:

»Ich entsinne mich noch genau, daß wir auf eine Abendgesellschaft gehen wollten, als plötzlich ein Gewitter losbrach, bei dem es *Frösche* regnete. Türen und Fenster standen offen, und von überall her drangen kleine Frösche ein und bedeckten zu Tausenden den Fußboden – unmöglich, sie zu vertreiben.

Sie kamen ebenso schnell wieder hereingehüpft, wie wir sie hinausjagten, so daß wir mit großer Verspätung auf der Party erschienen. Zum Glück fand ich, als wir dann endlich eintrudelten, ein paar von ihnen an meinem Hosenbein – als Beweis.«

Charles Fort hat Berichte über viele ähnliche Ereignisse zusammengetragen, darunter eine höchst dramatische Geschichte von Fröschen und Pferden: »Mr. Stoker fuhr das Newark Valley entlang, eine der ausgedehntesten Wüstenregionen Nevadas. Gewitter: Nieder gingen Frösche, auf bäumten sich die Pferde.« Daneben gibt es eine Anzahl älterer Darstellungen, wie die folgende aus den *Historien* des Heraclides Lembus:

»Im Lande der Päonier und Dardaner regnete es Frösche, und zwar in solcher Zahl, daß sie Häuser und Straßen bevölkerten. Während der ersten Tage schlugen die Leute sie tot, verschlossen ihre Häuser und suchten die Lage nach Kräften zu meistern. Aber schon bald wurden sie der Plage nicht mehr Herr; ihr Geschirr füllte sich mit Fröschen, die sie gekocht und gebraten in den Speisen vorfanden. Sie konnten weder das Wasser genießen noch den Fuß auf den Boden setzen, da allenthalben Frösche zuhauf lagen, und da sie der Geruch der toten Geschöpfe überdies mit Ekel erfüllte, verließen sie eilends das Land.«

Veronica Papworth (1969)

Fort verzeichnete u. a. einen Froschregen, der 1921 in Southgate im Norden Londons niederging. Mrs. Joan Battell, eine Augenzeugin, die sich noch lebhaft an diesen Vorfall erinnert, erzählte uns, wie die Straße nach einem Platzregen »buchstäblich von Fröschen überschwemmt war«.

Auch in der Presse finden sich dann und wann entsprechende Kurzmeldungen, in denen die Redakteure meist ihren Witz versprühen. Unter der Schlagzeile »Katzen und Frösche aus heiterem Himmel« schilderte der *Guardian* einen derartigen »Regenfall« im französischen Perpignan, und im Dezember 1977 berichtete die Londoner *Sunday Times* gar von einem Froschregen in der Wüste – der marokkanischen Sahara.

Viele glaubwürdige Augenzeugen berichten auch von herabfallenden Fischen. In Indien und Australien scheinen derartige Niederschläge so alltäglich zu sein, daß die Zeitungen sie kaum mehr erwähnen. So konnte der australische Naturforscher Gilbert Whitley in der *Australian Natural History* vom März 1972 nicht weniger als 50 Beispiele anführen, darunter einen »Regenguß« von mehreren tausend Elritzen in Cressey am Corangamite-See, Victoria, 1879; von Garnelen bei Singleton, Neusüdwales, im Jahre 1918; von Zwergbarschen in Heyfield, Victoria, 1933; von kleinen Süßwasserfischen in den Vororten Brisbanes. Aus Indien berichtete ein Wissenschaftler im *Journal and Proceedings of the Asiatic Society of Bengal,* daß sich bei Muzaffarpur in Nordindien ein Tennisplatz durch vom Himmel fallende »kleine Fische buchstäblich weiß gefärbt« habe. In einem anderen Fall sollen die Fische nutzbringend verwendet und entsprechend verarbeitet worden sein. Unter den vielen Geschichten aus dem Osten findet sich auch die von Ron Spencer, der in einer BBC-Sendung 1975 von einem Fischregen erzählte, den er während des Zweiten Weltkrieges in Comilla an der burmesischen Grenze erlebt hatte. Da Wasser knapp war, pflegte er sich, nur mit einem Stück Seife in der Hand, in den Monsunregen zu stellen:

»Als ich eines Tages«, so schreibt Spencer, »über und über mit Seifenschaum bedeckt dastand, spürte ich, wie etwas auf mich herabfiel, und sah, als ich mich umblickte, Myriaden kleiner zappelnder Geschöpfe auf dem Boden und Tausende, die von den Dächern gespült wurden ... lauter kleine, sardinenähnliche Fische. Unnötig zu sagen, daß sie unmittelbar nach dem schweren Sturm verschwunden waren. Aasfresser hatten sie verschlungen.«

Auch aus England liegen ähnliche Berichte vor, darunter als einer der ältesten folgender bemerkenswerte Brief an ein Mitglied der Royal Society:

»Am Mittwoch vor Ostern Anno 1666 fand sich eine etwa zwei Morgen große Weide in Cranstead bei Wrotham in Kent, wiewohl von allen Teilen oder Ausläufern der See weit entfernt und eine Örtlichkeit, wo es in Ermangelung von Wasser auch keine Fischweiher gibt, über und über mit kleinen Fischen bedeckt. Sie waren mutmaßlich mit dem Regen herabgefallen, welcher um diese Zeit im Verein mit einem schweren Gewitter niedergegangen; die Fische, die ungefähr die Länge eines kleinen Fingers aufwiesen, wurden von sämtlichen Augenzeugen als junge Weißfische bezeichnet. Man hob viele auf und zeigte sie mehreren Personen! ...«

Im August 1918 ging über der Gegend von Hendon in Sunderland ein denkwürdiger Regen von 76 mm langen Sandaalen nieder, während Mr. Ian Patey aus Hayling Island in Hampshire 1948 in einen Heringsregen geriet. Mr. Patey erinnert sich noch, wie die Tiere bei einem Viererspiel auf dem Golfplatz von Barton-on-Sea bei Bournemouth auf ihn und seine drei Kameraden herunterfielen.

Selbst Krabben und Uferschnecken sind schon auf Englands friedvolle Landschaft heruntergefallen. Ende Mai 1881 wütete in Worcester ein Gewitter, das im Gebiet von St. John's viele Häuser beschädigte. Darüber hinaus geschah jedoch noch etwas anderes, was die Aufmerksamkeit der Einheimischen und der Leserschaft von Berrow's *Worcester Journal* in ganz besonderem Maße erregte:

»Ein Mann namens John Greenall, der in einem Schuppen im Garten seines Dienstherrn in der Comer-lane Unterschlupf suchte, behauptet, er habe große Mengen von Uferschnecken vom Himmel fallen sehen. Einige von ihnen seien in den Boden eingedrungen, andere hingegen in die Höhe geschnellt. Der Schneckenregen beschränkte sich auf Mr. Leeds Garten und die Comer-lane. Eine Schar von Gassenjungen bemächtigte sich sogleich der Schnecken und sammelte sie ein ... In einem großen Schneckenhaus, das ein Bub von der Gasse aufhob und Mr. Joseph Phillips von St. John's gab, befand sich ein lebender Einsiedlerkrebs.«

Bereits 1836 hatte Lord Eastnor in einem Brief ähnliches berichtet:

»Im Sommer des Jahres 1829 wurden kurz nach einem äußerst heftigen, mit Wind und Regen einhergehenden Gewitter in der Nähe des Armenhauses von Reigate drei kleine, zwischen 35 und 49 g schwere Krabben und etwas später, ich glaube, am nächsten Morgen, in geringer Entfernung noch eine vierte entdeckt ... Der Finder, ein Junge, erzählte dem Vorsteher, er habe einen sonderbaren Frosch gefunden.«

Die übliche Erklärung angesichts dieser und anderer sonderbarer »Regenfälle« lautet, die Tiere seien von einem plötzlich aufkommenden Wirbelsturm aus ihrem Lebensbereich in Tümpeln oder Flüssen emporgerissen worden. Falls dies zuträfe, müßten Wirbelstürme, wie William R. Corliss in seinem *Handbook of Unusual Natural Phenomena* zutreffend bemerkt, sehr selektiv verfahren, denn:

»Erstens wird bei diesem Transportvorgang (wie immer er aussehen mag) nur die eine Fisch-,

Einband von Charles Forts Buch *Lo!* (1931)

Frosch- oder sonstige Tierart befördert, die gerade auf dem Tagesprogramm steht. Zweitens unterliegt auch die Größenauslese vielfach einer sorgfältigen Kontrolle. Drittens fallen mit den Tieren keinerlei stoffliche Überreste wie Sand oder Pflanzenmaterial herunter. Und viertens hat man selbst bei herabregnenden Tierarten, die im Salzwasser leben, noch nie davon gehört, daß der gleichzeitige Regenguß salzig geschmeckt habe. Die für den Transport verantwortliche Naturgewalt verfährt demnach also reichlich wählerisch. Am ehesten leuchtet die Wirbelwind- oder Wasserhosentheorie noch bei Fischen ein, die sich in großen Schwärmen an der Oberfläche nahe gelegener Gewässer aufhalten. Wesentlich schwieriger dagegen wird es, wenn die Tiere aus der Tiefe stammen, wenn sie tot und ausgetrocknet (oder, wie gelegentlich beobachtet, ohne Köpfe) oder in sehr großer Anzahl herunterfallen.«

Eis aus der Höhe

Wesentlich gefährlicher kann es werden, wenn große Eisblöcke niedergehen, eine sowohl in jüngster Zeit als auch in der Vergangenheit häufig verzeichnete Erscheinung. So wurde nach einer im *INFO Journal* vom Frühjahr 1968 veröffentlichten Aufstellung ein Zimmermann in Kempten bei Dacharbeiten von einem niedersausenden, 1,80 m langen Eiszapfen von 15 cm Umfang erschlagen. In vielen anderen Fällen entgingen die Betroffenen nur knapp einem ähnlichen Schicksal. So drang ein über 30 cm langer Eisklumpen von der Gestalt eines Rugbyballs durch das Dach von Doris Coults Haus in der Stahlstadt Scunthorpe im Humbergebiet, und ein laut Beschreibung etwa »45 cm im Quadrat« messender Eiswürfel fiel im März 1974 im Londoner Vorort Pinner auf das Auto einer Mrs. Wildsmith.
Bis heute ungeklärt ist die Herkunft des Eisblocks, der in der amerikanischen Kleinstadt Timberville in Virginia am 7. März 1976 das Dach eines Hauses durchschlug. Der denkwürdige Vorfall ereignete sich an einem friedlichen Sonntagabend, als der Hausbesitzer Wilbert Cullers mit seinem Sohn und dessen Freundin vor dem Fernsehapparat saß. Plötzlich trat ein, was

das Lokalblatt *Daily News-Record* folgendermaßen schilderte:

»Wir hörten ein Krachen wie von einer Sprengung, und dann flogen Teile der Decke herunter«, berichtete Mr. Cullers. »Die Trümmer landeten zusammen mit mehreren großen Eisstücken fast genau in der Mitte des Raumes, etwa 1 m vom Fernsehapparat entfernt. Mehrere Eisbrocken rollten in die beiden ans Wohnzimmer angrenzenden Räume. Als die Betroffenen durch das große Loch in der Wohnzimmerdecke nach oben blickten, konnten sie in den klaren, sternenübersäten Himmel schauen.«

Als weiteren zuverlässigen Zeugen zitierte der *Daily News-Record* Mr. Cullers' Nachbarn, Johnny Branner, der den Vorfall von seiner Auffahrt aus mitverfolgt hatte. Unmittelbar bevor das Eis auf Cullers Haus aufschlug, so gab er zu Protokoll, habe er »einen dumpfen Knall wie von einer Flinte« gehört. Sekunden später, als er sich erschrocken umschaute, habe er schon den nächsten Eisklumpen auf die Straße sausen sehen. Bereits nach wenigen Minuten erschienen Polizeibeamte des Bezirks Rockingham unter Leitung von Wachtmeister Carl »Butch« Hottinger auf dem Schauplatz, sammelten Proben ein und brachten sie zum Analysieren. Inzwischen entfernte Wilbert Cullers die Eisbrocken vom Stubenboden und stellte Überlegungen an, wie er das fast einen halben Quadratmeter große Loch in seinem Hausdach reparieren könnte. Wie Wachtmeister Hottinger in seinem »Tatortprotokoll« festhielt, »schien die Gesamtmenge des Eises der Größe eines Basketballs zu entsprechen. Bei der Prüfung«, so der Wachtmeister weiter, »stellte ich fest, daß es von milchig-weißer Färbung war, sich kalt anfühlte und in der Hand zusammendrücken ließ.«
Eine der Eisproben wurde ins nahe gelegene Eastern Mennonite College in Harrisonburg gebracht und dort vom Leiter der naturwissenschaftlichen Fakultät, Robert Lehman, und zwei Chemiestudenten untersucht. Als die Tests anliefen, kam vom örtlichen Polizeilabor, das gleichfalls Proben erhalten hatte, die für die Einheimischen beruhigende Meldung, daß die Eisstücke nicht radioaktiv seien. Diese Feststellung bestätigten auch Dr. Lehman und seine Studenten, nach deren Befund das Eiswasser große Ähnlichkeit mit gewöhnlichem Brunnenwasser aufwies. Woher aber konnte das Eis stammen? Das war eine Frage, die der *Daily News-Record* in Harrisonburg unverzüglich allen erreichbaren Autoritäten stellte. Ein Astronom der University of Virginia sowie Beamte des Nationalen Wetterdienstes nannten als mutmaßliche Quelle übereinstimmend ein Flugzeug. Auch Dr. Lehman und seine Kollegen äußerten die Vermutung, das Eis sei an einem schadhaften Flugzeugventil entstanden und habe sich dann auf Grund seines Gewichts von immerhin 4,5–7 kg vom Flugzeug gelöst. Andere dagegen meldeten Zweifel an dieser Theorie an. Denn zum einen schlossen die herrschenden Witterungsverhältnisse nach Aussage ortsansässiger Meteorologen die Bildung eines großen Eisblocks an einem Flugzeug aus. Zum anderen hatte trotz sternenklarer Nacht niemand, der sich zum fraglichen Zeitpunkt in der Nähe von Wilbert Cullers' Haus im Freien aufhielt, ein Flugzeug gesehen oder aber gehört. Außerdem hatte man im *Inneren* eines Eisstückes Spuren von Kies gefunden. Wie aber hätte Kies auf ein Flugzeug gelangen sollen?
Dennoch geht ein Teil der vom Himmel fallenden Eisbrocken mit Sicherheit auf Flugzeuge zurück, die unterwegs Flüssigkeit abgeben, so z. B. der rund 11 kg schwere »Green Glob« oder »Grüne Tropfen«, der an einem Sonntagnachmittag des Jahres 1978 in Ripley, Tennessee, herabfiel und bei den Einwohnern der rund 100 km nördlich von Memphis gelegenen Kleinstadtgemeinde großes Aufsehen hervorrief. »So etwas Aufregendes haben wir in unserem Städtchen seit langem nicht mehr erlebt«, erzählte Debbie Crowell, eine Angestellte der obersten Polizeibehörde, einem Reporter. »Das Ding hatte einen auffallenden Geruch.« Das war der Schlüssel zum geheimnisvollen Ursprung des »Grünen Tropfens«: Wie ortsansässige Beamte der Bundesluftfahrtbehörde nach ihren Ermittlungen bestätigten, war des Rätsels Lösung ein Loch in einem Tank eines Flugzeuges, durch das die zum Spülen der Toiletten verwendeten grünblauen Chemikalien nach außen sickern konnten. Und da in den üblichen Flughöhen niedrige Temperaturen herrschen, muß die Flüssigkeit gefroren sein. Der so entstandene Eisklumpen löste sich dann durch die Erschütterungen, vielleicht auch unter Einwirkung eines Warmluftstroms oder durch sein Eigengewicht. Derselbe Vorgang führte auch zur Entstehung des »Blue Blob« von Shenandoah, eines dunkelblauen, ca. 4,5 kg schweren Eisklumpens, der 1970 in ein Haus in Shenandoah, Pennsylvania, krachte und nach Darstellung der Lokalzei-

Wilbert Cullers (links) mit Carl Hottinger

tung zumindest einen der Bewohner auf den Gedanken brachte, »das Ende der Welt sei gekommen«.

Doch nicht alle derartigen Vorfälle lassen sich so leicht erklären, fielen doch auch schon vor der Erfindung des Flugzeugs zahlreiche Eisblöcke zur Erde. Die größte wissenschaftlich verbürgte Hagelschloße, die nach der Stadt, auf die sie 1970 niederging, als *Coffeyville Hailstone* bezeichnet wird, wies einen Umfang von 44 cm und ein Gewicht von 0,7 kg auf. Und was hat es mit dem Eisregen auf sich, den Kapitän Blakiston auf einer seiner Fahrten beobachtete? Er berichtete:

»Am 14. Januar 1860, als wir uns zwei Tagereisen, d. h. ungefähr dreihundert Meilen, südsüdöstlich vom Kap der Guten Hoffnung auf 38°53′ südlicher Breite und 20°45′ östlicher Länge befanden, gerieten wir um zehn Uhr morgens in eine heftige Regenbö, die eine Stunde lang andauerte, wobei der Wind plötzlich von Ost nach Nord umsprang. Im Verlauf der Bö gingen drei Blitze, darunter einer in nächster Nähe des Schiffes, nieder. Gleichzeitig fiel ein *Eisschauer,* der ungefähr drei Minuten lang anhielt. Was da herunterkam, waren keine Hagelschloßen, sondern feste, unregelmäßig geformte Eisbrocken unterschiedlichen Umfangs bis zur Größe eines halben Backsteins …«

Ein noch beachtlicherer Eisblock landete 1847 auf einem Landgut im schottischen Ord:

»Unmittelbar nach einem der lautesten Donnerschläge, die man je in der Gegend vernommen, fiel ein großer, unregelmäßig geformter Eisbrokken von schätzungsweise knapp 6 m Umfang und entsprechender Dicke beim Gutshaus nieder. Er sah aus wie ein prachtvoller Kristall, war mit Ausnahme eines kleinen, aus ungleich großen Hagelkörnern zusammengesetzten Teils fast völlig durchsichtig und bestand in der Hauptsache aus kleinen, diamantförmigen, 2,5–7,5 cm großen Stücken, die fest aneinandergefroren waren. Das Gewicht dieses großen Eisbrockens konnte nicht ermittelt werden. Es darf als ausgesprochener Glücksumstand gelten, daß er nicht auf Mr. Moffats Haus fiel, das er sicherlich zertrümmert hätte, wobei zweifelsohne auch einige der Bewohner ums Leben gekommen wären. Im übrigen war in der ganzen Umgebung keine Spur von Hagel oder Schnee zu beobachten.«

Da die Wissenschaft keine rechte Erklärung für diese himmlischen Geschosse anzubieten hat, zweifeln die einen an der Exaktheit der Augenzeugenberichte, während andere das Eis auf außerirdische Ursachen, nämlich Kometen, zurückführen. Jedenfalls bleibt die Herkunft so manchen Eisblocks auch im Zeitalter des Flugzeugs ungeklärt. Der zweifellos am besten dokumentierte Fall der letzten Jahre ereignete sich am 2. April 1973 auf einer stillen, von Bäumen gesäumten Vorortstraße im englischen Manchester. Am Abend dieses Tages ging Dr. Richard Griffiths, damals Doktorand an der städtischen Universität, die Burton Road entlang, um eine Flasche Whisky zu kaufen, als er plötzlich einen vereinzelten Blitzstrahl sah. Da Griffiths von einer Forschungsgesellschaft mit der Beobachtung von Blitzen beauftragt war, notierte er sorgfältig den Zeitpunkt, 19.54 Uhr, kaufte in einem nahe gelegenen Geschäft seinen Whisky und wollte sich eben auf den Heimweg machen, als – es war inzwischen 20.03 Uhr – unmittelbar vor dem Laden ein großer Gegenstand auf die Straße krachte. Es war ein gewaltiger Eisblock, der nach Griffiths' späterer Schätzung wohl an die 2 kg gewogen haben dürfte, an sich schon ungewöhnlich genug, hatte doch das Gewicht des *Coffeyville Hailstone* nur bei 0,7 kg gelegen.

Als Wissenschaftler und Wetterbeobachter hob Richard Griffiths das größte Bruchstück des Eisklumpens auf, wickelte es ein, eilte nach Hause und deponierte es im Gefrierfach des Kühlschranks. Am nächsten Morgen brachte er die kostbare Probe in einem deckenumhüllten Dampfkochtopf in sein Labor am Manchester Institute of Science and Technology. Dann machte er sich in der Hoffnung, die Herkunft des Eisbrockens bestimmen zu können, an die Analyse.

Zu den Standardtests, mit denen sich die Entwicklungsgeschichte einer Hagelschloße ermitteln läßt, zählt die Zerlegung des Eises in dünne Scheiben, die anschließend nicht nur unter normalem, sondern auch unter polarisiertem Licht untersucht werden, eine Methode, die die Kristallstruktur erkennen läßt. Mit Hilfe dieser Techniken fand Griffiths heraus, daß sich das von ihm geborgene Eisstück aus 51 Schichten zusammensetzte, zwischen denen etwas dünnere, von eingeschlossenen Luftblasen gebildete Schichten lagen. Insgesamt konnte er keinerlei Ähnlichkeit mit irgendeiner der bekannten Hagelschloßen feststellen, weder in der Kristallgröße, die weit über den normalen Verhältnissen lag, noch in der Schichtung, die alles, was er bis dahin gesehen hatte, an Regelmäßigkeit übertraf.

Wie sich bei einem weiteren Test herausstellte, hatte sich das Eis aus Regenwasser gebildet, aber wo und wie? Vielleicht in irgendeinem Behältnis, sagte sich Griffiths und lagerte zur Gegenprobe mit Wasser gefüllte Luftballons in seinem Kühlschrank. Doch das auf diese Weise gewonnene Eis wies keinerlei Ähnlichkeit mit dem vom Himmel gefallenen Eisblock auf, womit auch ein mögliches Betrugsmanöver ausschied. Konnte das Eis von einem Flugzeug stammen?

Griffiths berichtet:

»Als ich mich daraufhin in der technischen Abteilung des Flughafens erkundigte, erfuhr ich, daß zur angegebenen Zeit zwei Maschinen das fragliche Gebiet überflogen hatten. Die eine war unmittelbar bevor der Eisblock vom Himmel fiel, die andere dagegen etwas später gelandet. Meine gezielte Frage, ob eines dieser Flugzeuge das Auftreten einer Vereisung gemeldet habe, wurde jedoch von den Ingenieuren mit einem entschiedenen Nein beantwortet. Demnach kann, falls nicht noch anderes Beweismaterial auftaucht, der Eisblock meines Erachtens nicht von einem dieser beiden Flugzeuge stammen.«

Dr. Griffiths kann sich den Vorfall bis heute nicht erklären. Er weiß lediglich, »was alles der Eisblock nicht war, aber nicht im geringsten, was er war. Diese Frage kann ich Ihnen beim besten Willen nicht beantworten.«

Chinesische Siegel aus Irland

Charles Fort sammelte nicht nur eifrig Geschichten über Objekte, die vom Himmel fielen. Er interessierte sich auch für Dinge, die an unvermuteter Stelle aus dem Erdboden zutage treten. Das merkwürdigste Beispiel dieser Art stellen ohne Zweifel die altchinesischen Porzellansiegel dar, die im ausgehenden 18. und 19. Jahrhundert im ganzen irischen Raum gefunden wurden. Es handelte sich hier um »Stempel mit eingeschnittenen Inschriften zur Herstellung von Abdrücken und nicht«, wie Fort, auf den Gleichklang der englischen Begriffe für Siegel und Seehund, *seal,* anspielend, erklärt, »jene Wesen mit großen seelenvollen Augen, die auf dem Eis liegen und Gegenstände balancieren können«.

Die winzigen, etwa 28 mm großen, von einem Tierfigürchen gekrönten Würfel sind aus einer als *blanc de Chine* bezeichneten Hartporzellanart gefertigt. Wie wir heute wissen, wurden sie für chinesische Gelehrte hergestellt und tragen auf der Unterseite eine Glücksbotschaft, so daß der in der Regel über 20–30 solcher Stempel verfügende Besitzer seine Briefe jeweils mit dem geeignetsten Spruch versehen konnte. Im Fernen Osten waren solche Siegel weitverbreitet, aber wie kamen sie nach Irland, noch dazu in einer Zeit, in der die Grüne Insel keine offiziellen Handelsbeziehungen zum Reich der Mitte unterhielt? Und warum tauchten solche Funde nirgendwo sonst auf den Britischen Inseln auf?

Der erste, der die Aufmerksamkeit seiner Landsleute auf die Siegel lenkte, war ein gewisser Joseph Huband Smith aus Dublin. In einem 1839 vor der Royal Irish Academy gehaltenen Vortrag erzählte Smith eine ungewöhnliche Geschichte: Schon seit mehreren Jahren waren in Irlands Städten und Landgebieten an den unwahrscheinlichsten Stellen chinesische Siegel aufgetaucht. Das erste wurde allem Anschein nach um 1780 in einem Moor in Mountrath bei Portlaoise in der damaligen Queen's County gefunden, wo es ein Torfstecher bei der Arbeit entdeckt hatte. Das zweite wurde um 1805 in einer Höhle nahe dem Hafen von Cork entdeckt, und auf das dritte stießen ein paar Männer in der Grafschaft Down in einem Obstgarten beim Ausgraben des Wurzelstocks eines alten Birnbaums. Ein weiteres Siegel war 1816 an der Clonliffe Parade nahe der Dubliner Circular Road aufgetaucht, das sechste in der Grafschaft Tipperary beim Pflügen eines Ackers ans Tageslicht gekommen, und im Flußbett des Boyne in der Grafschaft Meath bzw. in Killead, Grafschaft Down, hatte sich auch jeweils eines gefunden.

In den auf Huband Smiths Enthüllungen folgenden Jahren versuchten irische Altertumsforscher, das Rätsel der chinesischen Siegel zu lösen. Sie konnten sich aber weder über deren Herkunft noch über das auf ihnen dargestellte Tier einigen. Sie konnten auch nicht ermitteln, ob die Inschriften auf der Unterseite wirklich etwas auf Chinesisch besagten, oder gar erklären, auf welche Weise diese fremdartigen Gegenstände offenbar viele Jahre zuvor an so ungewöhnliche Fundstellen gelangt waren. Smith legte sich natürlich seine eigene Theorie zurecht, die er der Akademie auch sofort mitteilte: »Es ist daher zumindest möglich, daß sie zusammen mit den Waffen, Ziergegenständen und anderen Handelsartikeln auf den Schiffen der großen Handelsfürsten des Altertums, der Phönizier, denen unsere Häfen und Anlegeplätze wohlbekannt waren, diese Inseln erreichten.«

In den vierziger Jahren des vorigen Jahrhunderts suchte dann ein gewisser Edmund Getty aus Belfast zumindest einige der durch die Siegelfunde aufgeworfenen Fragen zu beantworten. Nachdem ihm ein Naturforscher seine Vermutung, daß es sich bei den affenähnlichen Tieren auf der Oberseite der Würfel um Nachbildungen eines chinesischen Affen handle, bestätigt hatte, fertigte Getty von sämtlichen damals vorliegenden Siegeln – immerhin 26 – Abdrücke an, um zu ermitteln, ob

Der von Richard Griffiths gefundene und untersuchte Eisbrocken

sie tatsächlich chinesische Inschriften trügen. Die Aufgabe war nicht ganz leicht, aber Getty hatte glücklicherweise einen Freund in Hongkong, der zwei Gruppen chinesischer Gelehrter um die Übersetzung der Texte bat.

Da sich der Nachrichtenaustausch zwischen Irland und dem Fernen Osten zu Königin Viktorias Zeiten nur im Schneckentempo vollzog, mußte Getty zwei Jahre lang auf eine Antwort warten. Sie besagte, daß die Siegel zweifelsfrei aus China stammten und bei ihnen eine Schriftart verwendet wurde, wie sie etwa um 500 v. Chr., zur Zeit des Konfuzius, im Land der Mitte in Gebrauch gewesen sei. Auch hinsichtlich der Bedeutung der Texte stimmten die Gelehrten in vielen Fällen überein. Ein Siegel beispielsweise trug die Inschrift: »Ein reines Herz«, ein anderes: »Das Herz, zwar klein, doch überaus edelmütig«. Bei manchen Siegeln allerdings konnten sich die chinesischen Experten nicht einigen. So lautete eine Inschrift nach Deutung der Gelehrtengruppe aus Nanking »Ein Freund«, während die Akademiker aus Shanghai die Bedeutung »Pflaumenbäume und Bambus« herauslasen.

Unterdessen wurden weitere Funde gemacht. Sie beliefen sich 1853 bereits auf mindestens 50 Siegel. 1868 informierte ein Dr. Frazer die Royal

Chinesische Siegel und ihre Fundorte

Irish Academy, man verfüge neuerdings über 61 Fundstücke, äußerte jedoch gleichzeitig die Vermutung, es handle sich um relativ moderne, wahrscheinlich aus dem 14. oder 15. Jahrhundert bzw. sogar aus noch jüngerer Zeit stammende Exemplare.

Die Frage, auf welche Weise die Siegel nach Irland gelangt waren, blieb indessen bis zum heutigen Tag unbeantwortet. Einige Exemplare finden sich als Ausstellungstücke auf der obersten Etage einer Glasvitrine im Irischen Nationalmuseum in Dublin – neben vier weiteren, die laut Katalog auf Dr. Frazers Veranlassung zum Vergleich »1864 in Kanton erworben« worden waren.

Jan Chapman, eine Orientalistin der Dubliner Chester Beatty Library, die diese Siegel auf unser Ansuchen hin erstmals seit vielen Jahren wieder genauer unter die Lupe nahm, bezeichnete vor allem das Material als äußerst ungewöhnlich, da solche Siegel normalerweise nicht aus Porzellan, sondern aus Mineralien gefertigt wurden. Miß Chapman fiel auch das im Vergleich zu den meisten bekannten chinesischen Siegeln kleine Format auf. Sie konnte immerhin als Herkunftsort des Porzellans eine Manufaktur in der Nähe des bedeutenden chinesischen Handelshafens Amoy ermitteln. Obgleich diese Manufaktur seit dem 12. Jahrhundert Porzellan herstellte, glaubt Miß Chapman, daß die in Irland gefundenen Siegel aus dem frühen 18. Jahrhundert stammen – aus einer Zeit, in der die Manufaktur Porzellan dieser Art auszuführen begann. Mehr jedoch kann auch sie zur Lösung des Rätsels nicht beitragen. Zwar fanden sich sämtliche Siegel östlich einer von Lough Foyle bis Cape Clear verlaufenden Linie und könnten über Cork nach Irland gelangt sein, doch erweist sich dies alles als viel zu vage, um brauchbare Schlüsse zuzulassen. So sind also Irlands chinesische Siegel heute noch ebenso rätselhaft wie zu Charles Forts Zeiten.

Die »Teufelsspuren« von Devon

Während sich die Auffindung der chinesisch-irischen Siegel über viele Jahre hinzog, tauchten die sogenannten »Teufelsspuren« in der lieblichen englischen Grafschaft Devon buchstäblich über Nacht auf. Man schrieb das Jahr 1855, und wie schon im Januar herrschte auch im Februar eine ungewöhnlich strenge Winterkälte. Die Trichtermündung des Exe war zugefroren, was den einen die Freuden des Schlittschuhlaufens bescherte, die anderen dagegen in bitterste Not stürzte: In Torquay brachen Hungerrevolten aus, da die normale Versorgung nicht mehr funktonierte,

und überall forderte die Kälte zahlreiche Todesopfer. Am Morgen des 9. Februar fanden die Einwohner der rings um die Exe-Mündung gelegenen Dörfer und Städte die Gegend mit seltsamen Spuren bedeckt. Vielen schien es, als habe ihnen bei aller winterlichen Not nun auch noch der Böse einen Besuch abgestattet.
In den in der Küstenstadt Dawlish erscheinenden *Devon and Cornwall Notes and Queries* schilderte die Pfarrerstochter Henrietta Fursdon viele Jahre später die damaligen Vorgänge folgendermaßen:

»Die Fußspuren tauchten über Nacht auf. Wie mir mein Vater erzählte, der hier damals als Pfarrer wirkte, kamen gleich am nächsten Morgen Hilfspfarrer, Kirchenvorsteher und Gemeindemitglieder zu ihm, um seine Ansicht über diese in ganz Dawlish beobachteten Abdrücke zu erfahren. Diese verliefen in gerader Linie und zeigten die Form eines kleinen Hufes, in dessen Rund sich jedoch Klauen abgeprägt fanden. Namentlich eine Fährte, die vom Pfarrhaus geradewegs zur Sakristeitür führte, erregte Aufmerksamkeit. In anderen Fällen lief die Spur geradewegs auf eine Mauer ohne Durchlaß zu und setzte sich auf der anderen Seite fort. Vielfach fand sie sich auch auf Hausdächern, und zwar in allen Vierteln von Dawlish ... Ich entsinne mich noch ganz deutlich dieser Fußspuren und meiner kindlichen Angst vor der unbekannten wilden Bestie, die wohl draußen herumstreichen mußte, da sich die Dienstboten nach Einbruch der Dunkelheit nicht mehr hinauswagten, um das Hoftor zu schließen.«

Anderen erging es offenbar ähnlich – jedenfalls stand im *Torquay Directory* zu lesen, eine Gruppe von Kaufleuten und anderen habe »mit Flinten und Knüppeln bewaffnet die Fährte fast den ganzen Tag über verfolgt«. Im weiter flußaufwärts gelegenen Mamhead wurde General Edward Mortlake Studd vom Mittagstisch weggeholt, um die Fußabdrücke im Garten seines Hauses, Oxton House, zu begutachten. In Pytte führte eine Spur zum Anwesen eines gewissen Mr. Doveton, endete an der verschlossenen Gartenpforte, setzte sich aber jenseits der 2,40 m hohen Mauer durch den ganzen Garten fort. In Lympstone gab es laut Woolmer's *Exeter and Plymouth Gazette* »kaum einen Garten ... in dem nicht Spuren zu beobachten waren ...« Ein Pfarrer aus der Gegend, der hochwürdige H. T. Ellacombe, merkte an: »An einem Haus in Marley bei Ex-

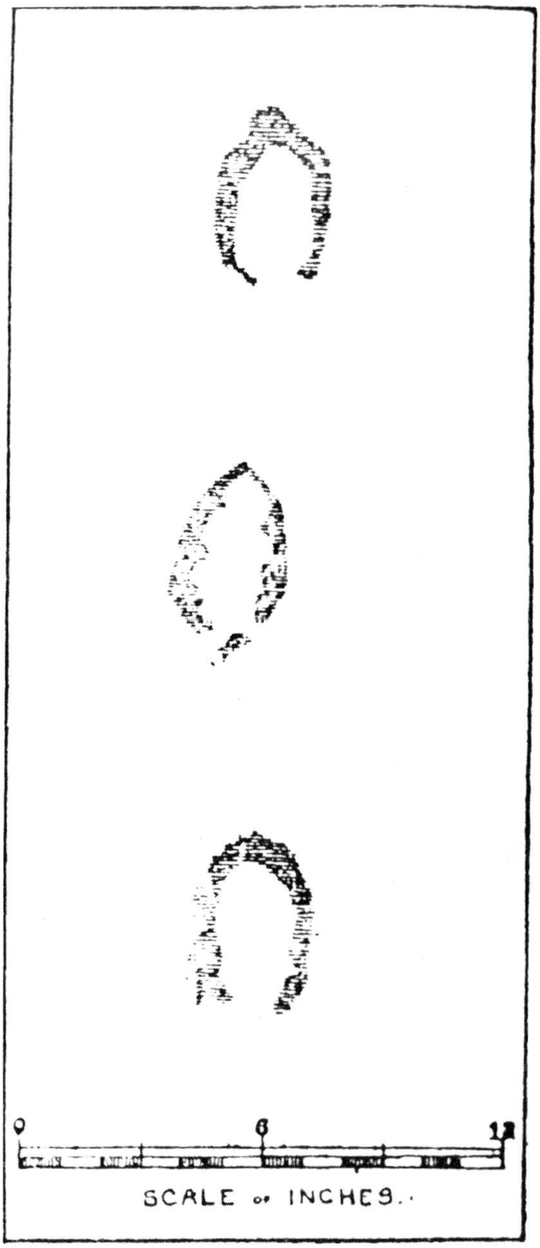

Die »Teufelsspuren« von Devon, skizziert von einem Augenzeugen

mouth fanden sich Spuren auf einem Fenstersims im zweiten Stock«, während ein vornehmer Herr bei Whitycombe Raleigh die Entdeckung machte, daß eine von ihm bis unters Stachelbeergesträuch verfolgte Fährte durch ein 15 cm weites Abflußrohr weiterführte. Nicht alle Spuren indessen zeigten sich am selben Tag: Der bereits zitierte Pfarrer von Clyst St. George, Hochwürden Ellacombe, schrieb, er habe sie erst drei Tage später entdeckt als die Leute anderswo, aber: »Kaum ein Acker, Obstgarten oder Garten, wo sie nicht – durchwegs in einer einzigen Linie – bis unter die Hecken führten, und auf einem Feld in meiner Nachbarschaft stießen wir auf Exkremente – vier länglich-ovale Klümpchen von weißlicher Farbe, von der Größe und Form einer großen Traubenbeere.«

Den berühmtesten Bericht über das Große Rätsel von Devon aber veröffentlichte am 24. Februar 1855 ein namentlich nicht bekannter Korrespondent der *Illustrated London News:*

»Die am Freitagmorgen im (zu diesem Zeitpunkt recht dünnen) Schnee entdeckten Spuren trugen alle Merkmale eines Eselshufes – Länge 10 cm, Breite 5,7 cm. Doch statt der bei diesem (und jedem anderen) Tier üblichen Fortbewegung war hier offenbar in *gerader Linie* ein Fuß vor den anderen gesetzt worden. Der Abstand zwischen den Tritten betrug 20 cm oder eher mehr – wobei die Spuren in sämtlichen Gemeinden genau dieselbe Größe und Schrittweite aufwiesen! Der geheimnisvolle Besucher durchschritt oder überquerte einen Garten oder Hofraum in der Regel nur *einmal,* besuchte dafür aber in vielen Teilen der verschiedenen Städte sämtliche Häuser ... sowie die ringsum verstreuten Gehöfte: In manchen Fällen führte seine regelmäßige, stets den gleichen Schrittabstand einhaltende Spur über Hausdächer, Heuschober und sehr ansehnliche Mauern (darunter eine von 4,20 m Höhe) hinweg, als hätten diese nicht das geringste Hindernis gebildet, wobei weder hüben noch drüben der Schnee zertrampelt war. Gärten mit hohen Zäunen und Mauern oder versperrten Pforten wurden ebenso heimgesucht wie offene, uneingefriedete Besitzungen.

Überschlägt man, welche Strecken zu bewältigen waren, um diese Spuren zu hinterlassen, die sich in so gut wie jedem Garten, auf Türstufen, in den ausgedehnten Wäldern von Luscombe, auf dem Gemeindeland, auf eingehegten Grundstücken und Gehöften fanden, so muß der insgesamt zurückgelegte Weg wohl über hundert Meilen betragen haben. Es ist sehr einfach, über diese Erscheinungen zu lachen und leichtfertig zu urteilen, doch in Wirklichkeit konnte bis jetzt noch keine befriedigende Erklärung gefunden werden. Kein bekanntes Tier hätte einen so ausgedehnten Bereich in einer einzigen Nacht durchstreifen und noch dazu eine zwei Meilen breite Flußmündung überqueren können ...«

Anhand zeitgenössischer Presseberichte und alter, in Gemeindearchiven aufbewahrter Briefe hat Miß Theo Brown, Dozentin an der Universität Exeter, für uns das erstaunliche Bild rekonstruiert, das sich den Bewohnern der Orte rings um die Exe-Mündung an jenem verschneiten Februarmorgen bot. Am Westufer des Exe, in Teignmouth, Dawlish, Starcross, Kenton, Mamhead und Powderham fanden sich ebenso Spuren wie in den auf der Ostseite gelegenen Orten Topsham, Clyst St. Mary, Clyst St. George, Woodbury, Lympstone, Exmouth, Littleham-cum-Exmouth, Whitycombe Raleigh, East Budleigh und Bicton. In Barton südlich von Teignmouth verlief die Fährte über das Landgut Barton Hall, während in Teignmouth ein Fischer mit dem treffenden Namen Hook (Haken) Theo Brown erzählte, sein Vater habe sich noch deutlich erinnert, daß die Spuren über den Strand herauf durch die Stadt geführt und sich nach Durchquerung einer Gasse hinter dem heutigen Gaswerk querfeldein in Richtung Bishopsteignton entfernt hätten.

In den Dörfern der Grafschaft Devon löste das Ereignis viel Aufregung und große Angst aus. Jeder schien sich hinsichtlich der Herkunft der sonderbaren Fußspuren seine eigene Theorie zurechtzuzimmern. Während Hochwürden George Musgrave aus Whitycombe Raleigh von der Kanzel herab verkündete, sie müßten von einem kurz zuvor aus Mr. Fishs Zoo in Sidmouth entwichenen Känguruh stammen, führte sie ein Korrespondent namens »Ornither« auf einen Vogel, die Großtrappe, zurück. Ein Bauer sprach von aufgetauten und wieder gefrorenen Katzenspuren, und der berühmte Zoologe Professor Richard Owen äußerte die vielbeachtete Ansicht, es dürfte sich wohl um Dachsfährten handeln. Auch Kröten, Otter und mißgebildete Hasen wurden verdächtigt, obgleich sich die meisten Beobachter an Eselshufe erinnert fühlten. Doch wie, so fragten sie sich, hätte ein Esel in einer einzigen Nacht so oft über die Flußmündung wechseln, geschweige denn über 2,40 m hohe Mauern, durch 15 cm weite Abflußrohre oder über Fenstersimse spazieren können? So kann es nicht weiter verwundern, daß abergläubische Gemüter an einen Besuch seiner höllischen Majestät, des Satans persönlich, glaubten.

Allerdings sind wir auch heute nicht viel klüger geworden, was die wahre Herkunft der Teufelsspuren anbetrifft. Nach Theo Browns Ansicht könnten sie von verschiedenen Tieren gleichzei-

Der 1855 vom »Teufel« heimgesuchte Teil Devons

Oxton House, Devonshire, nach einem zeitgenössischen Stich

Hochwürden H. T. Ellacombe (1790–1885)

tig verursacht worden sein: von Eseln, Ponys mit schadhaften Hufeisen, die den von den Einheimischen als so unheimlich empfundenen Eindruck eines gespaltenen Hufs erweckten, von Vögeln mit vereisten Zehen. Möglich auch, daß ein Teil der Abdrücke – vor allem nach der ersten Aufregung – von geschickten Witzbolden mit einem heißen Hufeisen hergestellt wurden. Auch Witterungsvorgänge könnten nach Miß Browns Meinung eine Rolle gespielt haben – eine vom schottischen Forscher James Alan Rennie bestätigte Ansicht, der 1952 in der Nähe des schottischen Dorfes Cromdale bei Inverness auf »ebenso rätselhafte Spuren wie seinerzeit die in Devon« stieß. Sie setzten über einen Hohlweg, machten bei einer Föhre halt und endeten nach mehreren Unterbrechungen schließlich jenseits des Dorfkirchhofs. Rennie eilte nach Hause, holte seinen Photoapparat und machte Aufnahmen von den Spuren. Die Photographien zeigte er dann seinen Freunden, die sich jedoch keinen Vers darauf zu machen wußten, während er selbst eine Erklärung parat hatte: Auf einer Erkundungstour durch Kanada im Jahre 1924 hatte er die Entstehung einer ähnlichen Fährte mit eigenen Augen verfolgt. Beim Überqueren eines zugefrorenen Sees waren er und sein Kamerad, ein frankokanadischer Hundslederhändler, auf Spuren gestoßen, die seinen Begleiter in Angst und Schrecken versetzten. Er hatte sich bekreuzigt, ein Gebet hergesagt und war am nächsten Morgen verschwunden, während Rennie unbeirrt seinen Weg über den zugefrorenen See fortsetzte. Dabei bemerkte er unmittelbar vor seinen Schneeschuhen auftauchende Spuren, hervorgerufen durch »irgendeine sonderbare Warmluftströmung, die im Verein mit der niedrigen Temperatur zur Bildung von Kondensationsfeuchtigkeit geführt hatte, welche nun in Form von Wassertropfen herunterkam«.

Keine dieser Erklärungen vermag ganz zu befriedigen: Hätten in Devon im Februar 1855 ähnliche Witterungsverhältnisse geherrscht, wie von Rennie beschrieben, hätte es sicher jemand bemerkt, vor allem nachdem die Leute durch die Entdeckung der ersten Fußspuren besonders aufmerksam geworden waren. Wären die Fährten dagegen von mehreren Tieren gleichzeitig bewirkt worden, müßte man diese erst einmal identifizieren und feststellen, welches von ihnen in der Lage wäre, unter Stachelbeersträucher zu schlüpfen, sich auf Fenstersimsen zu bewegen oder durch 15 cm weite Abflußrohre zu kriechen. Wie Theo Brown bemerkt: »Man kann einen Esel nicht dazu bringen, über die Dächer zu spazieren.« Und was könnte all diese Geschöpfe dazu bewogen haben, in der Nacht des 8. Februar aufzutauchen und in einem weiten Gebiet Spuren zu hinterlassen, nicht jedoch in den Dörfern außerhalb dieses Bereiches und auch seither kaum mehr irgendwo?

Forteana

Phänomene à la Charles Fort ernstzunehmen, fällt nicht immer leicht, doch sollten auch wir die seinerzeit vom Korrespondenten der *Illustrated London News* im Zusammenhang mit den »Teufelsspuren« formulierte Aufforderung, »über diese Erscheinungen nicht zu lachen und leichtfertig zu urteilen«, beherzigen. Vom Himmel herabfallende Fische, Frösche oder Eisbrocken mögen uns komisch vorkommen, stellen uns aber, wenn wir Schwindel und Falschmeldungen einmal ausklammern, vor echte meteorologische Rätsel, die es zu lösen und vor Fragen, die es vernünftig zu beantworten gilt. Unter welchen Voraussetzungen beispielsweise können Wirbelstürme entstehen, die (sofern diese Hypothese stimmt) Frösche vom Himmel regnen lassen? Wie können sich in der Atmosphäre Eisblöcke bilden, denen die charakteristischen Merkmale von Hagelschloßen abgehen? Welche Witterungsverhältnisse, bzw. nach der anderen Theorie, welche Tiere könnten die »Teufelsspuren« verursacht und was könnte diese Tiere dazu gebracht haben, sich in jener besonders schneereichen Nacht draußen herumzustreifen? So seltsam diese Vorgänge auch anmuten – sie erfordern eine ernsthafte Untersuchung, auch wenn ihre Unvorhersehbarkeit die wissenschaftliche Analyse erheblich erschwert.

Von Charles Fort jedenfalls dürfen wir uns keine Erklärung für Fische, Frösche oder Eisblöcke aus himmlischen Höhen, chinesische Siegel in irischer Erde oder Teufelsspuren auf englischem Boden erwarten. Er ist einzig und allein an dem Nachweis interessiert, daß sich mancherlei sonderbare und für die Wissenschaftler unerklärliche Vorgänge abspielen. Daher gibt er sich keinerlei Mühe, eine auch nur halbwegs ernsthafte Deutung anzubieten. So führt er auf die Erde niederregnende Objekte auf eine Art himmlisches »Super-Sargassomeer« oder einen von ihm »Genesistrine« getauften Planeten zurück: »Ob es sich um den Planeten Genesistrine oder den Mond, einen weiten, gestaltlosen Bereich über dieser Erde oder eine Insel im Super-Sargassomeer handelt, sollte vielleicht den Forschungen anderer über- oder außerirdischer Geographen überlassen bleiben.«

Die Erkenntnis, daß wir in einem sonderbaren und unberechenbaren Universum leben, ist eine von Fort mit ebensoviel Leidenschaft wie Humor und Staunen verfochtene Binsenwahrheit. Er zog nicht gegen die Wissenschaft, wohl aber gegen deren Dogmatismus und diejenigen ihrer Vertreter zu Felde, die Berichte über merkwürdige Erscheinungen mit gedankenloser Eilfertigkeit abzutun pflegten. Genau genommen hat sich seit jenen frühen Tagen unseres Jahrhunderts, als Fort in Lesesälen über alten Zeitungen saß, nicht viel geändert. Auch heute noch sollten uns seine Bücher und die in ihnen zusammengetragenen Begebenheiten vor dem Irrglauben bewahren, die moderne Wissenschaft stehe im Begriff, das Universum in seiner ganzen Vielschichtigkeit zu erfassen. In seinen Büchern und Aufzeichnungen verherrlicht Fort die Unberechenbarkeit der Natur, und wer sich in rationalistischer Überheblichkeit versucht fühlt, Berichte über ungewöhnliche Ereignisse schlichtweg abzutun, der denke lieber noch einmal darüber nach. Sonst klingt ihm vielleicht eines Tages das Gelächter des weisen Charles Fort in den Ohren, des großen Archivars der Rätsel dieser Welt, der nun wohl zwischen herabfallenden Fröschen und emporschnellenden Fischen an den eisübersäten Gestaden seines Super-Sargassomeers von seinen Anstrengungen ausruht.

Arthur C. Clarke bemerkt dazu:
Lebewesen, die vom Himmel fallen! Wie lächerlich ... Doch seien wir vorsichtig! Durch einen sonderbaren Zufall, falls es so etwas wie sonderbare Zufälle überhaupt gibt, hörte ich vor kurzem einen Vortrag des namhaften ceylonesischen Astronomen Professor N. C. Wickramasinghe, der zusammen mit seinem Kollegen Sir Fred Hoyle die wahrlich umwälzende Theorie aufstellte, das Leben sei nicht in den Weltmeeren, sondern – im Weltraum entstanden. Darüber hinaus äußerte Professor Wickramasinghe die erstaunliche Vermutung, viele der großen interstellaren Gaswolken, die als eine Art kosmischer Smog die Sterne verdunkeln, bestünden aus Bakterien – nicht unbedingt lebenden, sondern vielleicht gefriergetrockneten ...
Selbst in heutiger Zeit können seiner Ansicht nach bestimmte Seuchen von extraterrestrischen Organismen, die von den Sternen zu uns gelangen, ausgelöst werden. Von da bis zu Gallerttröpfchen ist nur noch ein kleiner Schritt ... aber Frösche, Fische und Haselnüsse? Sie stammen ganz gewiß von dieser Erde, und ihrem Erscheinen unter ungewöhnlichen Umständen liegt möglicherweise eine einfache Erklärung zugrunde. (Jungfrösche können nach der Metamorphose plötzlich in so erstaunlich großer Anzahl auftreten, daß es den Anschein hat, als seien sie vom Himmel gefallen.) Aber es gibt viel zu viele Vorgänge, die sich nicht auf so simple Weise deuten lassen. Charles Fort war zweifellos einem Geheimnis auf der Spur – aber *welchem*?
Vom Himmel fallende Eisbrocken lassen sich, auch wenn man das Flugzeug als Ursache unberücksichtigt läßt, halbwegs plausibel erklären. Wir wissen mittlerweile ziemlich sicher, daß gefrorenes Wasser (wie auch Ammoniak und komplexere chemische Verbindungen) im Weltraum vorkommt; die Ringe des Saturns enthalten es in so großen Mengen, daß man sie als kreisende Eisberge bezeichnen könnte, und dasselbe gilt auch für viele Kometen und einige Meteoriten. Beim Eintritt eines solchen Eismeteoriten in die Erdatmosphäre könnten dessen äußere Schichten genauso wirken wie der Hitzeschild eines zurückkehrenden Raumfahrzeugs. Auf diese Weise würde der innere Kern unversehrt die Erdoberfläche erreichen.
So könnte also Charles Forts Annahme, solche Eisbrocken hätten ihren Ursprung in »ausgedehnten Feldern atmosphärischen Eises, von dem gelegentlich Stücke abbrechen«, fast buchstäblich den Tatsachen entsprechen ...

3
Fanale aus ferner Vergangenheit

Seit zwanzig Jahren befindet sich der Welt gespenstischstes Kleinod – ein 5,19 kg schwerer Totenschädel aus reinem Bergkristall – im Besitz einer Dame, die den unheimlichen Gegenstand auf einem Samtdeckchen auf der Kredenz ihres Hauses aufbewahrt. Sie hegt die feste Überzeugung, daß der sogenannte »Skull of Doom«, der »Schädel des Verhängnisses«, in dessen Prismenaugen sich die Zukunft spiegeln soll, einer versunkenen Kultur entstammt.
Seit dieser Schädel in den Ruinen einer alten südamerikanischen Stadt ans Tageslicht kam, suchten viele Forscher seine Herkunft zu ergründen: Sie zogen Erkundigungen über die näheren Umstände seiner Entdeckung ein, maßen seine rätselhaften Züge mit dem Greifzirkel nach, untersuchten die schimmernde Oberfläche Millimeter für Millimeter, durchleuchteten den Kristall mit farbigem Licht – aber alle Mühe war vergebens. Noch immer zählt der Kristallschädel zu einer Handvoll sonderbarer, von Menschenhand gefertigter Gegenstände, die Wissenschaftlern aus aller Welt seit einem halben Jahrhundert Kopfzerbrechen bereiten. Manche dieser Objekte, wie der erwähnte Schädel oder die als Riesenkugeln von Costa Rica bekannten, vollkommen ebenmäßigen Steinkugeln, stellen, da weder ihre Herkunft noch ihr Verwendungszweck bekannt sind, die Fachleute vor unlösbare Rätsel. Andere, wie die in Bagdad entdeckte vermutlich gut 1500 Jahre vor Voltas Erfindung von 1798 konstruierte »elektrische Batterie« oder der aus einem Schiffswrack am Grunde der Ägäis geborgene »Bronze-Computer« aus dem Jahre 80 v. Chr. erschüttern unsere heutigen, allgemein anerkannten Vorstellungen vom wissenschaftlichen Fortschritt des Menschen. Denn sie scheinen zu beweisen, daß einige Völker des Altertums über eine viel höher entwickelte Technologie verfügten, als man bisher für möglich hielt. All diesen Gegenständen ist eines gemeinsam: sie lassen sich nur schwer erklären.

Links: Der Bergkristallschädel aus dem Museum of Mankind

Schädel aus Bergkristall

Was nun die geheimnisvollen Schädel aus Bergkristall betrifft, so sind zwei lebensgroße Exemplare bekannt. Das eine befindet sich in einer Glasvitrine im Oberstock des Museum of Mankind (einer Abteilung des Britischen Museums) am Londoner Piccadilly Circus. Dieser Schädel stellt für die Museumsverwaltung ein besonderes Problem dar, denn die Putzfrauen, die sich vom starren Blick des Totenkopfs im trüben Licht des Ausstellungssaals ständig verfolgt fühlten, verlangten, daß man die Vitrine mit einem schwarzen Tuch verhüllt, bevor sie nachts an die Arbeit gehen. Ungewöhnlich ist die für ein Museum, das dem Publikum seine Exponate in allen Einzelheiten sachkundig zu erklären pflegt, erstaunlich ungenaue Beschreibung. Das Schildchen an der Vitrine besagt lediglich, der Schädel sei »möglicherweise aztekischen Ursprungs – frühestens aus der Kolonialzeit«. Doch selbst diese Zuordnung ist lediglich eine Mutmaßung, da den Fachleuten des Museums so gut wie keine Anhaltspunkte über die Geschichte des Schädels vorlagen. Das Museum erwarb ihn 1898 für £120 vom New Yorker

Juwelierhaus Tiffany. Niemand im Museum of Mankind vermag jedoch zu sagen, woher Tiffany ihn hatte und ob an dem Gerücht, er stamme aus dem von einem mysteriösen Glücksritter im 19. Jahrhundert in Mexiko zusammengerafften Beuteschatz, etwas Wahres ist.

Der andere Schädel gehört, wie bereits erwähnt, einer Dame, Anna Mitchell-Hedges, die über seinen Erwerb eine reichlich abenteuerlich anmutende Geschichte erzählt. Annas Vater, der britische Abenteurer F. A. (»Mike«) Mitchell-Hedges, zog zu Beginn unseres Jahrhunderts durch Nord- und Südamerika, saß mit Millionären am Spieltisch, ritt als Cowboy durchs Land und kämpfte an der Seite von Pancho Villa während der mexikanischen Revolution. Auf einer seiner Reisen traf Mitchell-Hedges in einem Hotel in Port Colborne, Ontario, eine Gruppe von Männern, die ein kleines Waisenmädchen namens Anna le Guillon bei sich hatten. Mitchell-Hedges adoptierte das Kind, das heute seinen Namen trägt.

Anna fand den Kristallschädel 1927, als ihr Vater die Mayastadt Lubaantum in Britisch-Honduras ausgrub, auf die er einige Jahre zuvor bei der Suche nach dem von ihm in diesem Gebiet vermuteten Atlantis und seiner versunkenen Kultur gestoßen war. An ihrem siebzehnten Geburtstag fand Anna unter einem alten Altar die obere Hälfte des Schädels. Den abnehmbaren Unterkiefer entdeckte sie erst drei Monate später knapp 1 m vom Fundort entfernt.

Nach Darstellung von Miß Mitchell-Hedges händigte ihr Vater den Schädel den ortsansässigen Indios aus: »Sie beteten ihn an«, berichtet sie, »und bezeichneten ihn meinem Vater gegenüber als ihren Gott, mit dessen Hilfe sie heilen oder töten könnten.«

Als Mitchell-Hedges zu einem späteren Zeitpunkt des Jahres 1927 mit seiner Expedition die alte Stadt verließ, »gaben die Indios meinem Vater den Schädel als Abschiedsgeschenk, weil er so gut zu ihnen gewesen sei und sie mit Medikamenten und Kleidung versorgt habe«.

Kaum aber war der Kristallschädel aufgetaucht, so wurde er auch schon Gegenstand von lebhaften Auseinandersetzungen. Einerseits liegt seine Herkunft im dunkeln, andererseits konnte der genaue Hergang seiner Entdeckung bis heute nicht restlos aufgeklärt werden. Zwar kann kein Zweifel daran bestehen, daß Anna Mitchell-Hedges den Schädel unter dem Altar von Lubaantum fand, aber die Begleitumstände muten doch sonderbar an. Wie, so fragten verschiedene Kommentatoren, konnte einer der größten Schmucksteine der Welt bei Ausgrabungen so plötzlich zutage treten? Wieso fand Anna den Unterkiefer erst Monate später, und warum wollten weder Mitchell-Hedges selbst noch andere an den Ausgrabungen Beteiligte nähere Einzelheiten der Entdeckung preisgeben? Wie nicht anders zu erwarten, leiteten manche aus der vagen Geschichte die Mutmaßung ab, der Schädel sei überhaupt nicht in der Mayastadt vergraben gewesen, sondern so unter dem Altar plaziert worden, daß Anna ihn mit Sicherheit finden mußte. Da sie sich zu diesem Zeitpunkt nach einem Malariaanfall offenbar in recht gedrückter Stimmung befand, hatte ihr Vater, der den Schädel vielleicht auf einer seiner Reisen durch Mexiko gekauft hatte, möglicherweise die »Entdeckung« zu ihrer Aufheiterung arrangiert. Dieser Verdacht wird durch die offizielle, wenig typische Stellungnahme des großen Forschers noch verstärkt. In seiner 1954, fünf Jahre vor seinem Tod, veröffentlichten Autobiographie, *Danger My Ally,* widmet Mitchell-Hedges dem Kristallschädel nur wenige Zeilen. Im Zusammenhang mit einer 1948 unternommenen Afrikareise schreibt er:

»Wir nahmen auch den unheimlichen Schädel des Verhängnisses mit, über den schon soviel geschrieben worden ist. Wie er in meinen Besitz gelangte, möchte ich aus triftigen Gründen hier nicht enthüllen.

Der Schädel ist aus reinem Bergkristall gefertigt, und nach Ansicht der Wissenschaftler bedurfte es der lebenslangen Mühe ganzer Generationen, um in geduldiger, an die 150 Jahre währender Kleinarbeit einen gewaltigen Kristallblock mit Sand abzuschleifen, bis schließlich dieser makellose Schädel entstand ... Er ist mindestens 3600 Jahre alt und wurde der Legende zufolge vom Oberpriester der Maya bei geheimen Riten verwendet. Mit Hilfe des Schädels formulierte Todesdrohungen sollen sich unweigerlich erfüllt haben, weshalb der Schädel als Verkörperung allen Übels empfunden wurde.«

Daß der für seine kraftvolle Prosa bekannte, als guter Geschichtenerzähler geschätzte Mitchell-Hedges seinem fremdartigsten Besitztum nur dreizehn Zeilen seiner Autobiographie widmete, mußte viele seiner Leser befremden. Noch merkwürdiger ist die Tatsache, daß diese Textstelle in einigen späteren Auflagen seines Buches fehlt.

»Mike« Mitchell-Hedges 1926 vor der Abreise nach Mittelamerika

Anna Mitchell-Hedges allerdings wendet sich entschieden gegen jeden Zweifel. Sie bezeichnet die Vermutung, der Schädel sei unter dem Altar versteckt worden, als »Unsinn« und erklärt, ihr Vater habe bei seinen Expeditionen nicht Tausende von Pfund ausgeben und mithin auch keinen Kristallschädel kaufen können. Mitchell-Hedges Weigerung, sich zum Schädel und der Geschichte seiner Entdeckung exakt zu äußern, führt Anna auf den Beschluß ihres Vaters zurück, die verschiedenen Mitglieder seines Teams jeweils über bestimmte Funde und Vorfälle in Lubaantum berichten zu lassen. Peinlich darauf bedacht, das Urheberrecht seiner Mitarbeiter zu respektieren, habe er die Geschichte der Entdekkung des Kristallschädels ganz ihr vorbehalten wollen. Allerdings ist sie offenbar auch heute, über ein halbes Jahrhundert später, noch nicht bereit, ihre Version jener Ereignisse zu präsentieren, die an ihrem siebzehnten Geburtstag inmitten der Ruinen von Lubaantum ihren Anfang nahmen.

Immerhin brachte Anna Mitchell-Hedges einiges Licht in eine vieldiskutierte Episode aus der Geschichte des in ihrem Besitz befindlichen Schädels. Am 15. September 1943 sollte dieser nämlich von dem bekannten Londoner Auktionshaus Sotheby unter der Nummer 54 versteigert werden, allerdings nicht im Auftrag von Mitchell-Hedges, sondern des Londoner Kunsthändlers Sydney Burney, der ihn offenbar von Mitchell-Hedges als Kaution für ein Darlehen erhalten hatte. Das Britische Museum war daran interessiert, die beiden einzigen lebensgroßen Kristallschädel der Welt Seite an Seite auszustellen, und suchte, wie aus den Akten hervorgeht, den Schädel zu ersteigern. Eine kurze Bleistiftnotiz von H. J. Braunholtz, einem Mitglied des Museumsstabs, berichtet über die Auktion, bei der sich das Museum durch einen Kunsthändler vertreten ließ: »Auf Auktion bei Sotheby für Artikel 54, 15 × 43 bis £340 geboten (Fairfax). Von Mr. Burney ersteigert und anschließend für £400 an Mr. Mitchell-Hedges verkauft.« Diese Episode bringt zusätzliche Verwirrung in die ohnedies schon reichlich verworrene Geschichte: Offenbar hatte der Schädel den von Burney geforderten Preis nicht erzielt und war zurückgezogen worden, doch was bedeutet Braunholtzens Bemerkung: »Von Mr. Burney anschließend für £400 an Mr. Mitchell-Hedges verkauft«? Laut Miß Mitchell-Hedges hatte ihr Vater Mr. Burney den Schädel als Sicherheit für ein Darlehen überlassen, ihn jedoch sofort zurückerworben, als er zum Verkauf stand.

Von hier an wird die Geschichte dann überschaubarer. Der Schädel blieb im Besitz von Mitchell-Hedges bis zu dessen Tod im Jahr 1959. Seit dieser Zeit bewahrt ihn Anna Mitchell-Hedges, die teils in England, teils in Kanada lebt, in ihrem Haus auf. Gelegentlich schickt sie ihn als Leihgabe auf Ausstellungen oder stellt ihn Forschern für Untersuchungen zur Verfügung.

Anna Mitchell-Hedges will zu gegebener Zeit ausführlich über die Begleitumstände der Entdeckung berichten. Die zentrale Frage nach der Entstehungszeit des Schädels jedoch kann sie ebensowenig beantworten wie die Wissenschaftler, die beide Kristallschädel untersucht haben. Die meistbeachtete Analyse wurde 1936 im Britischen Museum durchgeführt, dessen Wissenschaftlern Sydney Burney den zu diesem Zeitpunkt in seinem Besitz befindlichen Mitchell-Hedges-Schädel zur Begutachtung überließ.

Der namhafte Anthropologe Dr. G. M. Morant nahm einen genauen Vergleich beider Schädel vor und veröffentlichte seinen Bericht in der vom Royal Anthropological Institute of Great Britain and Ireland herausgegebenen Zeitschrift *Man*. Morant erwähnt in seinem Bericht zunächst, daß die Schädel in vielen anatomischen Details übereinstimmen. Der wichtigste Unterschied besteht darin, daß der Schädel des Britischen Museums aus einem Stück gefertigt ist, während der andere einen abnehmbaren Unterkiefer besitzt. Obwohl Morant den Mitchell-Hedges- oder Burney-Schädel, wie er ihn nennt, weitaus naturgetreuer und im Detail feiner ausgearbeitet findet als das Gegenstück, so betont er doch die verblüffende Ähnlichkeit beider. Der Form nach zu schließen wurden sie vermutlich nach einem Frauenschädel modelliert. Nach Photographien angefertigte Zeichnungen ergaben beim Übereinanderlegen eine nahezu exakte Übereinstimmung der Unterkieferumrisse, des Gebisses und der Nasenöffnungen. Darum hält Morant trotz einiger weniger Unterschiede »den Schluß für zwingend«, »daß die beiden Kristallschädel gleichen Ursprungs sind«. Und er fügt hinzu: »Nach Ansicht des Verfassers kann daraus gefolgert werden, daß sie Nachbildungen desselben Menschenschädels darstellen, wobei der eine möglicherweise eine Kopie des anderen ist.« Überraschenderweise sieht Dr. Morant im feiner gearbeiteten Mitchell-Hedges-Schädel die ältere Fassung, da er es für unwahrscheinlich hält, daß ein Handwerker beim Kopieren des gröberen, im Besitz des Britischen Museums befindlichen Schädels die Neigung oder Fähigkeit entwickelt haben sollte, anatomische Details hinzuzufügen.

Doch auch Morants Vergleich führte zu keiner Klärung. Seine Behauptung, der eine Schädel stelle eine Kopie des anderen dar, forderte sogleich den Widerspruch anderer Autoritäten heraus, die jedoch die entscheidende Frage nach Entstehungszeit und Herkunft auch nicht beantworten konnten. Man begnügte sich mit der Feststellung, der im Museum of Mankind ausgestellte Schädel mit seinen runden Augenhöhlen und den »nur angedeuteten Zähnen« zeige die typischen Merkmale altmexikanischer Kunst. Dem im Besitz von Miß Mitchell-Hedges befindlichen Exemplar bescheinigte man »nahezu den Charakter einer in einem wissenschaftlichen Zeitalter angefertigten anatomischen Studie«.

Die Wissenschaft verfügt über keine Methode, das Alter von Bergkristallen zu bestimmen. Es besteht also wenig Aussicht auf die exakte Beantwortung der Frage, ob es sich bei den beiden Kristallschädeln um Schöpfungen aus alter oder neuerer Zeit handelt. Auch die Bestimmung des Herkunftslandes bereitet Schwierigkeiten, denn wir kennen kleinere Exemplare sowohl aus dem Italien des 15. Jahrhunderts als auch aus Südamerika. Immerhin haben sich französische Fachleute über das Alter eines kleineren Bergkristallschädels im Pariser Musée de l'Homme einigen können: Sie datieren ihn in das 14. oder 15. Jahrhundert und sind der Ansicht, daß er von den Azteken, möglicherweise als Verzierung für das Zepter eines Priesters, gefertigt worden ist. Die Franzosen verweisen in diesem Zusammenhang auf die zentrale Rolle des Todesgedankens im Geistesleben der Azteken und zitieren ein typisches Aztekengedicht aus dem 15. Jahrhundert:

»Wohin gingen wir nicht, um den Tod zu finden?
Vor Sehnsucht nach ihm blutet uns das Herz.«

Außerdem war der Bergkristall wegen seiner Durchsichtigkeit und seiner angeblichen Fähigkeit, Giftschlangen abzuwehren und den Menschen die Zukunft zu offenbaren, ein von den Azteken bevorzugtes Material. Zur weiteren Untermauerung ihrer These führen die französischen Experten an, sie hätten auf der Oberfläche des Schädels Spuren von Kupferwerkzeugen entdeckt, wie sie bei den Azteken in Gebrauch waren.

Dagegen fanden sich, als man den Schädel aus dem Museum of Mankind vor wenigen Jahren im Labor des Britischen Museums untersuchte, keine sachdienlichen Hinweise auf die Art der Bearbeitung, auch wenn einer der Zähne sehr schwache Spuren eines möglicherweise verwendeten Fräswerkzeugs erkennen ließ. So stellt die Herkunft dieses Schädels für die britischen Experten nach wie vor ein Rätsel dar. Anna Mitchell-Hedges hingegen ist fest davon überzeugt, daß das von ihr entdeckte Exemplar von den Maya stammt.

Damit schließen wir die Geschichte der Bergkristallschädel mangels weiteren Beweismaterials ab. Bliebe nur noch zu sagen, daß es schade wäre, wenn uns deren geheimnisumwitterte Vergangenheit den Blick für ihre Schönheit trübte. Vor allem der Mitchell-Hedges-Schädel besitzt eine starke Ausstrahlungskraft, und es bedarf keiner besonders regen Phantasie, um sich angesichts seiner Prismenaugen und seines beweglichen Kiefers vorzustellen, mit welch heiligem Schrekken er die Herzen einfacher Menschen erfüllt haben muß. Vielleicht wurde der Schädel von unten her beleuchtet und ließ, in der Düsternis eines Tempels erstrahlend, durch seinen kristallenen Mund Weissagungen verlauten. So bleibt er, ob er nun aus alter oder neuerer Zeit stammt, ein unvergeßliches Kunstwerk von furchterregender Schönheit.

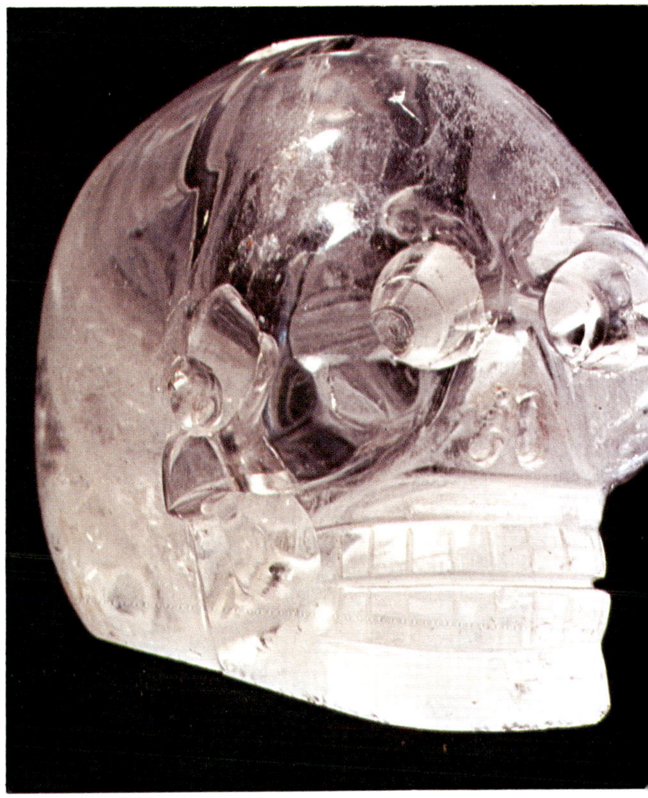

Der Bergkristallschädel aus dem Musée de l'Homme

Die Riesenkugeln von Costa Rica

Las Bolas Grandes – die Riesenkugeln von Costa Rica – werfen ein ganz anderes Problem auf. Ihr Herkunftsort steht außer Zweifel – sie stammen mit Sicherheit aus dem Diquís-Delta in Costa Rica. Im übrigen zählen sie zu den seltsamsten Fundstücken, die Archäologen je entdeckt haben.

Sie kamen im wahrsten Sinne des Wortes ans Licht, als die United Fruit Company in den dreißiger Jahren dieses Jahrhunderts den dichten Dschungel im Diquís-Delta zu roden begann, um Bananenplantagen anzulegen. Als sich die Arbeiter mit Hacke und Feuer einen Weg durch die Wälder bahnten, stießen sie auf Dutzende dieser oft makellos runden Gebilde. Die kleinsten, tennisballgroßen wiegen nur einige Pfund und besitzen einen Durchmesser von knapp 10 cm, während die größten von ihnen einen Durchmesser von 2,40 m und ein Gewicht bis über 16 Tonnen aufweisen.

Die Riesenkugeln von Costa Rica, aufgenommen in den vierziger Jahren von Dr. Samuel Lothrop

Dr. Lothrop mit seiner Frau

Unter den amerikanischen Archäologen, die sich in den vierziger Jahren mit diesen Kugeln befaßten, befand sich auch Dr. Samuel Lothrop vom Peabody Museum der Harvard University. Lothrop war bei Ausgrabungsarbeiten in Lateinamerika auf die in dieser Region üblichen Schwierigkeiten gestoßen: Da Banditen die Sicherheit seines Teams bedrohten, mußte er sich nach einem neuen Betätigungsfeld umsehen. Er entschied sich für die Landgemeinde Palmar Sur im Diquís-Delta. Dort sah er auf dem Weg zu seiner Pension in einem Park und auf den Rasenflächen vor Privathäusern riesige Steinkugeln liegen – ein, wie er später schrieb, »phantastischer Anblick«.

Nach Archäologenart stellte sich Dr. Lothrop angesichts der unbekannten Gebilde die Frage, von wem, wie, wozu und wann sie gefertigt worden sein konnten. Wie sich schon bald herausstellen sollte, war er auf ein äußerst verzwicktes Problem gestoßen. Lothrop konnte nicht einmal die Zahl der im Dschungel entdeckten Kugeln ermitteln. Die Kugeln waren zum Teil bereits in Privatgärten geschafft oder in der Meinung, sie enthielten einen Schatz, von den Einheimischen aufgebrochen worden. Andere wurden bei der Rodung des Dschungels durch Feuer beschädigt. Es gab sie zu Hunderten, wahrscheinlich sogar zu Tausenden, und zwar, wie Lothrop herausfand, in Gruppierungen bis zu 45 Stück. Sie stammten mit Sicherheit von Menschenhand, da der Granit, aus dem sie gefertigt waren, im Fundgebiet natürlicherweise nicht vorkam. Am meisten aber überraschte Lothrop ihre oft fast vollkommene Kugelgestalt. Vor allem die größeren waren so glatt und rund, daß eine Fertigung ohne mechanische Hilfsmittel nahezu unmöglich schien. So zog Lothrop den Schluß, daß, wer immer sie bearbeitet haben mochte, zunächst Schablonen angefertigt haben mußte.

Die Lothrops bei Ausgrabungsarbeiten in Costa Rica

Offensichtlich besaßen die Riesenkugeln für ihre Schöpfer eine besondere Bedeutung, denn die Fertigung war zweifellos mit ungeheuren Anstrengungen verbunden. Da es in der Gegend von Palmar keine Steinbrüche gibt, dürften die Blökke nach Lothrops Ansicht aus den viele Kilometer weit entfernten Bergen herangeschafft worden sein. Bei einzelnen Kugeln stammt das Material möglicherweise aus dem Gebiet der Diquís-Mündung, doch auch in diesem Fall waren bis zum Fundort mindestens 48 km zu Wasser zurückzulegen. Für eine Steinkugel von 2,40 m Durchmesser benötigten die damaligen Steinmetzen einen Block von mindestens 2,75 m Kantenlänge, der sich nur in Gemeinschaftsarbeit drehen und mit Hilfe anderer Steine polieren ließ. Anschließend mußten diese oder andere Arbeitsteams dann die fertigen Kugeln auf die Felssimse oder zu den fernen Flußufern schaffen, wo man sie später fand.

Es ist nahezu unmöglich, herauszufinden, welchem Zweck die Kugeln dienten. Die kleinen wurden zum Teil in Gräbern entdeckt, die größeren fand man in langen Geraden oder Wellenlinien bzw. manchmal auch in Dreiecksform angeordnet. Auch das übliche Verfahren, im näheren Umkreis nach Tonscherben zu suchen, brachte keinen Aufschluß, da zwar viele der gefundenen Scherben aus dem 16., die übrigen aber aus anderen Jahrhunderten stammten.

So sind die Riesenkugeln von Costa Rica, von denen inzwischen viele die Gärten und das Geschäftsviertel der Landeshauptstadt San José zieren, bis heute ein Rätsel geblieben. Einheimische Archäologen bergen weiterhin aus dem Schlamm des Diquís-Deltas immer neue Exemplare und staunen über die Findigkeit und Geschicklichkeit derer, die sie einst schufen und transportierten. Denn selbst mit modernen Hilfsmitteln ist es alles andere als einfach, die Kugeln vom Fleck zu be-

Ovale Schlackenwälle aus geschmolzenem Gestein auf dem Tap O'Noth

wegen. Immerhin haben die Archäologen inzwischen das Fertigungsverfahren rekonstruieren können: Vermutlich suchte man zunächst einen geeignet erscheinenden Block und polierte dann seine Oberfläche mit Hilfe eines anderen Steins und eines Schleifmittels aus Sand und Wasser. Es gibt jedoch nur vage Vermutungen darüber, welchem Zweck die Kugeln dienten. Diese werden in den alten, von den ersten spanischen Siedlern zusammengestellten Aufzeichnungen der Geschichte Costa Ricas nicht erwähnt. Dr. Luis Diego Gomez, der Direktor des Museo Nacional von Costa Rica, hält sie für Sinnbilder von Sonne und Mond bzw. auch des ganzen Sonnensystems. Andere dagegen sehen in ihnen Grabzeichen, Objekte, die man entsprechend den Himmelskörpern anordnete, oder lediglich eine Verkörperung der Vollkommenheit. Wie ein einheimischer Archäologe lakonisch bemerkte: »Wenn jemand etwas darüber weiß, dann wir – und wir wissen nichts.« Doch der Streit um die Riesenkugeln wird keineswegs nur auf akademischer Ebene ausgetragen. Ende der siebziger Jahre wurden bei Palmar zwei der größten jemals gefundenen Exemplare entdeckt und an zwei Männer aus San José verkauft, die sie in die Hauptstadt schaffen wollten. Doch Dr. Gomez und das Museo Nacional setzten sich mit aller Entschiedenheit für ihre Erhaltung ein und gingen mit dem Argument, der Verkauf komme einer Schändung des nationalen Erbes gleich, vor Gericht. Daraufhin wurden die bereits in Richtung Hauptstadt rollenden Lastwagen mit den kostbaren Fundstücken zurückbeordert und die Riesenkugeln nahe der Rollbahn von Palmar abgeladen, da der Gerichtsentscheid noch abgewartet werden mußte. Während sich der Rechtsstreit in die Länge zog, überlegte Gomez bereits, wie er die Kugeln im Falle eines positiven Ausgangs des Verfahrens ausstellen könnte. Sein Vorschlag, sie ins Museum zu transportieren, fand rasche Zustimmung, obwohl er den Abbruch der kunstvollen spanischen Kolonnade voraussetzt – ein Beweis dafür, welche Faszination die Riesenkugeln von Costa Rica auch heute noch auf das Publikum ausüben.

Schottlands Schlackenwälle

Doch nun zu einem Hügel im schottischen Hochland, der ein ebenso schwieriges Rätsel darstellt wie die Schädel aus Bergkristall, denn die Experten machen noch immer verzweifelte Anstrengungen, um auf Grund der von ihnen ermittelten, überaus merkwürdigen Fakten zu einer plausiblen Erklärung zu finden.

Verschlacktes Gesteinsmaterial, Ausschnitt aus dem Schlackenwall von Craig Phadrig bei Inverness

Schon aus einer Entfernung von vielen Kilometern fällt die merkwürdig abgeflachte Kuppe des nahe dem nordostschottischen Dorf Rhynie gelegenen, 560 m hohen Tap O'Noth ins Auge. Doch die wahrhaft ungewöhnliche Natur dieses Höhenrückens offenbart sich erst nach mühseligem Aufstieg. Es handelt sich dabei um eine hohe, ovale, aus der englischen Eisenzeit stammende Umwallung, die statt aus Bruchsteinen aus zusammengeschmolzenem, teilweise noch in großen Blöcken erhaltenem Gesteinsmaterial besteht. Die offensichtlich unter starker Hitzeeinwirkung zu einer im erkalteten Zustand gläsern harten, schwärzlichen Masse zusammengebackenen Felsbrocken muten schlackenähnlich an. Die Archäologen bezeichnen diese Anlagen deshalb auch als »Schlackenwälle«.

Nun wäre schon ein einzelner Wall dieser Art bemerkenswert genug. Doch in Mittel- und Nordostschottland gibt es mindestens sechzig, darunter das nur wenige Kilometer vom Tap O'Noth entfernte und von seinen Befestigungen aus deutlich erkennbare Dunnideer. Manche dieser auf Landspitzen oder Hügelkuppen errichteten Anlagen wie die auf dem Tap O'Noth sind so weiträumig, daß sie mehrere tausend Quadratmeter Grund umfassen, andere umgrenzen nur einen winzigen Bereich. Alle jedoch weisen mehr oder minder gut erhaltene Schlackenwälle auf, die sich übrigens keineswegs nur in Schottland finden, sondern auch in England, Frankreich und Deutschland.

Die Feststellung, die Archäologen wußten sich rund zweihundert Jahre nach den ersten Untersuchungen noch immer keinen rechten Vers auf diese Wälle zu machen, ist sogar eine Untertreibung: Denn je angestrengter sie prüften, fachsimpelten und argumentierten, desto kniffliger schien das Problem zu werden. So kann also noch immer niemand zufriedenstellend erklären, warum oder wie es zur Verschlackung der Wälle kam.

Wie üblich, stellte man zahlreiche Hypothesen auf. Eine davon, der man im 18. Jahrhundert den Vorrang gab, spricht die Vermutung aus, daß die von den Schlackenwällen gekrönten Hügel alte Vulkane seien, deren Ergußgestein die frühgeschichtlichen Siedler zum Bau ihrer Anlagen verwendet hätten. Eine in jüngster Zeit aufgestellte These besagt, das Gestein sei unter dem Beschuß der Strahlenkanonen jener Wesen geschmolzen, die die modernen Archäologen so gern an der Nase herumführen: der frühen Astronauten. Die Theorie, man habe sich geschmolzenen Gesteins als Bindemittel für die losen Steine bedient, mutet zwar irdischer an, läßt sich aber bei ernstlicher Überlegung gleichfalls nicht halten. Es findet sich nämlich weder eine Spur von den zur Herstellung dieses sog. »Kittes« erforderlichen gewaltigen Schmelztiegeln noch ein Hinweis auf die zu ihrer Beheizung notwendigen Hochöfen.

Die Archäologen geben dagegen einer anderen Theorie den Vorzug. Sie besagt, daß ins Mauerwerk der Wälle zur Stabilisierung Holzbohlen eingezogen wurden und daß der Wall aus einer doppelten Steinschicht mit einem mit Schotter gefüllten Zwischenraum bestand. Wie Ausgrabungen bewiesen, wurde dieses Bauprinzip mit Sicherheit bei den Wällen von Abernethy bei Perth, von Dun Lagaidh in Ross und von Cromarty angewandt. Außerdem beschreibt ein so erfahrener Experte für Festungsanlagen wie Gaius Julius Caesar in seinem Werk »Der Gallische Krieg« einen derartigen Schutzwall aus Holz und Stein, *murus Gallicus* genannt.

Doch Schlackenwälle sind nun einmal ein schwieriges Problem, und so herrscht nicht einmal hinsichtlich der bautechnischen Details Übereinstimmung. So läßt sich z. B. nicht entscheiden, wieviel Holz verwendet wurde: Manche Archäologen sprechen von Längsbalken, andere lassen nur Querträger gelten, und wieder andere halten eine Kombination dieser beiden Methoden für wahrscheinlich. Auch die Möglichkeit, daß sich an der Außenseite senkrecht eingerammte Pfosten befanden, ist nicht auszuschließen. Doch da die Überreste der Schlackenwälle gewöhnlich einstürzten, können die in den Trümmern herumsteigenden Archäologen nicht einmal die grundlegende Frage beantworten, ob Hart- oder Weichholz verwendet wurde.

Von diesen Details abgesehen, nehmen sie übereinstimmend an, daß die Verschlackung durch Anzünden der durch Holzbohlen stabilisierten Steinmauern bewirkt wurde. Doch hier tut sich bereits die nächste strittige Frage auf: die nach dem Warum. Mit anderen Worten: Gehörte die Verschlackung zum Bauvorgang – möglicherweise, um die Mauern zu verfestigen oder zu isolieren –, oder ergab sie sich zufällig beim Niederbrennen der Befestigungsanlagen?

Der Gedanke, daß die alten Festungsbauer die Steinwälle absichtlich zum Schmelzen gebracht haben könnten, kam schon den ersten schottischen Altertumsforschern, die sich vor zweihundert Jahren mit dem Phänomen befaßten. Nach ihrer Theorie waren Feuer angezündet und brennbares Material aufgeschichtet worden, um so besonders stabile Wälle zu schaffen, die dem feuchten Klima ebenso wie den anstürmenden feindlichen Heeren widerstehen konnten. Dies ist eine etwas ungewöhnliche These, gegen die sich viele Einwände vorbringen lassen. So kann man vor allem einwenden, daß eine solche Technik, sollte sie je angewandt worden sein, zu keiner nachweislichen Verfestigung der Mauern geführt hätte. Eher ist das Gegenteil der Fall, denn das Feuer scheint in vielen Fällen zum Einsturz der Wälle geführt zu haben. Außerdem kann man kaum von einem gängigen Verfahren sprechen, da die Wälle vieler Befestigungsanlagen nur teilweise verschlackt sind. Die schottische Archäologin Helen Nisbet führt noch ein weiteres überzeugendes Argument gegen die Theorie von der absichtlich herbeigeführten Verschlackung ins Treffen: Anhand einer gründlichen Analyse der verwendeten Gesteinsarten konnte sie nachweisen, daß die meisten Wälle aus den jeweils an Ort und Stelle verfügbaren Steinen erbaut wurden. Selbst das aus der weiteren Umgebung herangeholte Gesteinsmaterial war allem Anschein nach nicht nach seiner Eignung für eine Verschlackung ausgewählt worden.

Die Naturwissenschaftler hingegen, die sich mit der Frage auseinandergesetzt haben, wollen sich nicht von der Vorstellung trennen, daß die Verschlackung beim Bau der Wälle von vornherein eingeplant gewesen sei. So faßte eine Gruppe von Chemikern am Londoner Naturgeschichtlichen Museum nach der Untersuchung von Gesteinsproben mehrerer Schlackenwälle ihre Ansicht in die lapidaren Worte: »In Anbetracht der erforderlichen hohen Temperaturen und der Tatsache, daß in einem begrenzten Bereich Schottlands an die 60 Schlackenwälle existieren, können wir diese Konstruktionen nicht für das Ergebnis zufälliger Brände halten. Sie müssen vielmehr sorgfältig entworfen und errichtet worden sein.« Ein anderes Chemikerteam ging zwar nicht ganz so weit, stellte aber anhand einer gründlichen chemischen Analyse von Gesteinsproben aus elf Schlackenwällen fest, die zur Verschlackung nötigen Temperaturen – bis zu 1100° C – könnten nicht durch Anzünden eines simplen *murus Gallicus* erzielt worden sein. »Der Wall«, so meinen diese Wissenschaftler, »dürfte eher sorgfältig entworfen und der Verbrennungsprozeß mit eingeplant worden sein.«

In der Tat ist die Annahme, die Wälle seien zufällig in Brand geraten und dadurch verschlackt, wenig überzeugend, und es ist wohl kein Zufall, daß hinsichtlich der Ursachen dieser Brände mehrere Theorien existieren. Nach einer von ihnen sollen die Befestigungen durch Funkenflug von häuslichen Feuerstätten, Signalfeuern oder Schmelzhütten in Brand geraten sein. Diese Vorstellung gilt heute jedoch allgemein als überholt: Angesichts der Vielzahl der Schlackenwälle ist diese Art zufälliger Zerstörung nicht sehr glaubhaft, es sei denn, man unterstellte den Bewohnern der befestigten Plätze einen erstaunlich nachlässigen Umgang mit dem Feuer.

Nach der zweiten Theorie soll es bei der Zerstörung der Befestigungsanlagen durch Feindeshand zufällig zur Verschlackung gekommen sein – eine Annahme, die durch die Tatsache untermauert wird, daß viele der Befestigungen nach zeitweiliger Besetzung niedergebrannt wurden. In zwei berühmten Versuchen wiesen der große Archäologe Gordon Childe und sein Kollege Wallace Thorneycroft in den dreißiger Jahren nach, daß die Befestigungsanlagen von Angreifern durch Aufschichten von Reisig an den Wällen hätten in Brand gesteckt werden können. Wichtiger ist die Erkenntnis, daß diese Feuer die für die Verschlackung nötige Hitze geliefert hätten.

Im März 1934 errichteten die beiden Wissenschaftler in Plean Colliery in Stirlingshire nach dem Vorbild des *murus Gallicus* einen 3,66 m langen, 1,80 m tiefen und ebenso hohen Versuchswall: Sie führten aus alten Ofenziegeln unter Zuhilfenahme von Grubenpfählen eine doppelwandige Mauer auf, füllten den Zwischenraum mit kleinen Basaltwürfeln und deckten die Oberseite mit Torf ab. Dann schichteten sie außen rund 4 Tonnen Abfallholz und Reisig auf und steckten das Ganze in Brand. Trotz eines Schneesturms fing das Holz Feuer, und nach drei Stunden begann die Mauer einzustürzen und den inneren Kern freizugeben, der sich unter der Einwirkung eines heftigen Windes zusehends stärker erhitzte.

Als Childe und Thorneycroft am nächsten Tag die Überreste des Walls besichtigten, stellten sie fest, daß sie die von den alten Befestigungsanlagen her bekannte Verschlackung erfolgreich nachvollzogen hatten. Im Juni 1937 wiederholten sie den Versuch beim alten Schlackenwall von Rahoy in Argyllshire mit Steinen aus der unmittelbaren Umgebung.

Auch diese Experimente haben zu keiner endgültigen Klärung der im Zusammenhang mit den Schlackenwällen stehenden Fragen geführt. Erstens hat Childe nach Ansicht vieler Fachleute wesentlich mehr Holz eingebaut als die einstigen Erbauer der Wälle. Ferner ist es kaum denkbar, daß man Verteidigungswälle errichtet haben sollte, die der Angreifer mühelos niederbrennen konnte, während große Wälle aus soliden Steinblöcken alle Anstürme unbeschadet überdauerten. Und schließlich ist es unwahrscheinlich, daß Menschen derart feuergefährdete Wälle über tausend Jahre lang beibehalten und sie in einem relativ kleinen Gebiet an so vielen Stellen aufgeführt haben sollen. Nicht einmal die Frage, wer die Wälle in Brand steckte, läßt sich eindeutig beantworten: Falls es die Angreifer waren, hätten dann nicht die Verteidiger die Flammen leicht

Der Schlackenwall von Bute-Dunagoil am Bute-Sound, Arran

Gordon Childe (links, gerade noch sichtbar) setzt 1937 in Rahoy mit seinem Helfer einen selbsterrichteten Wall in Brand, um seine Verschlackungstheorie zu beweisen

löschen können? Immerhin zeigten Childes Experimente, daß das Feuer vom aufgeschichteten Reisig erst nach einiger Zeit auf den eigentlichen Wall übergriff. Und schließlich kann man die von den Chemikern geäußerte Vermutung nicht von der Hand weisen, daß beim Entwurf der Wälle die Verschlackung des Kerns unter starker Hitzeentwicklung eingeplant gewesen sein muß. Dies würde bedeuten, daß die Festungsbauer im alten Schottland über bautechnische Kenntnisse verfügten, die uns heute fremd sind.

Die Batterie von Bagdad

In Bagdad diskutieren irakische Archäologen mit Vorliebe über ein paar unscheinbare Gegenstände, die ihrer Ansicht nach beweisen, daß ihre Vorfahren schon volle 1800 Jahre vor Galvanis berühmtem Froschschenkelversuch Elektrizität erzeugen konnten.

Die Geschichte begann 1936 im Labor des Irak-Museums mit dem Eintreffen von Ausgrabungsfunden aus einer alten Parthersiedlung. Wie der damals für die Sendung zuständige deutsche Archäologe Wilhelm König später schrieb, entdeckte man unter den Fundstücken ein recht sonderbares Objekt, das, nachdem es durch mehrere Hände gegangen war, schließlich bei ihm landete: Ein vasenähnliches, ca. 15 cm hohes Gefäß aus gelblichem Ton, dessen Hals entfernt worden war und in dessen Innerem sich fest mit Erdpech verankert ein Kupferzylinder von 26 mm Durchmesser und 9 cm Länge befand. Dieses zylindrische, mit einem Boden versehene Kupferblechrohr enthielt ein mit einer Art Asphaltstöpsel befestigtes, über und über oxydiertes Eisenstäbchen. Dessen oberes Ende ragte ungefähr 1 cm über den Stöpsel hinaus und war mit einer dünnen, gelblichgrauen, völlig oxydierten und bleiähnlich anmutenden Metallschicht bedeckt. Das untere Ende reichte nicht ganz auf den mit einer rund 3 mm dicken Asphaltschicht bedeckten Zylinderboden hinab. Die Frage nach dem Sinn und Zweck dieser Vorrichtung fand eine höchst überraschende Antwort. Nachdem man alle Teile zusammengesetzt und dann einzeln untersucht hatte, gelangte man zu der Erkenntnis, daß es sich wohl eindeutig um ein elektrisches Element handeln mußte, das zu seiner Vervollständigung nur noch einer Säure oder alkalischen Flüssigkeit bedurfte.

Nun war aber die mutmaßliche Batterie in den Ruinen eines Partherdorfes gefunden worden, und da die Parther das fragliche Gebiet zwischen 248 v. Chr. und 226 n. Chr. besiedelt hatten, lief Königs Behauptung auf nichts Geringeres hinaus, als daß die Elektrizität schon damals bekannt gewesen war. Mithin hätten Volta und Galvani die ersten Batterien nicht, wie bislang angenommen, erfunden, sondern lediglich im Westen eingeführt.

Königs Theorie wurde zunächst mit Skepsis aufgenommen. Er habe, so hieß es, den Fund mißdeutet, bei dem es sich wohl um die Überreste einer in einem Tongefäß aufbewahrten Schriftrolle oder möglicherweise auch um eine relativ moderne, von Fernschreibtechnikern Ende des 19. oder Anfang des 20. Jahrhunderts weggeworfene Batterie handle. Neuerdings jedoch wurde Königs These von einem deutschen Kollegen, dem Hildesheimer Ägyptologen Dr. Arne Eggebrecht, anhand von Versuchen erhärtet. Eggebrecht lernte die Batterie anläßlich einer in seinem Museum gezeigten Wanderausstellung mit

Die im Irak-Museum ausgestellten Bestandteile der Batterie von Bagdad

Kunstschätzen aus dem alten Irak kennen. Er fand die unscheinbar anmutende Gruppe mit dem Kupferzylinder, Eisenstab und Tongefäß weitaus faszinierender als alle anderen Exponate. Eggebrecht teilt Königs Ansicht, daß ein Wissenschaftler diese drei Gegenstände gemeinsam nur als elektrische Zelle oder Batterie deuten kann. Eggebrecht hat diese These seither mehrfach anhand einer dem Bagdader Vorbild in allen Einzelheiten nachgebildeten Batterie überprüft und dabei als alkalische Flüssigkeit frischgepreßten Traubensaft verwendet. Sowie die Flüssigkeit in den Kupferzylinder gegossen wird, registriert ein mit der Batterie verbundenes Voltmeter eine elektrische Spannung von $^{1}/_{2}$ V. Im übrigen stellt Eggebrecht diese Versuche nicht aus reiner Neugier an: Er glaubt mit Hilfe der Batterie ein Rätsel lösen zu können, für das die Archäologen bisher keine Erklärung wußten. Unter den vielen vergoldeten Museumsstücken in aller Welt findet sich eine ganze Anzahl, bei deren Vergoldung offensichtlich keine der sonst üblichen Techniken wie Aufpressen oder sogar Aufleimen von Blattgold angewandt wurde. So besitzt Eggebrecht eine kleine, aus massivem Silber gefertigte Figur des ägyptischen Gottes Osiris aus der Zeit um 400 v. Chr., dessen erstaunlich dünne und technisch einwandfreie Vergoldung nach Ansicht des Wissenschaftlers nicht nach einem dieser primitiven Verfahren erfolgt sein kann. Eggebrecht kam auf die Idee, die Figur könnte galvanisiert worden sein – eine Vermutung, die sich mit der nachgebauten Batterie leicht überprüfen ließ. Er hängte eine Silberstatuette in eine Goldzyanidlösung, leitete Strom aus der Bagdader Batterie hindurch und konnte in gut zwei Stunden eine feine Vergoldung erzielen. Als der Wissenschaftler das Experiment mehrere Male wiederholte, stieg ein beunruhigender Gedanke in ihm auf: Bestand nicht die Möglichkeit, daß es sich bei vielen Exponaten, die die Museen der Welt als Stücke aus reinem Gold präsentieren, in Wirklichkeit nur um dünn vergoldetes Silber handelt? Eggebrecht hofft nun, daß sich viele Museen,

Dr. Arne Eggebrecht mit seiner Nachbildung der Batterie von Bagdad, mit der er Experimente durchführte

Vergoldung einer kleinen Figur mit Hilfe der nachgebauten Batterie

durch seine Entdeckung angeregt, an die undankbare Aufgabe einer Überprüfung ihrer Bestände machen werden, um sicherzugehen, daß das, was in ihren Vitrinen glänzt, auch wirklich pures Gold ist. So mag die auf der Batterie von Bagdad beruhende Annahme, daß in einer alten Kultur die Erzeugung von Elektrizität bereits möglich gewesen sein könnte, manchem als wenig erfreuliches Ergebnis der wissenschaftlichen Forschung erscheinen.

Der Mechanismus von Andikithira

Zumindest ein Artefakt beweist eindeutig, daß eine Kultur des Altertums über ein technisches Know-how verfügte, das ihr kein moderner Wissenschaftler zugetraut hätte. Seit man das Fundstück am Meeresboden vor der nordwestlich von Kreta gelegenen kleinen Insel Andikithira entdeckte, ist es als der Mechanismus von Andikithira bekannt.

Er stammt aus dem Rumpf eines gesunkenen, mit Statuen beladenen Schiffes, auf das griechische Schwammtaucher 1900 auf einem submarinen Felsvorsprung vor Andikithira stießen. Später barg die Tauchermannschaft in monatelanger schwieriger und gefährlicher Arbeit eine Ladung Bronze- und Marmorfiguren, die zur Reinigung und Restaurierung ins Athener Archäologische Nationalmuseum gebracht wurden. Der Museumsstab war von der Schönheit und Vielzahl der Funde beeindruckt. So ist es nicht verwunderlich, daß einige gleichfalls zutage geförderte Fragmente aus korrodierter Bronze mehrere Monate lang unbeachtet blieben. Als sich der namhafte Archäologe Spyridon Stais am 17. Mai 1902 schließlich an die Untersuchung der kantigen Bruchstücke machte, entdeckte er Konturen von Zahnrädern, was unter den Fachleuten sogleich eine Kontroverse auslöste. Während die einen an Teile eines Astrolabiums dachten, wie es die alten Astronomen zur Höhenmessung der Himmelskörper benutzten, stellten die anderen diese Behauptung in Frage. Gesichert schien einzig die Entstehungszeit, die sich anhand der Beschriftung des Gehäuses auf ca. 80 v. Chr. ansetzen ließ. Doch erst 1958 wurde der Mechanismus von Andikithira erstmals von jenem Mann untersucht, der der Welt die Augen für die technische Leistung des antiken Konstrukteurs öffnen sollte. Der heute als Professor für Wissenschaftsge-

Die Taucher, die 1900 den Mechanismus von Andikithira entdeckten

schichte an der amerikanischen Yale University wirkende Engländer Derek de Solla Price, der beim Studium der Geschichte wissenschaftlicher Instrumente auf den Mechanismus stieß, war erstaunt über das, was er im Athener Museum sah: »Ein vergleichbares Instrument ist nirgends erhalten«, schrieb er, »und ist auch in keinem alten wissenschaftlichen oder literarischen Text erwähnt. Nach allem, was wir über Wissenschaft und Technologie im hellenistischen Zeitalter wissen, dürfte es eine solche Vorrichtung eigentlich nicht geben.«

Deren Grundzüge hatte eine Voruntersuchung der Bronzefragmente bereits enthüllt: In einem mit Inschriften, darunter auch einem astronomischen Kalender, bedeckten Holzgehäuse mit eingelassenen Skalenscheiben hatten sich mindestens zwanzig Zahnräder und, als wichtigstes Merkmal, ein Wechselgetriebe befunden. Der letzte Punkt erstaunte Price besonders, denn man hatte bis dahin eine 1575 gebaute Uhr als frühestes Beispiel für einen so komplizierten Antrieb angesehen.

Price arbeitete über ein Jahrzehnt lang daran, die Apparatur anhand der stark beschädigten Bronzefragmente zu rekonstruieren. Doch erst die 1971 von der griechischen Atomenergiekommission angefertigten Röntgenaufnahmen brachten endgültigen Aufschluß über das Zahnradgetriebe des Mechanismus von Andikithira. Da Uhren aus dem 13. Jahrhundert ein einfacheres Räderwerk aufweisen, ist Prices Reaktion nur zu verständlich: »Ich muß gestehen, daß ich im Laufe dieser Untersuchungen wiederholt nachts aufwachte und überlegte, ob die auf Grund der Inschriftenkunde und Art des astronomischen Inhalts so offensichtlich und unmißverständlich auf das 1. Jahrhundert v. Chr. verweisenden Texte nicht vielleicht doch eine andere Deutung zuließen.«

Wozu der Mechanismus von Andikithira diente, oder was er in einem mit Statuen beladenen Schiff zu suchen hatte, läßt sich nicht mit Sicherheit ermitteln. Price meint, daß es sich um eine Darstellung des Universums, also mehr um ein Kunstwerk als um ein wissenschaftliches Instrument, gehandelt habe. Darüber hinaus sieht er im Mechanismus von Andikithira ein Zeugnis für eine Getriebetechnik, die die alten Griechen ihren islamischen Nachfolgern vererbten und die schließlich in den großen astronomischen Uhren

Fragment des Mechanismus von Andikithira

Röntgenaufnahme von 1971, in die Derek de Solla Price einzeichnete, wie der Mechanismus seiner Ansicht nach funktionierte

Astronomische Uhr aus dem 12. Jahrhundert

des europäischen Mittelalters gipfelte. Mit Sicherheit aber darf der Mechanismus von Andikithira, wie Price behauptet, »als eine der wichtigsten technischen Erfindungen aller Zeiten gelten«.

So sollte die bloße Existenz dieser Mechanik von der überheblichen Meinung abbringen, daß für komplizierte wissenschaftliche Erfindungen Fähigkeiten und Vorstellungskraft der alten Welt nicht ausgereicht hätten.

Arthur C. Clarke meint dazu:
Aus einer Reihe von Gründen fühle ich mich in die Geschichte des Mechanismus von Andikithira persönlich einbezogen. Ende der fünfziger Jahre machte ich Dr. Price mit Dennis Flanagan, dem Herausgeber des *Scientific American,* bekannt. Auf dessen Anregung hin stellte er die erstaunliche Apparatur erstmals in einem Artikel dem breiten Publikum vor (»An Ancient Greek Computer«: *Scientific American,* Juni 1959). Ich redete ihm in den folgenden Jahren ständig zu, seine Forschungen weiter voranzutreiben (das Ergebnis erschien 1974 unter dem Titel »Gears from the Greek« in den *Transactions of the American Philosophical Society*). 1965 schließlich nutzte ich die Tagung des Internationalen Astronautenverbandes, um das Archäologische Nationalmuseum in Athen zu besuchen und mit eigenen Augen die in einer leeren Zigarrenkiste aufbewahrten Fragmente zu bestaunen. Später schrieb ich darüber*:

»Es ist ein höchst aufregendes Erlebnis, dieses ungewöhnliche Relikt zu betrachten. Zwar ist wohl nichts fruchtloser, als Mutmaßungen nach dem Muster: ›Was wäre geschehen, wenn ...‹ anzustellen, aber der Mechanismus von Andikithira fordert diese Überlegung geradezu heraus. Obwohl er über 2000 Jahre alt ist, repräsentiert er ein technisches Niveau, das die Menschheit erst im 18. Jahrhundert erreichte. Leider beschrieb diese komplizierte Apparatur nur die scheinbaren Bewegungen der Planeten, ohne zu ihrer *Erklärung* beizutragen. Dagegen wies Galilei mit wesentlich einfacheren Gerätschaften wie schiefen Ebenen, schwingenden Pendeln und fallenden Gewichten den Weg zu diesem Verständnis und damit zur modernen Welt. Hätten die Griechen ebensoviel Weitblick wie Erfindungsgabe besessen, so hätte die industrielle Revolution schon 1000 Jahre vor Kolumbus einsetzen können, und statt auf dem Mond umherzustreifen, wären wir bereits auf anderen Himmelskörpern gelandet.«

Außerdem habe ich mich schon oft gefragt, welche weiteren Zeugnisse einer fortgeschrittenen Technologie wohl noch auf dem Meeresgrund ruhen mögen. Der Mechanismus von Andikithira stammt mit hundertprozentiger Sicherheit von *Menschenhand.* Doch wenn überhaupt eine Aussicht besteht, irgendwo auf zerschellte Raumschiffe oder andere außerirdische Artefakte zu stoßen, dann in den Weltmeeren, die drei Viertel unseres Planeten bedecken.

* »Technology and the Limits of Knowledge« in: *The View from Serendip.*

4
Ungeheuer der Tiefe

Zweifellos sollte unser Planet nicht als Erde, sondern als Meer bezeichnet werden, und wir können sicher sein, daß die mit Wasser bedeckten zwei Drittel der Erdoberfläche für den Menschen noch viele Überraschungen bergen.

Von Arthur C. Clarkes Bungalow in Unawatuna an der südlichsten Spitze Sri Lankas bietet sich der Ausblick auf eine der schönsten Meeresszenerien der Welt: Vor dem Auge des Beobachters schwingt sich in einem Bogen ein goldgelber Strand, bestanden mit Palmen, die sich bis dicht an den Saum des manchmal bis in mehrere hundert Meter Tiefe klaren Meeres drängen. Auch wenn der Monsun aus Südwest seine gewaltigen Brecher heranrollt, bleibt das Wasser noch durchsichtig. Der schwerelos zwischen den Korallen schwebende, von Legionen zauberhafter exotischer Fische offensichtlich nicht beachtete Sporttaucher fühlt sich in dieser submarinen Welt schon bald heimisch. Doch jenseits dieser Idylle am Indischen Ozean liegen die großen Rätsel des Meeres. Jenseits des Horizonts tun sich hier nur weitere Horizonte auf, findet sich über fast 100000 km bis hinunter zur Antarktis kein festes Land, durchfurchen Gräben den Meeresgrund, deren Tiefe der Höhe des Himalaja entspricht. Außer den lärmenden Motorschiffen, die die regulären Routen vom Kap nach Australien oder nach Singapur und Indonesien befahren, wagen sich nur wenige Schiffe in diese unermeßlichen Weiten, in denen die großen Seeungeheuer lauern.

Viele dieser furchterregenden Geschöpfe sind wohlbekannt und wissenschaftlich erfaßt. Zu ihnen gehört der Mantarochen, jener riesenhafte, oft 6 m messende, wie eine gewaltige Seefledermaus geflügelte Fisch, der hin und wieder im Netz eines entsetzten Fischers an die Oberfläche kommt. Auf den Malediven und den Andamanen erzählt man sich viele Geschichten über ihn. Ende 1979 ging die lakonische Meldung durch die ceylonesische Presse, ein Junge namens Mada Mahendra sei beim Tauchen nach Korallen von einem »Teufelsfisch« getötet worden. »Die beiden Kameraden des Jungen konnten entkommen«, hieß es. In diesen Gewässern haust auch die gefährlichste Seeschlangenfamilie der Welt. Deren unheimlichste Vertreterin, ein bis zu

Links: Der Riesenkrake, Inbegriff des Schreckens. Von den Romanen Jules Vernes inspirierte Darstellung eines Kampfes

Rechts: In den Netzen der Fischer von Sri Lanka tauchen immer wieder sonderbare Meereslebewesen auf

Der *Megamouth shark*

Der Walhai

1,50 m langes Reptil, das auf Grund seines kleinen Kopfes auch höhlenbewohnende Beutetiere verfolgen kann, wurde von Sir Edward Belcher erst 1946 entdeckt, obwohl es in manchen Teilen der Südsee sehr zahlreich vorkommt. 1974 wies ein japanischer Professor nach, daß das Gift von Belchers Seeschlange um das Hundertfache stärker ist als das jedes anderen Kriechtiers einschließlich der Königskobra und der australischen Schwarzotter. Daneben erzählen die Fischer von Sri Lanka, deren Palmhütten sich am Wassersaum drängen, auch oft vom mächtigsten Fisch des Meeres, dem Walhai, der eine Länge von über 18 m erreicht. Er soll Boote rammen und zum Kentern bringen und schon so manchen Seemann getötet haben. Doch auch dieser Gigant, der alle anderen bekannten Fische an Größe übertrifft, ist dem Menschen bisher nur selten tot oder lebendig in die Hände gefallen.

Der Megamouth shark

Dem Wissen des Meeresbiologen sind sehr enge Grenzen gezogen. So besteht beispielsweise die Nahrung der in den südlichen Meeren noch immer zu Hunderttausenden lebenden Pottwale zu über drei Vierteln aus einem großen zehnarmigen Tintenfisch. Doch bis heute konnte allen Bemühungen zum Trotz in den Walfanggebieten nur ein einziges Exemplar dieser Art gefangen werden. Aber die Tiefe hält noch ganz andere Überraschungen bereit: Als die *AFB 14,* ein Schiff der US-Marine, an einem Nachmittag im Jahre 1976 unter ungewöhnlichen Schwierigkeiten ihren Treibanker einholte, kam ein massiges und furchterregend aussehendes Geschöpf von ca. 4,50 m Länge und einer Dreivierteltonne Gewicht an die Oberfläche, das sich im Anker verfangen hatte. Wie sich herausstellte, gehörte der große, mit sieben Reihen nadelscharfer Zähne bewehrte Fisch einer gänzlich unbekannten Familie an, die die Wissenschaftler seither als *megamouth shark* bezeichnen.

Im übrigen hat die US-Marine allen Anlaß, Respekt vor den unbekannten Ungeheuern der Tiefe zu zeigen, denn vor nicht allzu langer Zeit machte sie eine sehr sonderbare Beobachtung: Nachdem die zur U-Boot-Ortung eingesetzte USS Fregatte *Stein* vom kalifornischen San Diego zu einer Kreuzfahrt über den Äquator nach Südamerika ausgelaufen war, fiel bald nach der Überquerung des Meridians das unentbehrliche Sonargerät aus. Laute Geräusche übertönten sämtliche brauchbaren Signale, und da alles Herumbasteln nichts nutzte, mußte der Kapitän wohl oder übel die lange Rückreise nach Kalifornien antreten, um das Schiff im Trockendock des Naval Dockyard von Long Beach überholen zu lassen. Als die letzten Zentimeter Wasser aus dem Trockendock ausliefen, sah die gespannt warten-

Der legendäre Riesentintenfisch wurde für manchen unaufgeklärten Schiffsuntergang verantwortlich gemacht

de Mannschaft der *Stein,* daß die stabile Kuppel des Sonargeräts stark beschädigt war. Der zum Schutz vor Tang und Entenmuscheln angebrachte Gummiüberzug wies Dutzende riesiger Löcher auf. Als die Offiziere nach Trockenlegung des Docks hinunterstiegen, um den Schaden zu besichtigen, fanden sie im Überzug Hunderte von spitzen, scharfen, hohlen, zum Teil über 3 cm langen Zähnen stecken, die sich irgendein Meeresgeschöpf im sinnlosen Kampf mit der Kuppel ausgebissen hatte.

Während das Schiff repariert wurde, untersuchten Wissenschaftler vom nahe gelegenen Naval Oceans Systems Center den Schaden und die Zähne oder möglicherweise auch Klauen, konnten aber trotz monatelangen Rätselratens lediglich feststellen, daß die Beschädigung von einem Lebewesen herrührte, das »ungeheuer groß gewesen sein und einer der Wissenschaft bislang unbekannten Art angehört haben muß«.

Der Krake

Doch es gibt Menschen, die derartige Geschöpfe mit eigenen Augen gesehen haben, bzw. von ihnen verschlungen wurden. Im Verlauf des Zweiten Weltkriegs wurden Schiffe rund um den Erdball in Meeresregionen verschlagen, in denen es normalerweise fast keinen Seeverkehr gibt. So auch das Schiff der britischen Kapitänleutnants Rolandson und Davidson und des Leutnants R. E. Grimani Cox von der Indian Army, das in einem abgelegenen Teil des Südatlantiks von einem deutschen Kaperschiff unter japanischer Flagge aufgebracht und in Brand geschossen wurde. Nachdem der Angreifer den Briten fünf Minuten Zeit gegeben hatte, um in die Rettungsboote zu steigen, stand den drei Offizieren mit neun weiteren Kameraden nur noch ein kleines Floß zur Verfügung, auf dem nur einige von ihnen Platz fanden, während sich die anderen außen anklammern mußten.

Die Schiffbrüchigen mußten furchtbare Strapazen auf sich nehmen. Sie waren einer sengenden Sonne und den Angriffen von Quallen ausgesetzt, deren Nesselfäden nach den Worten von Leutnant Cox »wie eine Million Bienen stachen«. Am dritten Tag kamen die Haie und holten sich die Verletzten und die Halbverdursteten. Als nach drei Tagen die Haie plötzlich verschwanden und die Männer schon erleichtert aufatmeten, kam es noch schlimmer: Neben dem Floß tauchte ein riesiges Geschöpf mit gewaltigen Fangarmen auf. Es verhielt sich eine Zeitlang ruhig, als legte es sich seinen Angriffsplan zurecht. Dann streckte es einen seiner Arme aus und packte einen der Inder auf dem Floß, »den es wie ein Bär umarmte«. Obwohl Cox und die anderen versuchten, die Fangarme zu lösen, wobei Cox Verletzungen

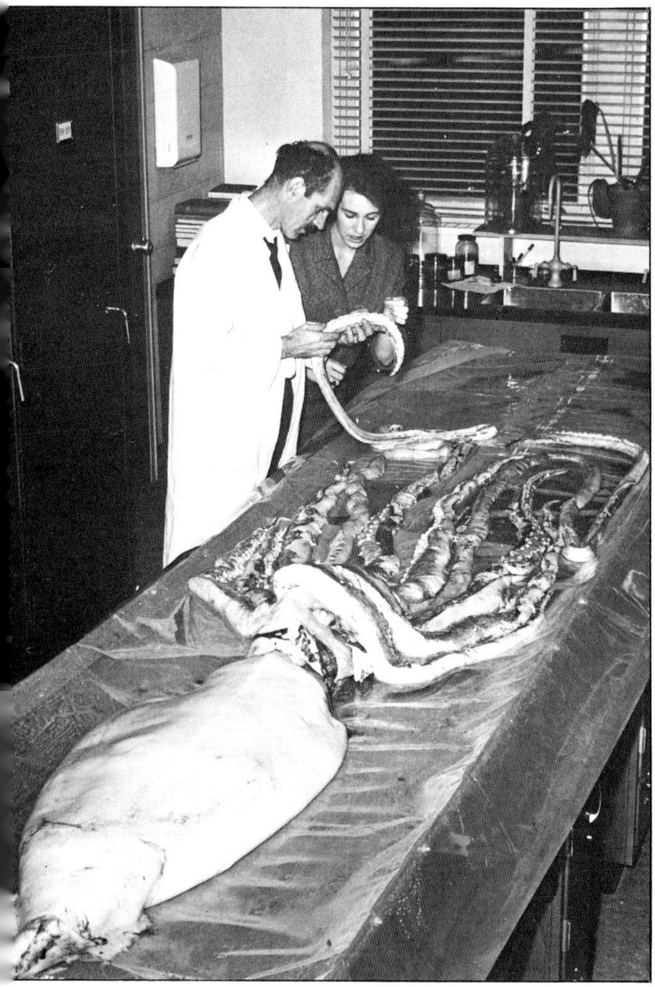

Frederick Aldrich von der Memorial University Neufundland bei der Untersuchung eines 1965 in der Trinity Bay angespülten 6,30 m langen Tintenfisches

Rechts: Ein Riesentintenfisch, der 1861 200 km nordöstlich von Teneriffa von dem französischen Kriegsschiff *Alecton* aus gesichtet und beinahe gefangen wurde

durch die Saugnäpfe erlitt, zog das Meerestier den Inder langsam vom Floß. Ein Mann schien ihm zu genügen – jedenfalls kamen Cox und die beiden Marineoffiziere mit dem Leben davon und konnten nach ihrer Rettung durch ein spanisches Schiff über ihr Erlebnis berichten.

Möglicherweise handelte es sich bei dem gefräßigen Ungeheuer um einen Riesentintenfisch, der von allen in der Tiefe verborgenen großen Meerestieren die wohl schrecklichsten Fangwerkzeuge besitzt.

Daß es solche Ungetüme gibt, wissen wir, da seit dem vorigen Jahrhundert rund alle 30 Jahre 6–9 m lange Exemplare, wohl eher Zwerge unter ihren Artgenossen, an der neufundländischen Küste angespült werden. Die Tiere, die sich offenbar von periodischen Veränderungen des kalten Labradorstroms irreleiten und aus der Tiefe des Nordatlantiks in seichtere Meeresregionen locken lassen, besitzen wahrhaft furchterregende Angriffswaffen: Die Fangarme, mit denen sie ihre Beute ergreifen, besitzen Saugnäpfe, die dem Opfer wie Schröpfköpfe aufs Fleisch gepreßt werden. Dann wird die Beute herangeholt und mit einem Schnabel, der dicken Draht durchzubeißen vermag, zerstückelt. Dieses wie ein vergrößerter Papageienschnabel anmutende Werkzeug, dessen Oberteil allerdings nicht über den Unterschnabel greift, reißt dem Opfer Fleischfetzen aus dem Leib, die anschließend von winzigen, tiefer im Schlund sitzenden Zähnen zerkleinert werden.

Man nimmt an, daß die Tintenfische sogar den mächtigen Pottwalen nachstellen – wie es übrigens auch umgekehrt der Fall ist.

Außerdem weiß man, daß sie eine dezidierte Vorliebe für die Farbe Rot besitzen. Deshalb sparen sich die Fischer an der Küste Neufundlands oft den Köder und befestigen neben dem Haken lediglich rot lackierte Metallteile oder Zündkerzen. Das genügt, um die Tintenfische zu fangen. Es gibt schauerliche Geschichten, die davon berichten, was den während des Krieges in ihren leuchtendroten Schwimmwesten in diesen Gewässern dahintreibenden Matrosen torpedierter Schiffe widerfuhr.

Schon vor hundert Jahren schilderte der britische Schriftsteller F. T. Bullen die Begegnung zwischen einem Wal und einem Kraken (diese bei den Walfängern übliche Bezeichnung für den achtarmigen Tintenfisch stammt aus dem Norwegischen), die er an Bord des Walfangschiffes *Cachelot* miterlebte. Die beiden Tiere schnellten aus dem Wasser, wobei der Krake den Wal fest umklammert hielt, obwohl er selbst bereits teilweise im Maul seines Feindes steckte. Dann verschwanden sie wieder in der Tiefe.

In seinem Todeskampf speit ein harpunierter Pottwal seinen Mageninhalt aus, wobei oft Tausende großer und kleiner Tintenfische zum Vorschein kommen. F. T. Bullen beschreibt, wie Teile von Fangarmen, dick wie der Körper eines Menschen, an seinem Harpunierboot vorbeitrieben. Auch die von diesen Kämpfen in der Tiefe herrührenden riesigen Saugmale an den Leibern

Riou - MESNEL

der Pottwale deuten auf gewaltige Geschöpfe von weit größeren Abmessungen hin, als sie der 6,50 m lange Tintenfisch, der 1965 in der Trinity Bay von Neufundland angespült wurde, aufwies. Nur ein Jahr später hatte die US-Marine eine weitere Begegnung mit den Geheimnissen der Tiefe. Als sich das Forschungsschiff *San Pablo* 200 km vor dem neufundländischen Kap Bonavista bei Tage auf einer normalen ozeanographischen Schleppnetzfahrt befand, schnellte plötzlich vor dem Vordersteven ein von den Fangarmen eines Riesentintenfischs umklammerter Pottwal aus dem Wasser. Dasselbe Schauspiel wiederholte sich mehrmals, so daß Offiziere und Besatzungsmitglieder Zeit hatten, ihre Kameras und Ferngläser zu holen. Da die *San Pablo,* durch die eigenen Taue behindert, sich nicht näher heranwagen konnte, fielen die Photos nicht allzu deutlich aus. Doch die durchweg aus erfahrenen Ozeanographen bestehende Besatzung versicherte, der Riesentintenfisch habe es mit dem mindestens 18 m langen Wal durchaus aufnehmen können.

Aus der Kriegszeit stammen Beschreibungen riesiger Tintenfische, darunter die von J. D. Starkey, der sich an Bord eines vor den Malediven im Indischen Ozean kreuzenden britischen Trawlers befand. Starkey pflegte während der von Mitternacht bis 4 Uhr morgens dauernden zweiten Nachtwache elektrische Lampen ins Meer zu senken, deren Schein Schwärme von Fischen aller Art anlockte, die sich auf diese Weise leicht fangen ließen. Eines Nachts jedoch waren plötzlich alle Fische verschwunden.

»Als ich ins Wasser schaute«, so berichtet Starkey, »sah ich im Lampenschein einen grünen, kreisförmigen Lichtfleck aufleuchten, ein grünes, unverwandt auf mich gerichtetes rundes Etwas, das ich plötzlich als Auge identifizierte. Nach und nach wurde mir klar, daß ich mich etwa auf Kernschußweite von einem riesigen Tintenfisch befand, dessen Körper mein ganzes Blickfeld ausfüllte. Ich bin nicht überempfindlich, aber ich hatte den Eindruck, daß dieses kalt und feindselig blickende Auge starr auf mich gerichtet war. Weder vorher noch später bin ich einem so kalten, hypnotischen und dabei irgendwie intelligenten Blick begegnet.

Als ich dann meine Lampe aufs Wasser richtete und mich aufs Vorderdeck begab, sah ich im Lichtkegel die Fangarme.«

Sie waren nach Starkeys Angaben 60 cm dick, und die Saugnäpfe waren deutlich sichtbar.

»Dann ging ich wieder nach achtern und behielt den Tintenfisch im Auge, was nicht schwierig war, da er sich längsseits befand und sich, abgesehen von einem ständigen Pulsieren, nicht rührte. Als ich mich dem Heck näherte, wo meine Lampen hingen, war der Körper noch immer da, und ich konnte alle Einzelheiten erkennen.

Langsam ging mir auf, daß dieses Geschöpf mindestens so lang wie das Schiff sein mußte, und dieses maß 53 m.«

Starkey, der die meisten großen Meereslebewesen aus eigener Anschauung kannte, konnte den Giganten nach eigener Aussage gut 15 Minuten lang beobachten. »Dann schien er aufzuschwellen, und ohne erkennbare Anstrengung schoß er davon und verschwand im Dunkel.«

Natürlich gibt es auch Berichte, die beschreiben, wie Tintenfische Schiffe angriffen und sogar zum Kentern brachten. In den dreißiger Jahren wurde der 12 Knoten laufende 15 000-Tonnen-Tanker *Brunswick,* der in der Südsee vor Samoa kreuzte, von einem großen Tintenfisch überholt, der kurz darauf kehrtmachte und mittschiffs angriff. Doch er bekam den Schiffskörper nicht zu fassen und wurde schließlich von der Schiffsschraube zerstückelt.

Nach den Darstellungen des Kapitäns Arne Grønningsaeter erlebte das Schiff noch zwei weitere, ähnliche Überfälle. Zweifelsohne hatte die *Brunswick* in Form, Farbe oder Geschwindigkeit etwas an sich, was diese großen Meereslebewesen zum Angriff reizte. Möglicherweise erinnerte das Schiff sie an einen Wal. Im vorigen Jahrhundert wurde nach Augenzeugenberichten der 150-Tonnen-Schoner *Pearl* von einem Riesentintenfisch zum Kentern gebracht. Wie die Besatzung des Dampfers *Strathowen,* die den Vorgang beobachtet hatte, zu Protokoll gab, drehten die gewaltigen Fangarme die im Golf von Bengalen blind liegende *Pearl* einfach um, wobei sämtliche Matrosen den Tod fanden.

Eine solch erstaunliche Leistung wäre sicher nicht über die Kräfte jenes Ungetüms gegangen, das 1896 als riesiger, wenn auch verstümmelter Kadaver von den Wintergezeiten in den Dünen von St. Augustine's Beach, Florida, angespült wurde. Glücklicherweise erregte es die Aufmerksamkeit von Dr. DeWitt Webb von der örtlichen Wissenschaftlichen und Historischen Gesellschaft. Dr. Webb wehrte hartnäckig alle neugierigen Souvenirjäger ab und auch die Fischer, die das Monstrum zu Ködern verarbeiten wollten, sowie Schausteller, die die Absicht hatten, es auf

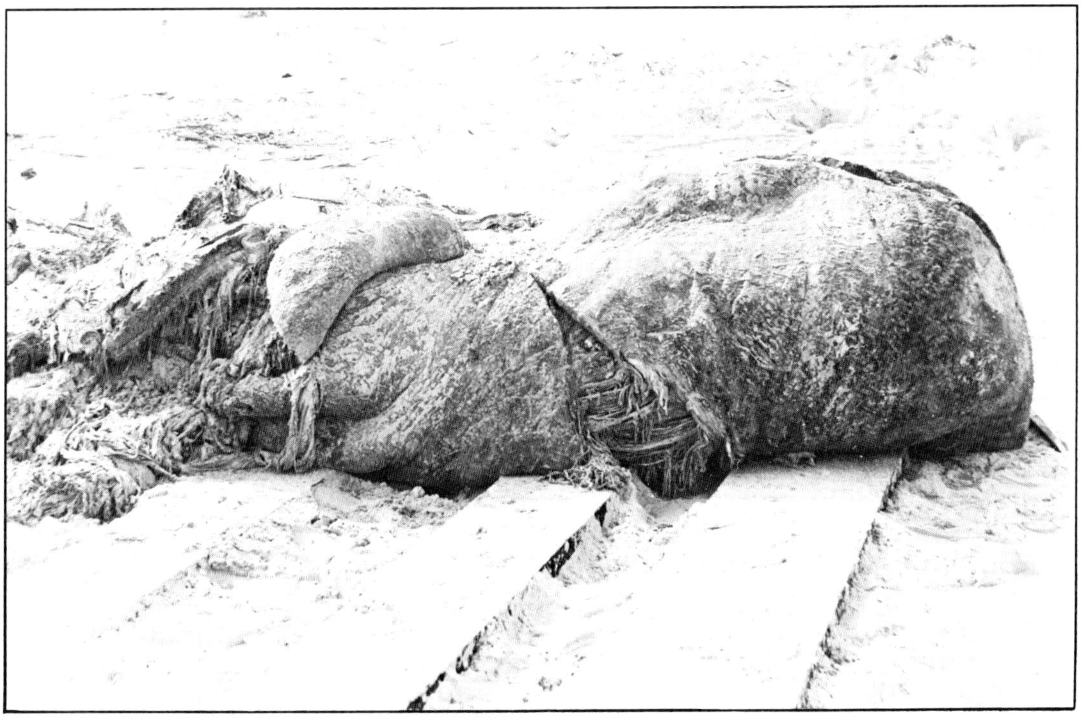

Dr. DeWitt Webbs Photo der »Überreste eines riesigen Ungetüms«, das 1896 in St. Augustine's Beach, Florida, angeschwemmt wurde

dem Jahrmarkt zu zeigen. So rettete der wackere Wissenschaftler den bis zum heutigen Tag einzigen handgreiflichen Beweis dafür, daß in den Meerestiefen tatsächlich Riesenkraken von Jules-Verneschen Ausmaßen leben. Dr. Webb erstattete Professor W. H. Dall vom National Museum in Washington brieflich über alle Einzelheiten seines Fundes Bericht. Zunächst hatte er versucht, den in einer flachen Sandmulde liegenden Kadaver umzudrehen. »Nach der Schwierigkeit zu urteilen, ihn vom Fleck zu bewegen«, so schrieb er, »muß er 6 oder 7 Tonnen wiegen, da zwölf Männer mit einem Flaschenzug eine weniger schwere Last hätten bewegen können.« Später kehrte Dr. Webb mit vier Pferden, sechs Mann, drei Flaschenzügen, einem Takler und einer ganzen Menge schwerer Bohlen an den Fundort zurück, was, wie sich zeigte, gerade ausreichte, um den Kadaver 12 m weiter auf den Strand hinaufzuhieven.

Anschließend konnte Dr. Webb Professor Dall mitteilen, daß es sich bei seinem Fund eindeutig um ein wirbelloses Lebewesen ohne Schnabel oder sonstige Merkmale eines zehnarmigen Tintenfischs handelte. Der Körper wies eine Länge von 6,40 m und eine Dicke von 2,10 m auf, die Haut allein besaß eine Stärke bis zu 89 mm. Obwohl sie sich selbst mit einer Axt kaum durchschlagen ließ, gelang es dem gewissenhaften Doktor, größere Fleischproben abzutrennen und nach Washington zu senden.

Die dortigen Experten taten jedoch Dr. Webbs Wirbellosen nach einigem Zögern als Wal ab, wobei die Smithsonian Institution verlauten ließ, sie könne sich »den Aufwand kaum leisten«, eine Fachkraft zur Besichtigung ins ferne Florida zu senden. Immerhin bewahrte man ein paar konservierte Brocken des Wundertiers von St. Augustine im Keller auf. Dort wurden sie von zwei Wissenschaftlern mit detektivischem Spürsinn, Joseph Gennaro und F. G. Wood, die in irgendwelchen verstaubten Schriften davon gelesen hatten, 75 Jahre später aufgestöbert. Sie fanden einige übelriechende, sonst aber wohlerhaltene Stükke von der Größe eines Sonntagsbratens vor, aus denen Gennaro, seines Zeichens Professor für Zellularbiologie an der Universität New York, Präparate zur histologischen Analyse anfertigte. Schon bald gewann er die Überzeugung, daß es sich bei der Probe weder um Walspeck noch um das an seiner charakteristischen Struktur erkennbare Gewebe eines Kalmars handelte. Die Untersuchung der einzelnen Proben deutete zwingend auf einen Kraken hin – nur daß sich daraus fast unvorstellbare Folgerungen ergaben. Ein Körper dieser Größe ließ auf ein Exemplar von 61 m Durchmesser schließen, dessen Fangarme einzeln genommen lang genug wären, um über den gesamten Broadway oder die Oxford Street zu reichen.

Wood, der sich unterdessen mit den Dokumenten in St. Augustine beschäftigte, konnte in Erfahrung bringen, daß sich neben oder möglicherweise am Kadaver mindestens fünf Armstümpfe befunden hatten. Ein Einheimischer, ein gewisser Mr. Wilson, hatte westlich von der Fundstelle des gestrandeten Ungetüms einen 7 m langen Arm und südlich drei davon entdeckt, von denen einer fast 10 m maß und offenbar noch an einem Leib haftete (»doch grub ich nicht ganz bis zum Körper nach, da er ziemlich tief in den Sand eingebettet lag und ich mich bereits sehr erschöpft fühlte«). Mr. Wilsons Aussage war nüchtern und präzise. Die Fleischproben und Dokumente, die ungewöhnlichen Aufnahmen und die Aussagen anderer Augenzeugen – all diese Fakten deuten darauf hin, daß es nicht nur zehnmal größere Kraken gibt, als die Meeresbiologen einräumen, Tiere, stattlich genug, um den Londoner Piccadilly Circus auszufüllen, sondern daß eines dieser Lebewesen vor rund 80 Jahren in Florida an Land gespült worden war. Im übrigen trug Wood noch mehrere, vor allem aus der Bahama-Region stammende Geschichten über Riesenkraken zusammen, die ebenfalls die in den Lehrbüchern genannte Maximalgröße von 6 m bei weitem übertroffen haben dürften.

So berichtete der Leiter der North Eastern Wildlife Station in New Brunswick, Bruce Wright, wie er 1964 auf einer Untiefe vor der südlichsten Bahamainsel Caicos einen Kadaver besichtigt hatte:

»Da der Wind in Richtung Küste wehte, konnte unser Schiff nicht landen. Wir verfügten über kein Beiboot und wollten schon in das im Umfeld des Kadavers verfärbte Wasser steigen, um an Land zu schwimmen, als wir eines großen Barrakudas wegen den Mut verloren. So fuhren wir möglichst nah – bis auf ca. 18 m – an den Kadaver heran, um ihn in Augenschein zu nehmen. Er erwies sich als eine über 15 m lange und rund 3 m

Viele halten Berichte über Seeungeheuer schlicht für Seemannsgarn, wogegen jedoch mancherlei Beweise sprechen

starke zigarrenförmige Fleischmasse, die weder Maul noch Brustflossen, weder Schwanzflosse, Augen noch Nasenloch erkennen ließ.«

Gleichfalls 1964 machte Burton Clark vom Meeresaquarium Miami vor den Bimini-Inseln eine ähnlich interessante Entdeckung: »In ungefähr 30 m Tiefe mußte sich irgendein großes Lebewesen befinden, das auf den Tiefenlotaufzeichnungen deutliche Spuren hinterließ.« Und in derselben Meeresregion vor Florida beobachtete der Seemann J. C. Martin gegen Ende des Zweiten Weltkriegs einen direkt neben seinem Schiff treibenden, gewaltigen Kraken. Das hieb- und stichfesteste Beweismaterial für die Existenz derartiger Riesentintenfische aber ist und bleibt doch die von Dr. Webb aufbewahrte Fleischprobe des Ende des vorigen Jahrhunderts in St. Augustine angespülten Ungetüms.

Von den geheimnisvollsten und interessantesten aller großen Seeungeheuer jedoch, den Riesenseeschlangen, existieren keine vergleichbaren Überreste. Von ihnen ist dem Menschen bis jetzt weder Haut noch Haar, weder Fluke noch Finne in die Hände gefallen – sieht man von einer möglichen Ausnahme aus keltischer Zeit und einer weiteren vom anderen Ende der Welt ab. Dabei wurden Seeschlangen von Tausenden, darunter vielen erfahrenen Seeleuten, geschulten Naturwissenschaftlern und Ozeanographen beobachtet. Doch obwohl mitunter Hunderte von Menschen gleichzeitig eine Seeschlange sichteten, gibt es weder brauchbare Photos, noch existiert eine wesentliche Lücke in der Ordnung der Meereslebewesen, die diesem Seeungeheuer Glaubwürdigkeit verleihen könnten. Andererseits liegen so viele detaillierte, nüchterne und übereinstimmende Augenzeugenberichte vor, daß die Möglichkeit von mindestens einer, wenn nicht drei oder vier in unseren Meeren lebenden Arten anscheinend nicht von der Hand zu weisen ist. Seit ältesten Zeiten existieren Beschreibungen buckliger, oft mit einer Mähne und riesigen Augen ausgestatteter Seeungeheuer, die den Kopf meterweit aus dem Wasser reckten. Diese anschaulichen Schilderungen reichen von den Griechen über die alten skandinavischen Schriftsteller, die, wie z. B. Olaus Magnus, mit genauen Einzelheiten aufwar-

Die von der Fregatte HMS *Daedalus* aus am 6. August 1848 zwischen dem Kap der Guten Hoffnung und St. Helena gesichtete Seeschlange

etwa 1,20 m aus dem Wasser ragen. Ich manövrierte darauf zu und nahm es in Augenschein. Zunächst kam es mir mit seiner Haarkrause wie ein Eisbär vor. Doch als wir längsseits gingen – das Wasser war kristallklar –, erkannten wir den langen Hals, der mindestens 12 m tief hinabreichte, und die riesigen Augen. Mein Maat, ein alter Neufundländer, meinte: ›Sehen Sie sich diese Augen an!‹ An Maul und Nase kann ich mich nicht mehr erinnern, nur an diese riesengroßen Augen, die Lider hatten, wie mir schien.«

Kapitän Sowerby entsinnt sich noch des dicken, runzligen Leibs, der sich, so weit das Auge reichte, in die Tiefe erstreckte. Doch dann machte das Schiff eine Drehung, und es war aus mit der guten Sicht.
Auch der Fischer David Webb bekam Caddy einmal zu sehen:

»Als ich 1941 draußen vor der Cadboro Bay auf der Ostseite der Insel fischte, kam eine so steife Brise aus Südost auf, daß ich beschloß, in den Hafen zurückzukehren. Ich hatte einen jungen Lotsen namens David Miller bei mir. Plötzlich sah ich in der Nähe meines Ankerplatzes ein sonderbares Tier aus dem Wasser auftauchen – ein Ding mit einem 1,50–1,80 m langen Hals und einem Kopf fast wie ein Kamel. Ich rief Dave Miller, und wir beschlossen, es nach Möglichkeit mit dem Lasso ans Ufer zu ziehen, was sich aber in Anbetracht seines Tempos als ganz unmöglich erwies. Immerhin verfolgten wir es etwa 5 km weit. Das Ding hatte eine Geschwindigkeit von 7–8 Meilen pro Stunde und schien an einem Fisch herumzukauen, den die Seevögel im Sturzflug zu schnappen versuchten. Meiner Schätzung nach ragte es 1,80 m weit über den Meeresspiegel auf, und der Körper dürfte sich, der Länge des Halses nach zu schließen, unter Wasser noch etwa 6 m weit fortgesetzt haben. Doch ich konnte nicht so weit in die Tiefe blicken. Nie zuvor oder danach habe ich etwas Ähnliches gesehen ... Ich kenne Seelöwen, Riesenhaie, Wale, aber so etwas ist mir in meinem ganzen Leben noch nicht begegnet.«

Caddy löste die systematischste Untersuchung aus, die bislang eines Seeungeheuers wegen eingeleitet worden ist. Zwei Meeresbiologen aus Vancouver, Leblond und Sibert forderten alle Augenzeugen über den Ortssender und die lokale Presse auf, sich zu melden. Den meisten der zwei

Kapitän Paul Sowerby

Dutzend ernstzunehmenden Berichte nach zu schließen, ließ sich Caddy mit keinem bekannten Tier vergleichen. Die Zeichnungen deuten nach Ansicht der beiden Wissenschaftler sogar darauf hin, daß sich mehrere unbekannte Meereslebewesen vor der kanadischen Küste tummeln.
So berichtete John Andrews, der Anfang 1980 in Sechelt bei Vancouver geangelt hatte:

»Ich sah einen etwa 45 cm langen und ca. 20–22 cm breiten Kopf mit großen Katzenaugen, die das Licht wie die einer Katze reflektierten und sich in entgegengesetzter Richtung bewegen konnten. Eins blickte mich an, während das andere nach unten schaute. Das Wesen war schätzungsweise 12–15 m lang und kam mir wie ein Zwischending zwischen Schlange und Robbe vor.«

Weder Leblond noch Sibert konnten dieses Geschöpf in eine Kategorie einordnen.
Woanders hatten Reisende von Passagierdampfern Seeschlangen wie jenes 18–24 m lange »pferdähnliche« Tier beobachtet, das 1934 vor den Jungferninseln neben dem Dampfer *Amerika* aufgetaucht war. Ein solches Seelebewesen tauchte auch mitten in einer U-Boot-Aktion auf höchst dramatische Weise auf. Wie der Kommandant des Unterseeboots, Georg von Forstner, berichtete, torpedierte seine *U 28* am 30. Juli 1915 den schwerbeladen im Nordatlantik kreuzenden britischen Dampfer *Iberian*. Das Schiff sank rasch, wobei sein Bug fast senkrecht aus dem Wasser ragte. Etwa 25 Sekunden, nachdem er verschwunden war, erfolgte eine heftige Explosion. Kurz darauf flogen Wrackteile und mit ih-

Das 1808 auf den Orkney-Inseln angespülte *Stronsa Beast.* Zeichnungen aus einem Brief Sir Alexander Gibsons an seinen Sohn in Ceylon

nen ein riesenhaftes, wild zappelndes und sich windendes Meerestier 20–30 m hoch in die Luft. Die Männer im Kommandoturm – Kommandant, Wachoffiziere, der leitende Ingenieur, der Navigationsoffizier und der Steuermann – machten sich gegenseitig auf dieses Meereswunder aufmerksam. Sie konnten es aber später weder im Brockhaus noch im Brehm finden und somit auch nicht identifizieren. Zum Photographieren reichte die Zeit nicht aus, da das Tier schon nach 10–15 Sekunden wieder unterging. Es war etwa 18 m lang, erinnerte in der Gestalt an ein Krokodil und besaß vier Gliedmaßen mit kräftigen Schwimmfüßen und einen langen, spitz zulaufenden Schwanz.

Die fast gleichlautenden, ebenso anschaulichen wie fesselnden und mysteriösen Berichte erfahrener Augenzeugen, deren Redlichkeit über jeden Zweifel erhaben ist, gehen in die Hunderte; Tausende von Menschen haben eine Seeschlange gesehen. Dennoch wurde bislang keinerlei beweiskräftiger Überrest eines Körpers gefunden. Zwar wurden seit dem 1808 auf den Orkney-Inseln vor Schottland gestrandeten sogenannten *Stronsa Beast* nachgewiesenermaßen immer wieder Meeresungeheuer angeschwemmt. Sie entpuppten sich aber fast alle, wie das Tier von Stronsa, als Riesenhaie. Diese Fische nehmen nämlich auf Grund der Verwesung ein höchst irreführendes Aussehen an. Zuerst lösen sich die nur schwach befestigten Kiefer und lassen einen vermeintlich kleinen Schädel auf dünnem Schlangenhals zurück; dann fault, da die Wirbelsäule nur bis in den oberen Teil der Schwanzflosse reicht, die untere Hälfte weg, wodurch die beinähnlich anmutenden Flossen der Bauchregion stärker in Erscheinung treten. So bleibt ein mißgestaltetes Monstrum übrig, das in gewissen Zeitabständen immer wieder einmal eine Seeschlangenhysterie ausgelöst hat.

Ein den meisten Forschern unbekannter Fall jedoch könnte Zweifel an der Behauptung aufkommen lassen, daß bis jetzt noch kein Seeungeheuer an Land gespült worden sei.

Das Ganze begann im Sommer 1942, als der Stadtrat Charles Rankin aus dem schottischen Gourock am River Clyde durch Beschwerden seitens der Bürgerschaft über einen entsetzlichen, vom Strand herrührenden Gestank von seinen Kriegssorgen abgelenkt wurde. Als er sich mit seinem Obmann an Ort und Stelle begab, fand er einen höchst ungewöhnlichen Kadaver vor. Rankin geriet in eine Zwickmühle: Einerseits galt es, Riechorgane und Gesundheit der Bürger von Gourock zu schützen, andererseits konnte das Meer durchaus etwas angeschwemmt haben, was der Wissenschaft noch unbekannt war. Sein Anruf beim Royal Scottish Museum wurde, wie Rankin noch heute gallig bemerkt, abschlägig beschieden, sein Gesuch, Aufnahmen machen zu dürfen, von der Royal Navy mit dem Hinweis, es handle sich um Sperrgebiet, strikt zurückgewiesen. So blieb Rankin schließlich keine andere Wahl, als das Ungeheuer von Gourock in Stücke hauen und auf dem Gelände des städtischen Krematoriums vergraben zu lassen.

Als ordnungsliebender Mann hat Rankin jedoch über den Fund eine sehr genaue Beschreibung angefertigt, die ernsthafte Beachtung verdient:

»Das Geschöpf wies eine Länge von annähernd 8,20–8,50 m und an der stärksten Stelle eine Dicke von 1,50–1,80 m auf. Da es auf der Seite

lag, erschien der Körper im Schnitt oval, dürfte aber, dem Ansatzwinkel der Flossen nach zu schließen, zu Lebzeiten rund gewesen sein. Falls dies zutrifft, würde sich die Tiefendimension etwas verringern. Der Kopf samt Hals, der Körper und der Schwanz waren ungefähr gleich lang, wobei sich Hals und Schwanz vom Ansatz her allmählich verjüngten. Schwanzflossen fehlten. Der verhältnismäßig kleine Kopf glich dem einer Robbe, wies aber eine wesentlich spitzere Schnauze und einen flacheren Schädel auf. Die Kiefer griffen übereinander, und über den Augen schienen Wülste – will sagen, vorstehende Brauen – vorhanden. Beide Kiefer trugen große spitze Zähne. Die relativ großen Augen erinnerten an eine Robbe, saßen aber weiter seitlich am Kopf. Der Schwanz wirkte, wie er so dalag, in der Form rechteckig und dürfte sich ehedem wohl in senkrechter Stellung befunden haben. Unter der dünnen Haut zeichneten sich in parallelen Reihen angeordnete, knorpelig glänzende, undurchsichtige ›Knochen‹ ab, die sich meines Erachtens fächerartig geöffnet hatten. Der Schwanz schien ober- wie unterhalb der Mittellinie dieselbe Stärke aufzuweisen.
Am Vorder- und Hinterende befanden sich jeweils ein Paar L-förmiger Flossen, doch wirkten die Hinterflossen kürzer und breiter. Sie liefen, wie der Schwanz, in eine ›knochige‹ Struktur aus, die sich zweifelsohne in ähnlicher Weise hatte auffächern lassen.
Den Körper bedeckten in ziemlich engen Abständen nach hinten gestellte, harte, borstige ›Haare‹, die in der Schwanzgegend und auf dem rückwärtigen Flossensaum dichter waren. Ich riß aus einer Flosse eine dieser Borsten aus. Sie war etwa 15 cm lang und lief an beiden Enden spitz zu wie eine stählerne Stricknadel, der sie auch in der Stärke entsprach, nur daß sie sich als biegsamer erwies. Ich verwahrte diese Borste in der Schublade meines Schreibtischs und stellte später fest, daß sie sich beim Austrocknen wie eine Spiralfeder eingerollt hatte.
Die Haut des Tieres war glatt und erwies sich beim Aufschneiden als verhältnismäßig dünn, aber zäh. Außer der Wirbelsäule schienen keine Knochen vorhanden. Das Fleisch zeigte eine einheitlich dunkelrosa Färbung, erinnerte an Walspeck und ließ sich nur schwer schneiden oder zerhacken. Es blutete nicht und ähnelte einer dicken Sülze. Im Magen des Tieres – bzw. dem, was ich dafür hielt – fand sich der Überrest einer Strickarbeit wie von einer Wolljacke und, seltsamer noch, ein Stück von einer gewebten Baumwolltischdecke – komplett mit Quasten.«

Gegen einen so genauen und detaillierten Bericht läßt sich wohl kaum einwenden, es habe sich bei Mr. Rankins Seeungeheuer um einen Hai oder ein anderes bekanntes Lebewesen gehandelt.
35 Jahre später sollte dann im Südpazifik ein ähnlich erstaunlicher Fund gemacht werden.
Vor der Küste Neuseelands betreiben die Japaner den Tintenfischfang in so großem Stil, daß die Lampen der Fischereiflotte bei Nacht auf Satellitenphotos heller leuchten als alle anderen irdischen Lichtquellen. In diesen Gewässern hievte im September 1977 der japanische Trawler *Zuiyo-maru* einen unerwünschten Fang an Bord.
Von dem bereits in Verwesung übergegangenen Ungetüm wurden fünf Photos gemacht. Zusammen mit den Körpermaßen, den Aussagen des stellvertretenden Produktionsleiters der Taiyo-Fischereibetriebe, Michihiko Yano, und Fleischproben von der Schwanzflosse stellen sie ein ungelöstes Rätsel dar. Denn die Besatzung der *Zuiyo-maru* warf in der Befürchtung, die bereits gefangenen Fische könnten verseucht werden, das verwesende Ungeheuer wieder ins Meer. Das 10 m lange Geschöpf, das allem Anschein nach keine Rückenflosse besaß, verwirrte die erfahrenen Fischer an Bord ebenso wie anschließend die Aufnahmen, Fleischproben und Beschreibungen Japans namhafteste Meereswissenschaftler. Einige von ihnen waren der Ansicht, daß es sich trotz allem wohl um einen bereits bis zur Unkenntlichkeit verwesten Riesenhai gehandelt habe. Doch Dr. Fujio Yasuda von der Fischereihochschule in Tokio, einer der führenden Meeresbiologen der Welt, widersprach mit der Begründung: »Bei keiner bekannten großwüchsigen Art ist der Rumpf derart langgestreckt.« Körperbau und Ansatzpunkt der Flossen, so der Wissenschaftler weiter, seien völlig anders als bei Haien. Yasuda schloß: »Wir kennen keine lebende Fischart, die dem vor Neuseeland mit dem Schleppnetz zutage geförderten Tier entspräche. Falls es sich um eine Haiart handelt, ist sie der Wissenschaft unbekannt.«
Diese Ansicht vertraten auch die beiden Japaner Obata und Tomoda vom Tokioter Nationalmuseum für Naturwissenschaften, die bemerkten: »Dieses Tier, gleichviel, ob es nun zu einer Haigruppe oder zu den marinen Reptilien gehört, stimmt mit keiner der uns bekannten Gattungen und Arten überein.«

Immerhin scheint sich zumindest für einige Begegnungen mit Seeungeheuern eine Erklärung anzubieten, die zwar gleichfalls ungewöhnlich genug klingt, sich aber doch in den Rahmen der Biologie einfügt. Gestützt auf die 1962 eingegangenen Meldungen eines Trawlers, vermuten die Russen, die Stellersche Seekuh, der vier Tonnen schwere »Dodo« der Arktis, sei nicht, wie bisher angenommen, im vorigen Jahrhundert ausgestorben, sondern habe möglicherweise im Beringmeer überlebt. Dieses Riesengeschöpf, das sich von Seetang ernährte und zum Schlafen auf den Rücken drehte, sucht auch der englische Forscher Derek Hutchinson bei seinen Expeditionen zu den der Küste Alaskas vorgelagerten Aleuten. Wenn man ihre Größe und ihr walroßähnliches Aussehen in Betracht zieht, so könnte die Stellersche Seekuh hinter so manchem Seeungetüm stecken. Und Anfang 1980 erreichte die Nordmeerforscher aus Rußland die unerwartete Meldung, der angeblich vor der Ausrottung stehende Grönlandwal sei in großer Zahl bei Kap Stoneheart gesichtet worden. Man hatte über 150 Tiere gezählt, wozu N. Doroschenko vom pazifischen wissenschaftlichen Forschungsinstitut für Fischereiwesen und Ozeanographie in Wladiwostok meinte: »Vielleicht kennen sie eine offene Stelle im winterlichen Eis und konnten sich dadurch der Aufmerksamkeit entziehen, daß sie im Herbst nicht nach Süden wanderten.«

See-Elefanten, Rundschwanz-Seekühe und Walrosse sind zwar bekannte Lebewesen, zeigen aber ein Äußeres, das den mit diesen Geschöpfen nicht Vertrauten verwirren kann. Und die Lederschildkröte, die als größte der Schildkröten eine Länge bis zu 3 m erreicht und erstaunlich weit herumwandert, könnte sehr wohl beim Ungeheuer von Soay Pate gestanden haben.

Doch alle diese Tiere liefern keine ausreichende Erklärung für die zu Hunderten vorliegenden, detaillierten Berichte angesehener Augenzeugen aller Nationalitäten, die beharrlich von ihren Begegnungen mit den Seeschlangen erzählen, auch wenn sie damit nur Spott, Schmähungen, oft sogar Beschimpfungen ernten.

So dürfen wir wohl bei der Seeschlange eher als bei irgendeinem anderen Rätsel, das unsere Phantasie fesselt, damit rechnen, daß sie eines Tages ihr Geheimnis preisgibt und den endgültigen Beweis für ihre Existenz liefert.

Arthur C. Clarke meint dazu:

Ob das Meer nun die Wiege des Lebens ist oder nicht – was neuerdings von einigen Wissenschaftlern bezweifelt wird –, darüber läßt sich streiten. Fest steht jedoch, daß die Ozeane einige der größten und wunderlichsten Lebewesen bergen. Kein normaler Mensch hätte sich den Pottwal, den Riesentintenfisch oder auch die häßlichen Drachenfische der Tiefsee ausdenken können, neben denen die »Große Seeschlange« nichts sonderlich Bemerkenswertes an sich hat – außer ihrem Geschick, eine Begegnung mit uns zu vermeiden.

Wahrscheinlich handelt es sich auch um keine Schlange, sondern um einen Fisch oder sogar ein Säugetier. Mit noch größerer Wahrscheinlichkeit haben wir es mit keinem Einzelgeschöpf, sondern mit einer Gruppe von Lebewesen zu tun.

Jedenfalls aber wird die Seeschlange ihr Versteckspiel nicht mehr lange treiben können. Die beiden mächtigsten Nationen unseres Planeten scheuen keinen Aufwand, um die Meere »transparent« zu machen und so die Atom-U-Boote der Gegenseite aufzuspüren. Die in großer Zahl eingesetzten Unterwasser-Sonargeräte und andere bis heute noch geheime Vorrichtungen werden den Biologen eines Tages gewiß einige Überraschungen bescheren ...

5
Steinkreise und Menhire

Stonehenge und Avebury

An einem schönen Morgen zur Zeit der Sommersonnenwende beginnt es über der Ebene von Salisbury langsam zu tagen. Eine volle Stunde lang ragen Stonehenge und die Hügelgräber des nahe gelegenen, großen prähistorischen Friedhofs gespenstisch im Morgenlicht auf, dann naht der Zeitpunkt des Sonnenaufgangs.

Im Schatten der Steine haben inzwischen weißgewandete Druiden mit weißen Kopfbedeckungen ihr alljährliches Feuer-und-Wasser-Ritual zur Feier des längsten Tages begonnen. Sie werden beobachtet von den wenigen Glücklichen – Journalisten, Photographen und Dorfbewohner des nahen Amesbury –, denen ein offizieller Ausweis Zutritt zum Kreisinneren verschaffte, und einer kleinen, vor der Stacheldrahtabsperrung wartenden Menschenmenge.

Das Ereignis, zu dem sich alle eingefunden haben, beginnt, wenn die Morgensonne wenige Sekunden vor fünf ihre ersten Strahlen über den Horizont schickt und ein Schauspiel einleitet, das die Erbauer von Stonehenge vor nahezu 4000 Jahren exakt eingeplant haben: Nur zur Sommersonnenwende sieht der im Kreismittelpunkt stehende Beobachter die Sonne genau über dem 37 m außerhalb des Runds befindlichen Heel Stone aufgehen.

Links: Stonehenge

Rechts: Julius Caesar beschrieb Menschenopfer, bei denen zur Versöhnung der keltischen Gottheiten riesige, mit Menschen gefüllte Figuren in Brand gesteckt wurden

Mit den ersten Sonnenstrahlen erreicht die Weihehandlung der Druiden mit dem Ruf: »Steig empor, o Sonne! Zerstreu mit deinem strahlenden Licht das Dunkel der Nacht!« ihren Höhepunkt.

In Wirklichkeit aber überspielt diese dramatische, scheinbar so gut zu Zeit und Ort passende Zeremonie nur das eigentliche Geheimnis von

Obwohl Stonehenge nach Ansicht der modernen Wissenschaft lange vor der Zeit der Druiden entstand, veranstalten deren Nachfahren im Steinrund alljährlich ein feierliches Ritual

Stonehenge, wo diese weißvermummten Gestalten im Grunde nichts zu suchen haben:
Zwar steht außer Zweifel, daß es in Britannien vor der römischen Eroberung Druiden gab, laut Julius Caesar hochgelehrte, »für Diskussionen über die Sterne und ihre Bahnen, die Größe des Weltalls und der Erde aufgeschlossene« Männer. (Allerdings scheint ihr Tun nicht immer Anerkennung zu verdienen, gehörten doch zu ihren Ritualen angeblich Menschenopfer, bei denen »Riesenfiguren mit Gliedmaßen aus Reisiggeflecht mit lebenden Menschen gefüllt und angezündet wurden, so daß diese in den Flammen den Tod fanden«.) Die Historiker und Archäologen konnten jedoch keinerlei stichhaltige Hinweise auf irgendeinen Zusammenhang zwischen den Steinkreisen und den Keltenpriestern entdecken. Diese dürften, den spärlichen Angaben in alten Texten nach zu schließen, ihren größten Einfluß erst tausend Jahre nach Vollendung von Stonehenge erlangt haben, als dessen ursprüngliche Funktion möglicherweise schon längst in Vergessenheit geraten war.
Daß die modernen, mit Autos und Luxusbussen zur Sommersonnwendfeier anreisenden Druiden in Stonehenge dennoch eine Heimstätte gefunden haben, ist den romantischen Theorien von Altertumsforschern des 17. und 18. Jahrhunderts zu verdanken. Diese Gelehrten, allen voran John Aubrey (1626–97) und William Stukeley (1687–1765), stellten ohne weitere Beweise eine Verbindung zwischen den bei Julius Caesar beschriebenen Druiden und den Monolithen und Steinkreisen her, auf die sie bei ihren Reisen durch die britische Landschaft gestoßen waren. Und in ihrer Nachfolge führt noch heute so mancher Besucher diese »Druidentempel« auf die geheimnisumwitterten Priester des alten grausamen Druidenglaubens zurück.
In Wirklichkeit weiß niemand mit Sicherheit, wer die Steinkreise zu welchem Zweck errichtete, und zwar aus einem einfachen Grund: Da die Erbauer von Stonehenge noch keine Schrift kannten, verraten sie uns weder in Inschriften noch in sonstigen Dokumenten, warum sie auf der Ebene von Salisbury dieses ungewöhnliche Baudenkmal aufführten. Sie lassen uns auch nicht wissen, weshalb sie neben Steinen aus der Umgebung auch Blökke aus Steinbrüchen im über 320 km entfernten Wales verwendeten, warum sie die Anlage im Verlauf eines Jahrtausends mehrmals abbrachen und neu aufbauten; oder warum sie die großen

Luftaufnahme von Avebury, Großbritanniens größtem Steinkreis

Steinblöcke in einer eher für Holzbauten geeigneten Weise aufeinandertürmten. Vor allem aber hinterließen sie keinerlei Hinweise auf die Funktion von Stonehenge und damit auch keine Erklärung, weshalb sie den Kreis nach dem Punkt ausrichteten, an dem am Tag der Sommersonnenwende die Sonne aufgeht.

Das Rätsel Stonehenge steht indessen nicht allein da: Rund tausend prähistorische Steinkreise finden sich heute noch über die Britischen Inseln und Nordfrankreich verstreut. Diese Anlagen, die nach Ansicht der Archäologen zwischen 3250 und 1500 v. Chr. entstanden, sind nur dank der Abgelegenheit der Standorte und der geringen Besiedelung dieser Regionen erhalten geblieben. Tausende weiterer Steinkreise haben die Zeiten nicht überdauert.

Für die Archäologen stellen diese Steinkreise fast in jeglicher Hinsicht ein Rätsel dar. Da sind zunächst die ungeheuren Größenunterschiede: So beträgt der Durchmesser von Keel Cross in der Grafschaft Cork nur 2,75 m, während Avebury in Wiltshire ein ganzes Dorf umfaßt.

Überhaupt stellt Avebury mit seiner Grundfläche von 11,5 Hektar und seiner ursprünglich über zwei Stockwerke hohen Umwallung eine unglaubliche Leistung dar. Wie schwierig es für die Erbauer allein schon gewesen sein muß, im Hochland mit »Spitzhacken« aus Hirschgeweihen die Kalksteinblöcke zu brechen, läßt sich heute kaum mehr vorstellen. Ebenso große Probleme dürfte auch der meilenweite Transport der für den Hauptkreis bestimmten, bis zu 60 Tonnen schweren Steine mit sich gebracht haben. Möglicherweise dienten mit Lederriemen zusammengebundene Holzschlitten als Transportmittel. Dabei mußten zunächst einmal Hunderte von Bäumen gefällt werden, um so in dem damals dichtbewaldeten Gebiet eine Schneise zu schaffen. Man muß sich vor Augen halten, daß 1938 in Avebury zwölf Mann zur Wiederaufstellung eines acht Tonnen schweren, also kleinen Steins mittels Stahltrossen fünf Tage brauchten, während die damaligen Menschen nur über primitive Werkzeuge verfügten. Bedenkt man außerdem, daß das Leben in grauer Vorzeit ein kurzer, brutaler Daseinskampf war, so darf man in der Anlage wohl das Werk vieler Generationen sehen.

Ein Blick auf die Landkarte wirft weitere Fragen auf: Während man in Südostengland keine Steinkreise vorfindet, vielleicht, weil die dortigen Bewohner lieber mit Holz bauten, stößt man in

Verbreitung der aufrecht stehenden Steinblöcke und Steinkreise auf den Britischen Inseln

Wiederaufrichtung des *Barber Stone* von Avebury im Jahre 1938. Neben dem Stein W. E. V. Young, der Assistent des für die Arbeiten verantwortlichen Alexander Keiller

Nordostschottland oft auf sehr kleinem Raum gleich auf mehrere Anlagen.
Auffallend ist auch der von Gegend zu Gegend wechselnde Baustil. So trifft man in Westengland geräumige offene Kreise an. Dagegen zeigen die kleineren Anlagen Nordostschottlands im Mittelpunkt ein ausgefallenes Arrangement, bestehend aus einem mächtigen, von zwei aufrecht stehenden Steinsäulen eingerahmten Felsblock.
Hinzu kommt, daß die um die Erforschung des Zweckes dieser Anlagen bemühten Archäologen auf fast keine Funde zurückgreifen können. Professor Richard Atkinson vom University College in Cardiff, der in den fünfziger Jahren mit Ausgrabungen in Stonehenge begann, meint:

»Man muß sich mit der Tatsache abfinden, daß es weite Bereiche der Vergangenheit gibt, über die wir nichts herausfinden können. Steinkreise sind für den Archäologen unergiebige Stätten. Es gibt fast keine Hinweise darüber, was sich in ihnen abspielte, noch hat sich je das Geringste gefunden, was sicheren Aufschluß über ihren Zweck geben könnte.«

Die in Stonehenge zutage geförderten Funde bestätigen Atkinsons Ansicht. Sie beschränken sich auf Geweihsprossen zum Graben der beim Versetzen der Steine ausgehobenen Löcher, Schlegel zum Behauen der Blöcke, Bruchstücke von Feuersteinen und Äxten, Tonscherben aus verschiedenen Epochen, Beinnadeln und gelegentlich ein Skelett. All diese Dinge geben uns weder einzeln noch zusammengenommen Aufschluß darüber, was hier vor sich ging, bzw. was die Menschen dachten und empfanden, die sie innerhalb des Kreises deponierten oder verloren. Das ist um so erstaunlicher, als die Stätte nachweislich rund ein Jahrtausend lang benutzt wurde. Einen gewissen Hinweis könnte allenfalls die geringe Zahl der Funde geben: Man stößt auf keinerlei Abfall, der überall dort notwendig zutage kommt, wo sich einst Häuser und Siedlungen befanden. »Es sieht ganz so aus, als hätten sich die Erbauer in den Steinkreisen ähnlich verhalten wie wir in der Kirche«, meint Atkinson. »Die Anlagen galten zweifellos als Stätten, an denen man keinen Abfall hinterläßt.«

Geometrie aus vorgeschichtlicher Zeit

Während sich die Archäologen über all diese Rätsel den Kopf zerbrechen, haben Mathematiker und Techniker ein weiteres entdeckt. Sie behaupten nämlich, viele der Anlagen seien keineswegs als Rundform geplant worden – eine Eigenart, auf die erstmals Professor Alexander Thom hinwies. Thom, ehemaliger Dozent für Maschinenbau an der Universität Oxford, der sich seit den dreißiger Jahren mit den megalithischen Anlagen befaßt, hat anhand von Messungen an Kreisen auf den Britischen Inseln und in Nordfrankreich verschiedene Grundtypen herausgefunden. Manche sind, wie Machrie Moor auf der schottischen Isle of Arran, elliptisch; andere, wie ein um ein Grab gezogener Kreis in Clava Cairns bei Inverness, eiförmig; wieder andere, wie die berühmte »Long Meg and Her Daughters« im englischen Lake District, bestehen aus langgezogenen Ringen. »Tatsächlich weichen so viele dieser Anlagen von der Kreisform ab, daß mein Vater und ich sie nicht mehr als Kreise, sondern als Steinringe bezeichnen«, erklärt Professor Thoms Sohn und Mitarbeiter, Dr. Archie Thom. Falls die Schlüsse der Thoms richtig sind, dann hätten die Bewohner des vorgeschichtlichen Britannien selbständig volle zweitausend Jahre vor Pythagoras geometrische Grundkenntnisse besessen.
Obwohl dies durchaus denkbar wäre, glaubt Dr. John Edwin Wood nach jahrelanger Beschäftigung mit den Grundrissen, daß die Steinkreise ihre Entstehung weniger der Geometrie in unserem Sinn als einem hochentwickelten Formempfinden verdanken. So könnte z. B. Castlerigg in Cumbria mit Hilfe von ein paar Seilen und etli-

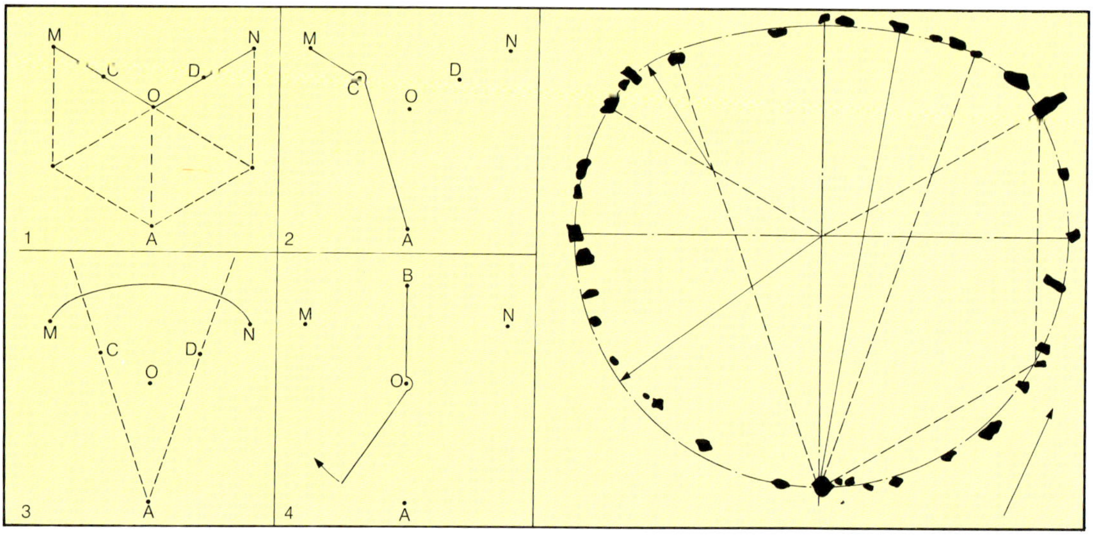

Grundrißplanung von Castlerigg nach Dr. John Wood: 1. Nach Markierung des geplanten Kreismittelpunktes durch einen Pflock werden mit drei gleich langen Seilstükken vier gleichseitige Dreiecke konstruiort. An deren Ekken werden gleichfalls Pflöcke eingerammt und in der Mitte zwischen dem zentralen Pflock und den Eckpflöcken die Pflöcke *C* und *D* angebracht. 2. Nun wird ein weiteres Seil an Pflock *A* befestigt und über *C* nach *M* geführt, hier abgeschnitten und 3. im Bogen von *M* nach *N* gezogen, dabei um *C* gedreht und dann um Pflock *D* auf der anderen Seite geführt (wobei Pflock *O* jedoch umgangen wird). 4. Anschließend wird das Seil in gerader Linie von *A* über *O* gezogen. Nach Markierung des Endpunktes durch Pflock *B* von *A* abgelöst, mit dem einen Ende an *B* befestigt und um *O* herumgeführt, wodurch sich der Ring schließt.

Castlerigg bei Keswick im Lake District, dem Seengebiet im Nordwesten Englands

chen Pflöcken abgesteckt worden sein. Zunächst hätten die Erbauer einige gleichseitige Dreiecke festgelegt und dann in einer Abfolge von Bewegungen, bei der sie um bestimmte Pflöcke eine Hauptlinie zogen und andere aussparten, die für einen flachen Ring oder eine Ellipse nötigen Bögen geschlagen. Warum sie sich freilich solche Mühe gegeben haben sollten, Kreise zustande zu bringen, die keine sind, bleibt unerfindlich. Doch da sich die Muster wiederholen und rund ein Drittel aller Steinkreise Englands in eine von sechs Kategorien fallen, müssen die Menschen

Das bereits 3250 v. Chr. errichtete Steinkammergrab Newgrange zählt zu den größten megalithischen Hügelgräbern auf den Britischen Inseln

der damaligen Zeit diese Formen wohl bewußt und absichtlich angestrebt haben. Außerdem handelt es sich bei den eiförmigen, abgeflachten und elliptischen Figuren um späte Entwicklungen: je älter der Kreis, desto größer die Wahrscheinlichkeit, daß er auch wirklich rund ist, was hinlänglich beweist, daß der Mensch der Frühzeit die Kunst, exakte Kreise abzustecken, zu hoher Vollendung entwickelt hatte.

Damit aber erheben sich nur neue Fragen. Was mag die Erbauer der Kreise dazu bewogen haben, immer kompliziertere Grundrisse auszutüfteln? Und wie konnten sie ihre Vorstellungen im prähistorischen Britannien verbreiten, das vielerorts so dicht bewaldet war, daß ein Eichhörnchen angeblich von Chelmsford im Südosten bis zur Insel Anglesey vor der Nordwestspitze von Wales gelangen konnte, ohne auch nur ein einziges Mal das schützende Dickicht zu verlassen?

Ausrichtung nach Himmelskörpern: Newgrange

Nichts führt uns so tief in den Bereich des Rätselhaften und Magischen wie die Frage, inwieweit sich die Steinkreise in ihrer Anlage nach den Himmelskörpern richten. In den letzten Jahren wurden hierzu Theorien entwickelt, die alle anderen Diskussionen in den Schatten stellten.

Der Gedanke, daß manche Steinkreise in ihrer Lage nach Sonne, Mond oder sogar den Sternen ausgerichtet sind, ist nicht neu. Bereits William Stukeley bemerkte im 18. Jahrhundert in seinem Buch über Stonehenge, die Steine orientierten sich nach dem Punkt, an dem zur Zeit der Sommersonnenwende die Sonne aufgeht. Und zu Beginn unseres Jahrhunderts verwies der Astronom Sir Norman Lockyer auf eine Anzahl weiterer Orientierungspunkte, die er bei der Besichtigung von Stonehenge entdeckt hatte.

Den einfachsten und aufregendsten Beweis, daß der Mensch der Vorgeschichte die Bewegungen der Himmelskörper studierte und nutzte, erbringen aber nicht die Steinkreise, sondern zwei großartige Steinkammergräber: das eine in der Irischen Republik, das andere auf der Orkneyinsel Mainland.

Das Hügelgrab Newgrange liegt an den Ufern des Boyne-Flusses, das man von der irischen Stadt Drogheda aus nach etlichen Kilometern Fahrt auf engen Landstraßen erreicht. Es muß mit seinem großen gewölbten Erdhügel, der samt seiner Verblendung aus strahlendweißem Quarz mit den eingefügten ovalen Granitblöcken in den sechziger Jahren freigelegt und restauriert wurde, zu den größten architektonischen Wundern der Vorzeit gezählt werden. Diese Anlage ist zwar außerhalb von Irland kaum bekannt, besitzt aber insofern besondere Bedeutung, als sie um 3250 v. Chr., rund 500 Jahre vor den ägyptischen Pyramiden, entstand und mithin das älteste erhaltene Bauwerk der Welt darstellt.

Vor 5000 Jahren transportierten die im Boyne-Tal mit seinen üppigen Weiden ansässigen Menschen 200000 Tonnen Stein eineinhalb Kilometer weit uferaufwärts und nahmen den Bau in Angriff. Sie placierten am Fuße des Rundhügels 97 massive, großenteils mit verschlungenen Ritzmustern verzierte Steine. Im Inneren bauten sie einen mit 450 Steinplatten ausgelegten Gang zum kragsteingewölbten Grab, in dessen drei Seitenkammern sie je einen flachen Trog aus goldfarbenem Gestein aufstellten.

Als Professor Michael O'Kelly vom University College Cork, einer der führenden Archäologen Irlands, in den sechziger Jahren mit den Ausgrabungs- und Restaurierungsarbeiten begann, hatte das (1699 durch Zufall entdeckte) Bauwerk schon über 250 Jahre lang als Anziehungspunkt für Touristen gedient. So konnte es auch nicht weiter überraschen, daß der Wissenschaftler nur noch geringe Reste der Gebeine vorfand, die sich im Grab und in seinen Steintrögen einst befunden haben mußten. Doch trotz der vielen Besucher, die über zwei Jahrhunderte lang durch die steinerne Passage in die kragsteingewölbte Kammer gegangen waren, harrte Newgranges aufsehenerregendstes Geheimnis noch der Entdeckung.

Als O'Kellys Restauratoren den von Gras und Unkraut überwucherten Rundhügel freilegten, stießen sie oberhalb des Eingangs auf einen sonderbaren, rechteckigen Schlitz. Er war durch einen offenbar als Schieber dienenden rechteckigen Block aus kristallinem Quarz halb verschlossen. Wie Kratzer im Quarz zeigten, war der Schieber oft hin und her bewegt worden. Beim Öffnen gab er über dem fest mit einer fünf Tonnen schweren Steinplatte verschlossenen Haupteingang eine schmale Öffnung frei.

Als Einlaß für Menschen war sie zu eng und befand sich außerdem zu weit oberhalb. Welchem Zweck konnte sie gedient haben? Professor O'Kelly erinnerte sich daran, daß die Sonne laut örtlicher Überlieferung am Tag der Sommersonnenwende in das Grab scheinen sollte. Hatte der sogenannte »Dachbriefkasten« vielleicht dazu gedient, das sommerliche Sonnenlicht einzulassen, ohne daß man den Stein vor dem Haupteingang entfernen mußte? »Daß die Sommersonnenwende dem Sonnenstand nach jedoch nicht in Betracht kam, war uns klar«, erläutert Professor O'Kelly. »Falls die Sonne überhaupt einfallen konnte, so höchstens zur Zeit der Wintersonnenwende.«

So fuhr denn Michael O'Kelly, um seine Theorie zu überprüfen, im Dezember 1967 von seiner Wohnung in Cork nach Newgrange und erreichte noch vor Sonnenaufgang die Anlage. »Ich war völlig allein, auch unten auf der Straße befand sich keine Menschenseele. Da der Himmel am Morgen klar gewesen war, bestand einige Aussicht, den Sonnenaufgang zu beobachten. In dieser Hoffnung betrat ich das Grab.«

Doch auf das, was nun folgte, war der Professor trotz allem nicht gefaßt: Als die Sonne am gegenüberliegenden Boyne-Ufer aufging, fiel ein heller, orangefarbener Lichtstrahl direkt durch den Dachschlitz ins Grabesinnere.

»Ich war überwältigt. Der zunächst nur bleistiftdünne Lichtstrahl verbreiterte sich zu einem Band von ca. 15 cm Breite. Dabei war die vom Boden reflektierte Helligkeit so groß, daß ich ohne Lampe herumgehen und sogar das 6 m über mir befindliche Dach erkennen konnte.

Ich erwartete eine Stimme zu vernehmen oder vielleicht auch eine kalte Hand auf meiner Schulter zu spüren, aber nichts dergleichen geschah. Nach einigen Minuten wurde dann der Lichtstrahl immer schmaler, als die Sonne nach Westen wanderte, bis wieder völlige Finsternis herrschte.«

Seit 1967 findet sich O'Kelly alljährlich am Wintersonnwendtag bei Sonnenaufgang in Newgrange ein und verfolgt von seinem Beobachtungsposten auf dem glatten Sandboden des Grabes aus, wie die Sonne ihr Licht durch den Gang bis in die Nische im hinteren Teil der Kammer schickt. Die präzise Wiederholung des Vorgangs dient ihm als sicherer Beweis dafür, daß diese Wirkung beabsichtigt war:

»Die Erbauer müssen wohl über etliche Jahre hin zur Zeit der Wintersonnenwende auf dem Hang gesessen und verfolgt haben, wie die Sonne immer weiter südlich am Horizont aufging, bis sie schließlich ihren Wendepunkt bestimmen konnten. Nachdem sie ihn ermittelt hatten, dürften sie eine Pflockreihe in den Boden gerammt und so die Lage des Ganges festgelegt haben.«

Doch damit waren keineswegs alle Schwierigkeiten gemeistert. Der Dachschlitz mußte genau nach dem Horizont ausgerichtet und, da jede der Steinplatten ungefähr eine Tonne wiegt, vor Baubeginn exakt festgelegt werden. Bedenkt man, daß das Grab auf einer Anhöhe liegt und sich die Kammer 1,80 m über dem Eingang befindet, erscheint die Leistung der vorgeschichtlichen Baumeister noch erstaunlicher.

Ausrichtung nach Himmelskörpern: Maes Howe

Auf der Orkney-Insel Mainland steht ein weiteres imposantes Baudenkmal aus prähistorischer Zeit, das um 2670 v. Chr., 600 Jahre nach Newgrange aufgeführte Ganggrab Maes Howe. Die am Ufer eines Sees errichtete Anlage wird auf der einen Seite von den düsteren Steinen des Circle of Stenness, auf der anderen vom verwitterten Ring of Brodgar flankiert. Sie lockt von allen Bauwundern der alten Welt wohl die wenigsten Besucher an. Ein Gang führt vom niedrigen Einlaß in eine 4,90 m hohe Kammer. Deren Wände wurden ohne Mörtel aus Steinen errichtet, die so genau eingepaßt sind, daß man nicht einmal eine Messerklinge in die Fugen schieben kann.

Auch Maes Howe verwandelt sich am Tag der Wintersonnenwende in eine Wallfahrtsstätte: Alljährlich am 21. Dezember erbitten Mitglieder alteingesessener Familien von den Orkney-Inseln im Bauernhof über der Straße den Schlüssel und werden um drei Uhr nachmittags in das Grab eingelassen. In der finsteren Kammer beobachten

Das Hügelgrab Newgrange zur Zeit der Wintersonnenwende: Das Licht fällt durch den Gang in den hinteren Teil der Grabkammer

Grabkammer von Maes Howe auf der Orkney-Insel Mainland. Die Wände sind aus dichtverfugten, unvermörtelten Steinen aufgeführt

sie dann nicht den Auf-, sondern den Untergang der Sonne.

Als erstem war die besondere Lage des Bauwerks einem Schulmeister aus der Gegend, einem gewissen Magnus Spence, aufgefallen. 1893 berichtete er über eine eigentümliche Beobachtung: Von der Mitte der Grabkammer aus, so Spence, »bietet sich nur eine sehr begrenzte, in der Breite höchstens ein paar Meter umfassende Sicht. Merkwürdigerweise erhebt sich *im Mittelpunkt dieses eingeengten Blickfeldes* der Monolith von Barnhouse ... Daß der lange Gang von Maes Howe und der Steinpfeiler von Barnhouse in einer Linie stehen, ist zu bemerkenswert, um als bloßer Zufall gelten zu können.«

Spence hatte recht: Wenn die Sonne am Tag der Wintersonnenwende über dem 20 m entfernten Barnstone untergeht, fallen ihre letzten Strahlen das einzige Mal im Jahr in die dunkle Kammer von Maes Howe. Ebenso wie in Newgrange dringt das Sonnenlicht durch einen 46 cm breiten »Briefkastenschlitz« über dem Verschlußstein.

Man nimmt an, daß die Steinkreise viele Jahre nach Steinkammergräbern wie Newgrange entstanden und möglicherweise an deren Form anklingen. Für diese Theorie spricht, daß Newgrange von einem halbfertigen Kreis und Maes Howe von einem niedrigen Erdwall umgeben ist. Daß nach Vorbildern wie dem Circle of Stenness und Maes Howe auf Mainland ganze Komplexe mit Grab und Steinkreis für jede Familie entstanden, könnte darauf hindeuten, daß die Ausrichtung der Bauwerke nach den Himmelskörpern für die Menschen der Vorgeschichte zur Tradition wurde. Bei vielen Steinkreisen springt diese Ausrichtung geradezu in die Augen – mit am auffallendsten bei einer als »Long Meg and Her Daughters« bekannten kumbrischen Anlage, wo die Sonne am Tag der Wintersonnenwende über der »Langen Meg« selbst, einem über 2,90 m hohen, außerhalb des Kreises stehenden und einem anderen Gesteinstyp als die 59 »Töchter« zugehörigen Monolithen, untergeht.

Ausrichtung nach Himmelskörpern: Kintraw

Die vielen Rätsel, die uns die Steinkreise aufgeben – wie ihre Geometrie und ihre Ausrichtung –, haben zur Aufstellung zahlloser Theorien über ihre mutmaßliche Funktion geführt. Viele dieser Theorien sind nicht weiter ernst zu nehmen, andere, darunter vor allem die über Sinn und Zweck der Ausrichtung nach Himmelskörpern, heftig umstritten. Auch hier hat der unermüdliche Professor Thom wieder den Hauptbeitrag zur Debatte geleistet. In zunächst von wissenschaftlichen Zeitschriften veröffentlichten Aufsätzen vertrat er die These, der prähistorische Mensch habe diese Kreise als astronomische Vorrichtungen angelegt, um mit Hilfe der Orientierung nach Sonne, Mond oder Sternen wichtige Daten im Jahr zu ermitteln. Eine der dabei angewandten Methoden bestand nach Thoms Auffassung darin, die Steine nach charakteristischen geographischen Merkmalen am Horizont auszurichten – eine Theorie, die er anhand eines konkreten Beispiels beweisen konnte.

Auf einem verlassenen Feld bei Kintraw im schottischen Hochland ragt ein vereinzelter Steinblock auf. 42 km davon entfernt befindet sich die Insel Jura mit ihrer Hügelkette, den Paps. Nach Professor Thoms Berechnungen mußte ein am Stein postierter Beobachter am Tag der Wintersonnenwende die Sonne in einer Senke zwischen den Hügeln untergehen sehen. Aber so gut sich diese Theorie auf dem Papier auch ausnahm, in der Praxis hatte sie einen Haken: Ein nahe gelegener, heute mit Bäumen bestandener Höhenrücken hätte den alten Kalendermachern nicht nur die Sicht vom Stein aus auf die Sonne verbaut, sondern sie zuvor schon daran gehindert, den Standort des Steins festzulegen. Die Thoms indessen konnte dies nicht erschüttern: Sie suchten unverdrossen nach einer Stelle, von der aus sowohl die Insel Jura als auch der Stein im Blickfeld lagen, und fanden sie hoch droben über einer Schlucht in Form einer langen, schmalen Plattform. Es wurde ihrer Ansicht nach nicht nur zu Beobachtungen benutzt, sondern war möglicherweise eigens zu diesem Zweck angelegt worden.

Diese Idee erregte die Aufmerksamkeit eines der führenden Archäologen Schottlands, Dr. Euan MacKie vom Hunterian Museum in Glasgow. Er erkannte die einzigartige Chance, eine astronomische Theorie durch Ausgrabungen objektiv zu überprüfen. In den Sommermonaten der Jahre 1970/71 legte MacKie die Plattform in Kintraw frei und stieß bei den Ausgrabungsarbeiten schon bald auf eine unmittelbar unter der Grasnarbe befindliche Steinschicht. Als ein hinzugezogener Bodenfachmann untersuchte, ob die Steine dorthin gebracht worden oder lediglich den Hang herabgerollt waren, erwiesen sich MacKies Hoffnungen und die Vermutungen der Thoms als berechtigt: Wie sich auf Grund der Analyse ergab, wiesen die Steine eine planvolle Anordnung auf, deren Muster nicht dem von abgerutschten Gesteinsbrocken, sondern alten, nachweislich von Menschenhand stammenden Pflastertechniken entsprach.

Den abschließenden Test führte dann im Dezember 1978 Dr. Archie Thom durch, der auf die Plattform von Kintraw kletterte und seinen Theodoliten auf die Insel Jura und die Hügelkette der Paps richtete. Während der ersten Minuten verhüllten Wolken die untergehende Sonne und die Hügel. Doch dann teilte sich das Gewölk, und als schönste Bestätigung der von der Familie Thom aufgestellten Theorien wurde noch ein Segment des Sonnenballs sichtbar, das dann genau entsprechend der Vorhersage in der Senke zwischen den Hügeln verschwand.

Die Thoms haben noch an vielen anderen prähistorischen Stätten Ausrichtungen der Bauwerke nach Sonne oder Mond feststellen können. Nirgends sonst aber fanden sie einen so überzeugenden Beweis wie die von Menschenhand angelegte Plattform von Kintraw. Sie glauben nachweisen zu können, daß sich die Steinzeitmenschen als erfahrene Astronomen der Himmelsbeobachtung widmeten und Berechnungen anstellten, ähnlich wie ihre Nachfolger in heutiger Zeit.

Die Theorie, daß weise Männer in Kintraw auf den Sonnenuntergang gewartet oder von eigens aufgeschütteten Erdhügeln des Brodgar-Rings aus den Mond beobachtet haben, ist bestechend und alles andere als abwegig. Wer die Leistungen des frühen Menschen kennt, wird ihn kaum für weniger intelligent halten als seine neuzeitlichen Nachfahren. Selbst Professor Atkinson, einst ein heftiger Gegner der Ansichten der »Astroarchäologen«, sieht die von den Thoms und ihren Nachfolgern aufgestellten Theorien heute in vielem für berechtigt an: »Sie lassen sich angesichts des statistischen Beweismaterials nicht einfach von der Hand weisen«, meint er, »sondern müssen auf jeden Fall gründlich überprüft werden. Thom geht es nicht um persönlichen Ruhm, er sagt lediglich: ›Da habt ihr meine Theorien und Folgerungen. Treibt die Arbeit voran und findet heraus, ob ihr mit mir übereinstimmt.‹«

Thoms Nachfolger machten sich denn auch voller Eifer ans Werk und stellten u. a. die Theorie auf, daß eine Gruppe von bedeutenden Astronomen in alter Zeit durchs Land gezogen sei und ihr Wissen verbreitet habe. Ein amerikanischer Lehrer riskierte bei einem waghalsigen Experiment in Stonehenge gar Kopf und Kragen: Um die These zu überprüfen, die einstigen Astronomen hätten den Stand des aufgehenden Mondes in wichtigen Phasen seines Zyklus mit Hilfe von Vertiefungen in den Steinen fixiert, schritt er unerschrocken über die Querblöcke von Stonehenge …

Ein Haus für die Toten

Doch auch die astronomischen Theorien vermögen das Rätsel der Steinkreise nicht völlig aufzuklären, von denen die meisten keine präzise Ausrichtung nach den Gestirnen erkennen lassen. Außerdem kritisieren verschiedene Archäologen die rein astronomische Deutung mit der Begründung, sie stütze sich allzusehr auf die Statistik, vernachlässige darüber das Beweismaterial vor Ort und setze sich über die Tatsache hinweg, daß sich viele der als Observatorien beschriebenen Stätten seit ihrer Errichtung bis zur Unkenntlichkeit verändert haben.

Somit dürfte die Theorie von der Ausrichtung von Bauwerken nach Himmelskörpern nur eine *Teilantwort* auf die Frage nach dem Geheimnis der Steinkreisanlagen darstellen.

Auf Ritualen beruhende Vorstellungen haben nach Professor O'Kellys Ansicht die Erbauer von Newgrange dazu bewogen, ihr Grab nach der aufgehenden Sonne des Wintersonnwendtages zu orientieren. Er glaubt, daß die Menschen, deren Gebeine in den Steintrögen der Grabkammer beigesetzt wurden, bestimmte, von der damaligen Gesellschaft besonders geschätzte Eigenschaften wie prophetische Gaben oder den »bösen Blick« besaßen und daß Newgrange als Tempel für die Geister der Toten diente.

Wenn Professor O'Kelly am kürzesten Tag des Jahres im Grab den Sonnenaufgang erwartet, stellt er gern Mutmaßungen über die Zeremonien an, die hier vor fünftausend Jahren stattgefunden haben könnten:

»Meines Erachtens wollten die Erbauer von Newgrange nicht nur ein Grab, sondern ein Haus für die Toten errichten, ein Haus, in dem die Geister bestimmter Menschen sehr lange weiterleben sollten. Deshalb trafen sie auch besonders sorgfältige Vorkehrungen, um das Grab trocken zu halten, was bis auf den heutigen Tag der Fall ist. Sie schafften aus dem Küstenbereich an der 16 km entfernten Boyne-Mündung Sand herbei, vermischten ihn mit einem Kitt aus gebrannter Erde und verschmierten damit die Fugen der großen Dachsteine. Um ein Einsickern von Nässe zu verhindern, leiteten sie das Regenwasser durch Rinnen in den Dachplatten ab. Wäre das Grab nur als Aufbewahrungsort für die Gebeine der Toten gedacht gewesen, hätte es solcher Mühen nicht bedurft.«

Am Sonnwendtag vor Morgengrauen fand sich nach O'Kellys Ansicht vor dem verzierten Eingangsstein der Grabstätte eine Menschengruppe ein. Kurz vor Sonnenaufgang kletterte dann wohl einer der Anwesenden zum Dachschlitz hinauf und entfernte die Quarzblöcke, die ihn während der übrigen Zeit des Jahres verschlossen hielten. Alles Weitere ist reine Spekulation. Vielleicht

Luftaufnahme des auf den Orkney-Inseln gelegenen Brodgar-Rings. Möglicherweise diente das gewaltige Rund einst als Mondobservatorium

Der namhafte Archäologe Professor Michael O'Kelly vom University College in Cork leistete durch seine Forschungsarbeit in Newgrange und anderen Fundorten einen bedeutenden Beitrag zum heutigen Verständnis der stehenden Steine und Steinkreise

brachten die Beteiligten den Geistern der Toten Opfergaben dar. (Daß solche Praktiken gepflogen wurden, beweist ein ähnliches Grab in Dänemark, wo sich vor den Einfassungssteinen die Überreste von 4000 Nahrungsgefäßen fanden.) Vielleicht aber flehten sie die Geister der Toten um Beistand für das kommende Jahr an.
Falls sich O'Kellys Auffassung als richtig erweist, daß in Newgrange magische Riten stattgefunden haben, dann könnten auch die Steinkreise ähnlichen, im Zusammenhang mit bestimmten Himmelserscheinungen stehenden Zeremonien gedient haben.

Energieübermittler

Daneben existieren allerdings auch ausgefallenere Theorien über die Funktion der Steinkreise. So wurde z. B. Stonehenge als alte Rennbahn, Stierkampfarena, Kriegerdenkmal, das Grab Boadiceas und UFO-Basis gedeutet. Doch während solche Ideen heute nur von wenigen ernstgenommen werden, hat eine andere These in den letzten Jahren viel von sich reden gemacht (wenn auch nicht in Archäologenkreisen). Die Anhänger dieser Theorie glauben, daß die Blöcke der alten Steinkreise Erd- oder Sonnenenergie nutzbar machen könnten und daß sie an Stellen placiert wurden, an denen sich diese Energiequellen anzapfen ließen. Dies könnte, so meint man, auch den alten, von Geoffrey von Monmouth, einem Geschichtsschreiber des 12. Jahrhunderts, erwähnten Volksglauben erklären, den Steinen wohnten magische Heilkräfte inne. Dieser Autor schrieb über Stonehenge: »... in diesen Steinen liegt ein Geheimnis und Abhilfe gegen mancherlei Übel beschlossen ... Denn es befindet sich nicht ein Stein darunter, der der Wirksamkeit oder Heilkraft entbehrte.«
Diese Vorstellung hat durchaus etwas für sich und mutet in vielerlei Hinsicht nicht abwegiger an als die Märchen von tanzenden Jungfrauen und Menschenopfern. 1979 veröffentlichte eine am sogenannten *Dragon Project* arbeitende Forschergruppe erste interessante Ergebnisse eines Experimentes, das sie an den Rollright Stones, einem aus 77 verwitterten Blöcken bestehenden Steinkreis in Oxfordshire, vorgenommen hatte. Dem von einem Wissenschaftler geleiteten Team war es in der Morgendämmerung gelungen, von den Steinen ausgehende Ultraschallimpulse zu registrieren. Sie wiederholten das Experiment an moderneren Objekten, wie den von der Amtlichen Landvermessung zur Markierung trigonometrischer Punkte aufgestellten Betonpfeilern, und konnten keinerlei Impulse feststellen.
Sollten also die Steinkreise als altertümliche Energieübermittler, als elektrische »Heilquellen« für die Kranken und Lahmen gedient haben? Die These mag vielen unsinnig vorkommen (und die Beweislast ruht natürlich auf den Schultern der »Erdenergie«-Anhänger), doch es haben sich schon abwegigere Theorien als richtig erwiesen. Dennoch spricht einiges dafür, daß die Steinkreise in Wirklichkeit weniger spektakulären Zwekken dienten. Die wenigen, die sich eingehend mit diesen Baudenkmälern befaßt haben, deuten sie als religiöse Zentren und Kultstätten der in den tiefen Wäldern des vorgeschichtlichen Britannien verstreut lebenden Familien und Gemeinschaften. »Man darf annehmen, daß in den Steinkreisen getanzt wurde«, sagt Stuart Piggott, ehemals Professor für Archäologie an der Universität Edinburg und einer der führenden Experten für solche Anlagen. »Und letztlich gibt es zwei

Die Rollright Stones in Oxfordshire – ein aus 77 verwitterten Blöcken bestehendes Rund von 31 m Durchmesser

Grundformen des Tanzes – den Reihen- und den Rundtanz. Vielleicht tanzten sie um die Steine, vielleicht auch die zum großen Rund von Avebury führenden ›Avenuen‹ entlang.«

In einem Fall wurde in der Nähe eines Kreises ein Musikinstrument – eine aus dem Oberschenkelknochen eines Schwans geschnitzte Flöte – gefunden, und in einer Anlage in Wales stellte ein Archäologe fest, daß der Boden ringsum durch fortgesetztes Schreiten oder Tanzen verfestigt war. »Möglicherweise handelte es sich um den Göttern vorbehaltene Bereiche«, meint Piggott, »deren Unergiebigkeit an Funden vielleicht darauf zurückgeht, daß die damaligen Menschen bestimmte Reinigungsrituale durchführten bzw. den geheiligten Bezirk innerhalb der Steine nur selten betraten.«

Religiöse Rituale

Religion setzt eine Gotteslehre voraus, zu deren Rekonstruktion niemand mehr beigetragen hat als der als Verfasser eines Standardwerkes über Steinkreise bekannte Archäologe Dr. Aubrey Burl. Er hat das bei den bisherigen Ausgrabungen zutage geförderte Beweismaterial und die Theorien über die Funktion der Anlagen eingehend studiert und sieht in den Steinkreisen die Kirchen, Kapellen und Kathedralen der Vorzeit. Dr. Burl hat ganz bestimmte Vermutungen, was in ihnen vor sich gegangen sein könnte.

Der Wissenschaftler erläutert seine Theorien anhand eines stark verwitterten kleinen Steinrings inmitten eines Gerstenfeldes bei Castle Fraser nahe dem nordostschottischen Aberdeen. Dieser Kreis weist (wie übrigens auch die anderen Anlagen in diesem Gebiet) eine Besonderheit auf, deren Sinn erst Burls Untersuchungen aufdeckten: einen am Rande stehenden, nach Südwesten weisenden, von zwei Steinpfeilern flankierten Block. Auch heute noch hat die Präzision, mit der die alten Baumeister zu Werke gingen, etwas Atemberaubendes: Nach 4000 Jahren befindet sich jeder dieser liegenden Steine, wie die Wasserwaage anzeigt, genau in der Horizontalen.

»Viele haben auf der Suche nach einer Erklärung nachgeprüft«, erklärt Burl, »ob sich die Position der liegenden Steine nach dem Punkt richtet, wo zur Zeit der Wintersonnenwende die Sonne oder der Mond untergeht, bzw. bei den Steinkreisen im Südsüdosten nach einer Übereinstimmung mit Mond- oder Sonnenaufgang gesucht – vergebens.« Andere versuchten, Beweise für eine Ausrichtung nach Planeten wie der Venus oder Sternen wie der Kapella zu finden, doch gleichfalls

Aubrey Burl, Dozent für Vorgeschichte am College of Higher Education in Hull, einer der führenden Experten für Steinkreise

ohne Erfolg. Erst Dr. Burl fand über dem Studium der Lagepläne der Steinkreise von Aberdeenshire heraus, warum sich der liegende Stein mit den flankierenden Blöcken in der Südwestecke befindet. Die Antwort war verblüffend einfach: Wenn in mondhellen Nächten der im Südosten aufgehende und im Südwesten untergehende Mond seine Bahn zieht, dann scheint er, wenn er sich zwischen den beiden seitlichen Pfeilern befindet, über dem liegenden Stein innezuhalten. Da sich aus dieser Position des Mondes keine Anhaltspunkte für den Kalender ableiten lassen, muß er nach Burls Meinung eine wichtige Rolle bei irgendwelchen Riten gespielt haben – wie es umgekehrt in Newgrange und Maes Howe Sonnenrituale gegeben haben dürfte.
Welche Bedeutung die Erbauer der Steinkreise dem Mond beimaßen, läßt sich heute aus so großem zeitlichem Abstand nicht mehr ermitteln. »Vielleicht«, so vermutet Burl, »galt er als der Ort, wohin sich nach damaliger Auffassung die Toten begaben, oder woher die Lebenden stammten. Er könnte als Lebensspender oder Todesbringer oder auch als die Stätte gegolten haben, von der gute Ernten oder Geister kamen.«
In einigen dieser schottischen Steinkreise machte man eine merkwürdige Entdeckung, die die Hypothese zu bestätigen scheint, daß sie bei Mondritualen eine Rolle gespielt haben: Man fand Hunderte von Quarzsteinen, die nach Burls Auskunft möglicherweise Miniaturmonde darstellen sollten und fast mit Sicherheit das Mondlicht widerspiegelten.
Anhand von Entdeckungen wie denen in Castle Fraser kann sich Burl vorstellen, welche Rituale sich in den Steinkreisen abgespielt haben könnten. »Diese Stätten«, so meint er, »bringen die Angst und Scheu der damaligen Menschen zum Ausdruck. Denn die Erbauer der Steinkreise führten ein ständig bedrohtes Dasein. Sie wußten nicht, was einen Schneesturm, eine Dürreperiode oder eine Seuche auslöst. Sie sahen ihre Kinder sterben und ihre Ernten mißraten. Das geschah zwar nicht jedes Jahr, aber wenn es eintrat, konnten sie nichts dagegen tun, da sie die Ursachen nicht kannten. Wer sich aber in einer solchen Lage befindet, stellt sich entweder auf den Standpunkt *che sera, sera* – es kommt doch alles, wie es kommt –, oder er versucht etwas zu unternehmen.«
Letzteres, meint Burl, trifft auf die Erbauer der Steinkreise zu, die vermutlich die Geister der Toten um Fürsprache anflehten. Die liegenden Steine könnten die Pforte einer Grabstätte versinnbildlicht haben, und auch die Knochenfunde deuten auf Todesriten hin. So ist man in Loanhead of Daviot, einem weiteren Kreis mit liegenden Steinen bei Castle Fraser, auf eine Menge winziger Knochen, die Überreste zahlreicher Kinder, gestoßen. Man hat auch Feuerspuren entdeckt, die von Scheiterhaufen herrühren könnten. Die Zeremonien haben vielleicht ihren Höhepunkt erreicht, wenn der Mond über dem von den beiden Blöcken flankierten Stein stand. Alle neunzehn Jahre zog er auf seiner Himmelsbahn so tief am Horizont dahin, daß er über den Stein zu rollen schien – fürwahr ein außergewöhnliches Ereignis.
Doch obwohl Burls Theorien weit einleuchtender klingen als die Geschichten von genialen Astronomen der Vorzeit oder geheimnisvollen Energiequellen, läßt sich die Frage, zu welchem Zweck die großen Steinkreise erbaut wurden, nicht endgültig klären. Das einzige, was wir nach so vielen Jahrtausenden über die Menschen, die sie als stummes Zeugnis ihres Glaubens und ihrer Überzeugungen hinterließen, mit Sicherheit wissen, ist, daß sie unsere Vorfahren waren und daß die Steine daher Teil unseres kulturellen Erbes sind.

»Das Geheimnis wird uns stets in seinen Bann schlagen, da die Archäologie nur kümmerliche Reste der Vergangenheit zutage fördern kann«, meint Aubrey Burl. »Wir befassen uns mit zerbrochenen Tongefäßen und zerfallenden Gebeinen. Wir befassen uns mit schweigenden Steinblöcken, über die der Mond hinzieht – mit lauter stummen Vermächtnissen. Nie werden wir jene Menschen tanzen sehen, sie singen oder ihre Kinder weinen hören oder ihre verheerten Ernten schauen. Wir können nur wenig Licht in das Dunkel bringen.«

Arthur C. Clarke meint dazu:
Über Anlagen wie Stonehenge läßt sich nur eins mit Sicherheit sagen – nämlich, daß ihre Erbauer weit mehr Intelligenz besaßen als viele Leute, die Bücher über sie schrieben.
Es kann nicht nachdrücklich genug betont werden, daß die alten Baumeister – die *nur etwa 160* Generationen vor uns lebten – Menschen wie wir waren. Hätte sie ein Reisender durch die Zeit als Kinder geraubt und an Bord eines Raumschiffes in unsere Epoche verfrachtet, dann könnten diese Menschen heute Astronauten oder Wissenschaftler, Zeitungsverleger – oder auch Sie, geneigter Leser – sein ... So bedarf es weder des Hinweises auf magische und geheimnisvolle Kräfte noch auf irgendwelche »höheren« Wesen, um ihre Leistungen zu erklären.
Was wir dagegen *nicht* erklären können, und vielleicht nie herausfinden werden, sind die Gründe, die sie zu ihren Unternehmungen veranlaßten. Doch zu allen Zeiten haben Menschen großangelegte Vorhaben in Angriff genommen, deren Hintergründe späteren Generationen vielfach verborgen blieben. So können wir uns heute nicht mehr in die Mentalität der Erbauer der großen Kathedralen hineinversetzen, obwohl wir über aufschlußreiche schriftliche Dokumente aus mittelalterlicher Zeit verfügen und oft sogar die Namen der verantwortlichen Steinmetzen kennen. Wieviel schwieriger aber ist es, die Beweggründe von Menschen zu verstehen, die über keine andere Möglichkeit verfügten, ihre Gedanken und Überzeugungen weiterzugeben als durch das stumme Zeugnis ihrer Mühen!
Erst in allerjüngster Zeit sind klardenkende Archäologen – im Gegensatz zu wirrköpfigen Phantasten – zu der Einsicht gelangt, daß der »primitive« Mensch vermutlich weit mehr von Astronomie, Geometrie und Landvermessung verstand als der durchschnittliche Städter unserer Tage. Um *wieviel* mehr, das ist allerdings noch umstritten und wird sich wohl erst nach der Erforschung und Vermessung vieler weiterer Steinkreise klären lassen.
Es ist immer sehr gewagt zu behaupten, gewisse Dinge ließen sich *niemals* in Erfahrung bringen. Wir können heute die Temperatur längst nicht mehr existierender Meere ebenso messen wie Stärke und Richtung des Magnetfeldes der Erde vor 10000 Jahren. Ebenso können wir viele andere Informationen entschlüsseln, die in Knochen, Schlammablagerungen, Jahresringen von Bäumen und Sedimentgesteinen beschlossen liegen ... Vielleicht wird es uns so eines Tages auch gelingen, ein Fenster in die Vergangenheit zu öffnen, wie es H. G. Wells in seiner Kurzgeschichte »The Grisly Folk« vor langem erträumte:

»Der Tag mag kommen, an dem diese wiedergewonnenen Erinnerungen so lebendig werden, als wären wir persönlich dabeigewesen und hätten die Erregung und Angst jener frühen Tage geteilt; der Tag mag kommen, an dem die großen Tiere der Vergangenheit in unserer Phantasie wiederaufleben, an dem wir über entschwundene Schauplätze wandeln, bemalte Glieder recken, die wir längst zu Staub zerfallen wähnten, und aufs neue das Sonnenlicht spüren, das vor einer Jahrmillion erstrahlte.«

6
Geheimnisvolle Geschöpfe in Seen und Lochs

Nach der letzten Zählung haben 91 Personen Champ, das Ungeheuer des nordamerikanischen Champlain-Sees, gesehen. Es scheint einen langen Hals, einen annähernd schlangenförmigen, etwa 9 m langen Leib und eine dunkle Haut zu besitzen. Dagegen präsentiert sich Manipogo, das im Winnipegosis-See im kanadischen Staate Manitoba hausende Ungetüm, fast stets als schiefergraues Geschöpf mit Buckeln und einem vereinzelten, »teleskopartig« vom Hinterkopf abstehenden Horn. Es wurde angeblich schon photographiert und in Gesellschaft eines Jungen beobachtet. Auch Issie, der im Ikeda-See beheimatete Liebling der Japaner, besitzt zwei Buckel und hat einem gewissen Herrn Matsubara bereits 100000 Yen beschert, die der Stadtrat von Ibusuki für das erste Porträt des Ungeheuers ausgesetzt hatte. Und das berühmteste aller See-Monster, das Loch-Ness-Ungeheuer, das mit Vorliebe Taucher und Bootfahrer schreckt und bereits gefilmt, photographiert und mit Unterwasser-Ortungsgeräten gesucht worden ist, hat es inzwischen auf 3000 Augenzeugen gebracht. Auch so mancher See in Schweden, Irland, Neuseeland, Afrika und Rußland schmückt sich mit einem Ungeheuer. Australien besitzt seine eigene, höchstwahrscheinlich zu den Beuteltieren zählende Variante, den Bunyip. Und selbst Island kann mit einem landeseigenen Ungetüm, dem Lágarfljótsormur, aufwarten.

Kurzum, die Seeungeheuer zählen zu den am häufigsten bezeugten und photographierten Phänomenen unserer Zeit. Doch obwohl es sich bei den Augenzeugen zumeist um achtbare und vernünftige Leute handelt und den Seeungeheuern nur ein relativ begrenztes Revier zur Verfügung steht, lassen sie sich bis zum heutigen Tag nicht dingfest machen. Ernsthafte Hinweise auf ihr Treiben enden in Spaß und Jux. So eröffnete 1978 die gerade amtierende Miß Hibiskusblüte für Issie, die sich angeblich nahe einem beliebten Flitterwochenparadies im Süden Japans gezeigt hatte, eine eigene Beobachtungsstation. Daraufhin gossen begeisterte Anhänger in der Hoffnung, Issie berauschen und so zu spielerischen Kapriolen an die Oberfläche locken zu können, Sake in den See. Die Schweden hingegen bauten im Storsjön-See eine Riesenfalle und bestückten sie mit einem Schwein als Köder. Doch das Ungeheuer, das sie auf diese Weise zu fangen hofften, roch offenbar den Braten und biß nicht an. Ogopogo schließlich, der sich von Zeit zu Zeit im westkanadischen Okanagan-See blicken läßt, verdankt seinen Namen einem in den zwanziger Jahren gespielten Musical, in dem es heißt:

Sein Vater war ein Walfisch,
Mama ein Ohrwurm nur,
Es hat ein kleines Köpfchen,
Von Schwanz fast keine Spur –
Und nennt sich Ogopogo ...

In der Tat haben die Geschichten von Seeungeheuern einen Anflug von Kabarett und Tingeltangel, seit Beobachtungen und ein Photo 1933 den Auftakt zur großen Loch-Ness-Bonanza gaben. Die Augenzeugen jedoch äußern sich weni-

Links: Das Loch-Ness-Ungeheuer auf dem berühmten Rines-Photo von 1972

ger amüsiert über ihre Erlebnisse. Als beispielsweise Erin Neely 1977 beim Wasserskifahren auf dem Okanagan-See fast über Ogopogo stolperte, erlitt sie einen solchen Schock, daß sie das Schlepptau losließ, die Besinnung verlor und um ein Haar ertrunken wäre.

Recht unerfreulich war auch die Begegnung, die Mrs. Lillian Vogelgesang im selben Jahr mit Ogopogo hatte. Sie befand sich mit ihrer neunjährigen Tochter am Seeufer, als das spielende Kind plötzlich einen gellenden Hilferuf ausstieß. »Ich traute«, so Mrs. Vogelgesang, »meinen Augen nicht und schrie aus vollem Hals: ›Da ist er, da ist er!‹« Was sie erblickte, war ein 15 m langes Geschöpf von »mindestens 1,50 m Durchmesser«, das, offenbar auf der Jagd nach Fischen, sich in Ufernähe mit geschmeidigen Bewegungen bewegte. Es war olivgrün mit »einer glatten, glänzenden Haut«, flossen- oder paddelähnlichen Fortsätzen und Höckern, um die das Wasser schäumte und brodelte. »Mir war ziemlich mulmig«, gestand Mrs. Vogelgesang. Sie ist fest davon überzeugt, daß ihr Geschrei das Untier so erschreckt hat, daß es pfeilschnell über den halben See in Richtung Casa Loma davoneilte. Auch Ogopogos ungewöhnliche Größe steht für Mrs. Vogelgesang außer Zweifel, die das Dock von Sarsons Beach als Vergleichsmaßstab benutzte. »Hätte ich nicht die Kinder bei mir gehabt«, meinte sie, »so wäre ich ans Ende des Docks gerannt, wo sich das Untier zum Greifen nah tummelte.«

Daß sich auch das Loch-Ness-Ungeheuer gelegentlich als boshaftes Wesen erweist, kann der Schutzmann John Fraser aus Inverness bezeugen. Als er sich eines Nachts mit Alex Campbell von der Wasserschutzpolizei auf der Jagd nach unbefugten Anglern auf dem See befand, geriet plötzlich das Wasser in Bewegung. »Was zum Teufel ist das?« fragte der Schutzmann. »Nessie«, entgegnete der Mann von der Wasserschutzpolizei. Und nun folgten zehn Minuten wie aus einer Gruselfilm-Spätvorstellung: Während die beiden Männer regungslos in ihrem Ruderboot mitten auf dem pechschwarzen Loch Ness verharrten, den in dieser nachmitternächtlichen Stunde kein Mondenschein erhellte, hielt das Wogen und Brodeln rings um sie her an. Trotz Windstille begann ihr Boot bedenklich zu schaukeln. Zwei oder drei Minuten lang war es nahe am Kentern. Dann wurde es etwas ruhiger, und die beiden vernahmen ein Schnauben wie von einem nach dem Galopp schwer atmenden Pferd. Das Keuchen näherte sich dem Boot, in dem die beiden Gesetzeshüter wie zur Salzsäule erstarrt saßen. Dann ebbte das Geräusch allmählich ab, bis über dem finsteren, nun wieder glatten und ruhigen Wasser tiefe Stille herrschte. »Wir konnten unsere Fahrt ungestört fortsetzen«, berichtete der Wasserpolizist, »aber der Schreck saß uns noch tief in den Knochen.«

In den meisten Fällen jedoch scheinen die Seeungeheuer eher achtunggebietend als angsteinflößend. Als Pater Matthew Burke an einem Maiabend des Jahres 1960 mit zwei Priesterkollegen bei völliger Windstille auf dem Lough Ree in Irland angelte, hatte er ein Erlebnis, das er wie folgt schilderte:

»Plötzlich sehe ich dieses Ding auf dem Wasser. Zwei Höcker und ein Kopf. Ich bin auf allen Lochs, Flüssen, Seen und sonstigen Gewässern zu Hause und kenne mich in Irland aus, aber das da konnte ich nirgends einordnen. Ich glaube, ich habe damals etwas ziemlich Dummes gesagt. Ich sagte nämlich: ›Laßt uns zu ihm hinüberrudern.‹ Doch kaum bewegten wir die Ruder, tauchte es unter, und ich war sehr enttäuscht, denn ich glaubte, daß es jetzt für immer verschwunden sei. Doch da kam es wieder hoch und blieb etwa fünf Minuten lang an der Oberfläche. Nachdem wir es zu dritt bestaunt hatten, tauchte es schließlich weg und ward nicht mehr gesehen.«

Weitaus schrecklicher allerdings muß es sein, einem Ungeheuer im Wasser von Angesicht zu Angesicht zu begegnen. Zwei New Yorker Sporttaucher, Fred Shanafelt und Morris Lucia, berichten, wie sie in der Maquam-Bucht im Champlain-See nach einem gesunkenen Motorboot tauchten. Plötzlich habe, so Shanafelt, Lucia ihm ein Zeichen gegeben: »Aus seinem Verhalten konnte ich ersehen, daß uns Gefahr drohte. Ich tauchte also etwa 3 m vom Ufer entfernt auf und versuchte zu entdecken, was Morry so erschreckt haben konnte. Da sah ich dieses Ding.« Nach Auffassung der beiden Männer wies das Ungeheuer eine Länge von mindestens 12 m auf, besaß einen pferdeähnlichen Kopf, den es 2,50 m weit aus dem Wasser reckte, und zeigte eine graue Färbung. »Es hatte sicher nichts Böses vor«, erläuterte Lucia, »sondern drehte nur einmal den Kopf, um uns neugierig zu beäugen. Ich glaube, wir hätten ruhig wieder ins Wasser gehen können, ohne daß etwas passiert wäre. Aber dazu hätten mich keine zehn Pferde gebracht!«

Peter Scotts 1975 entstandenes Bild des Loch-Ness-Ungeheuers, *Nessiteras rhombopteryx*

Es liegt wohl nicht zuletzt an der Vielzahl der Augenzeugen, der Flut von Photographien und den aufgebauschten Berichten, daß die Schulwissenschaft mit den Seeungeheuern und ihren Anhängern so kurzen Prozeß macht. So mußte sich Dr. Denys Tucker seitens des Londoner Naturhistorischen Museums die Rüge gefallen lassen, seine Beschäftigung mit dem Loch-Ness-Phänomen sei reine Zeitvergeudung. In ähnlicher Weise tat das Isländische Museum für Naturgeschichte eine Nachfrage nach dem Lágarfljót-Ungeheuer und den Knochen, die ein angesehener Isländer angeblich entdeckt hatte, mit der säuerlichen Auskunft ab, der Lágarfljótsormur sei nichts weiter als eine Ausgeburt der Phantasie. Nach Ansicht des Museum war das Monster nur eine optische Täuschung, hervorgerufen durch Laub, Zweige und andere pflanzliche Überreste, die sich in der starken Strömung des Lágarfljót-Flusses sammelten.

Dennoch halten hervorragende Naturwissenschaftler, Zoologen und Forscher das Beweismaterial für stichhaltig genug, um allen Schmähungen seitens ihrer Akademikerkollegen zum Trotz weitere Untersuchungen zumindest zu empfehlen. Der berühmte britische Naturforscher Sir Peter Scott gab dem Loch-Ness-Ungeheuer in einem vom führenden britischen Wissenschaftsmagazin *Nature* veröffentlichten Beitrag sogar einen wissenschaftlichen Namen: *Nessiteras rhombopteryx.* »Diejenigen, die sich jahrelang um die Identifikation der Nessies bemühten«, so meint er, »haben stichhaltiges Material zusammengetragen, das die Existenz dieser Geschöpfe wahrscheinlicher macht denn je. Mithin erscheint es sinnvoll, der Art einen Namen zu geben und damit zu weiteren Untersuchungen aufzurufen, die letztendlich zur genaueren Kenntnis der Anatomie, Biologie und Stammesgeschichte dieser Tiere führen müssen.«

Und Dr. James A. Mcleod, der Leiter des Zoologischen Instituts der Universität von Manitoba, fahndete im Winnipegosis-See mit Hilfe von Netzen und unter Einsatz von Sporttauchern nach dem Manipogo. Er betont, daß so viele Zeugen doch mit Sicherheit etwas gesehen haben müssen. »Solange wir das, was sie sahen, nicht als mehr oder minder alltägliche Erscheinung nachweisen können, steht es uns nicht zu, sie als Lügner zu bezeichnen.«

Ogopogo

Kanadas berühmtes Ungetüm, Ogopogo, scheint so beunruhigend und interessant wie nur irgendein Seeungeheuer der Welt, das von Loch Ness wohl nicht ausgenommen.

Der Okanagan-See zieht sich in Schlangenlinien 128 km weit durch den Süden Britisch-Kolumbiens. Er ist nirgends breiter als rund 3 km, dafür aber tief und kalt und wurde, wie der Loch Ness, von eiszeitlichen Gletschern aus dem Felsenuntergrund gehöhlt. Die Straßen an seinen dichtbesiedelten Ufern verlaufen in unmittelbarer Wassernähe, so daß man den Ogopogo fast vom Lehnsessel aus beobachten kann. 1976 will ihn ein Mädchen von einem Parkplatz im Stadtpark von Kelowna aus gesehen haben. 1977 zeigte er sich vor dem Westbank Yacht Club und erschien außerdem zwei Männern von der Wohnwagenkolonie Pandosy, die schwatzend auf einem Holzblock saßen. Und 1978 kam von den Uferstraßen die Nachricht, Autofahrer seien, als Ogopogo auftauchte, wegen des frostigen Wetters nicht einmal ausgestiegen, sondern hätten ihn in aller Ruhe von ihren geparkten Wagen aus beobachtet.

Der Ogopogo besitzt einen altehrwürdigen Stammbaum. Schon den Okanakane-Indianern war er unter dem Namen Na-ha-ha-itkh bekannt, die seinetwegen stets einen Hund oder ein Huhn mitnahmen, wenn sie den See im Kanu überqueren wollten. Kam ihnen der Na-ha-ha-itkh zu nahe, so warfen sie das Opfertier über Bord und konnten so wohlbehalten übersetzen. Auch den ersten Siedlern sollte das Ungeheuer nicht lange verborgen bleiben. So sah die Missionarsfrau Mrs. Susan Allison in den siebziger Jahren des vorigen Jahrhunderts in Westbank einen vermeintlichen Holzklotz plötzlich gegen Wind und Strömung seeaufwärts schwimmen – Auftakt zu einer Folge von Begegnungen, die bis zum heutigen Tage nicht abgerissen ist.

Als sich Ed Fletcher aus Vancouver 1976 auf dem Okanagan-See befand, kreuzte ein USO oder »Unidentified Swimming Object«, wie die Kanadier derartige Erscheinungen zu nennen pflegen, seinen Bug. »Hätte ich nicht den Motor abgestellt, dann hätte ich ihn überfahren oder auf seinen Rücken springen können, denn das Boot trieb bis auf etwa 5 m an ihn heran.« Da sich Fletcher und seine Tochter und Begleiterin Diane in nächster Nähe der Gellatly-Bucht befanden, steuerten sie unverzüglich das Ufer an und holten ihre Kamera. Dann fuhren sie gemeinsam mit Gary Slaughter aus Kelowna erneut hinaus, um Ogopogo fast wie auf ein Stichwort aus den Fluten auftauchen zu sehen.

»Diesmal«, so Fletcher, »erblickte ich ihn in seiner vollen Länge von ca. 21–22 m. Sowie wir nahe genug herangekommen waren, stellte ich den Motor ab und machte, als sich ihm das Boot im Leerlauf bis auf ca. 15 m genähert hatte, das erste Photo.« Und dann veranstaltete Ogopogo für die drei eine Stunde lang eine Privatvorführung, bei der er »untertauchte, mindestens zwei Häuserblocks weit schwamm und wieder an die Oberfläche kam, während wir ihm die ganze Zeit nachjagten«. Fletchers Taktik, mit Volldampf auf das Tier loszubrausen und dann das Boot mit abgestelltem Motor möglichst nahe herantreiben zu lassen, erwies sich als recht brauchbar. So konnte er, während Ogopogo über ein dutzendmal auf- und untertauchte, fünf Aufnahmen machen. Das Tier schwamm teils in Schlangenwindungen, teils ausgestreckt, wies aber selbst im ersten Fall nach Schätzung der Bootsinsassen eine Länge von 12 m auf. Diane Fletcher beschrieb seine Haut als glatt und bräunlich wie die eines Wals und mit kleinen Wülsten auf dem Rücken und fand, wie Mrs. Vogelgesang bei ihrer Begegnung im folgenden Jahr, seinen Umfang von mindestens 1,20 m erstaunlich. Sie und Gary Slaughter schildern den Kopf übereinstimmend als mindestens 60 cm lang und wie bei einer Schlange abgeplattet mit »zwei an die Ohren eines Dobermanns erinnernden abstehenden Gebilden«.

Im Juli des darauffolgenden Jahres sichteten die Fletchers, nachdem sie den Ort ihrer damaligen Begegnung den ganzen Sommer lang unter Beobachtung gehalten hatten, wieder eine sonderbare Wellenbewegung. Dann stieß plötzlich etwas gegen ihr Boot, und eine große Blase stieg auf, die beim Zerplatzen einen fürchterlichen Gestank verbreitete. Nur wenige Tage später kam es zum bereits geschilderten Zusammenstoß zwischen Ogopogo und der Wasserskifahrerin Erin Neely. Sie glaubt, die vom Ungeheuer erzeugte Welle habe sie umgeworfen. Dann sei das Monster bis auf Armeslänge herangekommen – kein Wunder, daß sie nach ihrer Rettung mit einem Schock ins Krankenhaus eingeliefert werden mußte.

Zwischen April 1977 und August 1978 brachte die Lokalpresse rings um den See, wie der *Kelowna Daily Courier,* der *Penticton Herald* und die *Vernon Daily News,* rund ein Dutzend einschlägige, vielfach von eingefleischten Skeptikern stammende Berichte. »Ich hätte es nicht für möglich gehalten, aber wir kreisten das Ding mit dem Boot bis auf rund 90 m Abstand ein«, erzählte Harry Staines aus Westbank. Er beschrieb Ogopogo als langes schwarzes, aalähnliches Geschöpf von etwa 11 m Länge, das sich beim Schwimmen auf und ab schlängelte und »eine ziemlich große Kielwelle« hinterließ.

Bereits 1968 hatte Art Folden aus Chase in Britisch-Kolumbien bei einem Besuch des Sees Filmaufnahmen machen können. An einem Augustabend auf der Heimfahrt bei Penticton erreichte er einen hoch über dem Okanagan-See gelegenen Straßenabschnitt. Dort verläuft die Highway 97 in etwa 270 m Entfernung vom Wasser. Plötzlich fiel ihm im See drunten etwas auf. Er hielt an, und ausnahmsweise trat der bei der Jagd nach Land-, See- und Meeresungeheuern so seltene Fall ein, daß die Umstände günstig waren. Folden hatte nicht nur eine 8-mm-Filmkamera mit Teleobjektiv bei sich und in der Kamera noch ein paar Meter Film übrig. Er besaß auch die nötige Geistesgegenwart, den Filmrest voll zu nutzen, indem er das Drehen einstellte, sooft das Objekt untertauchte, und erst weitermachte, wenn es wieder an der Oberfläche erschien.

Bei der kritischen Analyse des Folden-Films kamen die meisten Sachverständigen durch Vergleich mit den auf manchen Bildern sichtbaren Föhren zu der Überzeugung, daß die Länge des Objekts mindestens 18 m betragen haben müsse. Die Fortbewegung erfolgte mit beträchtlicher Geschwindigkeit. Während sich die von den meisten früheren Zeugen erwähnten schlangenartlgen Windungen nicht ausmachen lassen, wollen einige Beobachter Kopf und Schwanz erkennen. Gesicherter erscheint die ziemlich starke Kielspur und der stattliche, am Kopfende ca. 90 cm messende, gegen den Schwanz hin jedoch abnehmende Umfang.

Mrs. Arlene B. Gaal aus Okanagan, die führende Autorität in Sachen Ogopogo, hat sich den Film wiederholt angesehen und den Drehort genau unter die Lupe genommen. Sie zweifelt nicht an der Echtheit des Streifens, der ihrer Ansicht nach zumindest eine ungewöhnliche »Lebensform im Okanagan-See aufzeigt«.

Davon abgesehen jedoch hat sich Ogopogo allen Annäherungsversuchen bis auf den heutigen Tag erfolgreich entzogen. 1977 unternahmen sechzig freiwillige Taucher in nächtlichen Schichten in einem mit Kameras und starken Flugzeug-Landescheinwerfern bestückten Käfig 9 m unter der Wasseroberfläche den vergeblichen Versuch, das Monster auf Zelluloid zu bannen. Ein weiterer Plan, Ogopogo durch elektrische Stromstöße an die Oberfläche zu jagen, erwies sich ebenfalls als impraktikabel. So beschränkt sich das vom unlängst gegründeten Lake Okanagan Investigation Bureau gesammelte Beweismaterial weitgehend auf die mit schöner Regelmäßigkeit einlaufenden Augenzeugenberichte. Diese jedoch tut der Bund der Naturwissenschaftler Britisch-Kolumbiens als »optische Täuschung« ab, »die dadurch zustande kommt, daß ein Beobachter in schrägem Blickwinkel bei bestimmten Lichtverhältnissen eine Bugwelle übers Flachwasser wandern sieht«. Läßt man den Folden-Film einmal beseite, so ist diese These nur schwer mit den vielen Berichten aus erster Hand in Einklang zu bringen, es sei denn, man zweifelte nicht nur an der Sehkraft, sondern auch an der Aufrichtigkeit manch ehrbaren Kanadiers. So sah beispielsweise der Verleger des *Kelowna Daily Courier,* Mr. R. P. Maclean, höchstpersönlich von seinem Seegrundstück aus in nur 15 m Entfernung ein offenbar schuppenloses Etwas mit drei an Autoreifen erinnernden Buckeln, das in Wellenbewegungen untertauchte. Und sieben Rotkreuzhelfer, die Ogopogo vor Penticton beobachteten, beschrieben ihn als schmutzig bräunlichgrünes, 7,60 m langes Wesen, das weit aus dem Wasser ragte und drei große Buckel hinter sich herzog. Eine Wasserskiläuferin, Sherri Campbell, sah etwas Riesenhaftes neben sich auftauchen und ließ in ihrem Schreck das Schlepptau fahren. Nachdem sie an Bord gezogen worden war, verfolgte das Boot die Kielspur über den See, war aber mit seiner Spitzengeschwindigkeit von 64 Stundenkilometern nicht schnell genug, um Ogopogo einzuholen. 1969 tauchte das Ungeheuer sogar vor den Büros der Handelskammer von Kelowna auf, wo jedoch niemand eine Kamera zur Hand hatte. So scheint dieses offensichtlich sehr flinke Ungetüm, dem ein See von 128 km Länge als Tummelplatz zur Verfügung steht, heute nur von einer Gefahr bedroht: den Unkrautbekämpfungsmitteln, die die Regierung ins verschmutzte Wasser einiger Buchten leitet. So könnte der Chemie schließlich glücken, was alle List und Tücke bis jetzt nicht vermochte.

Diese Aufnahme aus Foldens Ogopogo-Film läßt ein schlangenähnliches Geschöpf mit Flosse und Schwanz erkennen

Manipogo

Kanada kann mit einer stattlichen Zahl von Ungeheuern aufwarten. Für viele von ihnen liegen eindrucksvolle Belege vor. Neben der vor der Küste Britisch-Kolumbiens kreuzenden Seeschlange Caddy sind das im Turtle-See hausende, 1924 erstmals gesichtete Ungetüm von Saskatchewan und das schwarze Tier aus dem Ponenegamook-See östlich von Quebec zu nennen, das gleichfalls in den frühen zwanziger Jahren zum ersten Mal gesichtet wurde. 1977 setzte sich eine dreiköpfige Tauchermannschaft mit Sonargeräten zehn Tage lang auf seine Fährte und konnte tatsächlich direkt unter dem Boot ein interessantes, 7,60 m langes Objekt ausmachen und mit einer automatischen Kamera eine allerdings ziemlich unscharfe schwarze Silhouette auf den Film bannen. Manipogo schließlich, der sagenhafte Bewohner der beiden nördlich von Winnipeg gelegenen, ineinander übergehenden und vom Dauphin River gespeisten Seen, Lake Manitoba und Lake Winnipegosis, ging dem weißen Mann bis mindestens 1935 erfolgreich aus dem Weg. Das rätselhafte Wesen besitzt offenbar die allen Seeungeheuern eigene Fähigkeit, sich jeglichem Zugriff zu entziehen. Als Manipogo 1960 vor den Augen einer großen, im Manitoba Park in Seeufernähe kampierenden Picknickgesellschaft aus den Fluten tauchte, rollte eine Szene wie aus einem Film der Marx Brothers ab: Eine Frau packte ihre Kamera, eilte ans Ufer, visierte das Ungeheuer durch den Sucher an und fiel prompt ins Wasser. Eine andere Dame hastete mit dem Photoapparat in der Hand zurück, um ihren Mann zu holen und vergaß darüber ganz das Knipsen. Tom Locke, der Schöpfer der Parkanlage, der sowohl einen Photoapparat als auch eine Filmkamera bei sich hatte, legte ersteren mit Bedacht beiseite. Dann filmte er das Manipogo mit der Kamera, die nach anfänglichen Schwierigkeiten störungsfrei funktionierte. Als aber das Ungeheuer wegtauchte und er den Apparat absetzte, mußte er feststellen, daß kein Film eingelegt war. Dabei erwies sich Manipogo an diesem Tag als besonders gesellig. Er erschien vielen Augenzeugen, die sehr anschaulich seinen flachen, schlangenähnlichen Kopf, seine dunkle Haut und, wie Mr. A. R. Adam, der ihm am Seeufer nachjagte, seine drei großen Höcker schilderten. Ja, das Ungeheuer tummelte sich, wie Steve Rehaluk aus Rorkton, Manitoba, in Gesellschaft seiner Frau Ann und seiner beiden Söhne klar und deutlich erkennen konnte, sogar mit einem anderen Artgenossen und einem Jungtier. »Wir saßen«, so berichtete Steve, »gerade an unserem Campingtisch, als sich das Wasser kräuselte. Zunächst sah ich nur einen, doch als ich ans Ufer rannte, erkannte ich daneben noch einen zweiten und dahinter einen dritten.« Doch obwohl die Manipogos, die Steve an drei große schwarze Schlangen erinnerten, am selben Tag von mindestens siebzehn Personen gesichtet wurden, gelang es niemand, eine Aufnahme von ihnen zu machen. Erst zwei Jahre später glückte einem Fischer eine allerdings ziemlich unscharfe Photographie des Ungeheuers.

Champ

Weiter südlich liegt der Champlain-See, der sich von Kanada durch Vermont bis in den Staat New York erstreckt, das Revier von Champ. Ihm jagen die Amerikaner gleichfalls ohne sonderliches Glück hinterher. Joe Zarzynski, der Schirmherr von Champ, hat ihn, ohne ihn freilich je selbst zu Gesicht bekommen zu haben, bereits für das Verzeichnis der gefährdeten Arten Amerikas vorgeschlagen. Champ kann auf eine denkbar illustre Geschichte zurückblicken: Als erstem erschien er Samuel Champlain persönlich, der den See 1609 entdeckt hatte. Dann jagte er in den siebziger Jahren des vorigen Jahrhunderts der New Yorker Hautevolee bei einer Dampferfahrt einen großen Schrecken ein. Um die Jahrhundertwende fühlte sich der gefühllose Schausteller P. T. Barnum dazu veranlaßt, eine Prämie von 50000 Dollar auf Champs Kadaver auszusetzen – vergebens, da das Ungeheuer wohl in einem relativ gut zugänglichen Teil Neuenglands haust, sich aber äußerst rar zu machen versteht. Zwar sah die als Hilfssheriff tätige Janet Tyler aus Westport, deren Haus am See liegt, eines Tages in der kleinen Bucht gegenüber ihrer Veranda ein dunkles Geschöpf herumplanschen, dessen Kopf etwa 90 cm–1,20 m aus dem Wasser ragte. Doch als sie ans Telefon eilte, um eine Polizeistreife zu alarmieren, war Champ schon wieder verschwunden. Und L. R. Jones aus Swanton, der 1947 mit zwei Kameraden vor North Hero Island angelte, erzählt:

»Die Barsche bissen wirklich prächtig an, und wir wollten eben den Anker lichten, als es gewaltig spritzte und plätscherte. Es herrschte Windstille, kein anderes Boot befand sich in Sicht. Und dann tauchte eine riesenhafte, dunkle Gestalt aus der Tiefe auf. In Abständen von ca. 1,50 m zeigten sich an der Wasseroberfläche drei Höcker, zwischen denen Wasser lag, so daß die Gesamtlänge des Geschöpfes etwa 7,60 m betragen dürfte.«

Nach übereinstimmender Ansicht der drei Männer handelte es sich mit Sicherheit um ein Einzellebewesen, das eine Geschwindigkeit von etwa 24,5 Stundenkilometern entwickelte, zwei bis drei Minuten lang in Sicht blieb und dann wieder verschwand.

Obgleich auf dem Bear-See in Utah 1871 angeblich ein junges Seeungeheuer »von 6 m Länge, das sich vermittels Schwanz und Beinen im Wasser fortbewegte«, gefangen wurde, sind die meisten Seeungetüme der Vereinigten Staaten von Amerika wie Champ im Vergleich zu ihren kanadischen Vettern oder auch zu den Seeschlangen

Issie, das Ungeheuer aus dem Ikeda-See, aufgenommen von Mr. Matsubara

vor Neuenglands Küste ausgesprochen publikumsscheu. Dennoch hat man in vielen der nach Auskunft der Indianer von Ungeheuern besiedelten Seen hin und wieder etwas gesichtet, so 1956 im Walker-See in Nevada ein schnell schwimmendes, 14 m langes Geschöpf. Vom Flathead-See in Montana gingen sogar so viele Meldungen ein, daß eine Gesellschaft für jedes im See gefangene Tier von über 4 m Länge, gleichviel, ob Stör, sonstiger Fisch oder Seeungeheuer, 1000 Dollar ausgesetzt hat. Und auch vom Payette-See in Idaho und vor allem von den Seen Wisconsins, insbesondere dem Red-Cedar-See, dem Ontario-See und sogar dem Salt-See in Utah, liegen Berichte über Seeungeheuer vor, die jedoch weder durch Photos noch durch Filme erhärtet werden.

Issie

Wie kaum anders zu erwarten, ist in Japan niemand so töricht, ein auftauchendes Ungeheuer nicht unverzüglich zu knipsen. So war Mr. Matsubara, ein Ladenbesitzer aus Kagoshima, der sich 1978 den Preis für die erste Aufnahme von Issie holte, nur zu einem dreitägigen Urlaub an den Ikeda-See gekommen, aus dem Issie gegen halb zwei Uhr nachmittags emportauchte. »Etwas Riesiges stieg aus dem Wasser auf, verschwand aber bereits nach 15–20 Sekunden wieder, so daß mir nur ein einziger Schnappschuß gelang«, berichtet Mr. Matsubara.

Um Issie rankt sich u. a. die rührende Sage, am See habe einst eine herrliche weiße Stute gelebt, der ein Samurai eines Tages ihr Fohlen raubte. Daraufhin sei das weiße Pferd in tiefer Trauer in den See gesprungen, um dann und wann wieder aufzutauchen und sich nach seinem verlorenen Fohlen umzusehen. Heute dagegen steht Issie im Dienste des Tourismus. So gibt es bereits Issie-Klöße »mit leichtem Tanggeschmack« und einen Popsong mit folgendem Text:

> Ein männlicher und ein weiblicher Buckel,
> Glänzen in der Sonne,
> Und rufen einander,
> Im romantischen See.
> Ich möchte Issie wiedersehen,
> Und sie auch dir zeigen.

1978 photographierte Mr. M. Omagari offenbar zwei Issies, und später im selben Jahr entdeckten über zwanzig Personen Issie in der Mitte des Sees. »In 4,50 m Abstand erschienen zwei große, jeweils 4,50 m lange und etwa 60 cm hohe, von sehr dunkler Haut bedeckte Buckel an der Oberfläche, wo sie etwa zwei Minuten lang sichtbar blieben«, erzählte Yutaka Kawaji, ein Architekt

Hugh Grays 1977 entstandene Aufnahme des Loch-Ness-Ungeheuers

aus der Gegend. Er will das Geschöpf erstmals vor dreißig Jahren als Grundschüler und dann noch bei zwei weiteren Gelegenheiten gesehen haben. Außer Issie besitzen die Japaner noch ein weiteres Ungeheuer im Kutcharo-See auf der Nordinsel Hokkaido – mit allem, was dazugehört: mit Photos, einem Taucher-Forschungsprogramm und einem Verein zum Schutze von Kussie. Deren Existenz muß jedoch leider deshalb angezweifelt werden, weil der Kutcharo-See 1938 nach einem Erdbeben durch Säure stark verseucht wurde.

Doch obwohl viele Länder rings um den Globus auf ein eigenes Seeungeheuer schwören, ist und bleibt der klassische Vertreter dieser Gruppe doch das Ungeheuer im schottischen Loch Ness.

Das Ungeheuer vom Loch Ness

Wie eine große Narbe zieht sich der Loch Ness in nordöstlicher Richtung über die britische Insel und trennt Nordschottland fast gänzlich vom übrigen England. Der 39 km lange See ist mitunter ein recht unheimlicher Ort: Steile Berge ragen 600 m hoch an seinem Ufer auf, und manchmal peitschen wilde Stürme das stets dunkle und trübe Wasser, das an manchen Stellen eine Tiefe von 275, vielleicht sogar von 300 m erreicht. Am nördlichen Ende des Sees liegt Inverness, am südlichen Fort Augustus. In der Mitte des Nordufers erhebt sich als imposantestes Wahrzeichen Urquhart Castle. An diesem Nordufer wurde 1933 ein Seeungeheuer beobachtet und photographiert.

Die vom Glasgower *Daily Record* und dem Londoner *Daily Sketch* veröffentlichte Aufnahme stammte von einem seit 1916 im Werk der British Aluminium Company in Foyers beschäftigten Mr. Hugh Gray. Etwas später, als sein Bild schon um die Welt gegangen war, schilderte er in einer eidesstattlichen Erklärung die näheren Umstände folgendermaßen:

»Vor vier Sonntagen machte ich nach der Kirche meinen gewohnten Spaziergang zu der Stelle, wo der Foyers-Fluß in den Loch mündet, der im hellen Sonnenlicht glatt wie ein Mühlteich dalag. Plötzlich stieg in geringer Entfernung ein Objekt von beträchtlichen Ausmaßen aus dem Wasser auf. Ich griff sofort zur Kamera und knipste das Wesen, das mittlerweile 60–90 cm über die Wasseroberfläche ragte. Ich konnte keinen Kopf erkennen, da sich das mutmaßliche Vorderteil unter Wasser befand. Die Körperpartie, die ich für den Schwanz hielt, führte heftige Bewegungen aus.«

Etwas früher im selben Jahr hatte eine Flut ähnlicher Berichte in der lokalen und nationalen Presse bereits einen großen Wirbel verursacht. So hatte Ehrwürden W. E. Hobbes aus Wroxeter an einem Septembertag Miß Janet Frasers Halfway-House-Café leer gefunden, da sämtliche Gäste vom Oberstock aus das Ungeheuer beobachteten. Der Neuankömmling hatte daraufhin im Kreis der übrigen Gruppe die Kapriolen des rund eine halbe Meile draußen im Loch herumtollenden Ungeheuers verfolgt. Von dem geheimnisvollen Wesen gaben die Gäste die folgende klassische Beschreibung: zwei niedrige Buckel und ein die Wasseroberfläche heftig peitschender Schwanz, ein schlangenähnlicher Kopf auf weit aus dem Wasser ragenden, rund anmutendem Hals sowie große glänzende Augen.
Mit dieser und über fünfzig ähnlichen Meldungen übertönten die Zeitungen die düsteren Nachrichten über Arbeitslosigkeit und Depression, die ihre Seiten beherrschten. Fast allen Augenzeugen waren die V-förmige Kielspur und die hohe Geschwindigkeit aufgefallen. Einige hatten auch einen mächtigen Schwanz gesehen. Im August berichtete Mr. A. H. Palmer, der Nessie aus nur 90 m Entfernung ausmachte, von einem weit aufgerissenen, gut und gerne 30 cm breiten roten Maul und kurzen, vom Kopf abstehenden Hörnern oder Fühlern. Außerdem behaupteten in diesem Jahr alle Zeugen übereinstimmend, es habe sich um ein großes Geschöpf von mindestens 6 m Länge gehandelt.
Wie nicht anders zu erwarten, lockte Nessies weltweite Publicity einen stetigen Strom von Monsterjägern an den Loch. Dieser Zustrom versiegte während der mittlerweile nun schon fast verstrichenen fünfzig Jahre nie völlig, obgleich Nessie und ihre Verfolger auch ruhige Zeiten, z. B. während des Zweiten Weltkriegs und in den fünfziger Jahren, erlebten.
Im Mai 1934 erschien dann ein weiteres, vom Londoner Gynäkologen Robert Wilson gemachtes Photo. Im Gegensatz zu vielen anderen, recht verschwommenen Aufnahmen zeigt es gestochen scharf einen, wie es scheint, hoch aus dem Wasser ragenden Kopf und Hals. Den Wellenringen nach zu schließen, dürfte das Wesen soeben aus den Fluten aufgetaucht sein. Im August konnte die Londoner *Daily Mail*, die das Bild des Arztes

Das von Robert Wilson im Mai 1934 gemachte und von der Presse als sogenanntes »Bild des Arztes« veröffentlichte Photo von Nessie

Diese Aufnahme von Lachlan Stuart aus dem Jahre 1951 zeigt erstmals Nessies Buckel

veröffentlicht hatte, bereits mit der nächsten Aufnahme aufwarten. Sie zeigt offenbar eine Finne oder Flosse des durchs Wasser brausenden Ungetüms.
Auf ein Bild der charakteristischen, von so vielen Augenzeugen erwähnten Buckel dagegen mußte die Welt vorläufig noch warten: Diese Aufnahme konnte erst der bei der Forstkommission beschäftigte Holzfäller Lachlan Stuart 1951 mit seiner Brownie-Box machen. Stuart wollte nach eigener Aussage gerade seine Kuh melken, als er unterhalb seines kleinen Anwesens im Wasser des Loch eine Bewegung wahrnahm. Er griff nach seiner Kamera, forderte seine Frau auf, mitzukommen und eilte zum Ufer hinunter, wo sich das

Tier in nur 45 m Entfernung tummelte. Es hatte einen langen Hals, einen in Größe und Form schafähnlich anmutenden Kopf und ließ beim Herumplanschen drei deutlich umrissene, bis zu 1,20 m aus dem Wasser stehende Buckel sehen. Stuart schätzte die Länge des von ihm und seiner Frau beobachteten Objektes auf über 15 m. Da der Verschluß seiner Kamera nicht richtig funktionierte, gelang Stuart nur eine einzige Aufnahme, die aber eindeutig ein sehr großes Objekt von eigenartiger Form erkennen läßt.

An der Echtheit von Stuarts Bild jedenfalls besteht, was immer es zeigen mag, kein Zweifel. Das läßt sich von verschiedenen anderen weltweit verbreiteten Aufnahmen keineswegs behaupten. So entdeckte der Zoologe Dr. Maurice Burton am Schauplatz eines vielgezeigten Photos die verkohlten Überreste von vier Plastiksäcken, einen kopfähnlich zurechtgemachten Stock und etliche, mit deutlich erkennbaren roten und weißen Bändern zusammengebundene und ins Wasser geworfene Steinblöcke. »Diese Funde legen«, wie er es elegant formuliert, »gewisse Schlüsse nahe, die nichts mit dem Nachweis eines großen unbekannten Tieres im Loch Ness zu tun haben.« Don Robinson, der Eigentümer des Yorkshire Zoos, führte einen geschlagenen Tag lang alle Welt an der Nase herum, indem er den Kadaver eines eingegangenen See-Elefanten am Loch Ness deponierte. Ein anderer Spaßvogel produzierte Fußabdrücke, die man sogleich mit dem Ungeheuer in Verbindung brachte, in Wirklichkeit aber vom Abguß eines Flußpferdehufs herrührten. So ist es nicht weiter verwunderlich, daß heute anstelle von Photos zwei andere Beweismittel für Nessies Existenz herangezogen werden: erstens die vielen beachtenswerten Aussagen u. a. so respektabler Zeugen wie Richter, Soldaten und Ärzte, zweitens Filme, die sich wesentlich schwerer fälschen lassen als Einzelaufnahmen.

Die Rolle des Kronzeugen fällt zweifelsohne Alex Campbell zu, der als Wasserpolizist mittlerweile auf 18 Begegnungen mit dem Loch-Ness-Ungeheuer zurückblicken kann, das sogar sein Boot anrempelte und seinen Hund unter die Ruderbank scheuchte.

»Am deutlichsten«, erzählt Mr. Campbell, »bekam ich das Monster im Mai 1934 direkt vor dem Bootshaus von Abbey zu Gesicht. Ich stand an dem betreffenden Morgen an der Hawick-Mündung, um die Laichwanderung der Lachse zu be-

Augenzeugen, die das Loch-Ness-Ungeheuer nach eigener Aussage sahen: (von rechts nach links) Mrs. Robertson, Mr. Wilkins mit Sohn, Mr. und Mrs. Macnab, Alex Campbell, Gwen und Peter Smith, Dick Raynor

obachten, und konnte das Motorengeräusch von zwei aus westlicher Richtung durch den Kanal kommenden Trawlern hören, als ich plötzlich unmittelbar vor der Kanaleinmündung das Wasser aufwallen sah. Es haute mich fast um, und ich schloß dreimal die Augen, um sicherzugehen, daß ich nicht träumte – aber der Kopf und der gewaltige Leib mit seinen Buckeln waren ganz deutlich zu sehen. Wie ich aus dem Verhalten des Geschöpfes ersah, hatte es Angst vor dem Getucker der Schiffsmotoren, denn es warf den Kopf wie wild herum. Sobald der Bug des ersten Trawlers in mein und damit auch in sein Blickfeld rückte, tauchte es im Wasser unter und blieb verschwunden. Seine Körperlänge betrug meiner Schätzung nach mindestens 9 m, Kopf und Hals ragten etwa 1,80 m aus dem Wasser auf. Die Haut zeigte eine graue Tönung.«

Mr. Campbell, der dem Ungeheuer regelmäßig begegnete, sah es zum letztenmal vor seiner unlängst erfolgten Pensionierung, als er auf der Straße nach Inverness an Cherry Island vorbeikam.

»Ich sah nur einen riesigen, ca. 2,40 m langen und 1,20 m hohen Buckel. Und dann schoß das Ungeheuer, ohne weiter herumzutollen, mit erstaunlicher Geschwindigkeit geradewegs über den Loch auf die andere Seite zu. Ich konnte den Körper sehr gut erkennen, während es, ohne den Kurs zu ändern, in unvermindertem Tempo dahinzog und eine wohl 90 cm hohe Kielwelle hinterließ.«

Auch in den siebziger Jahren wurde Nessie in gleicher Häufigkeit gesichtet. So beobachtete Mrs. Robertson 1975 gleich zwei Ungeheuer auf einmal:

»Eine mit mir befreundete deutsche Nonne kam zu Besuch, und wir machten einen Spaziergang. Unterwegs bat sie mich, ein Photo von ihr zu machen. Als ich ihr die Kamera zurückgab, sah ich dieses Wesen, ein entsetzlich riesiges Ding mit zwei Buckeln, das von der gegenüberliegenden Flußmündung dahergeschwommen kam. Da es sich zwischen zwei großen Bäumen befand, konnten wir später seine Gesamtlänge abschätzen, die unserer Ansicht nach 12–13 m betrug. Es war grau, besaß zwei Buckel und einen langen, etwa 3 m aus dem Wasser ragenden Hals. Ich konnte den Blick nicht von seinem Kopf wenden, der eine sehr eigenartige Form aufwies. Er war fast quadratisch, mit einem großen schwarzen Fleck in der Mitte. Sonst war er weiß.«

Unmittelbar vor Weihnachten 1933 hatte Malcolm Irvine den ersten Film gedreht und 1936 das Ungeheuer auf einen zweiten Streifen gebannt. Ein Dreiminutenfilm des Südafrikaners G. E. Taylor zeigte Nessies Buckel aus ca. 18 m Entfernung erstmals in Farbe, und 1960 folgte dann der berühmteste, von Tim Dinsdale aufgenommene Streifen, der die Jagd nach dem Seeungeheuer revolutionieren und auch Dinsdales eigenes Leben völlig umkrempeln sollte. Der Luftfahrttechniker gab von heute auf morgen seinen Beruf auf und widmete sich in den folgenden zwanzig Jahren der Suche nach dem Loch-Ness-Ungeheuer. Auf einem eigens ausgerüsteten und getarnten kleinen Boot, dem *Water Horse,* auf dem er auch aß und schlief, brachte Dinsdale in der trügerischen Hoffnung, mit seinen Kameras den endgültigen Beweis erbringen zu können, viele Wochen auf dem Loch Ness zu.

Tim Dinsdale, ein alter Loch-Ness-Veteran, hat bereits vierzig Fahndungsaktionen nach dem Ungeheuer hinter sich, das er dreimal zu Gesicht bekam

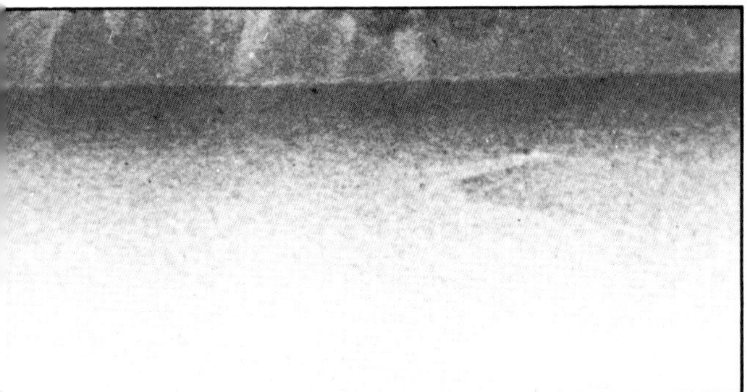

Bilderfolge aus Tim Dinsdales 1960 gedrehtem und vom Joint Air Reconnaissance Intelligence Centre der Royal Air Force anerkannten Film. Auf ihm ist das Ungeheuer mit seinem deutlich sichtbaren Buckel festgehalten

Dinsdales Film führte u. a. zur Gründung des Loch Ness Investigation Bureau, das eine gewisse Wissenschaftlichkeit und Systematik in die Suchbemühungen brachte. Es sammelte alle Beobachtungen, verfolgte Nessies Geschichte bis zum heiligen Columban im Jahr der Gnade 565 zurück und organisierte eine eigene Langzeit-Wache am Loch Ness. Nach diesem Vorbild strömten dann Enthusiasten mit der gesamten technischen Ausrüstung unseres Zeitalters nach Schottland. 1970 war es Oberstleutnant Ken Wallis von der britischen Luftwaffe mit seinem Tragschrauber. Dann erschien Dan Taylor aus Texas mit seinem gelben Unterseeboot *Viperfish,* das bis in 250 m Tiefe vorstieß und in manch gefährliche Situation kam, sogar in Strudel geriet, doch leider keine Spur des gesuchten Wildes fand. Englands Independent Television News erschien mit Sonargeräten auf dem Plan. Es folgte Bob Love mit derselben, diesmal von der Honeywell Company stammenden Ausrüstung. Er registrierte 1969 einen zweiminütigen, mutmaßlich von einem großen Tier stammenden Sonarkontakt. Alles in allem jedoch ergab dieses ganze emsige Treiben nicht viel mehr als die bereits vorhandenen Filme, die allesamt in einiger Entfernung Objekte zeigten, nicht deutlich genug zwar, um einen positiven Beweis zu erbringen, aber doch hinlänglich interessant, um alle bis auf die größten Skeptiker in ihren Bann zu ziehen.

Die reichste Ausbeute erbrachten jedoch nicht diese planmäßigen Bemühungen. Sie fiel zwei Loch-Ness-Urlaubern, Peter und Gwen Smith aus Luton, durch Zufall in den Schoß. Als Gwen eines Tages auf der Suche nach einem Motiv für das Heimkino zum Urquhart Castle hinüberschaute, tauchte nach ihren eigenen Worten »plötzlich fast genau an der von mir fixierten Stelle dieses Ding senkrecht aus dem Wasser auf. Natürlich verschwand es genau in dem Moment wieder, in dem ich zu filmen begann. Wir warteten eine Minute, und tatsächlich kam es wieder hoch, so daß ich weiterdrehen konnte. Dasselbe wiederholte sich dann noch ein drittes Mal.«

Ihr Mann, der den ganzen Vorgang durchs Fernglas verfolgt hatte, berichtete:

»Der Kopf, der mindestens mannshoch aus dem Wasser ragte und auf einem Hals von gut 30 cm Durchmesser saß, kam mir merkwürdig rechtekkig vor. Das Wesen drehte ihn um volle 90 Grad, als hätte es uns direkt anschauen oder direkt von uns wegblicken wollen. Zuletzt tauchte es unmittelbar neben einem jungen Mann in einem Boot auf und gab sich zunächst so zutraulich wie zuvor, schien sich aber, als es das Boot bemerkte, plötzlich anders zu besinnen und verschwand blitzartig. Allein schon in Anbetracht des ungeheuer langen Halses bin ich davon überzeugt, daß es sich um kein uns bekanntes Lebewesen handelte.«

Doch trotz leidlicher Bildschärfe bringt auch Gwen Smiths Film im Vergleich zu den früheren Aufnahmen nicht viel Neues.
In den vierziger Jahren wurde immer wieder einmal die durchaus reizvolle Vermutung geäußert, das Loch-Ness-Tier wage sich dann und wann aufs Trockene. Der Schwindel mit den Flußpferd-Hufabdrücken brachte diese Idee allerdings etwas in Mißkredit. Doch 1934 hatte der aus der Gegend stammende Veterinärstudent Arthur Grant nach Mitternacht auf der Heimfahrt mit dem Motorrad in offenbar stocknüchternem Zustand eine furchteinflößende Begegnung. Mit einem Schlag war vor ihm im Mondenlicht ein riesenhaftes Objekt aufgetaucht:

»Ich konnte es«, erzählte Grant später, »vorzüglich sehen und hätte es auch in der Tat fast überfahren. Der etwa 5–6 m lange Körper kam mir sehr stämmig vor. Ich erkannte deutlich zwei Vorderflossen, und auch hinten schienen zwei Flossen vorhanden zu sein, mit denen sich das Tier abschnellte. Der etwa 1,80 m lange Schwanz lief merkwürdigerweise nicht spitz zu, sondern hatte ein abgerundetes Ende.«

Über ein Vierteljahrhundert später, im Februar 1960, sah Mr. Torquil Macleod bei der Privatjagd auf Nessie durchs Fernglas ein auf dem Strand beim fernen Horseshoe ruhendes Ungetüm. Wie er an Nessies Chronistin Constance Whyte schrieb, konnte er es neun Minuten lang beobachten, ehe es sich wieder ins Wasser plumpsen ließ. »Ich sah deutlich seine grau getönte, spatenförmige linke Vorderflosse ... Ich muß gestehen, daß ich über seine Größe erschrak. Irgendwie hatten mir die Beschreibungen nie so ganz eingeleuchtet, aber dieses Exemplar wies ohne Zweifel eine Länge zwischen 12 und 18 m auf.«
In der Folgezeit allerdings scheint das Tier dann diese tollkühnen Landausflüge eingestellt und sich ausschließlich aufs Wasser beschränkt zu haben.
Hier, im feuchten Element, startete denn auch in den siebziger Jahren der reiche und erfolgreiche amerikanische Patentanwalt Dr. Robert H. Rines den technisch aufwendigsten und hartnäckigsten Angriff auf Nessies Privatsphäre. Rines, der das Ungeheuer erstmals an einem Juniabend des Jahres 1971 in Gestalt eines in der Urquhart-Bucht herumflitzenden Buckels zu Gesicht bekam, beschloß, mit Hilfe der Academy of Applied Science die Macht des amerikanischen Geldes und des amerikanischen Erfindungsgeistes bei der Suche nach Nessie einzusetzen. Bereits im darauffolgenden Jahr erschien Rines mit der auch von Jacques-Yves Cousteau verwendeten Edgerton-Unterwasserkamera, die er mit einem Raytheon-Sonarschirm koppelte, vor Ort und sollte für seine Mühen schon bald belohnt werden: In der Nacht des 7. August zeichnete sich auf dem Sonarschirm ein großer Fischschwarm ab, der sich schlagartig zerstreute und einer riesigen schwarzen Form wich. Einer der im Boot sitzenden Beobachter, Peter Davies, steuerte daraufhin sofort zum Boot von Dr. Rines hinüber:

»Ich muß offen gestehen, daß ich ein recht sonderbares Gefühl empfand, als ich im Bewußtsein, daß sich nur 9 m unter mir ein sehr großes Tier befand, über das pechschwarze Wasser ruderte«, erzählte Davies. »Allein schon die Größe war erschreckend.«

Nachdem Rines, der unmittelbar nach diesem Vorfall mit seinem Team nach Amerika zurück-

Dr. Robert Rines mit einer Unterwasserkamera während seiner Suche nach dem Loch Ness-Ungeheuer

Dieses Farbphoto von Nessie wurde am 21. Mai 1977 von Anthony Shiels aufgenommen

geflogen war, den Film aus der mit dem Sonargerät gekoppelten Kamera hatte entwickeln lassen und das berühmte Flossenbild zu Gesicht bekam, fühlte er sich seinem großen Ziel einen bedeutenden Schritt näher. Doch erst nach weiteren drei Jahren gelangen ihm die weltweit bekannten Aufnahmen, die als Beweis dafür gewertet werden, daß im Loch Ness tatsächlich ein weitgehend dem traditionellen Bild entsprechendes Ungeheuer haust.
Dieses Ungeheuer soll nach Rines' Überzeugung 1975 gegen die Unterwasser-Ausrüstung der Academy geprallt sein und sie in heftige Schwingungen versetzt haben. Doch da die Hauptkamera, wie sich bei der Rückkehr nach New York erwies, nichts registriert hatte, ließ sich das Team mit dem Entwickeln des Films aus der Zusatzkamera fast einen Monat lang Zeit.

»Eines Nachts gegen drei Uhr«, erzählt Rines, »rief mich dann plötzlich mein Kollege Charlie Wycoff an und sagte: ›Stell dir vor, wir haben's!‹ Ich raste trotz der frühen Morgenstunde sofort hinüber und sah erstmals das Bild von Kopf und Hals des Tieres sowie das Photo des gesamten Körpers. Ich muß zugeben, daß ich damit den endgültigen Beweis in Händen zu halten glaubte, was aber, wie Sie wissen, keineswegs der Fall war.«

Tatsächlich mußte Rines erleben, daß sein Bildmaterial noch vor der offiziellen Freigabe verbreitet und vom Stab des Londoner Naturhistorischen Museums negativ beurteilt wurde. Und das von Sir Peter Scott für ihn anberaumte wissenschaftliche Seminar endete in einem Fiasko, da die geladenen Gäste aus Angst um ihren guten Ruf eiligst zum Rückzug bliesen.
Bei flüchtiger Betrachtung freilich sind die beiden angeblich Kopf und Körper zeigenden Aufnahmen nicht unbedingt überzeugend. Sie könnten ebensogut nur die sich ausbreitende Dunkelheit wiedergeben. Die sorgfältige Auswertung durch das Rines-Team indessen legt die Wahrscheinlichkeit nahe, daß die Photos etwas extrem Großes abbilden, das in Reichweite der Kameras auftauchte und dann wieder verschwand.
Rines, keineswegs entmutigt, setzt seine Bemühungen unverdrossen fort.
»Wir werden«, so verkündet er, »so lange weiter machen, bis die sogenannten Fachleute diese Tiere anhand einer eindeutigen Bilderfolge identifizieren können – wofür uns sicherlich alle Welt dankbar sein wird.«
Und um Nessie künftig aufzuspüren, statt auf ihr zufälliges Auftauchen zu warten, richtet er zwei Delphine ab.
In der Zwischenzeit jedoch reißen weder die Begegnungen ab, noch fehlen die »rationalen Erklärungen«. Der zur Zeit nachdrücklichste Kritiker ist der britische Zoologe Dr. Maurice Burton, der fast dreißig Jahre lang zu Nessies wenigen akademischen Anhängern zählte. Seit seinem Sinneswandel im Jahre 1961 aber widmet er sich der Widerlegung der These vom Seeungeheuer. Er fand sich in seiner Skepsis bestärkt, als er eines schönen Sonntagnachmittags fast alle Bewohner von Foyers hinauspilgern sah, um das angeblich im Loch herumschwimmende Ungeheuer zu beobachten. Burton jedoch hatte zuvor ein kleines Motorboot vom Strand aus starten sehen, es mit dem Fernglas verfolgt und eine Reihe von Aufnahmen gemacht. Später konnte er bei Befragung verschiedener Augenzeugen feststellen, daß sie das Wasserfahrzeug irrtümlich für das geheimnisvolle Tier gehalten hatten. Nach Burtons Meinung sind viele der gesichteten Monster in Wirklichkeit Motorboote, vor allem dann, wenn von der angeblich hohen Geschwindigkeit des Ungeheuers die Rede ist. Auch Otter sind nach Bur-

tons Ansicht bei so mancher Begegnung im Spiel. Er zitiert zum Beweis ein im vorigen Jahrhundert bei den Shetland-Inseln gefangenes, 2,40 m langes Exemplar und führt insbesondere die Beobachtungen der dreißiger Jahre auf einen besonders stattlichen Vertreter dieser Spezies zurück. Eine weitere Sinnestäuschung rührt seiner Erfahrung nach von Kielwellen her, die manchmal erst rund zehn Minuten nach dem Vorbeiziehen der Schiffe heranrollen. Es sind auch noch eine Reihe von Witzbolden am Werk, deren Treiben er in einem Fall persönlich aufdeckte. Und schließlich könnten auch gelegentlich aus dem Meer in den Loch überwechselnde Seehunde und im Wasser schwimmender Unrat als »Monster« in Betracht kommen.

Andere Skeptiker tippen auf einen Riesenaal, und eine interessante Photoserie zeigt einen über den Loch schwimmenden Hirsch, der aus der Ferne weit eher an ein Seeungeheuer erinnert als die Wesen auf einigen der bekannten Bilder. Im Magazin *New Scientist* erschien sogar ein Artikel, in dem behauptet wurde, eines der klassischen Photos, das sogenannte Bild des Arztes, zeige in Wirklichkeit den nach oben gerichteten Rüssel eines schwimmenden Elefanten!

Wie einleuchtend diese Erklärungen auch sein mögen – es ist schwer vorstellbar, daß Tausende von Beobachtern, darunter viele erfahrene Naturwissenschaftler und Fischer, sich so sehr getäuscht haben sollten, daß sie einen 2,40 m langen Otter für ein 12 m langes Ungeheuer, ein Motorboot für ein Geschöpf mit zwei Buckeln und einem 1,80 m langen Hals oder eine unverhofft auftauchende Welle für zwei spielende Nessies gehalten haben sollten. Und selbst wenn sich viele Bilder auf diese Weise erklären lassen, wie steht es dann mit den Sonaraufzeichnungen? Ist es auf der anderen Seite möglich, daß bei einer größeren Anzahl von Augenzeugen jeder einzelne derselben Sinnestäuschung erliegt? Und wie erklären sich Rines' Photographien?

Diejenigen, die an die Existenz eines unbekannten Lebewesens im Loch Ness glauben, gehören im übrigen verschiedenen Richtungen an. Während sich die einen für eine neue, langhalsige Robbenart aussprechen, neigen andere mehr zur Hypothese vom Riesenaal. Die meisten jedoch glauben an einen Plesiosaurus, ein fischfressendes Riesenreptil, das vor 70 Millionen Jahren ausgestorben sein soll. Gewiß stimmen viele Augenzeugenschilderungen des Loch-Ness-Ungeheuers sowie das von Robert Rines' Unterwasserkamera registrierte, verschwommene Bild recht genau mit den Museumsrekonstruktionen des Plesiosaurus überein. Doch es ist fraglich, ob ein solches Lebewesen während der letzten Eiszeit im zugefrorenen Loch Ness hätte überleben können. Und außerdem würde der Fortbestand jeglichen Lebewesens mindestens ein Dutzend fortpflanzungsfähiger Tiere voraussetzen. Aber kann es im Loch Ness wirklich so viele Ungeheuer geben?

Die Skeptiker dagegen müßten nicht nur für die Filmaufnahmen, Photos und Augenzeugenberichte, sondern auch für die Rines-Bilder und, das ist wohl das schwierigste Problem, die Sonaraufzeichnungen eine plausible Erklärung vorlegen.

Bei Nessie, eher als bei allen anderen Ungeheuern, schien die Entdeckung immer kurz bevorzustehen. Sollte sie schließlich glücken, so würde dieser Triumph all den vielen Optimisten neuen Auftrieb geben, die in der Hoffnung, die Existenz solcher Ungeheuer nachweisen zu können, in Schottland, Irland, Nordamerika, Japan, Schweden und der Sowjetunion an Seen ihr Lager aufgeschlagen haben.

Arthur C. Clarke meint dazu:

Fast alles in Kapitel 4 über die Meeresungeheuer Gesagte gilt auch hier – mit der einen wesentlichen Einschränkung, daß die Wahrscheinlichkeit der Existenz großer unbekannter Tiere in Seen viel geringer ist als im Meer. Um einen Vergleich zu gebrauchen – ich könnte mir einen Dinosaurier weit eher in Mato Grosso vorstellen als im New Yorker Central Park ...

Gäbe es nicht den Loch Ness, würde ich die ganze Angelegenheit nicht sonderlich ernst nehmen. Doch das Beweismaterial dafür, daß im Loch *etwas* vorhanden sein muß, ist erdrückend; ob es sich dabei tatsächlich um ein der Wissenschaft neues Lebewesen handelt, steht allerdings auf einem anderen Blatt.

Wenn Sie meine persönliche Meinung hören wollen – montags, mittwochs und freitags glaube ich an Nessie ...

7

Bilder und Figuren in der Landschaft

An einem heißen Sommertag des Jahres 1932 flog der Pilot George Palmer mit seiner Maschine in gemächlichem Tempo von Las Vegas, Nevada, nach der auf der Höhe von Los Angeles landeinwärts gelegenen kalifornischen Kleinstadt Blythe. Während er, wie bei Flügen über schwieriges Gelände üblich, die 1500 m unter ihm vorbeiziehende Wüste routinemäßig nach Notlandungsmöglichkeiten absuchte, tauchte in der Nähe der Flußschleifen des Colorado River, rund 29 km von seinem Ziel entfernt, plötzlich eine riesige Menschengestalt in seinem Blickfeld auf.
Palmer hatte die Figur nur einen Augenblick lang gesehen und wußte aus Erfahrung, wie leicht die Wüstensonne selbst dem erfahrensten Piloten einen Streich spielen kann. Er zog eine Schleife, überflog die steinigen Steilufer zum zweitenmal und sichtete erneut den auf dem Rücken liegenden, mit Steinen in den Wüstengrund gezeichneten Riesen, der nach seiner Schätzung etwa 30 m lang war. Daneben entdeckte der Pilot noch eine weitere große Figur: ein vierbeiniges Tier, das ihn an einen Hund oder ein Pferd erinnerte.
Als das von Palmer benachrichtigte Museum von Los Angeles daraufhin seinen Kustos für Geschichte, Arthur Woodward, zur Untersuchung des Fundes entsandte, fand dieser bei seiner Ankunft auf den Hochplateaus oder *mesas* bei Blythe nicht nur eine, sondern drei Figurengruppen vor. Das war eine bedeutende archäologische Entdeckung vor der eigenen Haustür, die den Kustos in eine verständliche Erregung versetzte.

Links: Jim Woodmans Aufnahme des chilenischen Riesen der Atacama

Woodward berichtete:

»Die erste von uns besichtigte ›Dreieinigkeit‹ bestand aus einem Mann (der mit ausgebreiteten Armen teilweise in einem riesigen, seiner ganzen Anlage nach wohl als Tanzkreis benutzten Rund lag), einem langbeinigen Tier mit langem Schwanz und einer kleinen, schlangenähnlichen Spirale, die möglicherweise ein Reptil darstellen soll. Der Mann maß vom Scheitel bis zur Sohle knapp 29, das Tier von der Nasenspitze bis zur Schwanzwurzel nicht ganz 11 m, während der Durchmesser des Tanzkreises 42,70 m und der der Schlangenspirale 3,60 m betrug.
Auf der nächsten Mesa fanden wir nur eine einzige Figur, die Umrißzeichnung eines Mannes, vor, dessen Länge sich auf knapp 30 m belief, während der Rumpf eine Breite von über 5 m besaß und die ausgestreckten Arme eine Spannweite von 22 m zeigten. Auf der dritten Mesa schließlich beobachteten wir eine ähnliche Dreiergruppe wie auf der ersten, nur daß sich die Künstler hier als Schöpfer herkulischer Ungeheuer hervorgetan hatten. Der in diesem Fall 50 m lange Mann wies an beiden Händen und Füßen die normale Finger- und Zehenzahl auf.«

Am merkwürdigsten war zunächst, daß bis zu diesem Zeitpunkt niemand von diesen Wüstengiganten berichtet hatte, obwohl die Gegend nach Woodwards Worten »voll war von Hunderten herumziehender Schürfer, Landmesser und vielen anderen von der Wanderlust Geplagten«. Doch für diesen Tatbestand gab es eine einfache Erklärung: Da die Figuren von Blythe zwar vor der Erfindung des Flugzeugs entstanden, aber eindeutig für die Betrachtung *von oben* gedacht und somit vom Boden aus so gut wie nicht erkennbar waren, mußten sie bis zum Zeitalter der Luftfahrt unentdeckt bleiben.

Weiter südlich, im über 5400 km entfernten Süden Perus, hatten Piloten eine ähnlich aufsehenerregende und rätselhafte Entdeckung gemacht: Als die örtliche Fluggesellschaft das Land zu erschließen begann, stellten Flugzeugbesatzungen und Passagiere zu ihrem Erstaunen fest, daß die über 320 km südlich von Lima zwischen dem Ica- und dem Nazca-Tal gelegene Wüste einem riesigen Bilderbogen mit Linien, geometrischen Figuren, Abbildungen von Vögeln, Insekten und anderen Tieren glich. Auch diese Darstellungen von wahrhaft gigantischen Ausmaßen – manche Linien verliefen kilometerweit schnurgerade über Hochebenen und Berge, andere glichen riesigen Start- und Landebahnen – schienen für Betrachter aus der Luft angelegt.

Angesichts dieser Entdeckungen begannen sich amerikanische Archäologen in den dreißiger Jahren zu fragen, wer diese Bilder geschaffen haben konnte, was sie darstellen und welchem Zweck sie gedient haben mochten. Diese Fragen ließen sich zwar leicht stellen, aber nur schwer zufriedenstellend beantworten. Das weiß man in England, wo sich Archäologen und Amateur-Altertumsforscher seit gut zweihundert Jahren mit ähnlichen Problemen herumschlagen, zur Genüge.

Englands weiße Pferde

Auf Englands grünen Hängen finden sich mindestens fünfzig Landschaftsfiguren, die anzulegen verhältnismäßig einfach war, da direkt unter der Grasnarbe eine Kreideschicht liegt, die sich mit dem Spaten ohne weiteres freilegen läßt. Besonders im Westen des Landes mit seinen reichen Kreidevorkommen und seinen steilen, weithin sichtbaren Hängen bieten sich günstige Voraussetzungen für diese Künste. So gibt es allein in Wiltshire sieben Darstellungen von weißen Pferden, von mindestens einem halben Dutzend Regimentsabzeichen, einem (ehedem von einer Schuhcreme-Gesellschaft instand gehaltenen) Kiwi und einem Panda.

Im Gegensatz zu den sonderbaren Riesen Südkaliforniens oder den Linien von Nazca ist die Herkunft der meisten dieser Figuren ebenso bekannt wie die von ihren Schöpfern verfolgte Absicht. Die Regimentsabzeichen wurden von Soldaten angefertigt, die während des Ersten Weltkriegs bei Salisbury stationiert waren. Den Anfang machte die Londoner Schützenbrigade, deren Schöpfung solchen Anklang fand, daß andere Regimenter dem Beispiel folgten, obwohl das bedeutete, früh aufzustehen und noch vor Beginn der Schießübungen zu arbeiten. Auch viele der weißen Pferde sind verhältnismäßig jung: So das von New Pewsey in Wiltshire, das 1937 zu Ehren der Krönung König Georgs VI. von George Marples entworfen wurde, einem Fachmann der Leukippotomie, wie der etwas verunglückte Begriff für die Kunst, Darstellungen von weißen Pferden als Landschaftsfiguren anzulegen, lautet. Das weiße Pferd von Marlborough (gleichfalls in Wiltshire) wurde 1804 von einer Schülergruppe aus Mr. Greasleys Kunstakademie geschaffen, während das von Kilburn in Yorkshire 1857 auf Veranlassung des in seinen Geburtsort zurückgekehrten Londoner Kolonialwarenhändlers Thomas Taylor entstand.

Auch über die Ausführung der Figuren wissen wir Bescheid. So erfuhr Hochwürden Plenderleath von einem »hochintelligenten Greis«, wie das in seiner Heimatgegend gehegte weiße Pferd von Cherhill angelegt worden war. Wie der 1786, nur sechs Jahre nach Vollendung der Figur geborene Alte zu berichten wußte, hatte deren Schöpfer, ein Doktor namens Christopher Allsop, zunächst mit weißen Fähnchen die Umrisse abgesteckt:

»Anschließend«, so Plenderleath, »begab er sich an einen genau zwischen den Downs und Calne gelegenen Punkt etwa 180 m über der Kuppe des Labour-in-Vain Hill und ordnete mittels eines Sprachrohrs die Versetzung der Markierungen an, bis er mit dem Ergebnis zufrieden war. Dann wurde die Grasnarbe abgehoben und die Vertiefung mit Kreide aufgefüllt …«

Dennoch stellen uns auch viele dieser weißen Pferde vor Rätsel. So ist die genaue Datierung vielfach so schwierig, daß George Marples in seinen Entwurf für das weiße Pferd von Pewsey kurz entschlossen die Jahreszahl 1937 mit einarbeitete. Bei den Pferdedarstellungen von Woolborough und Hackpen ist außerdem die Herkunft unbekannt, und das weiße Pferd von Osmington in der Bucht von Weymouth in Dorset wird gleich auf drei verschiedene Urheber zurückgeführt: auf einen Soldaten, der es zur Erinnerung an den Besuch Georgs III. und dessen Bruder, des Herzogs von Gloucester, geschaffen haben soll; auf Ingenieure, die mit einer Invasion napoleonischer Truppen rechneten und auf ein paar Erdarbeiter, die es entsprechend Thomas Hardys *The Trumpet Major* anlegten, um den Sieg in der Seeschlacht von Trafalgar zu verherrlichen. Außerdem ist da noch das weiße Pferd, das im Sommer 1948 in Rockley Down bei Marlborough beim Pflügen eines Feldes überraschend zum Vorschein kam. Es handelte sich dabei um ein elegant dahintänzelndes, vom Maul bis zum Schwanz 38 m langes Prachtexemplar, über dessen Entstehung keinerlei Berichte existieren und das inzwischen wieder im Ackerboden verschwunden ist, aus dem es nur für kurze Zeit aufgetaucht war. Wie schnell sich im übrigen ein so riesiges Wahrzeichen in ein kleines Rätsel verwandeln kann, zeigt das weiße Pferd von Littlington in Sussex, an dessen Schöpfer sich, obwohl es erst 1925 entstand, niemand mehr genau erinnern kann.

Vier britische Landschaftsfiguren indessen zählen wie die kalifornischen Giganten und die Linien von Nazca zu den großen Rätseln: Es sind zwei riesige Kreidegestalten sowie ein weißes und ein rotes Pferd.

Das nahe dem Dorf Uffington in Berkshire verewigte weiße Pferd stellt ein so bekanntes lokales Wahrzeichen dar, daß die ganze Gegend nach ihm die Bezeichnung »Vale of the White Horse«, »Tal des Weißen Pferdes«, trägt. Es hat als Anregung für die meisten anderen weißen Pferde Englands gedient, von denen es sich jedoch in einem wichtigen Punkt unterscheidet: Es ist das einzige erhaltene wirklich alte Exemplar dieser Art. Alle anderen weißen Pferde muten so neuzeitlich an wie die Vollblutpferde aus den Rennställen im nahen Lambourn. Das liegt daran, daß diese Darstellungen im Stil des im 18. Jahrhundert wirkenden Malers George Stubbs gehalten sind, dessen Pferdebilder sich bei den Kirchenleuten, Ärzten und Gutsbesitzern, die viele der Landschaftsfiguren schufen, besonderer Beliebtheit erfreuten. Das weiße Pferd von Uffington dagegen ist ein merkwürdig streng stilisiertes und eigenwillig aufgegliedertes Geschöpf mit skelettartig spitz zulaufendem Kopf, langgezogenem, dünnem Körper und im Galopp ausgreifenden Beinen, von denen jedoch nur zwei mit den Flanken verbunden sind. Alles in allem ähnelt es mehr einem Drachen als einem Roß. Da sich der sogenannte Dragon Hill, der Drachenberg, auf dem der heilige Georg den Drachen getötet haben soll, ganz in der Nähe befindet, wurde es verschiedentlich auch mit diesem Fabelwesen gleichgesetzt. Der

Das 1780 vollendete Weiße Pferd von Cherhill

Das einzige bekannte, 1948 aufgenommene Photo des Pferdes von Rockley Down

Das wohl berühmteste weiße Pferd von Uffington, Berkshire

früheste Hinweis findet sich in einem »Book of Wonders« aus dem 12. Jahrhundert. Dort wird die Landschaftsfigur eindeutig als Pferd mit einem Fohlen beschrieben, das mittlerweile allerdings verschwunden ist.

Auch in anderen alten Schriftdokumenten wird das weiße Pferd von Uffington häufig erwähnt. So heißt es in einem Urkundenregister des Klosters Albingdon aus der Zeit Heinrichs II., ein Mönch namens Godrick besitze Land *juxta locum qui vulgo Mons Albi Equi nuncupatur* (»nahe dem allgemein als Hügel des Weißen Pferdes bekannten Ort«). Ein Manuskript aus dem 14. Jahrhundert stuft es als zweitgrößtes Wunder nach Stonehenge ein, und in jüngerer Zeit hat Thomas Hughes, der Verfasser von *Tom Brown's Schooldays,* in einem in Uffington spielenden Roman viel Volkskundliches über diese Figur zusammengetragen, während ihr Gilbert Keith Chesterton eine Ballade voll hochtönender Kadenzen, wenn auch ziemlich wirrer Historie, widmete. Keiner dieser Autoren jedoch vermag das Geheimnis des White Horse Hill zu entschlüsseln: Das Pferd ist mit Sicherheit alt, doch weiß niemand genau, wie alt. Es galoppiert über die Berkshire Downs, doch kann niemand sagen, warum.

Nicht, daß es an Theorien mangelte. So glaubten im 17. Jahrhundert John Aubrey und der Topograph Thomas Baskerville (1630–1720), es sei 1200 Jahre zuvor vom angelsächsischen Führer Hengist (der Name bedeutet »Hengst«) geschaffen worden. Nach einer anderen Version soll es Alfred der Große, in dessen Königreich Wessex Uffington lag, zur Feier seines Sieges über die Dänen im Jahr des Herrn 871 in Auftrag gegeben haben. In neuerer Zeit haben Archäologen es als Totemtier eines Pferdekults gedeutet, ja, selbst als Ichthyosaurier ist es schon »identifiziert« worden.

Fest steht jedenfalls, daß die Bewohner des Vale of the White Horse ihr weißes Pferd in hohen Ehren hielten, denn Kreidefiguren müssen regelmäßig gesäubert oder »geputzt« werden, da sie sonst das Gras wieder überwuchert. Wie seit dem 17. Jahrhundert historisch verbürgt, fanden nach dem Putzen merkwürdige Zeremonien statt, ein als »Uffington Pastime«, als »Uffingtoner Kurzweil« bekanntes Fest, das man nach der Mühsal des Restaurierungstages zu Ehren des Pferdes veranstaltete. Thomas Hughes beschreibt die letzte, 1857 anberaumte »Pastime« als bunten ländlichen Jahrmarkt, auf dem neben Zigeunern und Marktschreiern auch Damen und Herren der feinen Gesellschaft erschienen. In älterer Zeit dagegen dürften die Zeremonien wohl ernsteren rituellen Zwecken gedient haben, bei denen das Pferd möglicherweise als Kultfigur im Mittelpunkt der Verehrung stand.

In dem Bemühen, all diesen Mutmaßungen zumindest einen Tatbestand entgegenzusetzen, hat der namhafte Archäologe Professor Stuart Piggott die anstehenden Probleme gründlich analysiert. Sein Interesse ist verständlich, lebt er doch wie seine Vorfahren selbst im Vale of the White Horse, wo sein Urgroßvater in Uffington eine Landwirtschaft betrieb und sein Großvater als Zehnjähriger an der »Pastime« von 1857 teilnahm.

In einem 1931 in der Zeitschrift *Antiquity* veröffentlichten Aufsatz erörtert Piggott verschiedene Datierungsversuche, darunter auch den eines Autors mit dem Pseudonym Philateles Rusticus, der 1740 eine sehr einfache Methode anwandte, um das Alter des weißen Pferdes zu bestimmen. Rusticus nämlich stellte als erster eine später auch von anderen konstatierte stilistische Ähnlichkeit zwischen dem Pferd von Uffington und Pferdebildnissen auf Münzen der frühen Eisenzeit fest. Diese eisenzeitlichen Rösser weisen viele Besonderheiten des weißen Pferdes auf, so vor allem die abgesetzten Beine und die schnabelähnlichen Kiefer. Die im 1. vorchristlichen Jahrhundert in Britannien geprägten Münzen stellen Nachbildungen eines Geldstückes aus der Zeit Philipps von Makedonien (359–336 v. Chr.) dar, das auf der einen Seite einen von zwei Pferden gezogenen Streitwagen mit Wagenlenker zeigt. Dieses Original war bekanntermaßen immer wieder kopiert worden, so daß »der Streitwagen auf den britannischen Beispielen schließlich zum Rad, der Wagenlenker zu einer Ansammlung von Pünktchen und das Pferd (in den spätesten Stadien) zu einem Gewirr von Hanteln und Halbmonden verkümmert war«. Etwa in der Mitte dieses Degenerationsprozesses beginnt das Roß, wie mehrere im Oxforder Ashmolean Museum und andernorts aufbewahrte Münzen aus der Gegend von Uffington beweisen, eine auffallende Ähnlichkeit mit dem weißen Pferd zu zeigen. Außerdem kann Piggott zur Untermauerung seiner These die auf zwei Eimern der frühen Eisenzeit dargestellten Pferde ins Treffen führen, die derselben künstlerischen Tradition angehören. Vor allem die Münzen ermöglichten ihm eine ziemlich genaue Datierung des Pferdes: Da ein so aufwendiges Werk wohl kaum unter der Römerbesatzung entstanden sein dürfte, kommt eigentlich nur die keltische Eisenzeit, d. h. das 1. Jahrhundert v. Chr., in Betracht.

Die als »Pastime« von Uffington bekannte rituelle Säuberung

Der Riese von Cerne

Eine nicht weniger rätselhafte Figur auf einem Hang über dem malerischen Dorf Cerne Abbas in Dorset wird als »Riese von Cerne« bezeichnet, da wie beim weißen Pferd von Uffington weder Herkunft noch Name bekannt sind. Die imposante Gestalt mißt vom Scheitel bis zur Sohle 55 m, schwingt eine 37 m lange, knotige Keule in der Rechten und scheint sich über den Hang hinweg vom Dorf zu entfernen. Im Gegensatz zu den weißen Pferden ist der Riese von Cerne eine reine Strichzeichnung: Umriß und anatomische Einzelheiten sind durch 30 bis 60 cm breite Gräben markiert.

Das Auffallendste am Riesen von Cerne aber ist sein offenkundig sexueller Charakter, der wie bei keiner zweiten Hangfigur Großbritanniens in den Vordergrund gerückt erscheint. Der 9 m lange Phallus ragt so provokativ in die Höhe, daß sein Besitzer den Spitznamen »Der Wilde Mann von Cerne« erhielt. Wie nicht anders zu erwarten, hat es nicht an Bestrebungen gefehlt, dieses anstößige Detail aus der Welt zu schaffen. Eins der frühesten Beispiele ist die Abbildung in Hutchins' 1774 erschienener *History of Dorset*, auf der der Kupferstecher den Riesen kurzerhand entmannte. Später schrieb ein Leser ans *Dorset Magazine*: »Gesittung und Wohlanständigkeit fordern, daß er einen Lendenschurz anlegt«, ja, es wurde sogar der Versuch unternommen, seine Blöße mit einem Feigenblatt aus Sackleinwand und Papier zu bedecken. Erfreulicherweise jedoch konnte sich der Riese aller Prüderie zum Trotz in seiner ganzen Mannespracht behaupten, sehr zum Entzücken der Archäologen, kleinen Kinder und alten Damen, die ihren Führer merkwürdigerweise immer an der peinlichsten Stelle der Figur fragen, wo eigentlich genau man sich befände.

Den Riesen von Cerne als Symbol eines Fruchtbarkeitskultes zu deuten, lag nach alledem nahe, doch sprechen nur wenige recht vage Anhaltspunkte für diese Auslegung. So fällt z. B. auf, daß ein am unteren Ende des Phallus postierter Beobachter am 1. Mai die Sonne in gerader Linie vor sich aufgehen sieht. Inwieweit dem Bedeutung zukommt, ist fraglich, doch lassen jedenfalls die vielen Sagen, die sich um die Figur ranken, Spuren von Fruchtbarkeitsriten erkennen. Mädchen und junge Frauen etwa, die um die Treue ihrer Ehemänner oder Freunde bangen, schreiten den Riesen von Cerne in der Hoffnung ab, durch seinen Einfluß die bedrohte Beziehung zu festigen. Andere statten ihm als Glücksbringer in der Woche vor ihrer Vermählung einen Besuch ab. Die Einheimischen wiederum glauben, eine unfruchtbare Frau könne durch Schlaf oder Beischlaf auf dem Phallus des Giganten den erwünschten Kindersegen herbeizaubern. Recht aufschlußreich erscheint auch, daß der Tanz um den Maibaum in einem nur wenige Meter oberhalb des linken Arms des Riesen gelegenen eingefriedeten Rechteck, der sogenannten Bratpfanne, stattfand, besteht doch zwischen Mailustbarkeiten und Fruchtbarkeit ein unverkennbarer Zusammenhang. So konnte ein Autor des 16. Jahrhunderts wie Philip Stubbs schreiben: »Wie mir von ernsten und gesetzten Männern glaubwürdig versichert worden, kehrte von hundert Jungfrauen, so in den Wald gegangen, kaum der dritte Teil so nach Hause zurück, wie sie von hinnen gezogen.«

Da aber die Volksüberlieferung bekanntlich ein unzuverlässiger Führer ist, stützen sich die modernen Theorien über die Identität des Riesen vor allem auf einen Umstand: seine Entstehungszeit. Verschiedene Gelehrte schlossen aus der Tatsache, daß sich im Umkreis des Dorfs Cerne Abbas Überreste alter Befestigungsanlagen und Feldlager finden, der Riese müsse ein uralter, vielleicht schon aus vorgeschichtlicher Zeit stammender Geselle sein. Andere dagegen lehnen diese Deutung ab und erklären ihn zu einer nach archäologischen Maßstäben ziemlich »modernen«, nämlich aus dem 17. Jahrhundert stammenden Schöpfung. Zu diesem Schluß gelangten sie beim Durchforschen der Berichte von Feldmessern, Steuereintreibern und Topographen, die jahrhundertelang über die englische Landschaft im Wandel der Zeiten Buch führten.

Es wäre in der Tat seltsam, wenn eine alte Landschaftsfigur in keinem einzigen vor 1751 verfaßten Schriftstück erwähnt worden wäre. Im genannten Jahr berichtete Ehrwürden John Hutchins, der Verfasser des bereits zitierten Führers durch Dorset, dem Dekan Dr. Lyttleton aus Exeter von einem »im Umriß auf den Hügelabhang gezeichneten, stadtwärts blickenden Riesen von gewaltigen Ausmaßen ...« Und noch seltsamer wäre es, wenn ein so augenfälliges Werk bei der genauen Vermessung des Gebiets in den Jahren 1356 und 1617 übersehen worden wäre. Auch in jenen Dokumenten, die sich wohl am wenigsten über die Anwesenheit des Riesen hätten hinwegsetzen können, nämlich den Kirchenbüchern, steht kein Wort über ihn zu lesen. Und das von den Modernisten ins Treffen geführte Argument schließlich, eine Figur von so ausgeprägt phallischem Charakter hätte sich an einem Ort wie Cerne, wo im 6. Jahrhundert n. Chr. ein bedeutendes Kloster entstand, wohl schwerlich halten können, ist gleichfalls nicht von der Hand zu weisen.

Hutchins jedenfalls hielt den Wilden Mann zunächst mit Sicherheit für eine moderne Schöpfung (»wie ich vom Gutsverwalter erfuhr«, schrieb er in einem Brief an Dr. Lyttleton, »ist er ein neuzeitlich Ding ...«) und deutete ihn in Übereinstimmung mit der lokalen Überlieferung als Spottfigur. In der Frage jedoch, wen diese darstellen sollte, wich er von der ortsüblichen Meinung ab. Die Einheimischen nämlich wollten in der angeblich 1539 nach Auflösung des Klosters geschaffenen Gestalt den sittenlosen letzten Abt, Thomas Corton, erkennen. Dessen Fleischeslust glaubten sie in der unzüchtigen Erscheinung des Riesen und dessen Rachsucht in der Keule versinnbildlicht, während die Fußstellung der Figur in ihren Augen den Weggang des Abtes aus der Gegend andeutete. Für Hutchins dagegen karikierte die Darstellung (die er später dann doch als alt einstufte) einen ortsansässigen Grundbesitzer namens Holles, der von seiner aufrührerischen Dienerschaft, nachdem sie seinen Sohn umgebracht hatte, zum Spott am Hang verewigt wurde. In Wirklichkeit jedoch gibt es weder für die Gleichsetzung mit dem Abt noch für die mit Lord Holles konkrete Anhaltspunkte. Da aber das 18. Jahrhundert eine besondere Neigung zu närrischen Einfällen zeigte und Darstellungen von Wilden in Büchern des frühen 17. Jahrhunderts dem Riesen verblüffend ähnlich sind, dürfte er wohl eher aus neuerer Zeit stammen.

Falls aber der Wilde Mann von Cerne doch alt ist, stellt er vermutlich eine Gottheit dar. Fragt sich nur welche.

Kandidat Nummer eins ist der Keltengott Nodens, der von dem vor der römischen Eroberung im Jahre 43 n. Chr. in Dorset ansässigen Stamm der Durotriges verehrt worden sein soll. Diese Theorie stützt sich auf einen bemerkenswerten Fund, der während des Zweiten Weltkriegs nur 21 km von Cerne entfernt ans Tageslicht kam: Beim Pflügen an der ehemaligen keltischen Befe-

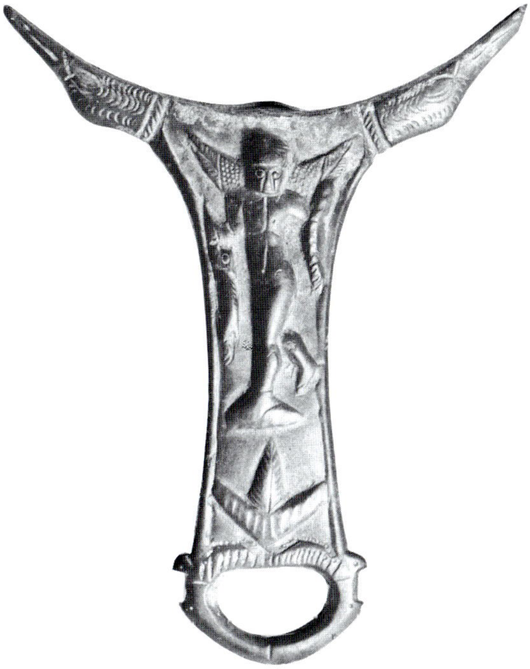

Bernard Pickards Henkel mit dem Bildnis des Keltengottes Nodens

Der Riese oder, wie seine scherzhafte Bezeichnung lautet, der »Wilde Mann von Cerne«

stigungsanlage Hod Hill bei Blandford Forum entdeckte ein Bauer neben verschiedenen anderen Gegenständen einen vermutlich von einem Tiegel oder einer Trinkschale stammenden Bronzehenkel mit dem Bildnis eines nackten Mannes. Kaum hatten Fachleute den Henkel als keltisch und den Dargestellten als Nodens identifiziert, fiel dem damaligen Besitzer des Henkels, Bernard Pickard, ein, daß er den Abgebildeten oder doch eine sehr ähnliche Gestalt schon anderswo gesehen hatte – nämlich auf dem Hang von Cerne. Tatsächlich bestehen unverkennbare Übereinstimmungen: Wie der Riese von Cerne, so ist auch der Mann auf dem Henkel in Vorderansicht dargestellt, seine Füße dagegen im Profil, in beiden Fällen sind die Brustwarzen deutlich hervorgehoben, und beide Male taucht auch die knotige Keule auf. Aber es gibt auch Unterschiede: Der Mann auf dem Henkel besitzt Flügel, trägt zur Versinnbildlichung seiner Rolle als Jagdgott einen Hasen in der Hand und schwingt im Gegensatz zum Riesen die Keule in der Linken. Dennoch hält Bernard Pickard den Henkel für beweiskräftig genug, um den Wilden Mann von Cerne mit dem Keltengott Nodens zu identifizieren.

Demgegenüber befürwortet Professor Stuart Piggott einen anderen Kandidaten aus dem Altertum, nämlich Herkules – eine These, die er anhand zweier etwas dunkler Zitate aus alten Schriften zu beweisen sucht. Das erste stammt vom Altertumsforscher William Stukeley, der 1764 erklärte, »die Leute aus der Gegend« gäben dem Riesen »den Namen Helis«. Und das zweite findet sich in einem Bericht des 12. Jahrhunderts über einen denkwürdigen, wenn auch damals bereits 600 Jahre zurückliegenden Besuch des heiligen Augustinus in Cerne. Dieser Besuch endete in einem Fiasko, wurden doch Augustinus und seine Anhänger von den bekehrungsunwilligen Dorfbewohnern, die ihnen Kuh- oder Fischschwänze ans Gewand hefteten, mit Schimpf und Schande aus dem Ort gejagt. Wie der Chronist des so kläglich gescheiterten Bekehrungsversuchs, Walter von Coventry, beiläufig erwähnt, war einst der Gott Helith in der Gegend verehrt worden. Piggott verweist auf die unverkennbare Ähnlichkeit der Namen Helis und Helith und behauptet, sie könnten über die alte Form Helethkin auf Herkules zurückgehen.

Nun dürfte Herkules im römischen Britannien tatsächlich eine wichtige Gottheit dargestellt haben: Gemäß der selbstgefälligen Gepflogenheit römischer Cäsaren, sich mit großen mythischen Helden gleichzusetzen, führte Kaiser Commodus 191 n. Chr. einen Herkuleskult ein und ließ sich als Verkörperung des griechischen Heros verehren. Dieser Kult scheint in Britannien besonders floriert zu haben, wobei Herkulesbildnisse auf einem in Whitley Castle, Northumberland, entdeckten Altar eine auffallende Ähnlichkeit mit dem Riesen von Cerne zeigen. Stuart Piggott vermutet, daß die sogenannte Bratpfanne, jene sonderbare Erdaufschüttung oberhalb des Riesen, möglicherweise als ländliches Heiligtum für den Herkuleskult gedient hat und daß der Riese demnach um 191 n. Chr. als religiöses Bildwerk oder als Aufforderung an die Gläubigen, sich im Tempel auf dem Hügel einzufinden, entstanden sein könnte.

Bei so vielen Theorien und so wenig Beweisen können letztlich nur neue Informationen Aufschluß über Identität und Funktion des Riesen von Cerne geben. Ein nützlicher Schritt bestünde in der Überprüfung seines Erscheinungsbildes, d. h. in der Klärung der Frage, ob er nicht vielleicht ursprünglich anders ausgesehen hat. Zwar wurde er offenbar alle sieben Jahre geputzt, aber Witterungseinflüsse und wucherndes Gras können bei Kreidefiguren doch rasch die eine oder andere Partie verändern oder verwischen. So war der Riese vor seiner bislang letzten Säuberung im Jahre 1979 durch wucherndes Gras so undeutlich geworden, daß er wohl binnen weniger Jahre gänzlich von der Bildfläche verschwunden wäre, hätten nicht seine Eigentümer vom National Trust eine Baufirma mit seiner Restauration beauftragt.

Mit Hilfe eines neuen wissenschaftlichen Verfahrens läßt sich heute feststellen, ob das Erdreich in der Vergangenheit in irgendeiner Weise bearbeitet wurde. Diese Methode hat den Archäologen bei der Suche nach verlorengegangenen Details von Landschaftsfiguren schon manch nützlichen Dienst geleistet. Ein Wissenschaftler schreitet dabei mit einem Elektrodensatz das zu überprüfende Gelände ab, steckt die Elektroden in regelmäßigen Abständen in den Boden, schickt elektrischen Strom durch und kann dann auf einem Meßinstrument den Bodenwiderstand ablesen. Das Verfahren beruht auf dem Prinzip, daß umgeackertes Land auf Grund seiner lockereren und trockneren Beschaffenheit dem Strom einen wesentlich höheren Widerstand entgegensetzt als der unberührte Untergrund.

Der aufregendste Teil der Arbeit folgt dann im

Der Lange Mann von Wilmington bei Eastbourne, Sussex

Labor, wo die Punkte mit hohem Widerstand aufgezeichnet und durch Linien verbunden werden, um festzustellen, ob sie ein erkennbares Muster ergeben. Obwohl diese Technik noch in den Kinderschuhen steckt und mit ihrer Hilfe oft nur Steine oder Kaninchenlöcher unter der Oberfläche erfaßt werden, so hat sie doch auch manch brauchbares Ergebnis erbracht.

Der Lange Mann von Wilmington

Eine kurz nach der Entwicklung des Verfahrens durchgeführte Widerstandsmessung enthüllte einige hochinteressante verlorengegangene Merkmale von Englands zweitem Kreideriesen, dem sogenannten Langen Mann von Wilmington bei Eastbourne in Ost-Sussex. Wie beim Riesen von Cerne handelt es sich auch bei dieser 70 m großen Figur um eine reine, mit Hilfe 71 cm breiter Gräben angelegte Umrißzeichnung. Die Beine sind ziemlich athletisch, doch das Gesicht besteht aus einer leeren Fläche, und der Körper weist keinerlei Geschlechtsmerkmale auf. Über die Entstehungszeit des Langen Mannes, dessen auffälligste Besonderheit ein ca. 73 m langer Stab in jeder Hand darstellt, ist noch weniger bekannt als über die des Riesen von Cerne, da er vor 1799 in keinem Dokument erwähnt wird. Eine Skizze aus dem genannten Jahr zeigt ihn mit einem Rechen in der Rechten und einer Sense in der Linken als Landmann auf dem Weg zur Feldarbeit. 1825 trug er nach Darstellung eines zeitgenössischen Führers für die Gegend dann nur noch zwei Stäbe. Rechen und Sensenblatt hatten sich, sofern sie ursprünglich wirklich vorhanden waren, inzwischen verwischt.

Nun konnte sich die Gestalt des Langen Mannes im Laufe der Zeit tatsächlich etwas verändert haben, so vor allem bei einer 1874 vorgenommenen Restaurierung, bei der seine Umrisse mit 7000 Backsteinen dauerhaft festgelegt wurden. Als jedenfalls Mr. K. W. E. Gravett von der Archäologischen Gesellschaft Sussex mittels Widerstandsmessung nachprüfte, ob die oberen Teile der Stäbe in den Händen des Langen Mannes tatsächlich verschwunden waren, konnte er nach zweitägiger mühsamer Ermittlung am steilen Hang des Wind-

over Hill mit einem unverhofft positiven Ergebnis aufwarten: Das Meßgerät registrierte nicht nur am oberen Ende beider Stäbe, sondern auch über dem Kopf des Langen Mannes Punkte mit hohem Widerstand. Als die Wissenschaftler die Punkte durch Linien verbanden, kam über dem rechten Stab der Umriß eines Rechens, über dem linken ein Sensenblatt und auf dem Kopf eine Feder oder ein Federbusch zum Vorschein. Doch so faszinierend diese Entdeckung, die die Skizze von 1799 als genaue Wiedergabe des Langen Mannes ausweist, auch ist, so vermag sie, selbst wenn sich die Ergebnisse der Widerstandsmessung durch Ausgrabungen bestätigen lassen, die zentrale Frage nach Sinn und Zweck der Figur nicht zu beantworten. Um herauszufinden, ob sich das Erscheinungsbild des Riesen von Cerne gleichfalls verändert hat, beauftragten wir Anthony Clark vom Ancient Monuments Laboratory in der Londoner Savile Row mit einer Untersuchung. Clark bringt als erster hauptamtlich für die britische Archäologie tätiger Geophysiker einzigartige Voraussetzungen für diese Aufgabe mit. Sollte sich dabei herausstellen, daß der Riese einst einen Hasen in der Hand gehalten hatte, dann läge seine Identifizierung als Keltengott Nodens nahe. Sollte hingegen etwas Löwenfellähnliches auftauchen, dann hätte wohl eher Professor Piggott mit seiner Herkules-Theorie recht. Die Messung begann im Juli 1979, und schon nach zweitägiger Arbeit machten Clark und sein Assistent Alister Bartlett eine aufregende Entdeckung: Wie ihre Instrumente anzeigten, war rings um des Riesen linken Arm der Boden aufgegraben worden. Doch zur Ermittlung einer möglicherweise dargestellten Form bedarf es noch der Computeranalyse.
Erst weitere umfangreiche Versuche und Tests können mit einiger Sicherheit klären, ob sich etwas in der Nachbarschaft des Riesenarmes befand und falls ja, um was es sich handelt. Doch selbst wenn sich, ein positives Ergebnis vorausgesetzt, nur schwer sagen lassen wird, ob es sich dabei um einen Hasen oder um ein Fell handelte, wird der rätselhafte Riese von Cerne doch vielleicht mit der Zeit einen Teil seines Geheimnisses preisgeben müssen.

Das rote Pferd von Tysoe

Die letzte geheimnisumwitterte britische Landschaftsfigur, das rote Pferd von Tysoe, ist im Augenblick weder aus der Luft noch vom Erdboden aus zu sehen. Aber einst war es so auffällig ober-

Von Graham Miller im Oktober 1964 aufgenommenes Photo, auf dem er das rote Pferd von Tysoe entdeckte

halb des Dorfs Tysoe in Warwickshire placiert, daß es dem ganzen Bezirk die Bezeichnung »Tal des Roten Pferdes« einbrachte, während es selbst den Spitznamen »The Nag of Renown«, »Der Renommiergaul«, trug. Nach diesem heute von der Bildfläche verschwundenen Roß, das seine rote Farbe dem Lehmboden verdankte, suchten zwei aus der Gegend stammende pensionierte Lehrer, Kenneth Carrdus und Graham Miller. Sie haben die Wiederentdeckung des roten Pferdes zu ihrem persönlichen Anliegen gemacht.
Nach ausgedehnten Nachforschungen in Bibliotheken und Archiven konnten die beiden Pädagogen exakt ermitteln, wo sich das rote Pferd vor seiner Zerstörung durch einen Gastwirt im Jahre 1800 befunden hatte. Die Dokumente verwiesen auf einen Hang bei Tysoe, genannt The Hangings, wo Miller einige Jahre später nach einem trockenen Sommer einen in der Färbung von der übrigen Vegetation abstechenden Fleck photographierte, der Kopf, Hals und Rücken eines riesigen Pferdes entsprach. Später ließen Luftaufnahmen nicht nur Ohren, Beine und Schwanz er

kennen, sondern auch noch die Umrisse zweier weiterer Pferde. Damit war klar, daß es einst mehrere, zu verschiedenen Zeiten entstandene Darstellungen roter Rösser gegeben hatte. Carrdus und Miller stießen auch auf eine Landkarte aus dem Jahre 1796, die an der von ihnen aufgefundenen Stelle ein Pferdesymbol trug. Wie die Messungen ergaben, wies das rote Pferd von Tysoe eine Länge von 64 und eine Höhe von 76 m auf. Die Schwierigkeit bestand darin, daß viele die Umrisse des Pferdes auf den Photos nicht klar erkennen konnten, und daß trotz des positiven Ergebnisses einer von Carrdus in Auftrag gegebenen Widerstandsmessung einige Archäologen skeptisch blieben. So wird das von seinen Entdeckern als größtes Kunstwerk Englands aus der Zeit der Angeln und Sachsen eingestufte rote Pferd von Tysoe so lange unter dem Bewuchs aus jungen Lärchen und Kiefern verborgen bleiben, bis Carrdus und Miller alle Welt von der Existenz dieser Landschaftsfigur überzeugt haben. In der Zwischenzeit widmen sich die beiden unverdrossen der Suche nach einer weiteren untergegangenen Riesendarstellung, die einst den Shotover Hill bei Oxford geziert haben soll.

Die Figuren von Blythe

Nachdem so viele Rätsel der britischen Landschaftsfiguren nach über zweihundert Jahren noch immer ungelöst sind, war die Erwartung, amerikanische Archäologen könnten in der kurzen Spanne von nur einem halben Jahrhundert zu endgültigen Schlüssen hinsichtlich entsprechender Darstellungen in ihrem eigenen Land gelangen, wohl allzu hoch gespannt. So wahren die Figuren im kalifornischen Blythe nach wie vor ihr Geheimnis, auch wenn Mitglieder einer 1951 durchgeführten Expedition der National Geographical Society zumindest eine Theorie anzubieten haben. Nach Ansicht des Expeditionsleiters, des Anthropologen Frank M. Setzler, könnten die auf zwei der Blyther Darstellungen vorkommenden Vierbeiner Anhaltspunkte für die Entstehungszeit liefern: Sie erinnern nämlich an Pferde – ein Hinweis darauf, daß die Bilder entweder sehr alt oder relativ neu sein müssen, da das in Amerika heimische Pferd vor 10000 Jahren ausstarb, sein Nachfolger aber von den Spaniern erst 1540 eingeführt wurde. Setzler, der die Figuren in Anbetracht der geringen Erosionsspuren als neuzeitliche Schöpfungen einstufte, begann daraufhin die volkstümliche Überlieferung der Indianer nach einer Erklärung zu durchforschen. Er stieß dabei auf die Sage von dem sonderbaren Kind Ha'ak, das in drei oder vier Jahren zur Frau heranreifte und eines Tages begann, die Kinder der Indianer aufzufressen. Diese versuchten Ha'ak zu töten. Doch die Tat wurde schließlich von einer anderen merkwürdigen Gestalt, dem sogenannten »Älteren Bruder«, begangen. In Arizona entdeckte Setzler eine Weihefigur der besiegten Ha'ak und zog daraus den Schluß, daß ihre Geschichte von Stamm zu Stamm überliefert und die Riesengestalten zwischen 1540 und 1850 von Indianern der Gegend als ähnliche Weihefiguren angelegt worden waren. Das ist jedoch Setzlers ganz persönliche Theorie. Er kann im übrigen auch nicht erklären, warum die Indianer Figuren entworfen haben sollten, die, wie er selbst es anschaulich formuliert, »nur Götter oder Vögel wahrnehmen könnten«.

Die Linien von Nazca

Noch viel dürftiger sind die Anhaltspunkte bei den Darstellungen, die sich in großer Zahl in der peruanischen Wüste von Nazca finden und erstmals von einem Amerikaner, Paul Kosok, genauer untersucht wurden. Kosok, der 1940 bei der Erforschung alter Bewässerungssysteme von diesen Linien hörte, war, wie alle Besucher des Gebietes nach ihm, verblüfft über das, was er sah: nämlich Tausende fächerförmig über die Wüste ausstrahlender Linien, die teils auf Klippen endeten, teils kilometerweit schnurgerade über die Berge führten. Außerdem entdeckte er riesenhafte Dreiecke, Trapeze und Rechtecke. Sie alle waren – und das ist das einzige, was Kosok ohne Mühe feststellen konnte – durch Entfernung der obersten Bodenschicht aus dunkelbraunen Steinen und Freilegung der darunter befindlichen helleren Bodenschicht entstanden. Kosok unternahm zunächst den Versuch, den Linien am Boden nachzuspüren, konnte sich aber erst, als er sie überflog, einen Überblick über ihre wahre Ausdehnung verschaffen. Außerdem entdeckte er riesige bildliche Darstellungen, so u. a. von Vögeln, Fischen und sogar von einem Affen. Sie waren erstaunlicherweise alle mit einer einzigen fortlaufenden, an ihrem Ausgangspunkt auch wieder endenden Linie gezeichnet.
Ende der vierziger Jahre tat sich Kosok dann mit der deutschen Mathematikerin und Astronomin Maria Reiche zusammen. Diese war nach Nazca gekommen, um seine Theorie von der astronomischen Ausrichtung der Linien weiterzuverfolgen. Auf diese Idee war Kosok gekommen, als er ei-

nes Spätnachmittags in Begleitung seiner Frau die Sonne am Ende einer der Linien hatte untergehen sehen. Da es sich zufällig um den 22. Juni, den Tag der Wintersonnenwende der südlichen Hemisphäre, handelte, erklärte Kosok Nazca zum »größten Astronomiebuch der Welt«. Von der Richtigkeit dieser Annahme überzeugt, stellten er und Maria Reiche auch bei anderen Linien eine Ausrichtung nach den Gestirnen fest. Sie deuteten das Ganze als Kalender, nach dem sich die einheimischen Bauern bei der Bestellung ihrer Felder gerichtet hatten, während die gigantischen Zeichnungen dieser Theorie zufolge die Sternbilder darstellen.

Seit Kosoks Tod im Jahre 1959 deckt Maria Reiche, die das Studium der Linien zu ihrer Lebensaufgabe gemacht hat und unter einfachsten Verhältnissen in der Wüste lebt, immer neue astronomische Ausrichtungen auf.

Doch das Geheimnis von Nazca ließ sich nicht so leicht ergründen, wie von Kosok vermutet. 1968 kam der amerikanische Astronom Gerald S. Hawkins, der die Ausrichtung der Steine von Stonehenge mit Hilfe des Computers ermittelt hatte, nach Peru, um die astronomische Theorie zu überprüfen. Wie bei seiner Arbeit in Stonehenge ging Hawkins auch in Nazca von der Voraussetzung aus, daß von einer Ausrichtung nur dann die Rede sein konnte, wenn sie sich immer auf denselben Vorgang wie Auf- oder Untergang von Sonne, Mond oder bestimmten Sternen bezog. Entweder mußte sich der Zweck sämtlicher Linien mit der astronomischen Theorie erklären lassen oder aber diese Theorie als nicht zufriedenstellend aufgegeben werden.

Zunächst ließ Hawkins den Computer errechnen, wie viele von 186 ausgewählten Linien mit einem extremen Sonnen- oder Mondstand in Verbindung stehen. Das Ergebnis – 39 von 186 – lag nur knapp über dem reinen Zufallswert und ließ somit viel zu viele Linien unerklärt. So wandte sich Hawkins den Sternen zu und gab dem Computer ein bis zum Jahre 10001 v. Chr. zurückreichendes Verzeichnis von Sternpositionen ein. Wieder lag die Zahl der zu irgendeinem Zeitpunkt der alten Geschichte nach Sternen ausgerichteten Linien statistisch zu niedrig, um die Behauptung, Nazca stelle einen astronomischen Kalender dar, zu rechtfertigen. Hawkins hatte diese These sogar ganz offenkundig widerlegt. Was aber sollten die Linien dann bedeuten? Wer hatte sie wann gezogen? Konnte sie ohne den Einsatz von Flugmaschinen entstanden sein?

Von Maria Reiche abgesehen, hat niemand die

Die geheimnisvollen Linien in der peruanischen Wüste bei Nazca

Linien von Nazca gründlicher studiert als der englische Forscher und Filmemacher Tony Morrison. Er besuchte das Gebiet seit 1961 über zwanzigmal und gewann auf seinen Reisen einen tiefen Einblick in die südamerikanische Volksseele. Laut Morrison dienten die Linien im wesentlichen einem religiösen Zweck: Wie er aus alten Dokumenten entnehmen konnte und sich von Andenbewohnern bestätigen ließ, gibt es in diesem Gebiet seit jeher durch geradlinige Pfade verbundene Heiligtümer am Wegesrand. Diese Heiligtümer oder *wak'as* sind vielfach nichts weiter als aufgetürmte Steinpyramiden, die Verbindungswege *(siq'is)* sind mitunter kaum erkennbar oder existieren nur in der Vorstellung. Nach Morrisons Ansicht verbanden die Linien von Nazca als heilige Pfade Heiligtümer in der Wüste, für die sich Anhaltspunkte in Form von Überresten ehemaliger Steinpyramiden fanden. Bei den ungewöhnlichen bildlichen Darstellungen könnte es sich um Kultbilder und bei den großen geometrischen »Einfriedungen« um Stätten für religiöse Zusammenkünfte gehandelt haben.
Die religiöse Deutung der Linien von Nazca liefert auch eine einfache Antwort auf die Frage, warum man sie nur aus der Luft sehen kann, da sie in diesem Fall nicht für das menschliche Auge,

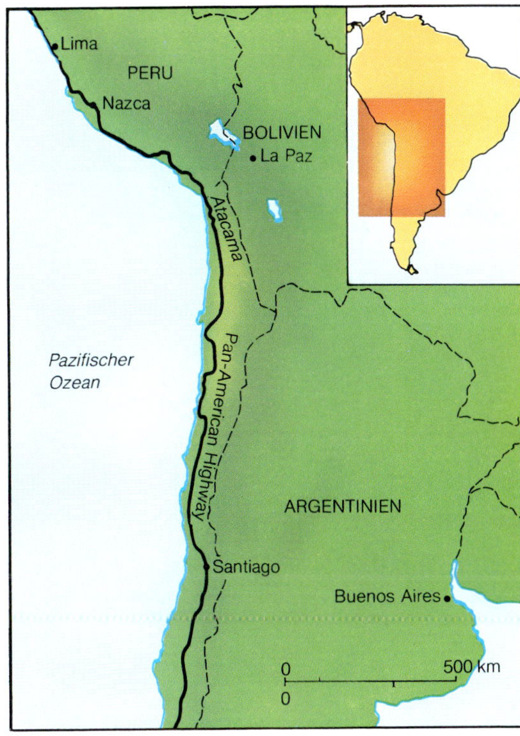

Oben: Nazca im Süden von Peru und die Atacama-Wüste in Chile

Unten: Maria Reiche legt »Kosoks Vogel« frei

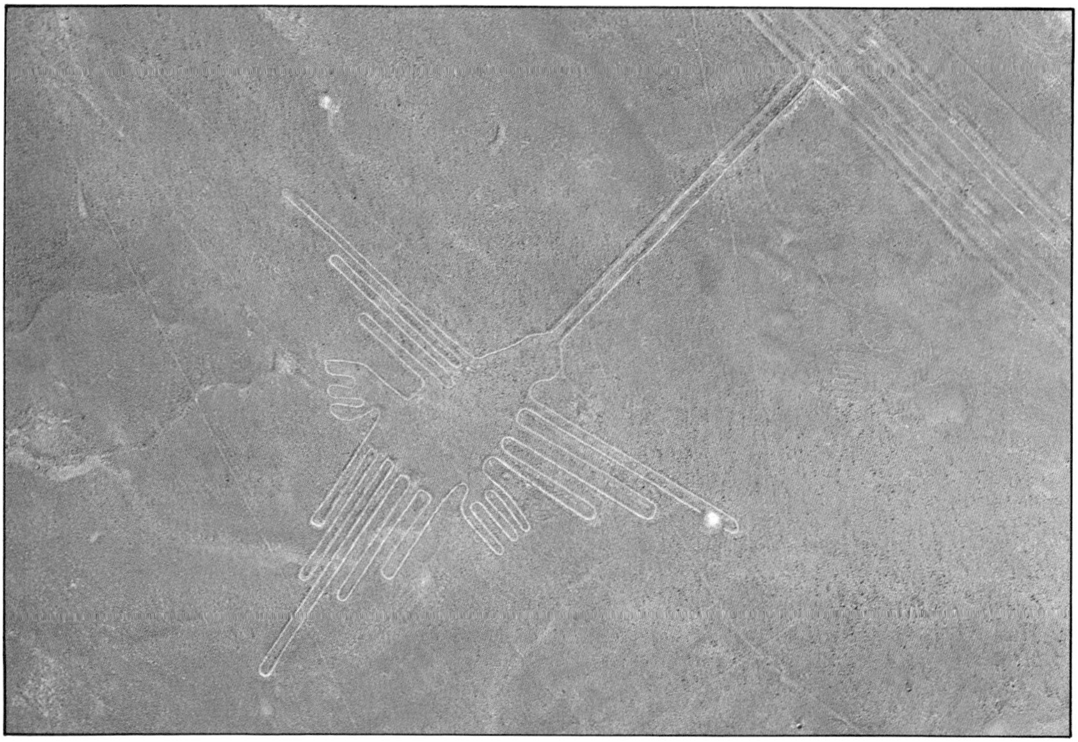

Der 90 m lange »Kolibri«

sondern für die Götter bestimmt gewesen wären. Sollten die Schöpfer dieser Linien tatsächlich diese Absicht verfolgt haben, so wäre ihnen ihre Verwirklichung voll und ganz geglückt, denn der Pan-American Highway wurde mitten durch diese Linien geführt, ohne daß jemand das Geringste bemerkte. Wie Morrison außerdem nachwies, lassen sich mit Hilfe von Meßlatten kilometerlange Geraden ziehen, so daß auch die Konstruktionsmethode der Linien kein Geheimnis darstellt. Die Vögel und Insekten könnten durch maßstabgetreue Vergrößerung kleiner Zeichnungen angelegt worden sein. Im übrigen ist über die Linien viel Unsinniges verbreitet worden: Sie seien, so hieß es, von Astronauten aus dem All als Rollbahnen geschaffen worden. Diese Idee verdient ebenso rasch in Vergessenheit zu geraten, wie Raumschiffe im weichen Wüstengrund von Nazca versinken würden, sollten sie dort jemals einen Landeversuch machen.

Jemand wies jedoch unter Einsatz seines Lebens nach, daß die Indianer von Nazca durchaus geflogen sein könnten: der Schriftsteller und Verleger Jim Woodman aus Miami. Dieser Abenteurer alten Schlags verfügt über ebensoviel Phantasie wie Begeisterung und Mut. Woodman, der einen großen Teil seiner Zeit in Südamerika verbringt, faßte 1973 den Entschluß, sich näher mit den Linien von Nazca zu beschäftigen. Als er das Gebiet in einem kleinen Flugzeug überflog, konnte er eine der Linien mittels Kompaß 9,7 km weit ohne eine einzige Abweichung verfolgen, sogar als sie über eine Bergkette führte. Da festigte sich in ihm die Überzeugung, daß die alten Indianer über Flugmöglichkeiten verfügt haben mußten. Tatsächlich konnte er nachweisen, daß bei den in der Wüste lebenden Indianern von Nazca zwei wesentliche Voraussetzungen für die Konstruktion von Flugmaschinen vorhanden waren: Seile und dünne Gewebe. Mit diesen Materialien konnten sie einen Heißluftballon gebaut und ihn mit Hilfe des Feuers (entsprechende Spuren und Brennholzreste glaubt Woodman zwischen den Linien entdeckt zu haben) zum Aufsteigen gebracht haben, um ihr Werk von oben zu überwachen.

Woodman verwendete für die Konstruktion seines Ballons *Condor I* Nachbildungen von Tuch und Seilen, wie sie einst um die Leichen der in der Gegend bestatteten Indianer gewickelt worden waren und versah ihn mit einer Gondel aus Schilfrohr von dem an der peruanisch-bolivischen Grenze gelegenen Titicacasee. Im Morgengrauen des 28. November 1975 stieg *Condor I* dann mit Jim Woodman und dem britischen Ballonflieger

Der von Tony Morrison photographierte »Kandelaber« an der peruanischen Küste

Julian Nott in den klaren blauen Himmel über Nazca auf. Als der Ballon eine Höhe von 90 m erreicht hatte, leiteten Nott und Woodman den Abstieg ein. Vor dem gefährlichsten Moment, der Landung, löste die Crew 6 m über dem Boden die Sicherheitsgurte und sprang in dem Augenblick ab, in dem die Gondel auf den Wüstenboden aufschlug. Der Flug hatte zwar nur kurz gedauert, Woodmans These aber eindeutig bestätigt.

Im übrigen stellen die Linien von Nazca keineswegs die einzigen Landschaftszeichnungen Süd-

Die riesigen Darstellungen im Lluta-Tal, aufgenommen von Jim Woodman

amerikas dar. Als die Spanier zum erstenmal an der peruanischen Küste entlangsegelten, entdeckten sie im Gebiet oberhalb der Bucht von Pisco die Darstellung eines riesigen »Kandelabers«. Andere Entdeckungsreisende sahen in den Vorbergen der Anden weitere Linien und Figuren. Jim Woodman hörte kurz nach seinem Ballonflug von einem Berg in der südlich von Nazca gelegenen chilenischen Atacama-Wüste, auf dem sich neben zahlreichen Linien als beherrschende Darstellung die Riesenfigur eines Mannes finden sollte. Obwohl das einzige, von einem Brigadegeneral der chilenischen Luftwaffe vom Flugzeug aus aufgenommene Photo des Giganten kaum etwas erkennen ließ, war Woodman sogleich zu weiteren Nachforschungen bereit.
Im Sommer 1979 trat Woodman die Reise durch die Atacama an. Unterwegs besichtigte er einige der an der Pazifikküste existierenden 90 m hohen, aufs Meer hinausblickenden Kriegergestalten. Er suchte auch die Sierra Pintada auf, den »Bemalten Berg« mit seinen riesigen Darstellungen von Lama-Karawanen, Kondoren, Spiralen, Kreisen und einem fliegenden Menschen, die nach Ansicht einheimischer Archäologen einst den Inkahändlern als Wegweiser gedient hatten. Am Ende seiner Expedition gelangte Woodman zu einem Berg namens Sierra Unica in der Atacama, auf dessen Hang er das größte Menschenbildnis der Welt, den 120 m langen, in die Sonne starrenden Riesen der Atacama erblickte. Der Kopf des Giganten trägt eine Krone, seine Hand läuft in eine Pfeilspitze aus, und seine Füße stekken in Stiefeln. Die Figur ist von einem ausgedehnten Komplex von Linien und »Rollbahnen« umgeben. Die Atacama liegt zwar 1370 km von Nazca entfernt, doch handelt es sich um dieselbe Wüstenzone. So konnten die Linien, »Rollbahnen« und selbst der Riese derselben Kultur entstammen, die nach Ansicht der Fachleute um Christi Geburt in Nazca in Blüte gestanden hat. Es wäre verfrüht zu behaupten, daß irgendwelche Querverbindungen existierten. Und doch stellen sich im grünen Hügelland Englands, in den staubigen Wüsten Kaliforniens und im Vorgebirgsland der Anden dieselben Fragen, nämlich: Was kann die Menschen dazu bewogen haben, auf so ungewöhnliche Weise Darstellungen in die Landschaft einzufügen? Warum und wann führten sie sie aus?

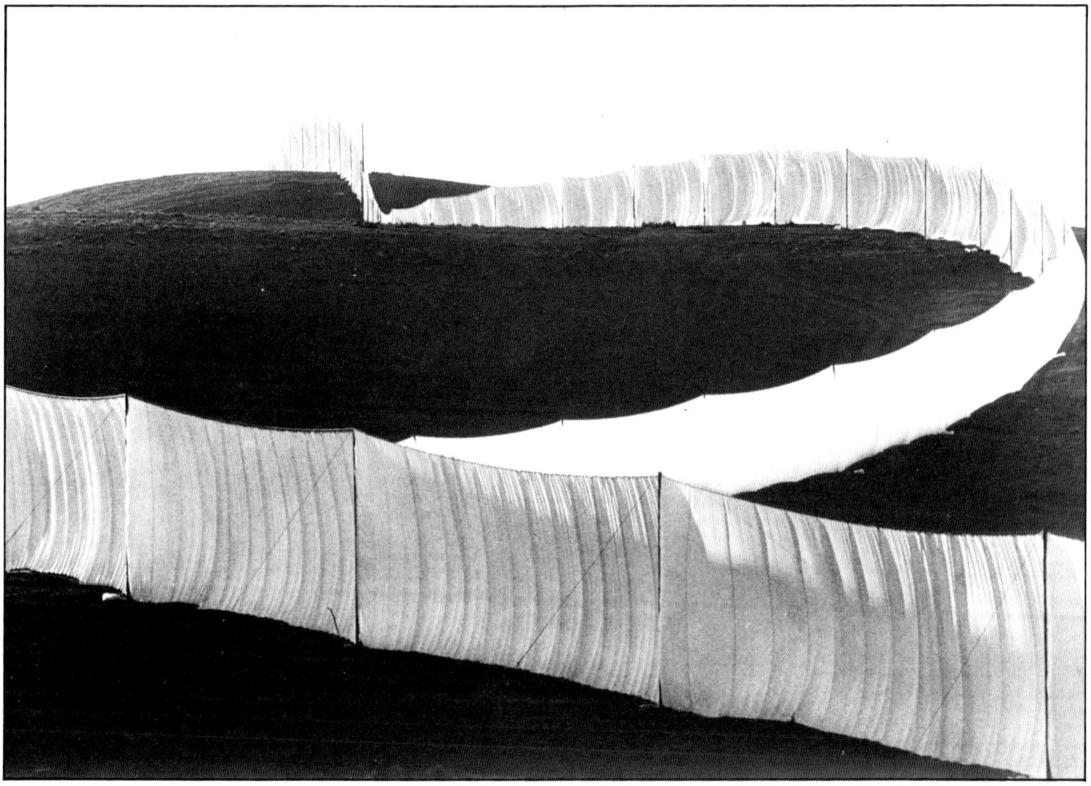

Christos »Fortlaufender Zaun«, ein zeitgenössisches Gegenstück zu den Zeichnungen in der Wüste

Ein mit dem Nazca-Gebiet und mittlerweile auch mit der Atacama altvertrauter Veteran wie Jim Woodman weiß, daß es darauf keine Antwort geben kann. So entgegnet er auf die immer wieder an ihn gerichtete Frage, warum die Menschen unter so großen Mühen nur den Göttern sichtbare Riesenbilder geschaffen haben, lächelnd: »Das kann ich, bei Gott, auch nicht sagen.«

Arthur C. Clarke meint dazu:

Das bereits im Kapitel über Steinkreise und stehenden Steine Gesagte gilt in stärkerem Maße auch hier. Möglicherweise zeugen die Linien von Nazca, so rätselhaft sie ohne jeden Zweifel sind, nur vom Urbedürfnis des Menschen, eine Spur seiner Existenz, ein »Hier bin ich gewesen« von riesigen Ausmaßen zu hinterlassen. Schließlich hat ein zeitgenössischer Künstler wie Christo mit seinen viele Kilometer langen Konstruktionen auch nichts anderes getan.

Und was sollte an den nur aus der Luft erkennbaren Tierfiguren so Geheimnisvolles sein? Haben die Menschen den Himmel nicht seit eh und je mit Göttern bevölkert und in die Sternbilder sonderbare Tiere aller Art hineingedeutet?

Von da bis zur bildlichen Darstellung auf dem Erdboden, vielleicht in der Hoffnung auf himmlischen Lohn, ist nur noch ein kleiner Schritt, und eine Menge zwar langwieriger, aber nicht schwieriger Arbeit ist zu bewältigen.

So ist es nun einmal: Die einfachste Antwort ist oft die richtige ...

digte europäische Vorgesetzte des Mannes ging sofort mit mir zum Marktplatz. In der verkrampften Hand des Opfers befand sich ein verfilztes, ins Graue spielendes Haarbüschel, das der eingeborene Polizist seinem Angreifer offenbar in verzweifelter Gegenwehr ausgerissen hatte. Uns schien demnach auf der Hand zu liegen, daß er von irgendeinem wilden Tier überfallen und getötet worden war. Am nächsten Morgen hastete ein eingeborener Bezirksverwalter in unser Amt, dem zwei verängstigt aussehende Männer folgten. Diese hatten nach eigener Aussage gesehen, wie in der vergangenen Nacht auf dem Marktplatz zu ihrem Entsetzen eine riesenhafte gescheckte Katze aus dem Dunkel hervorschnellte und den Polizisten zu Boden riß.«

Wie die Männer Hichens versicherten, habe es sich weder um einen Löwen noch um einen Leoparden, sondern um einen »Nunda« oder »Mngwa«, eine »gewaltige getigerte Katze von der Größe eines Esels« gehandelt. Als sich das Tier in einer der folgenden Nächte dann den nächsten eingeborenen Polizisten holte und anschließend andere Dörfer an der Küste überfiel, setzte Hichens alle Hebel in Bewegung, um die Bestie zur Strecke zu bringen – vergebens. Er hatte einen Löwen im Verdacht, doch als er das vermeintlich von der Mähne des Tieres stammende Haarbüschel zur Untersuchung einschickte, erhielt er es mit dem Vermerk zurück: »Kein Haar, sondern Pelz, vermutlich von einer Katze«. Wie übel eine solche Katze einen Menschen zurichtete, das konnte Hichens später an einem erfahrenen eingeborenen Jäger sehen, der nach seinen eigenen Worten von einem Mngwa angegriffen worden war. Ein anderer Engländer, Patrick Bowen, fand bei der Verfolgung des Räubers eines kleinen Jungen keine Löwenfährte, sondern eine große, leopardenähnliche Spur.
Nun könnten wir all diese Geschichten als Ausgeburten der überhitzten Phantasie abtun, wüßten wir nicht inzwischen, daß im Busch von Botswana und Südafrika nach wie vor frei und unbehelligt ein Königsgepard umherstreift – der lebendige Beweis dafür, daß wir noch nicht alle Großkatzen dieses Kontinents hinter Käfiggitter gebracht haben. Welch bedingungslosen Einsatz im übrigen die Jagd nach unbekannten Tieren erfordert, zeigt das Beispiel Paul Bottriells und seiner Ehefrau Lena. Sie verkauften ihr Haus und setzten ihre Existenz aufs Spiel, um dem Königsgeparden auf der Spur bleiben zu können. Tatsächlich glückte ihnen der Nachweis, daß ihr Jagdwild existiert: jene Riesenkatze mit dem getigerten Rükken, die die Afrikaner fürchten, weil sie im Gegensatz zum gewöhnlichen Geparden dem Menschen gefährlich werden kann. Sie können mit vorzüglichem Bild- und Filmmaterial über ein kräftiges junges Männchen aufwarten, dessen Revier sie an der Grenze von Moçambique ausmachten. Den Königsgeparden einzufangen glückte ihnen jedoch nicht, obwohl sie ihm wochenlang auflauerten und das Gebiet im Heißluftballon überflogen.

Zwergelefanten

Nicht nur die Katzen entziehen sich dem Zugriff des Menschen, auch der Zwergelefant hat mit dem weißen Jäger über ein halbes Jahrhundert lang Versteck gespielt. Die Eingeborenen behaupten, daß es neben dem stattlichen Busch- und Waldelefanten noch einen Elefanten in Kleinformat gibt, der sich, fast schon ein Wassertier, hauptsächlich in Flüssen und Sümpfen aufhält und an Land im dichtesten Wald verbirgt. Diese Geschichten vom Zwergelefanten ließen Oberleutnant Franssen, einen belgischen Offizier, keine Ruhe. Mit ein paar eingeborenen Helfern brach er in den Dschungel auf. Monate später tauchte er schwer fieberkrank und bereits vom Tode gezeichnet wieder auf, aber immerhin brachte er die begehrte Trophäe mit: Haut und Stoßzähne eines Elefantenbullen in Miniaturgröße. Obwohl das Tier nach Franssens Angaben zu den größten der Herde gezählt hatte, wies es eine Schulterhöhe von nur gut 1,50 m auf und besaß dafür höchst eindrucksvolle, 66 cm lange Stoßzähne. Das Tier dürfte sich somit von seinen schwer gebauten, über doppelt so großen Vettern im übrigen Afrika auffallend unterschieden haben. Der Oberleutnant starb noch im selben Jahr in der Überzeugung, eine neue Elefantenart entdeckt zu haben. Doch obwohl der New Yorker Bronx Zoo und der Tiergarten von Antwerpen schon Zwergelefanten gehalten haben, tun Fachleute solche Wesen als Mißgeburten oder zwergwüchsige Exemplare ab. So ist dieser Elefant bis auf den heutigen Tag ein Phantasiegebilde des kongolesischen Urwalds geblieben.
Im übrigen wird sich kein Zoologe zu der Behauptung versteigen, in den grünen Wäldern Afrikas seien keine Geheimnisse mehr verborgen. Der Reisende, der nach bequemem Flug in Kinshasa, der Hauptstadt der alten Kolonie Belgisch-Kongo (der heutigen Republik Zaire) lan-

Diese Aufnahme aus dem Jahr 1975 zeigt den scheuen Königsgeparden

Das Okapi

Der 1937 von Mrs. William Harkness entdeckte und nach Chicago verfrachtete Riesenpanda

det und mit dem Taxi in die Innenstadt fährt, mag angesichts der aufragenden Wolkenkratzer und Büroblocks zu der verständlichen Vorstellung gelangen, daß auch Afrika der Verstädterung zum Opfer gefallen ist. Doch man braucht nur über den Fluß nach Brazzaville zu gehen, um auch heute noch mitzuerleben, daß an den nur eine Meile vom Präsidentenpalast entfernten Verkaufsständen der Medizinmänner Gorillahände, Affenschädel und Schlangengift feilgeboten werden. Von Brazzaville im Kongo gehen keine Schotterstraßen aus: nicht einmal in Richtung Pointe Noire, dem Atlantikhafen des Landes, existiert eine derartige Verbindung. Nur die Eisenbahn, deren Bau die Franzosen zu Beginn des Jahrhunderts um den Preis vieler tausend Menschenleben erzwangen, zieht noch immer eine Spur durch den Dschungel. Während die eine Linie nach Gabun hinaufführt, verläuft die andere 1290 km weit bis zur Grenze des Kongo und weiter in die früher von Kaiser Bokassa beherrschten Urwaldgebiete. Bangui, die baufällige Hauptstadt der Zentralafrikanischen Republik, behauptet sich zwar gegen den vordringenden Urwald, doch bereits an der Peripherie beginnt der unerforschte Dschungel, der sich ausdehnt, bis der Wald in die Savanne und diese in die Wüste übergeht. Der Reisende beginnt zu begreifen, daß sich hier, wo erst unlängst ein so großes und ungewöhnliches Tier wie das Okapi entdeckt

Wetzels Chaco-Pekari – ein lebendes Fossil

wurde, sehr wohl auch noch andere Geschöpfe verborgen halten können.
Das Okapi liefert in der Tat den lebenden Beweis dafür, wie ernst die Berichte der Afrikaner über sonderbare Waldlebewesen genommen werden sollten: Nachdem man ihre Geschichten über eine Art Waldgiraffe jahrelang als Märchen abgetan hatte, tauchte dieses Wesen eines Tages zu seiner eigenen Rechtfertigung auf.
In Südamerika gibt es sogar noch ausgedehntere unerforschte Bereiche. Zwar zieht sich mittlerweile der Trans-Amazon Highway durch den Kontinent, doch den Tieren stehen bis zu den Anden unbegrenzte Zufluchtsmöglichkeiten offen. Im Norden, im Grenzgebiet von Venezuela und Kolumbien, liegen ganze Archipele vergessener Welten, steile, von Schluchten durchzogene Felseninseln, die 900 m oder noch höher aus dem Dschungel aufragen. In diesem fast ständig wolkenverhangenen Bereich befindet sich der höchste Wasserfall der Erde. Diese großen, durch steile Felswände vom Dschungel getrennten Erhebungen mit ihren tiefen Spalten und ihrer üppig wuchernden Vegetation sind so unzugänglich, daß sich der Gedanke förmlich aufdrängt, hier könnten sich bestimmte Tierarten von frühester Zeit an gehalten haben.

Unser Jahrhundert hat den Zoologen Überraschungen aus allen Teilen der Welt beschert. So sah sich 1912 ein Flieger bei der Notlandung auf einer Insel vor Malaya einem leibhaftigen Riesendrachen gegenüber. Er besaß gewaltige Kiefer und einen mächtigen Schwanz und mutete wie ein Überbleibsel aus der Zeit der Dinosaurier an. Das Reptil erreichte eine Länge von gut 3 m und fiel Schweine, Hirsche und sogar Esel an. Es ist heute als Komodo-Waran bekannt. Ebenfalls in unserem Jahrhundert wurde der größte Primat, der 320 kg schwere und 2,75 m spannende Berggorilla, entdeckt. Nur wenige Jahre zuvor war erstmals ein Weißer dem gewaltigsten Bären, einem 3 m langen und 725 kg schweren Exemplar, begegnet. Eine andere Bärenart, der Riesenpanda, war zunächst nur durch ein Fell nachgewiesen und wurde von den passioniertesten Jägern und Tierfängern der westlichen Welt verfolgt. Das Tier verstand es, sich über ein halbes Jahrhundert lang allen Nachstellungen zu entziehen. Erst 1937 fand Mrs. William Harkness, deren Gatte bei der erfolglosen Suche nach diesem Bären ums Leben gekommen war, 1937 in Nordchina in einem Baum ein schlafendes Pandababy. Sie sandte es per Schiff dem Zoo von Chicago.
Auch im letzten Jahrzehnt machte man Entdek-

kungen, die für die Wissenschaftler nicht weniger überraschend waren. So hielt man ein schweineähnliches Geschöpf, das sogenannte Chaco-Pekari, den Paläontologen unter dem Namen *Catagonus wagneri* bekannt, seit mindestens 8000 Jahren für ausgestorben, hatte man doch in Nordamerika neben Knochen von Riesenfaultieren und Mastodons auch seine fossilen Überreste gefunden. Als sich aber Dr. Ralph Wetzel von der University of Connecticut im Sommer 1975 im Busch des paraguayischen Gran Chaco mit der Klassifizierung wildlebender Arten beschäftigte, fiel ihm unwissentlich der Beweis in die Hände, daß das als ausgestorben geltende Tier noch existierte. Als er nach seiner Rückkehr die aus Paraguay mitgebrachte Sammlung von Schädeln und Häuten sichtete, entdeckte er Kopf und Fell eines ungewöhnlich großen Pekari. Wie Wetzel bald nachweisen konnte, handelte es sich bei diesem über 90 cm hohen und 45 kg schweren Geschöpf um ein mit dem angeblich ausgestorbenen Pekari identisches »lebendes Fossil«. Bei einem weiteren Besuch im Chaco im folgenden Jahr stieß Wetzel dann auf ganze Herden von Pekaris, die von den Paraguayern gern für den Kochtopf erlegt wurden. Die Haut dieser Tiere wurde, wie sich bald herausstellte, von den Pelzhändlern an New Yorks Fifth Avenue seit Jahren als Hut- und Mantelbesatz verarbeitet.

In Australien schließlich wurde ebenfalls im Jahre 1975 ein neues kleines Beuteltier entdeckt, ein hamsterähnliches Geschöpf, das seine Jungen nach Art der Känguruhs in einem Beutel austrägt und in stattlichen Zahlen auf den Viehfarmen des Südens vorkommt. Doch die Schulbuchzoologie steht noch weit größeren Herausforderungen als Wetzels Fossil oder dem Beuteltier von Down Under gegenüber.

Riesenschlangen

Verständlicherweise nehmen die großen Schlangen wie Python, Boa constrictor und Anakonda, die ihre Beute erdrosseln und dann unzerkaut hinunterwurgen, in unserem Kabinett des Schreckens einen Vorzugsplatz ein. Die Gruselszene aus *Swiss Family Robinson,* in der die Boa

Eine 1975 in Australien entdeckte Beutelmaus

constrictor den Esel verschlingt, hat als Gutenachtgeschichte schon so manchem Kind eine Gänsehaut über den Rücken gejagt. Dabei sind die Tatsachenberichte über diese menschenfressenden Kriechtiere noch viel schauerlicher. Erst 1972 fiel in Burma ein Achtjähriger einem 6 m langen Python zum Opfer. Gleichfalls aus Burma drang 1927 die wahre Geschichte des Juweliers Maung Chit Chine an die Öffentlichkeit, der bei einer Jagdpartie im Gebiet von Thaton während eines Gewitters abseits von seinen Gefährten unter einem Baum Schutz gesucht hatte. Als er nicht zurückkehrte, machten sich seine Freunde auf die Suche und entdeckten schließlich Hut und Schuhe des Vermißten neben einem 6 m langen, sichtlich vollgefressenen Python. Als sie die Schlange töteten und aufschlitzten, fanden sie Chines Leiche, der offenbar mit den Füßen voran verschlungen worden war.
1979 packte ein Python den vierzehnjährigen südafrikanischen Hirtenjungen Johannes Mokau, der auf einer Farm nördlich von Johannesburg seine Schafe hütete, und begann sich um seinen Körper zu winden. Als Landarbeiter am Tatort erschienen und die Schlange mit Äxten und Mistgabeln angriffen, hatte diese den Jungen schon erdrückt und teilweise verschlungen. Dieser Python war nur 4,50 m lang, der reinste Zwerg neben jener Anakonda, die eine Gruppe von Franzosen und Brasilianern am Araguaya in Brasilien zur Strecke gebracht haben will.

Von einer in Pernambuco erscheinenden Zeitung veröffentlichte Aufnahme einer riesigen, 8 m langen und 100 kg schweren Schlange

Der Zoologe Bernard Heuvelmans berichtet, was ihm einer der Franzosen, Serge Bonacase, über diese Begegnung erzählte. Die Männer fanden die schlafende Schlange im Gras und feuerten auf sie:

»Sie suchte unter krampfhaften Zuckungen und Windungen zu entkommen, doch wir holten sie ein und gaben ihr den Rest. Erst jetzt bemerkten wir, wie riesig sie war, denn als wir den Körper in voller Länge abschritten, schien er kein Ende nehmen zu wollen. Was mich am meisten verblüffte, war der mächtige, etwa 30 × 50 cm große dreieckige Kopf. Da wir keine Meßinstrumente bei uns trugen, nahm einer von uns ein Schnurende und spannte es zwischen den Fingerspitzen der einen Hand und der anderen Schulter aus, um die Länge von 1 m zu fixieren. Dann maßen wir die Schlange mehrmals ab und kamen dabei jedesmal auf die 24–25fache Länge der Schnur. Das Reptil muß demnach etwa 23 m gemessen haben.«

Selbst wenn man im Hinblick auf wahrscheinliche Meßfehler gewisse Abstriche vornimmt, übertrifft dieses Maß die größte jemals gefangene und tot oder lebendig in die zivilisierte Welt gelangte Schlange um ein Vielfaches. Nicht umsonst hält der New Yorker Bronx Zoo seit den zwanziger Jahren für jeden, der eine über 9 m lange Schlange vorweisen kann, eine Belohnung von ursprünglich 5000 und mittlerweile 15000 Dollar bereit!
Eine Schlange zu messen, stellt von Haus aus eine heikle Aufgabe dar, denn zum einen lassen sich abgezogene Häute erheblich strecken, und zum anderen ist die exakte Erfassung lebender Exemplare ungewöhnlich schwierig, da sich diese nicht gehorsam neben dem Meßband ausstrecken. Der längste heute bekannte Python, über den genaue Maßangaben vorliegen, ist der mittlerweile 8 m lange, im Zoo von Knaresborough im englischen Yorkshire hausende Cassius.
Obwohl nur wenige Fachleute an die Existenz über 11 m langer Schlangen glauben, läßt sich die Behauptung verschiedener glaubwürdiger Zeu-

Boa constrictor verschlingt eine Antilope

gen, im südamerikanischen Dschungel gebe es wahre Schlangenungetüme, die ein Pferd verschlingen und große Boote überwältigen können, nur schwer von der Hand weisen.
Der berühmte Captain Fawcett, der eines Tages spurlos am Amazonasoberlauf verschwinden sollte, tötete auf dem Rio Negro eigenhändig eine Anakonda, deren Kopf er fast direkt unter dem Bug seines Bootes entdeckte.

»Als die Schlange das Ufer hinaufzukriechen begann, riß ich sofort mein Gewehr hoch und jagte ihr eine 44er Kugel ins Rückgrat. Sofort spritzte Schaum auf, während gleichzeitig mehrere schwere Stöße gegen den Kiel des Bootes erfolgten, die es erzittern ließen, als wären wir auf einen Baumstumpf aufgelaufen. Wir sprangen an Land und näherten uns dem Kriechtier mit gebotener Vorsicht. Soweit wir feststellen konnten, befanden sich etwa 13 m der Schlange außerhalb und 5 m im Wasser, was einer Gesamtlänge von etwa 18 m entspräche. Der dünne Körper von höchstens 30 cm Durchmesser ließ darauf schließen, daß das Tier lange keine Nahrung mehr aufgenommen hatte.«

Ein anderer Amazonasreisender, George Gardner, entdeckte eines Tages eine offenbar vom Hochwasser flußabwärts getragene tote Boa auf einem Baum. Einem seiner Freunde, einem gewissen Senhor Lagoeira, war vor einiger Zeit auf einer nahe gelegenen Weide sein Lieblingsreitpferd abhanden gekommen. Als die beiden Männer die Schlange öffneten, fanden sie die Knochen und den unversehrten Schädel eines Pferdes vor, das von dem nach Gardners Angaben etwa 11 m langen Reptil allem Anschein nach mit Haut und Haaren verschlungen worden war.
In den zwanziger und dreißiger Jahren unseres Jahrhunderts zählten Geistliche zu den unerschrockensten und waghalsigsten Südamerika-Abenteurern. Einer von ihnen, Pater Victor Heinz, bekam zweimal wahrhaft gigantische Schlangen zu Gesicht. Die erste sah er am 22. Mai 1922 im Amazonas. »Das in zwei Ringen aufgerollte Ungetüm driftete still und leise flußabwärts. Wie vom Donner gerührt, starrten wir alle auf das schreckliche Tier. Sein Körper war meiner Schätzung nach so dick wie eine Öltonne, während seine sichtbare Länge etwa 24 m betrug.«
Sieben Jahre später befand sich der Pater wieder einmal auf dem Fluß, als seine Begleiter im Boot laut aufschrien: Wieder war ein Ungeheuer aufgetaucht, das sie jedoch mied und dem anderen Ufer zustrebte. 1930 sah einer der Freunde von Pater Heinz, Reymondo Zima, eine Schlange, die im Fluß eine solche Welle erzeugte, daß das Motorboot beinahe gekentert wäre. Das aus dem Wasser aufsteigende Reptil führte nach Zimas Worten um das Boot »den reinsten Veitstanz« auf, verschwand dann »in sagenhaftem Tempo und zog eine so gewaltige Kielspur hinter sich her, wie sie nicht einmal ein mit Volldampf dahinbrausendes Dampfschiff hinterläßt«. Doch erst in den vierziger Jahren gelangte dann die erste Aufnahme einer wahrhaft gigantischen Schlange an die Öffentlichkeit.
Am 24. Januar 1948 veröffentlichte die im brasilianischen Pernambuco erscheinende Zeitung *Diario* unter der Schlagzeile »Fünf Tonnen schwere Anakonda« das Photo einer riesigen Schlange und einen Bericht über den Fang: Mestizen hatten das Kriechtier, das offenbar nach dem Verschlingen eines Ochsen, dessen Hörner ihm noch aus dem Maul standen, sein Mittagsschläfchen hielt, am Amazonasufer entdeckt. Sie befestigten ein Seil am Körper der Schlange und bugsierten sie im Schlepptau flußabwärts nach

Manaus. Dort machte Senhor Miguel Gastão de Oliveira, der Direktor der örtlichen Banco do Povo, die erwähnte Photographie und sandte sie an die Zeitung. Nach Oliveiras Angaben soll das Reptil die unglaubliche Länge von 40 m und einen Durchmesser von fast 90 cm aufgewiesen haben. Nur vier Monate später brachte ein in Rio erscheinendes Blatt, *A Noite Illustrada,* das Bild einer Riesenschlange, die aus dem Oyapock an Land gekrochen war. Die verängstigten Einheimischen hatten die Miliz alarmiert, die das Ungetüm schließlich mit einer Maschinengewehrsalve zur Strecke brachte. Der Kadaver soll angeblich 35 m lang gewesen sein.

Die zivilisierte Welt freilich hat bislang weder Haut noch Schädel, geschweige denn ein lebendes Exemplar gesehen, das auch nur annähernd so groß war. Doch wie Serge Bonacase treffend bemerkte: »Wer könnte eine solche Riesenhaut präparieren und durch den Dschungel transportieren, in dem es einem schon schwer genug fällt, genügend Proviant fürs eigene Überleben mitzuschleppen?«

Loys' Primat

Eine andere, in den zwanziger Jahren entstandene Aufnahme aus den Naturparadiesen Südamerikas steht im Mittelpunkt der vielleicht berühmtesten Kontroverse im zoologischen Bereich. Der Photograph, Francis de Loys, Bakkalaureus und Doktor der Naturwissenschaften sowie Mitglied der Geological Society, ein Mann von untadeligem Ruf, schilderte in der *Illustrated London News* die näheren Umstände:

»Ich erkundete zu dieser Zeit die unberührten Wälder am Tarra, einem Nebenfluß des Rio Catatumbo im Motilones-Gebiet von Venezuela und Kolumbien, als ich auf zwei Tiere stieß, deren Natur nicht nur mir selbst, sondern auch den aus dem Wald stammenden eingeborenen Expeditionsteilnehmern unbekannt war. Als die Forschungsgruppe an einer Schleife eines westlichen Tarra-Nebenflüßchens rastete, kamen die beiden Tiere auf sie zugestürzt und gebärdeten sich so wild, daß man sie sich mit dem Gewehr vom Leibe halten mußte. Während das eine aus nächster Nähe erschossen wurde, konnte das andere mit einer Verletzung entkommen und verschwand im dichten Dschungel. Das erlegte Tier wurde untersucht, auf eine Kiste gesetzt, gemessen und aus 3 m Entfernung photographiert. Anschließend wurde dem Tier das Fell abgezogen, während man Schädel und Kiefer säuberte und aufbewahrte. Angesichts der schwierigen Umstände jedoch, mit denen die Gruppe zu kämpfen hatte, konnten weder das Fell noch die Knochen in Sicherheit gebracht werden.«

Francis de Loys berichtete weiter:

»Wie die erste Untersuchung ergab, handelte es sich bei dem Exemplar um einen Primaten von ungewöhnlicher Größe, dessen Merkmale sich von denen der anderen in diesem Lande vertretenen ... Arten grundlegend unterschieden.«

Loys beschrieb das nach seinen Messungen über 1,50 m große und schätzungsweise gut 50 kg

Diese große Schlange wurde vor kurzem am Amazonas gefangen

schwere Tier, das angeblich aufrecht auf den Hinterbeinen ging, als ausgewachsenes Weibchen mit langem graubraunem Haar und – wichtigstes Detail – »keinerlei Spur von einem Schwanz«. Als er seinen Bericht und die Aufnahmen dem namhaften französischen Anthropologen Dr. Georges Montandon übersandte, informierte dieser umgehend die verblüffte wissenschaftliche Welt über die Existenz des neuen, von ihm *Amer-anthropoides loysi* getauften Primaten. Zwar hatte man in der Neuen Welt bis dahin noch nie eine Spur eines Anthropoiden gesichtet, doch fügte sich Loys' Entdeckung nahtlos in die damalige Theorie vom fehlenden Glied in der Evolutionskette zwischen den Affen und den Menschen Nord- und Südamerikas.

Der Streit über das Wesen, das Loys erlegt hatte, dauert seit jenem Tage an. Sir Arthur Keith von der Royal Society äußerte sich in einer fast postwendend, nämlich noch 1929 veröffentlichten Stellungnahme negativ über Loys' Entdeckung. Nach dem spöttischen Hinweis auf Loys' bemerkenswertes Geschick, nicht nur das Beweismaterial zu verlieren, sondern es auch noch zu unterlassen, sich die Merkmale des Tieres zu notieren und es mit einem Vergleichsgegenstand zu photographieren, mokierte sich Sir Arthur über die Art der Berichterstattung. »Die beiden Tiere«, so hatte Loys die Leser der Augustnummer 1929 von *Man* informiert, »kamen, mit Ästen bewaffnet, auf uns zu und benahmen sich, wie ich zu meinem Bedauern mitteilen muß, ziemlich schamlos, defäkierten sie doch beim Näherkommen in die Hände und bewarfen uns mit ihren Exkrementen.« Sir Arthurs Ansicht, es habe sich lediglich um einen großen Spinnenaffen gehandelt, dessen langen Schwanz man entweder abschnitt oder versteckte, wird auch heute noch von Primatenkennern wie Dr. Geoffrey Bourne geteilt. »Wäre die Sache hasenrein, so fände sich auf dem Photo eine Vergleichsperson«, meint er. Dr. Montandon, verärgert über die spöttischen Bemerkungen hinsichtlich seiner Leichtgläubigkeit, schlug seinerseits mit gallischem Elan zurück. Er begründete die von ihm vorgenommene Einreihung des Loysschen Affen unter die Primaten mit einer Reihe von Argumenten, die sich auch nach mittlerweile fünfzig Jahren nicht ganz von der Hand weisen lassen.

Zunächst einmal wandte sich der Doktor an einen bei der Standard Oil Company in Tulsa, Oklahoma, beschäftigten Vetter und bat ihn um Übersendung einer Versandkiste für Petroleumkanister, wie sie dem Loysschen Affen vor dem Photographieren untergeschoben worden war. Der Cousin erwies ihm gern den Gefallen und versicherte, daß diese genormten Kisten in Südamerika gang und gäbe seien. Darauf besorgte sich Montandon zwei ausgestopfte Spinnenaffen, versicherte sich der Mitwirkung eines Landsmanns, plazierte die drei auf der Kiste und machte Photographien in einem Winkel und aus einem Abstand, die seiner Ansicht nach dem Originalphoto entsprachen. Mit den so entstandenen Aufnahmen versuchte Montandon dann zu beweisen, daß Loys' Affe, was für ein Wesen er auch immer sei, fast menschengroß und sichtlich größer als seine Rivalen gewesen sein mußte: Er habe, so Montandon, nach vorsichtigster Schätzung mindestens 1,27 m gemessen, also dieselbe Größe wie ein Sieben- bis Achtjähriger gehabt und außerdem »anthropoidere« Proportionen als ein Schimpanse besessen. Auch die Zahl der Zähne – nach Loys' Angaben 32 – sprach nach Montandons Meinung gegen die Theorie vom Spinnenaffen. Bedauerlicherweise tauchte im nachfolgenden halben Jahrhundert im südamerikanischen Dschungel kein weiteres Exemplar des Loysschen Affen auf, um Dr. Montandon aus seiner Isolation zu befreien und Francis de Loys vom Verdacht reinzuwaschen, er habe sich eine Fälschung erlaubt.

Der Queensland-Tiger

Das vielleicht unwahrscheinlichste unter allen unbekannten Tieren dieser Erde jedoch scheint in den besiedelten, fast schon vorstädtischen Gegenden der ostaustralischen Staaten Queensland und Neusüdwales umherzustreifen: der Queensland-Tiger. Er hat schon so manchen Australier in Schrecken versetzt. So sah Mr. George Moir 1972, wie hinter seinen Schafen zwei Tiere herjagten. Er hielt sie zunächst für Hunde, stellte dann aber beim Näherkommen fest, daß sie ihm völlig unbekannt waren. Als er sie mit seinem Lieferwagen verfolgte, »rannten sie nicht wie Hunde, sondern eilten in einer Art Galopp dahin, indem sie die Vorderläufe nacheinander aufsetzten. Die Tiere waren schwarz, mindestens 60 cm hoch, besaßen einen langen, schlanken Leib und einen ebenso langen Schwanz. Da meine Spitzengeschwindigkeit bei 70 Stundenkilometern lag, konnte ich sie nicht einholen. Als wir an einen Zaun kamen, setzte das eine darüber, während das andere gegen den Draht prallte. Es fing sich jedoch schnell wieder und kletterte wie eine Kat-

Spinnenaffe. Nach Ansicht Sir Arthur Keiths von der Royal Society handelte es sich beim Loysschen »Primaten« um einen Vertreter dieser Art

ze darüber.« An diesem Punkt gab Mr. Moir die Jagd auf. Ein anderer Farmer, Clive Berry, verlor in den fünfziger Jahren Hunderte von Schafen, ohne daß er den Räuber hätte stellen können. »Meiner Überzeugung nach handelte es sich um irgendeine Katzenart. Hunde und Dingos schnappen ein Schaf, wo sie es erwischen, und machen sich nichts daraus, wenn sie etwas Wolle zwischen die Zähne bekommen. Doch dieses Tier löste fein säuberlich das Fleisch von den Halsknochen wie eine Hauskatze. Nur ein großes Lebewesen konnte Schafe so zurichten, wie es bei meinen der Fall war«, erklärte Berry.

An Augenzeugenberichten mangelt es nicht. Als Mr. L. G. Rentsch aus Byaduk einen Zaun ausbesserte, sah er in einigen Metern Entfernung ein Tier. »Es war 90 cm–1,20 m hoch, besaß einen Katzenkopf und ein auffallend üppiges, ca. 15–20 cm langes Fell.« Das Tier starrte ihn an und trabte dann davon.

Der Naturwissenschaftler George Sharp aus Queensland beobachtete ein »großes, dunkel getöntes Tier mit sehr deutlich erkennbaren Streifen«, während zwei Filmemacher aus Sydney, Dietrich und Patricia Strehle, bei Dreharbeiten in der McIlwraith Range folgendes erlebten:

lon, von einem älteren Jäger folgende ungewöhnliche Geschichte:

»Als ich das zweite Jahr die Taiga durchstreifte, bemerkte ich zu meinem nicht geringen Erstaunen Fußspuren eines gewaltigen Geschöpfs, die die Fährten der mir wohlbekannten Tiere um ein Vielfaches an Größe übertrafen. Da trotz der herbstlichen Jahreszeit noch kein Frost herrschte, hatte sich auf einer weiten Lichtung einer dieser riesigen Abdrücke tief in den Schlamm eingeprägt. Er war oval und muß an der breitesten Stelle wohl 60 cm, in der anderen Richtung an die 45 cm gemessen haben. Die Fährte führte in den Wald, an dessen Rand ich einen großen Dunghaufen sah, während ich in etwa 3 m Höhe Zweige entdeckte, die das Tier offenbar mit seinem Kopf gebrochen hatte.«

Der Jäger war der Fährte nach eigener Aussage mehrere Tage lang gefolgt, bis sie sich mit einer anderen vereinigte. Dann stieß er auf eine wie im Kampf oder übermütigen Spiel niedergetrampelte Stelle. Er war jetzt den Tieren offenbar dicht auf den Fersen, hatte aber nur noch fünf Schuß Munition bei sich.

»Eines Nachmittags konnte ich aus den Spuren klar und deutlich ersehen, daß sich die Tiere in der Nähe befinden mußten. Da der Wind von vorn kam, konnte ich mich unbemerkt an sie heranpirschen. Und dann sah ich plötzlich eines der Tiere ganz deutlich zwischen den Bäumen: Es war ein riesiger Elefant mit großen weißen, stark geschwungenen Stoßzähnen und kastanienbraunem Fell, das am Hinterteil ziemlich lang war, vorn jedoch kürzer zu sein schien. Ich hatte nicht die leiseste Ahnung, daß es so große Elefanten gibt. Ich kannte Elefanten nur von Abbildungen her, hätte es aber niemals für möglich gehalten, daß ein solches Tier noch in 270 m Entfernung so riesig sein könnte. Der zweite Elefant hielt sich in der Nähe auf. Ich sah ihn zwar nur ein paarmal zwischen den Bäumen auftauchen, doch er schien mir genauso groß zu sein.«

Treffender ließe sich ein Mammut wohl kaum beschreiben. Die Genauigkeit dieser von einem ungebildeten Jäger stammenden Schilderung ist auch insofern erstaunlich, als sie das Mammut bereits zu einer Zeit als Waldtier charakterisiert, in der es die konventionelle Forschung noch als reines Lebewesen der Tundra und der schneebedeckten Regionen einstufte. Laut Professor Wereschtschagin waren die dem Mammut am nächsten stehenden Tiere Sibiriens in geschichtlicher Zeit die von Dschingis-Khan nach der Eroberung Samarkands in den Steppen freigesetzten Elefanten, die, sich selbst überlassen, offenbar schnell zugrunde gingen. Sollte also jemand heute je einem Mammut begegnen, so dürfte es sich eher um das Produkt des Ehrgeizes russischer Wissenschaftler handeln, denen es glückte, im Labor aus einer Körperzelle eines tiefgefrorenen Kadavers ein lebendes Exemplar heranzuzüchten.
Im übrigen liegen auch aus einem anderen unzugänglichen Bereich, den Sümpfen Afrikas, Hinweise auf die Existenz eines prähistorischen Lebewesens, in diesem Fall eines Dinosauriers, vor.

Der Brontosaurus

Die Zeitungen Großbritanniens und der USA haben sich so manchen Witz auf Kosten der Dinosaurierjäger geleistet. Größte Berühmtheit erlangte Captain Leicester Stevens, der 1919 mit seinem Hund und seinem Mannlicher-Gewehr von der Londoner Waterloo Station abreiste, um sich auf die Suche nach dem Brontosaurus zu machen, auf den die Washingtoner Smithsonian Institution eine Prämie von einer Million Dollar ausgesetzt hatte. Nachdem der Captain auf Nimmerwiedersehen im Schwarzen Erdteil und aus den Zeitungsspalten verschwunden war, veröffentlichte 1932 der als Aufseher im Kongo tätige Schwede J. C. Johanson einen Bericht über eine Jagdpartie am Kasai, bei der sein Boy plötzlich den Ruf »Elefanten!« ausgestoßen hatte.

»Es waren zwei Bullen, doch etwa 40 m von ihnen entfernt sah ich etwas geradezu Unglaubliches, nämlich ein ca. 14 m langes Ungeheuer mit einem Eidechsenkopf und -schwanz, das aber plötzlich mit verblüffend schnellen Bewegungen verschwand. Als mein Boy seine Fassung wiedergefunden hatte, überquerten wir einen Sumpf und sahen erneut die Riesenechse, die nun Fleischfetzen vom Kadaver eines Nashorns riß. Da ich nur etwa 20 m entfernt stand, konnte ich die Knochen deutlich krachen hören. Dann sprang das Tier ins tiefe Wasser, wobei seine außerordentlich schnelle Bewegung das Angsteinflößendste war, was ich je erlebt habe.«

Diese im *Rhodesian Herald* abgedruckte, ziemlich übertrieben anmutende Geschichte könnte stellvertretend für eine ganze Reihe ähnlicher,

Der Komodowaran wurde erst 1912 auf einigen Inseln im Indischen Ozean entdeckt

Dieses 10000 Jahre alte Mammut-Baby wurde 1977 tiefgefroren geborgen

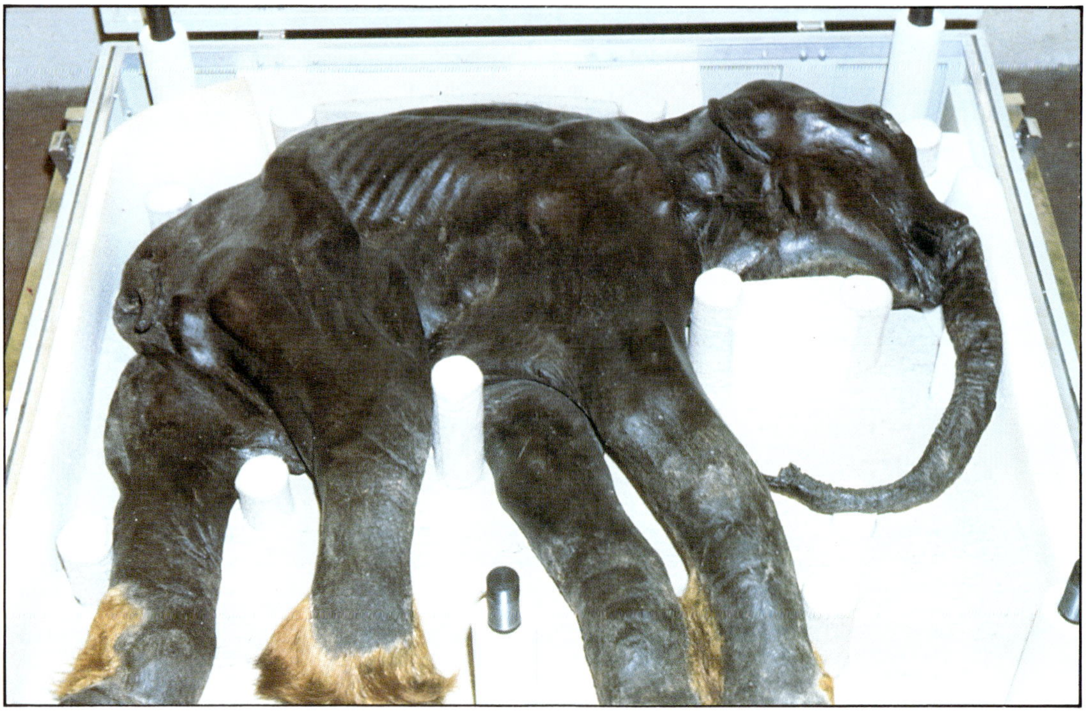

Das Mammut-Baby Dima im Leningrader Naturhistorischen Museum

aus dem Kongobecken und seiner Umgebung stammender Berichte stehen. So hörte der Hamburger Tierhändler und Zoogründer Karl Hagenbeck wiederholt von einem Sumpfungeheuer, »halb Elefant, halb Drache«, und ein Engländer namens Robert Young soll angeblich sogar einen sogenannten »Chipekwe« geschossen haben, der aber leider in einem See verschwand. 1932 unternahm der Schweizer Dr. A. Monnard auf der Suche nach dem Brontosaurus eine Angola-Expedition. Er gelangte zu dem Schluß, daß sich offenbar wirklich ein überdimensionales Reptil in der Gegend aufhalten mußte, bei dem es sich aber nach seiner Meinung lediglich um ein ungewöhnlich großes Krokodil handelte. Diese ernüchternde Einsicht vermag jedoch die neue Generation der Monsterjäger nicht abzuschrecken. So war Professor Roy Mackal von der Chicago University der festen Überzeugung, an den Geschichten über ein in einem See im nördlichen Kongo hausendes dinosaurierähnliches Lebewesen müsse etwas Wahres sein. Er erwirkte in Brazzaville 1980 die Genehmigung, eine Expedition zu den Pygmäen zu starten, um sie ins Kreuzverhör zu nehmen und sie dazu zu bewegen, das Geschöpf auf eigens vorbereiteten Abbildungen verschiedener lebender und prähistorischer Tiere zu identifizieren oder ihn sogar zum Schlupfwinkel des Dinosauriers zu führen.

Solch strahlenden Optimismus bringen jene auf, die sich der Jagd nach dem Unbekannten verschrieben haben.

Arthur C. Clarke meint dazu:
Als ein Philosoph des Altertums einmal gefragt wurde, welches das schlaueste aller Tiere sei, entgegnete er: »Das, welches noch keines Menschen Auge erblickte.«
In unserem Zeitalter der Teleobjektive, Infrarotfernrohre und Luftbildkameras muß ein großes Landtier in der Tat viel List und Schläue aufbieten, um unentdeckt zu bleiben. Zuflucht gewähren heute nur noch die entlegeneren Gebirgszonen und die dichten Tropenwälder, die jetzt allerdings mehr und mehr den Bulldozern weichen müssen. In diesen Bereichen *muß* es Myriaden noch unbekannter Kleinlebewesen (so mit Sicherheit Insekten) geben – und daneben vielleicht auch einige recht stattliche, möglicherweise sogar 30 m lange Schlangen. Doch auch viele nicht im Verborgenen lebende Tiere dürften zu den unbekannten Lebewesen zählen, da sie für die Einheimischen eine solche Selbstverständlichkeit darstellen, daß sich niemand die Mühe machte, über sie zu berichten.
Ich jedenfalls habe mir abgewöhnt, ausgefallenen Geschöpfen mit Skepsis zu begegnen, seit meine Mutter (eine recht phantasiebegabte Dame) vor vielen Jahren behauptete, auf einer Farm in der Nähe tummle sich eine Herde prächtiger Schafe mit *vier* Hörnern. Als wir alle in schallendes Gelächter ausbrachen, versprach sie, uns diese Wundertiere zu zeigen.
So radelten wir auf den kurvenreichen Landstraßen Somersets bis zu dem Hang, auf dem die Herde weidete. Ich entsinne mich noch genau, wie ich in der festen Überzeugung, Mutter müsse sich geirrt haben, die Anhöhe hinaufstieg.
Ja, und als wir dann näher kamen, stellte ich zu meinem Erstaunen fest, daß die Schafe tatsächlich vier Hörner hatten: zwei große und zwei kleine. Eine solche Rasse war mir noch nie begegnet und ist mir auch seither nie mehr zu Gesicht gekommen.
Ob ich mich bei Mutter entschuldigte, kann ich nicht mehr mit Bestimmtheit sagen ...

9 Die große sibirische Explosion

Für die zivilisierte Welt galt keine Entschuldigung, als sie die vielleicht größte und geheimnisvollste Explosion, die je auf Erden stattfand, ignorierte: In London konnte man an jenem letzten Tag im Juni 1908 um Mitternacht sogar noch die kleingedruckten Nachrichten in der *Times* lesen. In Stockholm konnten mitten in der zugegebenermaßen kurzen Nacht gestochen scharfe Aufnahmen von der Stadt gemacht werden. Über Heidelberg schwebten bis zum nächsten Morgen hell leuchtende Wolken, und in Holland konnten die üblichen astronomischen Beobachtungen der ungewöhnlichen Helligkeit wegen nicht durchgeführt werden. Auch die wissenschaftlichen Instrumente zeigten das Ereignis an. So registrierten über ein halbes Dutzend Seismographen in London und anderen Teilen Englands eine erste und später noch eine um die ganze Welt laufende zweite Stoßwelle durch ungewöhnlich starke Ausschläge. Selbst in Amerika waren die Beben noch spürbar. Und im europäischen Rußland, das dem Ort des Geschehens weit näher lag, dauerten die hellen Nächte bis weit in den Juli hinein an. In der Hauptstraße der Stadt Nawrotschat wurde sogar um Mitternacht eine Photographie aufgenommen, die aussah, als sei sie bei vollem Sonnenlicht entstanden.

Offensichtlich hatte sich etwas ganz und gar Außergewöhnliches ereignet. Eine Frau bat die Londoner *Times* in einem Leserbrief um eine Erklärung. Eine Gruppe Golfspieler aus dem südostenglischen Brancaster teilten derselben Zeitung mit, sie hätten noch um zwei Uhr morgens auf dem Golfplatz eine Runde spielen können, und der Direktor der British Association machte die Öffentlichkeit auf die hektischen Kurven aufmerksam, mit denen die Meßgeräte die Stoßwellen registriert hatten. Dennoch ließ die Welt ein Ereignis fast zwanzig Jahre lang so gut wie unbeachtet, das eine der gewaltigsten Naturkatastrophen in der Geschichte der Erde darstellt: jenen Einschlag, der, wäre die Erde auf ihrer Umdrehung nur um einen viertel Tag weiter gewesen, ganz Petersburg ausgelöscht hätte oder unter einem etwas anderen Winkel London, bzw. einen halben Tag später New York.

Auch heute, mehr als siebzig Jahre danach, ist man sich keineswegs sicher, was damals aus den großen interplanetarischen Räumen auf die Erde herabfiel und in den bewaldeten Regionen Sibiriens einschlug.

Man hat die ausgefallensten Phänomene der modernen Astrophysik mit dem geheimnisvollen Geschehen in Verbindung gebracht und alle erdenklichen Lösungen in Betracht gezogen: Sollte es die unheimlichste aller Manifestationen gewesen sein, ein schwarzes Loch? Oder die von Nobelpreisträger Paul Dirac irgendwo draußen im Universum angesiedelte »Antimaterie«, die alles vernichtet, womit sie in Berührung kommt? Oder war es ein defektes Raumschiff, das beim Eintritt in die Erdatmosphäre verglühte? Oder womöglich gar, siebenunddreißig Jahre vor Hiroshima und Nagasaki, eine Atombombe? Zunächst befaßten sich nur die Einheimischen und die Lokalzeitungen mit der Sensation. Die wissenschaftli-

Links: Der Atompilz nach einer Kernexplosion. Eine ähnliche Wolke könnte bei der Tunguska-Explosion entstanden sein.

che Untersuchung ließ noch eine halbe Generation lang auf sich warten. Denn Europa war damit beschäftigt, einen Krieg auszutragen und Rußland damit, seinen Zaren abzuschaffen, die Bolschewiken an die Macht zu bringen und die Weißrussen aus Sibirien zu vertreiben.

Kuliks Forschung

Erst 1921, nachdem Lenin die Macht übernommen und der frischgebackenen Sowjetunion das Ziel gesetzt hatte, sich in der wissenschaftlichen Welt Rang und Namen zu verschaffen, wurden erste zaghafte Untersuchungen eingeleitet. Der bekannte Wissenschaftler Leonid Kulik erhielt von der neuen Sowjetischen Akademie der Wissenschaften den Auftrag, Material über die in der UdSSR niedergegangenen Meteoriten zusammenzutragen. Unter anderem erhielt Kulik von einem Freund einen Zeitungsausschnitt mit einer Meldung über das Ereignis vom Juni 1908, in der berichtet wurde, daß in der Nähe des Knotenpunktes Filimonowo an der Transsibirischen Eisenbahn ein gewaltiger Meteorit niedergegangen sei. In dem Bericht heißt es:

»Sein Absturz war von einem furchtbaren Donnern und einem ohrenbetäubenden Krachen begleitet. Erschreckt hielt der Lokomotivführer seinen Zug an, und die Reisenden strömten aus den Waggons, um das heruntergefallene Objekt in Augenschein zu nehmen. Sie konnten sich dem Meteoriten jedoch nicht nähern, da eine glühende Hitze von ihm ausging.«

Dieser Zeitungsausschnitt sollte, obwohl fast alles darin erfunden war (außer daß ein besorgter Lokomotivführer den Zug anhielt, um seine Maschine und die Wagen zu überprüfen), Kulik auf eine Fährte setzen, der er zwanzig Jahre lang folgte. Dennoch war er sich, als er im Zweiten Weltkrieg in einem deutschen Kriegsgefangenenlager starb, über die Ursache der Explosion keineswegs wirklich im klaren.

Begonnen hatte Kulik damit, die Aussagen von Augenzeugen zu sammeln und die Berichte anderer Meteorologen zusammenzutragen. Die Zeitungen von Irkutsk, Tomsk und Krasnojarsk hatten den Vorfall samt und sonders aufgegriffen, und die Irkutsker Zeitung *Sibir* sprach von einer »höchst ungewöhnlichen Naturerscheinung«:

»Im Nordwesten, hoch über dem Horizont entdeckten die Bauern des Dorfes Nischne Karelinsk ein hellstrahlendes, dem ungeschützten Auge unerträgliches, von bläulich-weißem Licht umflossenes Objekt, das sich etwa zehn Minuten lang senkrecht nach unten bewegte. Dieser Gegenstand hatte eine zylindrische Gestalt. Der Himmel war mit Ausnahme eines in der Richtung des glühenden Körpers tief unten am Horizont zu beobachtenden schwarzen Wölkchens klar. Es herrschte heißes, trockenes Wetter, und als sich der leuchtende Gegenstand dem Boden näherte, schien er auseinanderzustieben und sich an seiner Stelle eine riesige schwarze Rauchwolke zu bilden. Gleichzeitig ertönte ein lautes Donnern, jedoch nicht wie bei einem Gewitter, sondern wie von fallenden großen Steinen oder von abgefeuerten Kanonen. Alle Häuser wackelten, und gleichzeitig schlugen Flammen durch die Wolke. Die alten Frauen brachen in Tränen aus, und alle waren davon überzeugt, daß das Ende der Welt gekommen sei.«

Das erwähnte Dorf lag, wie Kulik auf Grund mühseliger Nachforschungen schließlich herausfand, 320 km vom Zentrum der Explosion entfernt.

Ein gutes Stück Vorarbeit hatte bereits ein Meteorologe aus der Gegend namens Wosnessenski geleistet, der Berichte über die Erscheinung gesammelt hatte, um so die mutmaßliche Stelle des Einschlages zu ermitteln. Wie sich schließlich herausstellte, war der Donner, so unwahrscheinlich das auch klingt, noch im 800 km entfernten Irkutsk zu hören, wo die Seismographen einen gewaltigen Aufprall von Erdbebenstärke registriert hatten.

In den Augenzeugenberichten las Kulik von »einem feurigen Himmelskörper«, einer »Flamme, die den Himmel entzweischnitt« und einer »Rauchsäule«. Und ein gewisser Ilja Potapowitsch erzählte:

»Eines Tages erfolgte eine schreckliche Explosion von solch entsetzlicher Stärke, daß der Wald an beiden Ufern des Tschambe über viele Werst niedergerissen wurde. Auch die Hütte meines Bruders stürzte ein. Das Dach wurde vom Wind fortgetragen, und seine Rentiere flohen in panischem Schrecken. Mein Bruder selbst ertaubte durch das Getöse, und der Schock warf ihn lange Zeit aufs Krankenlager.«

Dazu Kuliks Korrespondent, der ihm diesen Bericht zugesandt hatte:

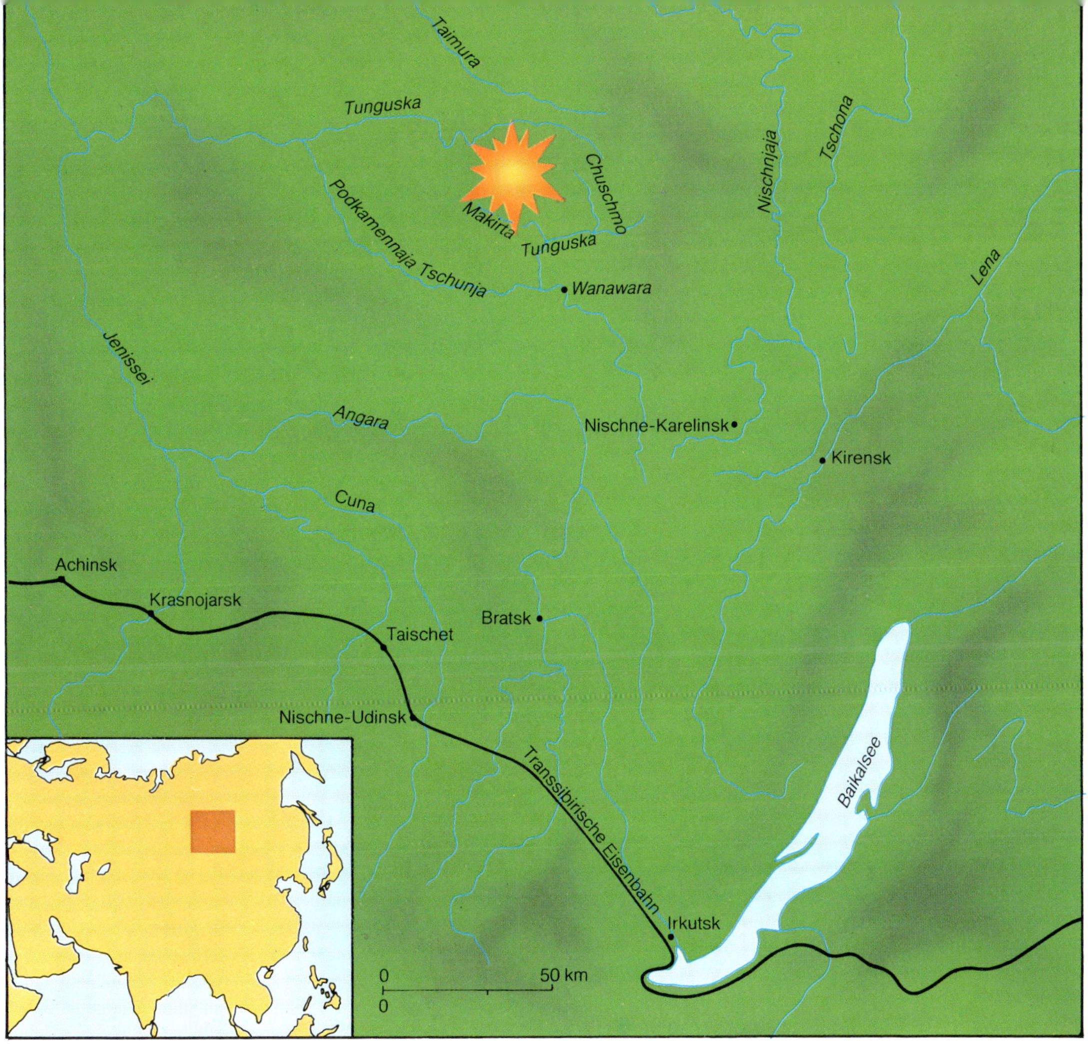

Die Tunguska-Region in Sibirien, Schauplatz der gewaltigen Explosion von 1908

Leonid Kulik, der von der Sowjetischen Akademie der Wissenschaften mit der Sammlung von Material über Meteoriten in der Sowjetunion beauftragt wurde

»Während Ilja Potapowitsch diese Geschichte erzählte, wandte er sich immer wieder an seinen Bruder, der all das Schreckliche erlebt hatte, so daß dieser schließlich lebhafter wurde und sich in tungusischer Sprache äußerte, wobei er gegen die Zeltpfosten und das Dach schlug und offenbar durch Gesten anzudeuten versuchte, wie sein Zelt damals fortgetragen worden war.«

Ein anderer Augenzeuge, Wassili Ochtschen, wie Potapowitsch ein Tunguse, berichtete, wie er und seine Familie im Schlaf überrascht wurden und zusammen mit ihrem Zelt in die Luft flogen. »Verletzt«, fuhr er fort, »wurden wir alle, aber Akulina und Iwan verloren das Bewußtsein. Der

Boden wankte, und die Luft war von einem nicht enden wollenden Donnern erfüllt. Dichte Rauchschwaden von den brennenden, stürzenden Baumen hüllten uns ein, und wir machten uns auf die Suche nach den Rentieren, die ausgebrochen waren, und von denen auch viele nicht wieder zurückkamen.«

Eine Frau namens Koso Lapowa aus Wanawara war gerade auf dem Weg zum Brunnen, um Wasser zu holen. Sie berichtete:

»Ich sah, wie sich der Himmel im Norden spaltete und Feuer ausspie. Wir glaubten, daß Steine vom Himmel fielen, ließen unsere Eimer beim Brunnen stehen und liefen entsetzt davon. Als wir zum Haus zurückkamen, sahen wir meinen Vater Semjonow bewußtlos beim Stall liegen. Das Feuer war heller als die Sonne. Während der Stöße bebten der Boden und die Hütten, und Erde spritzte von den Dächern.«

Andere Geschichten berichteten von Pferden, die mit dem Pflug durchgegangen waren, oder von einem Mann, der spürte, wie sein Hemd zu brennen anfing. Wunderbarerweise aber war, wie sich später herausstellte, bei dem Aufprall kein Mensch zu Tode gekommen. Hätte sich die Katastrophe in einer der Großstädte oder in bewohnten Regionen der Welt ereignet, so hätten Millionen Menschen ihr Leben verloren. Zwar befanden sich Hunde, Rentiere und sicher auch viele freilebende Tiere unter den Opfern, die Mehllager und Häuser der einheimischen Bevölkerung waren zerstört, die Baumbestände verwüstet. Die Menschen selber aber hatten nicht einmal ernstlich Schaden genommen. Zum Glück lag der Schauplatz in einer der wenigen Gegenden der Erde, wo sich die Katastrophe auf die Menschheit kaum auswirkte. Wäre der Himmelskörper, was als relativ harmlos erscheint, ins Meer gestürzt, so hätte er ebensolche Flutwellen wie 1883 der Ausbruch des Krakatau ausgelöst, die riesige Gebiete überschwemmten und 36000 Menschen das Leben kosteten.

Aber selbst auf Grund all dieser Erzählungen und Zeitungsberichte sowie der Schätzungen sibirischer Meteorologen konnte sich Kulik nur eine vage Vorstellung davon machen, wo der Meteorit (denn nur um einen solchen konnte es sich seiner Überzeugung nach handeln) auf die Erdoberfläche aufgeprallt war. So machte er sich 1927, neunzehn Jahre nach der schrecklichen Explosion, mit Unterstützung der Akademie der Wissenschaften von Leningrad auf, um die Einschlagstelle zu suchen.

Seine Odyssee dauerte über zehn Jahre. Schließlich aber, nach einer Reihe waghalsiger, eines großen Forschers würdiger Expeditionen, fand er das Zentrum der Katastrophe.

Im März 1927 verließ er die Transsibirische Eisenbahn bei Taischet, um mit dem Pferdeschlitten über das Dorf Dworez am Angara nach Wanawara, der letzten menschlichen Siedlung vor dem kartographisch nicht erfaßten sibirischen Waldgürtel, der Taiga, wie die Russen ihn nennen, zu fahren, wo er vierzehn Tage später anlangte.

Die ungeheure Tiefe der dunklen, unheimlichen Taiga bot in den zwanziger Jahren unseres Jahrhunderts noch einen furchteinflößenden Anblick. Selbst heute noch wirkt sie unberührt, obwohl die Russen mittlerweile ganze Städte wie Bratsk darin angelegt haben, deren Einwohner bezeichnenderweise alle jünger als dreißig Jahre sind, und im Sommer auf Lena und Jenissei bis zum nördlichen Polarkreis hinauf regelmäßig Raddampfer verkehren. Die von ihnen angesteuerten Siedlungen aber liegen an den Flußufern und reichen nicht weit in die Taiga hinein. Die abgelegeneren Orte, an denen die Sowjets wertvolle Bodenschätze ausbeuten, sind durch Hubschrauber und kleine Flugzeuge mit der Welt verbunden. Als die Russen beschlossen, aus strategischen und wirtschaftlichen Erwägungen eine neue Eisenbahn durch die Taiga zu legen, wurde der Bau offiziell als »heroische Arbeit« bezeichnet, und dies nicht nur aus Propagandagründen. Es war ohne Zweifel eine unerhörte Tat. Die jungen Freiwilligen, mit Zelten im Urwald abgesetzt, mußten ohne jede Hilfe ganz von vorn beginnen. Natürlich standen ihnen moderne Maschinen zur Verfügung, aber die beißende Kälte im Winter, der Schlamm im Sommer und das dauernde Bewußtsein, auf Hunderte, ja Tausende von Kilometern von dieser Wildnis umgeben zu sein, wirken sich demoralisierend aus. 1927 nun stellte Kulik fest, daß er in dem tiefen Schnee über Wanawara hinaus mit Pferden allein nicht weiter vordringen konnte. So kaufte er Rentiere, lud seine Vorräte auf, holte sich den bereits erwähnten Ilja Potapowitsch, dessen Bruder durch die Tunguska-Katastrophe zu Schaden gekommen war, und machte sich erneut auf den Weg. Schon nach zwei Tagen aber mußten sie zur Axt greifen, um sich einen Weg durch das dichte Unterholz zu bahnen.

Mitte April schließlich erreichten die Männer den Makirta. Und da entdeckte Kulik die ersten Anzeichen der Naturkatastrophe, die nun seit sechs Jahren sein ganzes Tun und Denken beherrschte: eine Anzahl kleiner Hügel am nördlichen Ufer, die sich kahl vom Himmel abhoben, deren Baumbestand also offensichtlich vernichtet worden war. Beim Näherkommen konnte er dann auch die Stämme der umgestürzten Fichten erkennen, die, ein wahrhaft gespenstischer Anblick, wie ein im Kampf gefallenes Regiment anmuteten. Alle Bäume deuteten mit dem Wipfel nach Südosten. Kulik begriff, daß er am äußersten Rand der Verheerung angelangt war und die Opfer einer unerhörten Druckwelle vor sich hatte. Er erklomm den höchsten Hügelrücken in Sichtweite, den Chladni-Rücken, wie er ihn taufte, von wo aus sich ihm ein unglaublicher Anblick bot. So weit das Auge reichte, also mindestens 20 bis 25 km, eine einzige Wüstenei: Die Baumriesen der Taiga, Fichten, Tannen, Laubbäume, alle niedergemäht und in einer Richtung liegend. Während Kulik den Blick über diese Szene der Verwüstung schweifen ließ, kam ihm die Erkenntnis, daß das Zentrum der Druckwelle noch weiter entfernt liegen mußte. Die Tunguska-Explosion übertraf in ihrem Ausmaß die aufgebauschtesten Berichte, die bis nach Petersburg gedrungen waren.

Kulik drängte zum Aufbruch, denn er wollte den Ausgangspunkt der Druckwelle ausfindig machen. Aber da sich Potapowitsch und Ochtschen, die beiden Tungusen, weigerten, ihm weiter zu folgen, mußte er nach Wanawara zurückkehren, um neue Gefährten zu suchen. So wurde es Juni, ehe er zum Chladni-Rücken zurückkehren konnte. Von dort aus drang er nach Nordwesten vor, bis er eines Tages in den Hügeln auf ein natürliches Amphitheater von gut 1 km Durchmesser stieß, an dessen tiefstem Punkt er sein Lager aufschlug. Am nächsten Tag machte er sich methodisch daran, die umliegenden Hügel zu besteigen. Aber erst nachdem er den Kreis schon fast vollendet hatte, konnte er sicher sein, daß er wirklich das Zentrum der Tunguska-Katastrophe oder den »großen Kessel«, wie er sich ausdrückte, gefunden hatte: In der Tat zeigten alle umgestürzten Bäume nach außen.

An dieser Entdeckung ließ sich nicht rütteln, so viel Schwierigkeiten sie Kulik auch noch bereiten sollte. Hier lag das Zentrum der Tunguska-Explosion, was immer sie verursacht haben mochte. Aber Kulik wußte noch mehr: Durch die Katastrophe war der Wald auf einer Länge von 60 km nur in einer Richtung vernichtet worden. Kuliks Bericht spiegelt seine Erregung wider:

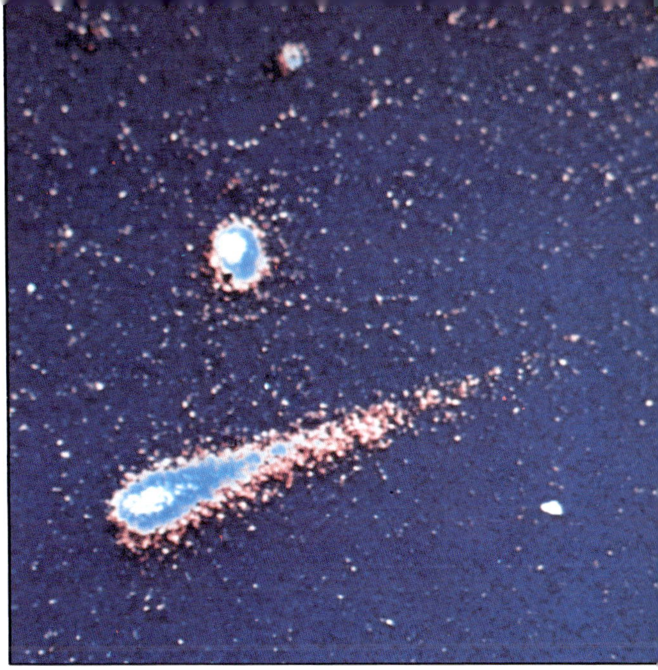
Der Komet Kohoutek. Aufnahme vom Skylab im Jahr 1973. Wahrscheinlich wurde, jedenfalls nach heutiger Auffassung, die Tunguska-Explosion von einem Kometen verursacht, während Kulik sie auf einen Meteoriten zurückführte

»Ich schlug mein Lager auf und begann die Berge um den großen Kessel abzugehen. Den Anfang machte ich im Westen. Ich lief mehrere Kilometer über die kahlen Höhenrücken, und überall zeigten die Wipfel des Windbruchs nach Westen. Dann ging ich in einem großen Kreis um den ganzen Kessel nach Süden, und der Windbruch wies, wie verhext, mit den Wipfeln ebenfalls nach Süden. Darauf kehrte ich ins Lager zurück, um meine Erkundungen diesmal im Osten fortzusetzen, und wieder deuteten die Wipfel des Windbruchs in diese Richtung. Zuletzt bot ich all meine Kräfte auf und stieß erneut nach Süden fast bis zum Chuschmo-Fluß vor und stellte fest, daß auch hier die Wipfel des Windbruchs in Richtung Süden zeigten.

Ein Zweifel war unmöglich. Ich hatte das Zentrum des Einschlags umkreist. Mit einem Feuerstrom heißer Gase und kalten Festkörpern hatte der Meteorit den Kessel in den Boden geschlagen und, verstärkt durch den Rückstoß der Explosion, diese ungeheuere Verheerung angerichtet, wie ein Wasserstrahl, der auf eine plane Oberfläche trifft, einen Sprühregen in alle Richtungen schickt.«

Der durch die Druckwelle niedergewalzte Wald

Im Augenblick seines Triumphes ließ sich Kulik zu Annahmen verleiten, die ihm unsägliche Mühen aufbürden sollten, so daß er bei seinem Tod die wahre Natur der Explosion noch immer nicht kannte. Auch nicht einen einzigen Augenblick lang zweifelte Kulik daran, daß diese Verheerungen auf einen Stein- oder Eisen-Meteoriten zurückzuführen seien. In den zwanziger Jahren unseres Jahrhunderts war das allerdings eine mutige Behauptung, da nur wenige kühne Geister die Ansicht vertraten, daß solch große Besucher aus dem Weltraum die Erde erreichen und Schaden anrichten können. Einer von ihnen war Daniel Barringer, der den 150 m tiefen Arizonakrater in Amerika gekauft hatte, nur um zu beweisen, daß er von einem außerirdischen Körper verursacht wurde und nicht, wie die meisten Leute annahmen, vulkanischen Ursprungs war. Er geriet dabei fast an den Rand des Ruins, konnte schließlich aber doch die Richtigkeit seiner Theorie nachweisen: Der Devil's Canyon in Arizona ist tatsächlich der Einschlagskrater eines Meteoriten. Aber was für Barringer in Amerika eine Entdeckung war, erwies sich für Kulik in Sibirien als tragischer Irrtum.

Kaum nämlich hatte er sich davon überzeugt, daß er sich im Zentrum der Explosion befand, glaubte er auch schon die Stellen entdeckt zu haben, an denen die Trümmer des Meteoriten liegen mußten.

Dazu schrieb er:

»Die Gegend ist mit Dutzenden sonderbarer, flacher Löcher überzogen, die mehrere Meter, ja zum Teil zehn, zwanzig, dreißig Meter breit und auch mehrere Meter tief sind und am Rand gewöhnlich steil abbrechen, obwohl man auch auf flach abfallende stößt. Ihr Grund ist eben, bemoost, morastig, und ab und zu entdeckt man Spuren einer Erhebung in der Mitte.«

Der Mangel an Vorräten jedoch zwang die Expeditionsteilnehmer zur Rückkehr. Unterwegs ernährten sich die Männer recht und schlecht von dem, was das Land bot. Sie fingen Fische, schossen Enten und sammelten eine als Puktschi bekannte genießbare Pflanze. Endlich aber langten sie wieder in Wanawara an.

In der Transsibirischen Eisenbahn, auf der langen Fahrt zurück nach Leningrad, wurde Kulik nur von einem einzigen Gedanken beherrscht: eine neue Expedition zu organisieren, um den zweifellos riesigen Meteoriten zu finden, dessen Trümmer er am Grunde dieser »sonderbaren flachen Löcher« vermutete. Wäre er ein Sibirier gewesen, so hätte er gewußt, daß solche Löcher in der Taiga keine Seltenheit sind. Sie entstehen offenbar dadurch, daß Eis in die Torfschicht des Bodens eindringt und nach dem Schmelzen in der Sommerwärme diese charakteristischen moorigen Vertiefungen hinterläßt. Aber weder damals noch auf seiner zweiten Expedition 1928 fand sich jemand, der ihn hätte aufklären können.

Strukow hielt in einem anschaulichen Filmbericht die Schwierigkeiten fest, die Kulik auf seiner zweiten Expedition zu überwinden hatte

Kuliks zweite Expedition

Trotz der harten Zeiten und der Unruhen in der Sowjetunion fiel es Kulik auf Grund seiner erstaunlichen Berichte über die Ausmaße der Tunguska-Katastrophe nach seiner Rückkehr nach Leningrad nicht schwer, die Akademie der Wissenschaften zur Finanzierung einer zweiten Expedition zu bewegen.

Auf dieser Expedition begleitete ihn der Kameramann Strukow aus Sowkino, der offenbar das Talent eines großen Dokumentarfilmers besaß. Er drehte einen äußerst lebendigen, ja, spannenden Filmbericht, der uns heute ein anschauliches Bild von dem Unternehmen vermittelt. So war die Kamera dabei, als Kuliks Boot in den Wirbeln einer Stromschnelle kenterte und der Expeditionsleiter mit knapper Not dem Tod entging. Strukow hielt die schwierigsten Überfahrten fest und bannte die Mühsal wissenschaftlicher Arbeit unter Moskitonetzen, eingehüllt in Wolken von Insekten, ebenso auf den Film wie die kleinen alltäglichen Zwischenfälle. Und schließlich schilderte er den Schauplatz der Vernichtung in eindrucksvollen Aufnahmen.

Diese zweite Expedition war von vielen Schwierigkeiten begleitet. Da war einmal Kuliks Unfall. Außerdem litten mehrere Teilnehmer an Furunkeln und Vitaminmangelerscheinungen und mußten umkehren. Schließlich und endlich verlief die Suche nach Eisenmeteoriten mit Hilfe eines Magneten ergebnislos. So hatten die Teilnehmer bei der Rückkehr nach Leningrad trotz aller Mühen nur wenig aufzuweisen – außer dem spannenden Film. Dieser jedoch genügte als Anstoß für eine dritte, weit größere Expedition im folgenden Jahr.

Kuliks dritte Expedition

Auch von dieser Unternehmung liefern uns die Kameraaufnahmen einen eindrucksvollen Bericht. Wir sehen den langen, von Pferden gezogenen Gepäcktroß und erleben mit, wie Expeditionsteilnehmer unter großen Strapazen mit ihren Booten über die Sümpfe rudern und Stromschnellen und Sandbänke umschiffen. Vor allem aber zeigt der Film die mühevolle Arbeit, Gräben zu ziehen und die »sonderbaren Löcher« zu dränieren, was Kulik am meisten am Herzen lag. Darüber vergingen der Sommer und ein Teil des Winters. Das Jahr 1930 begann. Krinow, der mit einem Treck aufgebrochen war, um Nachschub zu holen, erfror eine Zehe. Ein anderer bekam eine Blinddarmentzündung.

Obwohl sich durch die verschiedenen Arbeiten ein viel detaillierteres Bild der Verheerung ergab, änderte sich doch nur wenig an dem Eindruck, den Kulik bereits bei der ersten Erkundungsreise gewonnen hatte. Von einem Meteoriten aber war weit und breit keine Spur zu entdecken. Immer deutlicher zeigte sich, daß sich diese Ausgrabungsstätte von allen anderen grundlegend unterschied. Waren sonst oft Tausende größerer und kleinerer Bruchstücke aus dem Boden geborgen worden, so schien der Tunguska-Feuerball außer der Verwüstung nichts hinterlassen zu haben. Alle außer Kulik beschlich mit der Zeit der Verdacht, daß die Suche in den »sonderbaren Löchern« vergebens war. Krinow photographierte sogar einen Baumstumpf in einem der Löcher, der bewies, daß zumindest dieses kein Meteoritenkrater sein konnte. Aber er wagte es nicht, dieses Bild Kulik zu zeigen, der sich in die Meteoritentheorie so verbissen hatte, daß er eine andere Erklärung für die Explosion nicht einmal entfernt in Betracht zog.

Das Überfliegen des Gebietes, die Schau aus der Luft, von der sich Kulik so viel versprochen hatte, erwies sich als undurchführbar. Die Auftankprobleme ließen sich in der damaligen Zeit nicht lösen. So kam für Kulik und seine Helfer in den über achtzehn Monaten Sibirien zu all den Entbehrungen noch die enttäuschende Erkenntnis, daß sie ihrem Ziel im Grunde nicht nähergekommen waren.

Bald darauf brach über die Sowjetunion eine dunkle Zeit herein, bekannt geworden als die »Große Säuberung«. So gut wie niemand war sicher vor Denunziation, Verbannung oder Hinrichtung. Stalin ließ alle alten Bolschewiken, fast alle alten Offiziere der Roten Armee, Tausende alter Parteimitglieder liquidieren und Millionen einfacher Russen in den von Alexander Solschenizyn geschilderten, furchtbaren »Archipel Gulag« schicken, wo sie die unerbittliche Härte des Lebens in der sibirischen Taiga und Tundra am eigenen Leibe erfuhren.

Die vierte Expedition

In dieser Zeit gab es für die Menschen in der Sowjetunion nur ein einziges Ziel: zu überleben. So wurde die Erforschung der Tunguska-Katastrophe für die nächsten sieben Jahre zurückgestellt. 1937 endlich schien der Terror abzuebben. Stalin hatte auf der ganzen Linie über die Opposition gesiegt. So brach Kulik nach Sibirien auf, um auf seiner vierten Expedition erneut nach Fragmenten zu graben und sich doch noch einen Überblick aus der Luft zu verschaffen.

Auch diesmal förderte die mit großer Sorgfalt durchgeführte Untersuchung des Bodens nicht die Spur eines Meteoriten zutage; dafür konnte 1938 bei den Forschungsarbeiten auch das Flugzeug eingesetzt werden. Nach einer genauen Untersuchung der Bäume und ihrer Brandmale sowie der Charakteristiken des Windbruchs konnten sich die Wissenschaftler von den Vorgängen an jenem dreißig Jahre zurückliegenden Junitag doch ein relativ realistisches Bild machen.

Offenbar hatte sich das fliegende Objekt, nachdem es in die Erdatmosphäre eingedrungen und irgendwo über dem Baikalsee sichtbar geworden war, von Südosten nach Nordwesten bewegt und dabei u. U. auch die Richtung geändert. Auf diese Möglichkeit, die in den über siebenhundert Augenzeugenberichten einen Rückhalt findet, stützt sich übrigens die These, es habe sich um ein Raumschiff gehandelt, da schließlich nur ein bemanntes Fahrzeug zu einem solchen Manöver imstande sei. Im übrigen behauptet kein einziger Zeuge, ein Manövrieren des Objekts beobachtet zu haben. Aber die Berichte über die Flugbahn, die die große helle »Säule« über Sibirien genommen hat, weichen erheblich voneinander ab. Die Zeugen aus den westlichen Gebieten geben übereinstimmend einen anderen Einfallswinkel als die aus der Baikalregion an.

Eines jedenfalls stand nach der Inspektion des Katastrophengebiets aus der Luft fest: Die Verheerungen hatten ungeheure Ausmaße. Über 2000 qkm Wald waren zerstört: ein Bereich, so groß wie Birmingham in England oder Philadelphia. Außerdem fielen einige Absonderlichkeiten auf. So standen direkt im Zentrum des zerstörten Gebiets noch eine ganze Reihe von Bäumen. Sie hatten lediglich die Zweige verloren.

Überdies ließ sich in der Erde trotz eifrigsten Grabens und Bohrens kein noch so kleiner Splitter eines Körpers aus dem Weltall finden. Es hatte mindestens zwei Druckwellen und eine Explosion gegeben, und es war zu ausgedehnten, wenn auch nur kurz andauernden Bränden und Ver-

Der Baumstumpf, der bewies, daß die Tunguska-Explosion nicht auf einen Meteoriten zurückging

brennungen durch Hitzestrahlung gekommen. Von einem Einschlag aber fand sich nirgends eine Spur. Nicht minder sonderbar war auch, daß das Baumwachstum in diesem Bereich wesentlich beschleunigt schien.
Mit einem Wort, das rätselhafte Dunkel über der Tunguska hatte sich nicht gelichtet, sondern verdichtet. Aber allen Spekulationen und Forschungsarbeiten wurde wieder einmal plötzlich ein Ende gesetzt, als die Sowjetunion in den Zweiten Weltkrieg verwickelt wurde. In einem Blitzkrieg zogen Hitlers Streitkräfte bis vor Moskau. Und Kulik, obwohl schon über fünfzig, meldete sich freiwillig, wurde verwundet, gefangengenommen und starb. Wie er kamen auch viele seiner Mitarbeiter um. Doch kaum endete der Krieg in Europa, ließ jenes apokalyptische Geschehen die Menschheit aufhorchen, das auch den Mutmaßungen über die Tunguska-Katastrophe eine andere Richtung weisen sollte: der Atombombenabwurf der Amerikaner auf Hiroshima.
Ein, zwei Jahre später, als sich die Wissenschaftler wieder friedlichen Dingen zuwenden konnten, stellten russische Forscher eine ungewöhnliche Übereinstimmung zwischen den Verheerungen in Hiroshima und den durch die Tunguska-Explosion verursachten Schäden fest.
In Hiroshima hatte, das war schon den ersten amerikanischen Beobachtern aufgefallen, die Atombombe im Zentrum der Explosion relativ wenig Schaden angerichtet. Ganz ähnlich waren auch im Zentrum der Tunguska-Explosion Bäume stehengeblieben. Außerdem schienen in beiden Fällen in der Druckzone die Pflanzen schneller zu wachsen. Hier wie dort war auch der gleiche »Abschirmeffekt« zu beobachten, das heißt, Unebenheiten im Boden schienen Leute und Gegenstände sogar ganz in der Nähe des Explosionszentrums geschützt zu haben. Vor allem aber erinnerte der Atompilz an die Beschreibung der Tungusen von der Rauchsäule, die über der Tunguska in den Himmel aufstieg. Im übrigen wußten die russischen Wissenschaftler bereits, daß die Tunguska-Wolke bis hoch in die obere Atmosphäre vorgedrungen sein mußte, da sie aus großer Entfernung gesehen worden war. Nun aber zeigte sich, daß die Tunguska-Explosion möglicherweise tausendmal stärker war als die der Atombombe über Hiroshima.
Die Ähnlichkeiten zwischen Hiroshima und Tunguska waren allzu augenfällig, als daß man einfach darüber hinweggehen konnte. Andererseits aber schien es unvorstellbar, daß fast vierzig Jahre, bevor den Physikern der Vereinigten Staaten in Alamagordo der erste große Knall glückte, in Sibirien eine Atomexplosion stattgefunden haben sollte. Doch kaum war die Idee einmal geboren, stellte sich auch schon weiteres Beweismaterial ein. War es möglich, daß es sich bei den Blasen, die bei tungusischen Rentieren festgestellt worden waren, ebenso wie bei den Rindern in New Mexico, die sich im Bereich der radioaktiven Staubwolke des ersten Atomversuchs befanden, um Strahlenschäden handelte? Außerdem wiesen die Baumringe nach Meinung des amerikanischen Wissenschaftlers W. F. Libby nach 1908 Anzeichen einer Strahleneinwirkung auf.
Und so mehrten sich mit den Erkenntnissen der wissenschaftlichen Expeditionen von 1958 bis zum heutigen Tag die unheimlichen Anklänge an Atombombenexplosionen. Nachdrücklich versicherte Dr. Wassilijejew von der Universität Tomsk, einer der Leiter der Tunguska-Forschung:

»Wir haben nicht nur bei Pflanzen, sondern auch bei kleinen Insekten sehr starke genetische Mutationen festgestellt. Wir fanden zum Beispiel Ameisen und andere Insekten, die sich deutlich von ihren Artgenossen unterscheiden. Und einige der Bäume und Pflanzen hatten ihr Wachstum eingestellt, während andere um mehrere hundert Prozent schneller gewachsen waren als vor 1908.«

Beweise für eine Strahlung konnten nach Dr. Wassilijejew allerdings nicht gefunden werden. Allerdings wurden die Untersuchungen erst 1960 aufgenommen. Dafür aber wies man im Zentrum der Explosion ein absolutes elektromagnetisches Chaos nach. Ohne Zweifel hatte ein elektromagnetischer Sturm von gewaltigen Ausmaßen die normale Ausrichtung nach dem Magnetfeld der Erde, vielleicht für immer, zerstört.
Außerdem ergab sich noch eine andere sonderbare Parallele zu Kernexplosionen. Bei den russischen, amerikanischen und britischen H-Bomben-Versuchen der fünfziger Jahre wurden auf der entgegengesetzten Seite der Erde helle Polarlichter und Störungen in der Ionosphäre festgestellt. 1908 nun hatte sich der britische Forscher Ernest Shackleton mit seinem Forscherteam zufällig in der Antarktis am magnetischen Gegenpol zur Tunguska-Region am Vulkan Erebus aufgehalten (an dem 1979 die neuseeländische

Nagasaki nach dem Atombombenabwurf (1945)

DC 10 zerschellte). Er berichtete von außergewöhnlichen Lichterscheinungen, die sowohl *vor* als auch *nach* der Tunguska-Explosion auftraten. »Recht merkwürdig«, lautet Dr. Wassilijejews Kommentar dazu. »Mir jedenfalls ist außer Kernexplosionen kein Phänomen bekannt, das solche Erscheinungen am magnetischen Gegenpol hervorriefe, obwohl es natürlich auch nur ein Zufall gewesen sein kann.«

Eines aber zeigte sich deutlich: Was immer auf die Tunguska-Region heruntergefallen sein mochte, war, ebenso wie in Hiroshima, nicht beim Aufschlag auf den Boden, sondern *in der Luft* explodiert. Schon bald konnten die Kernwissenschaftler in aller Welt dank der in Hiroshima und durch die H-Bomben-Versuche gewonnenen Erkenntnisse auch die Höhe angeben, in der die Explosion erfolgt sein mußte: ca. 8 km über dem Boden.

Was aber konnte alle Anzeichen einer Kernexplosion verursacht haben, noch ehe die Kernphysik überhaupt geboren war? Als einzigen bedeutenderen Anhaltspunkt hatte man bei erneuten Expeditionen nach dem Zweiten Weltkrieg winzige Teilchen, kleine Magnetit- und Silikatkügelchen im Boden und in den Bäumen gefunden. Beide aber erwiesen sich definitiv als außerirdisch: Der Magnetit enthielt zuviel Nickel, als daß er von unserem Planeten stammen könnte. Das Silikat wies kleine Gasblasen auf, vergleichbar denen, die wir aus der Spektralanalyse von Objekten aus dem All kennen. Die magnetischen Kügelchen enthielten äußerst ausgefallene und seltene Elemente, darunter Ytterbium.

Trotz dieser Entdeckungen aber gehen die Spekulationen bis zum heutigen Tage weiter. Nach Ansicht der Verfechter der »Raumschifftheorie«, zu denen so hervorragende Wissenschaftler wie Solotow von der Sowjetischen Akademie zählen, sind die Kügelchen die letzten Überreste des verglühten Raumschiffs. Außerdem können sie zur Stützung ihrer These anführen: 1. Die Berichte aus erster Hand scheinen auf Kursänderungen des Objekts hinzudeuten, und Augenzeugen bezeichneten es als zylindrisch. 2. Das sonderbar unregelmäßige, an ausgebreitete Adlerflügel erinnernde Zerstörungsmuster am Boden dürfte nicht auf eine punktförmige Explosion zurückgehen, die sich eher kreisförmig ausgewirkt hätte, sondern auf eine Explosion in einer Art »Behälter«. 3. Das Objekt scheint Berechnungen seiner Flugbahn zufolge für kosmische Verhältnisse vor der Explosion außerordentlich langsam geflogen zu sein – womöglich nur 1 km/sec. Es bewegte sich also kaum schneller als ein modernes Militärflugzeug, oder anders gesagt, es besaß kaum die Geschwindigkeit eines aus dem interstellaren Raum herunterstürzenden Körpers. 4. Vor allem aber könnte die Explosion eines mit Kernenergie angetriebenen Raumschiffes gleichzeitig auch al-

Die Tunguska-Region nach der Explosion von 1908

le anderen ungewöhnlichen Erscheinungen erklären. Nicht genug damit, haben die Anhänger dieser These sogar eine Theorie dafür parat, was das Raumschiff in Sibirien suchte: Frischwasser aus dem Baikalsee, dem größten Süßwasserreservoir der Welt, um seine Wasservorräte aufzutanken.
Daneben haben die Wissenschaftler noch zahllose andere, nicht weniger ausgefallene Theorien aufgestellt. So kamen A. A. Jackson und M. P. Ryan vom Center for Relativity Theory an der University of Texas 1973 zu der Überzeugung, daß es sich um die Miniaturausgabe eines schwarzen Lochs gehandelt haben müsse – um jenes neuentdeckte Phänomen im All also, das alle Materie, die ihm nahe kommt, einzusaugen und zu zerstören scheint. Mit Hilfe raffinierter Berechnungen glaubten sie sogar beweisen zu können, daß ihr kleines schwarzes Loch durch die Erde hindurchgewandert und auf der anderen Seite irgendwo im Atlantik zwischen Island und Neufundland wieder herausgekommen sein mußte. Nur fand sich nirgends eine Spur von der in diesem Fall unausbleiblichen Katastrophe, obwohl die Russen pflichtschuldigst die isländischen und neufundländischen Zeitungen von 1908 und sogar die Logbücher aller möglichen Schiffe durchforschten.
Kurz darauf verfielen einige Amerikaner auf die Theorie von der Antimaterie, die angeblich alle Materie, die mit ihr in Berührung kommt, vernichten soll. Wieder wurden die ausgetüfteltsten Berechnungen angestellt, diesmal von Clyde Cowan und Hall Crannell von der Catholic University in Washington sowie von C. R. Atluri und W. F. Libby von der University of California in Los Angeles. Sie klügelten sogar ein Verfahren zur Aufspürung der erhöhten Strahlung nach einer Materie-Antimaterie-Kollision aus. Konkrete Ergebnisse aber sind bis jetzt ausgeblieben.
Mit Sicherheit ergibt sich unter dem Strich also lediglich: Das Tunguska-Objekt, von dem nur winzige Kügelchen extraterrestrischer Metalle von Eisen, Nickel und Kobalt sowie kleine Silikatbällchen gefunden wurden, muß in rund 8 km Höhe explodiert sein. Es dürfte Hunderttausende von Tonnen gewogen, einen Durchmesser von vielleicht 550 m gehabt, ein elektromagnetisches Chaos und eine noch nicht dagewesene Verheerung angerichtet sowie genetische Mutationen bewirkt haben. Den Wissenschaftlern aber, die weder an eine um siebenunddreißig Jahre verfrühte Atombombenexplosion noch an ein Raumschiff glauben mochten, blieb nur eine ebenfalls gewagte, von dem Engländer F. Whipple ins Spiel gebrachte Deutung. Sie wurde dreißig Jahre lang als viel zu phantastisch abgetan und basiert auf der Annahme, daß 1908 erstmals in geschichtlichen Zeiten ein Komet mit der Erde zusammenstieß.
Kometen, eine der romantischsten Erscheinun-

gen im All, kommen aus den fernsten Winkeln des Sonnensystems oder womöglich sogar aus dem interstellaren Raum. Sie erscheinen uns als über den Himmel eilende Sterne mit leuchtendem Schweif und wurden seit jeher als Zeichen und Vorboten großer Ereignisse oder kommenden Unheils – sogar des Weltuntergangs – gedeutet. Die einen umrunden die Sonne und verschwinden für immer. Die anderen, wie der Halleysche Komet, der im 18. Jahrhundert für eine große Aufregung sorgte, kehren nach langer Zeit wieder. Über den Stoff aber, aus dem sie bestehen, wissen wir wenig. Unter Umständen handelt es sich um Wolken gefrorenen Gases aus der Zeit der Entstehung des Sonnensystems, um eine Art Schneeball aus Gas und Staub, der offenbar beim Vorbeifliegen an der Sonne schmilzt, wodurch der charakteristische leuchtende Schweif entsteht. Da man sich von den Kometen einigen Aufschluß über die Ursprünge des Sonnensystems verspricht, beabsichtigen die Vereinigten Staaten, 1986 eine Sonde direkt in den Kern des Halleyschen Kometen zu schießen. Möglicherweise aber befinden sich auf der Erde bereits Fragmente eines solch seltenen Gebildes – die Magnetitkügelchen samt den anderen Spuren extraterrestrischer Materie in der Taiga. In der Tat ist nicht auszuschließen, daß sich an jenem Morgen im Jahr 1908 ein Komet aus irgendeiner Laune der himmlischen Navigation heraus ins Schwerefeld der Erde verirrte und über Sibirien abstürzte.

Zwei britische Wissenschaftler, John Brown von der Universität Glasgow und David Hughes von der Universität Sheffield, haben sich mit der Kometentheorie eingehendst beschäftigt und sich insbesonders auch mit den beiden gewichtigsten Gegenargumenten auseinandergesetzt. Sie stellten zwei Fragen: Falls es ein Komet war – warum hat ihn kein Mensch gesehen? Und wie konnte ein Komet ein Ereignis verursachen, das die Charakteristiken einer Kernexplosion aufweist? Es könnte sein, so antworteten Brown und Hughes auf die erste Frage, daß er tief unten am dämmrigen Horizont in Sonnennähe aufgetaucht und dadurch sehr schwer zu erkennen war. Sie führen den Komet »Mrkos« als Beispiel an, der erst nachdem er die Sonne bereits umrundet und die Erde schon hinter sich gelassen hatte, auf seinem Weg nach draußen gesichtet worden war. Die Russen haben Anfragen an 120 Observatorien in aller Welt gerichtet, darunter auch an diejenigen in Pretoria und Djakarta, die den Kometen 1908 auf der Tunguska-Flugbahn eigentlich hätten sehen müssen. Sie erhielten einen abschlägigen Bescheid.

Was die »Anzeichen einer Kernexplosion« angeht, so verweisen die beiden Wissenschaftler darauf, daß nukleare Effekte entgegen der allgemeinen Überzeugung auch auf natürlichem Wege entstehen können. So zum Beispiel auf der Sonne in den vorgenannten Flares. Zu einer in vielerlei Hinsicht ähnlichen Explosion würde es ihrer Darstellung nach beim Zusammenstoß eines Kometen mit einer seiner eigenen Masse äquivalenten Luftmasse kommen, wobei ebenfalls Radioaktivität entstünde. Die über der Tunguska beobachteten großen Staubwolken nach der Explosion, die durch Reflexion des Sonnenlichts der halben Welt helle Nächte beschert hatten, könnten ebensogut radioaktive Wolken gewesen sein.

Diese Theorie hat sich heute weitgehend durchgesetzt. Nach Ansicht der meisten Wissenschaftler wurde die Tunguska-Explosion durch einen Kometen verursacht, der 8 km über der Taiga verglühte. Manche gehen sogar noch einen Schritt weiter und identifizieren diesen Himmelskörper mit dem kurzlebigen Enckeschen Kometen, der um diese Zeit bekanntlich die Bahn der Erde kreuzen mußte. In der Tat scheint ein Komet die plausibelste natürliche Erklärung, wenn auch noch einige Fragen offenbleiben. Erstens: Wie konnte ein Komet, also ein Himmelskörper von geringer Dichte, überhaupt in die Erdatmosphäre eindringen? Allen Berechnungen nach müßte er schon am äußeren Rand abgestoppt worden sein. Und zweitens: Wo ist die als Koma bezeichnete neblige Gashülle geblieben, die den Kern des Kometen einschließt? Die winzigen Kügelchen, die man auf dem Boden gefunden hat, können kaum die Überreste einer Kometenhülle sein, die einen Durchmesser bis zu 150000 km erreichen kann.

Das Jahr 1908 brachte allerlei sonderbare Phänomene: die Tunguska-Explosion, die weißen Nächte, Shackletons Polarlicht, den Enckeschen Kometen und im Juli in Japan einen großen Meteoriten.

1965 spielte sich etwas vielleicht entfernt Vergleichbares über Revelstoke in Kanada ab. Jedenfalls wurde nach einer lauten Explosion in der Luft etwas kosmischer Staub auf dem Boden gefunden. Dennoch bleibt der Fall Tunguska – ganz gleich, ob es sich nun um Komet, Raumschiff, schwarzes Loch oder Antimaterie handelte – einzigartig. Dabei hat die Vorstellung, es könne in

Sogar 1953 waren die Auswirkungen der Tunguska-Explosion, wie dieses Photo zeigt, noch deutlich zu sehen

Die sibirische Taiga

der Tat ein Komet gewesen sein, nichts sehr Beruhigendes an sich. Denn welche Verheerungen müßte erst ein großer Himmelskorper anrichten, wenn schon ein kleiner, zu winzig, um am Morgenhimmel entdeckt zu werden, die Sprengkraft einer 20-Megatonnen-Atombombe hat? Und schlimmer noch: Wie groß ist die Chance, daß sich die Bombenklappen des Sonnensystems auch das nächste Mal über einem so menschenleeren, unfruchtbaren Gebiet wie dem fernen Sibirien öffnen? Ein zweites Mal hätten wir wohl kaum so viel Glück.

Arthur C. Clarke meint dazu:
Im Gegensatz zu vielen anderen Ereignissen, die wir in diesem Buch besprochen haben, steht die Realität der sibirischen Explosion außer Frage. Selbst der hartnäckigste Skeptiker könnte ein paar hundert Quadratkilometer Windbruch wohl nur schwerlich aus der Welt diskutieren.

Aber so erschreckend und für die Wissenschaft wichtig der Tunguska-Vorfall auch sein mag, ein Geheimnis ist er – außer für diejenigen, die romantische Deutungen nüchternen, vernünftigen Erklärungen vorziehen – nicht mehr.

Die Raumschifftheorie ist zweifellos anregend und verdient ernstgenommen zu werden. Allerdings erwähnen ihre Verfechter nur selten, daß sie auf einen 1946 von dem Russen Kasanzow veröffentlichten Science-fiction-Roman zurückgeht, was natürlich nichts gegen die Theorie als solche besagt. Im übrigen ist die Idee unlängst von Donald R. Bensen in seinem ausgezeichneten Roman *And Having Writ ...* wieder aufgegriffen worden (der, neben anderen köstlichen Einfällen, beschreibt, wie die Landung eines Raumschiffs in der Nähe von San Francisco die Wahl Edisons zu einem an Richard Nixon erinnernden Präsidenten der Vereinigten Staaten herbeiführt).

Unglücklicherweise (?) aber bricht das Beweismaterial für diese Theorie bei näherem Betrachten in sich zusammen. So wird zum Beispiel großes Aufhebens vom Kurswechsel der Feuerkugel kurz vor dem Aufschlag gemacht. Doch kein Augenzeuge wäre in der Lage, eine genaue Beschreibung eines solch schreckenerregenden Ereignisses zu geben. Beweis dafür sind all die in Kapitel 10 angeführten Fälle, in denen rückkehrende Raumfahrzeuge in 100 km Höhe für zigarrenförmige Flugkörper mit Luken im Oberteil gehalten wurden!

Meines Erachtens besteht heute nicht der geringste Anlaß mehr, an der Kometentheorie zu zweifeln. Sicherlich handelte es sich um ein sehr kleines Exemplar, das vielleicht überwiegend aus Eis bestand (siehe Kommentar zu Kapitel 2). Daß er vorher nicht gesichtet wurde wie Kometen sonst, ist einfach zu erklären: Am Tageshimmel auf der der Sonne zugewandten Seite der Erde war er im starken Sonnenlicht unsichtbar.

Da zwischen Kometen und Meteoren eine enge Verwandtschaft besteht, ist das Tunguska-Geheimnis, seit ich Dr. J. G. Porters Buch *Comets and Meteor Streams* (1952) gelesen habe, in meinen Augen ein für allemal geklärt. In diesem Buch berichtet Dr. Porter, daß im Verlauf der Entwicklung der Radioastronomie Meteorströme entdeckt wurden, die bis dahin niemand gesehen hatte, da sie nur tagsüber am Himmel erscheinen. Einer der bekanntesten – der 1947 von Lovell und seinen Kollegen erstmals verzeichnete β-Tauriden-Strom – kreuzt die Bahn unserer Erde alljährlich zur selben Zeit. Und zwar am *30. Juni,* also ausgerechnet an jenem Tag, an dem der Himmelskörper 1908 über der Tunguska niederging! Womöglich also besteht an jedem 30. Juni erhöhte Meteorgefahr.

Eins aber sollten wir vielleicht vor allem aus der Tunguska-Katastrophe lernen: daß das, was hier passierte, wieder passieren *wird* (nicht nur *kann*). Fast alle unsere Nachbarplaneten zeugen von wiederholten Bombardements aus dem All. Auf dem Merkur, dem Mars, dem Mond, den Jupitermonden finden sich Meteorkrater von teilweise mehreren hundert Kilometern Durchmesser. Auf unserem eigenen Planeten haben wir die Wundmale nur deshalb solange nicht erkannt, weil sie durch die Witterung und geologische Prozesse weitgehend verwischt worden sind.

Anfang 1980 wiesen amerikanische Wissenschaftler nach, daß die Dinosaurier vor fünfundsechzig Millionen Jahren dem Einschlag

eines riesigen Himmelskörpers zum Opfer fielen. Dieser war weit größer als derjenige, der 1908 über der Tunguska niederging. Vielleicht könnte ein ähnliches Ereignis einmal den Weg für unsere Nachfolger frei machen.
Das kann noch eine Million Jahre dauern oder aber, wie ich in *Rendezvous With Rama* annehme, viel früher eintreten:

»In dem außergewöhnlich schönen Sommer des Jahres 2077 sahen die meisten Europäer am Morgen des 11. September um 09.46 WEZ am östlichen Firmament einen blendend hellen Feuerball auftauchen. Innerhalb weniger Sekunden überstrahlte er die Sonne und bewegte sich zunächst in beängstigender Stille, eine Rauchsäule hinter sich herziehend, über den Himmel.
Ungefähr über Österreich aber begann er unter so heftigen Erschütterungen zu zerfallen, daß über eine Million Menschen Gehörschäden davontrugen. Doch letztlich waren sie noch glücklich zu preisen.
Mit einer Geschwindigkeit von 50 km pro Sekunde prasselten 100 Tonnen Stein und Eisen auf die norditalienische Tiefebene nieder und vernichteten in wenigen Augenblicken die Arbeit von Jahrhunderten. Padua und Verona wurden von der Landkarte getilgt, und Venedigs letzte Herrlichkeiten versanken für immer im Meer, als die Wasser der Adria nach dem Hammerschlag aus dem All landeinwärts donnerten.
Sechshunderttausend Menschen fanden den Tod, und der Gesamtschaden belief sich auf über 3 Billionen Dollar. Der Verlust für die Kunst, die Geschichte, die Wissenschaft – kurzum, der Verlust für die Menschheit ließ sich in Zahlen nicht mehr erfassen. Es war, als sei an einem einzigen Morgen ein großer Krieg ausgetragen und verloren worden. Nur wenige konnten sich an dem Schauspiel des Sonnenauf- und -untergangs erfreuen, das dank des langsam niederrieselnden Staubs der Zerstörung auf Monate hinaus so prächtig war wie seit dem Ausbruch des Krakatau nicht mehr.
Nachdem der erste Schock überwunden war, schloß sich die Menschheit so eng zusammen wie nie zuvor. Sie begriff, daß sich eine solche Katastrophe ebensogut bereits morgen und nicht erst nach tausend Jahren wiederholen könnte. Und möglicherweise wären die Auswirkungen noch schlimmer.«

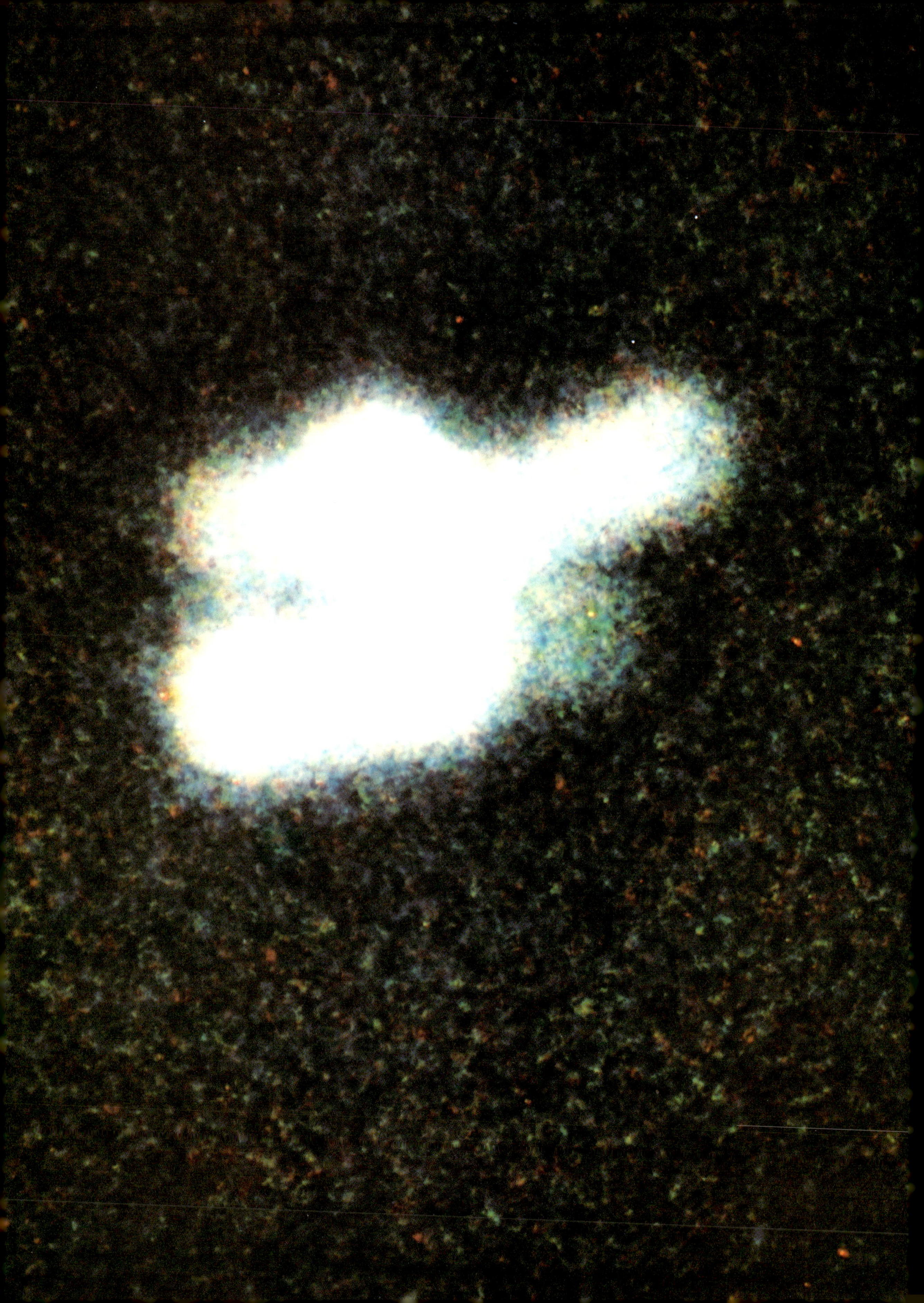

10
UFOs

1979 durchlebte Großbritannien, wie die Presse es formulierte, einen »Winter der Unzufriedenheit«. Eine Streikwelle im Verein mit heftigen Schneestürmen über Neujahr hatte das ganze Land in Bedrängnis gebracht. Für ein paar Stunden wandte sich am Abend des 18. Januar das House of Lords, das erlauchte, wenn auch unkonventionelle Oberhaus des britischen Parlamentes, von den deprimierenden Tagesproblemen ab und einer Streitfrage zu, die außerhalb seines neugotischen Sitzungssaals schon seit über einer Generation die Gemüter erregte.
Sieben Minuten nach sieben Uhr erhob sich an jenem Abend der Earl of Clancarty, um eine mit Spannung erwartete Debatte zu eröffnen. Auf der Tagesordnung standen UFOs, Unidentified Flying Objects, zu deutsch: unbekannte Flugobjekte.
Das Thema war hochaktuell: In ganz England waren am Silvesterabend sonderbare Lichterscheinungen am Himmel beobachtet worden. Einige Augenzeugen hatten sogar geschildert, wie ein lichtstrahlendes Raumschiff mit hell erleuchteten Seitenluken und allem sonstigen Drum und Dran über die verschneite mitternächtliche Landschaft geflogen war. In Italien herrschte der reinste UFO-Wahn, nachdem Presse und Fernsehen die Meldung über ein 275 m langes, feurig leuchtendes Flugobjekt, das Marineoffiziere hatten aufsteigen sehen, in großer Aufmachung herausgebracht und das UFO-Photo eines Polizisten aus Palermo veröffentlicht hatten. Und im anderen Teil der Erde, in Neuseeland, hatten ein australischer Fernsehreporter und sein Filmteam einen schrecklichen Nachtflug an der Seite eines UFOs erlebt und das Geschehen auf einen Streifen gebannt, der schon wenige Stunden später über die Fernsehschirme in aller Welt flimmerte.
Lord Clancarty also, seinen Landsleuten als Verfasser mehrerer UFO-Bücher und Verfechter der These bekannt, an den Polen der Erde fänden sich möglicherweise als UFO-Basen dienende Vertiefungen, eröffnete die Debatte mit zwei Gesuchen an die britische Regierung. Erstens äußerte er den Wunsch, sie möge ihre Bürger auf die Ankunft von UFOs vorbereiten und, wie er sich ausdrückte, die von vielen gehegte Befürchtung zerstreuen, die Verantwortlichen versuchten im Bunde mit den Vereinigten Staaten die Wahrheit über unbekannte Flugobjekte zu vertuschen. Und zweitens rief der Lord die zuständigen Stellen auf, sich für eine staatlich finanzierte, weltweite UFO-Studie einzusetzen, deren Ergebnisse der Öffentlichkeit zur Kenntnis gebracht werden sollten. Er forderte anschließend den Verteidigungsminister auf, im Fernsehen den Standpunkt der britischen Regierung in dieser Frage darzulegen.
Mit diesen herausfordernden Vorschlägen begann eine Debatte, die sich zeitweilig ins Absonderliche, ja, leicht Verschrobene zu versteigen drohte. So offenbarte einer der Peers, daß er in der Kindheit Besuch von seinem Schutzengel erhalten habe, und bot der Versammlung folgende hübsche Erklärung für die Existenz vieler unergründeter Geheimnisse dieser Erde an:

Links: Der von amerikanischen Astronauten angeblich als UFO eingestufte russische Satellit Proton

»Ich habe schon immer die Vorstellung gehegt, daß ebenso wie eine Mutter beim Brotbacken ein wenig Teig übrigläßt, damit die Kinder drollige Männchen mit Rosinenknöpfen daraus formen und sie mit dem Brot oder Kuchen im Ofen bakken können, möglicherweise am Schöpfungstage ein wenig von der göttlichen Schöpferkraft für die niedrigeren Cherubim und Seraphim abgezweigt wurde, damit sie so kuriose Dinge wie den Schneemenschen und das Loch-Ness-Ungeheuer erschaffen konnten ...«

An scherzhaften Einwürfen fehlte es nicht. Ein Redner etwa kolportierte den angeblich einzigen, jemals von einem Sowjetfunktionär, nämlich Herrn Gromyko persönlich, bekanntgewordenen Witz. Befragt, was er von fliegenden Untertassen halte, soll der Russe erklärt haben: »Manche führen diese Objekte auf den übermäßigen Whisky-Konsum in den Vereinigten Staaten zurück, doch das trifft nicht zu. Sie sind vielmehr dem Übungseifer eines sowjetischen Diskuswerfers zuzuschreiben, der in Ostsibirien für die Olympischen Spiele trainiert und noch gar nicht ahnt, wie stark er ist.«

Die Debatte war gleichwohl bedeutsam, nicht, weil sie irgendwelche gesetzgeberischen Maßnahmen bewirkt oder weil die damalige Regierung einem der von Lord Clancarty vorgebrachten Gesuche stattgegeben hätte, sondern weil die beteiligten Redner Argumente und Gegenargumente zur Sprache brachten, die seither bei vielen Anlässen wiederholt und in unzähligen Büchern, Fernsehsendungen und Zeitungsberichten aufgewärmt wurden.

Viele leiteten ihren Beitrag mit einem kurzen Überblick über die Geschichte des UFO-Phänomens ein. So verfocht beispielsweise der Earl of Kimberley die These, UFOs seien »nicht etwa Ausgeburten der Phantasie des 20. Jahrhunderts. Sie sind schon viele Jahre zuvor beobachtet worden: von den Indianern Nordamerikas ebenso wie von den Mönchen von Byland Abbey, die 1290 voller Entsetzen eine riesige Silberscheibe am Himmel auftauchen sahen«. Lord Kings Norton, der sich selbst eher den Skeptikern zurechnet, verwies auf eine ausgefallene Maschine, die der Prophet Ezechiel am Himmel erblickt haben will. Lord Clancarty hingegen erinnerte an die sonderbaren, damals als »Foo fighters« bekannten Lichterscheinungen, die alliierte und deutsche Piloten im Zweiten Weltkrieg im Umfeld ihrer Flugzeuge beobachtet hatten.

Kenneth Arnold

In keiner umfassenden Geschichte der UFOs jedoch darf der Name jenes Mannes fehlen, der heute als Pensionär in der amerikanischen Stadt Boise, Idaho, lebt. Er heißt Kenneth Arnold, und ihm widerfuhr etwas, was zur Prägung des Begriffes »fliegende Untertasse« führte und Millionen Zeitgenossen zu der Überzeugung kommen ließ, die Erde werde regelmäßig von Flugkörpern aus dem All besucht.

Er hatte, wie viele Peers in ihren Ansprachen hervorhoben, am 24. Juni 1947 etwas beobachtet, was ihm zu einer Art Unsterblichkeit verhelfen sollte.

Arnold hatte an jenem Tag seine Arbeit auf dem Flughafen von Chehalis im Staate Washington beendet. Da ihm für den Heimflug nach Boise mehr Zeit als nötig zur Verfügung stand, beschloß er, unterwegs ein Stündchen auf die Suche nach dem Wrack einer Marine C 46 zu verwenden, die im selben Jahr im nahen Kaskadengebirge im Gebiet des Mount Rainier abgestürzt war. Dem Finder winkte eine Belohnung von 5000 Dollar, und Arnold, selbst Gründungsmitglied der Hilfs- und Bergungsmannschaft seiner Heimatstadt, rechnete sich gute Chancen aus, zumal sein eigenes Flugzeug speziell für Gebirgsflüge ausgerüstet war.

Kurz vor 2 Uhr nachmittags hob Kenneth Arnold von der Piste ab und nahm Kurs auf den 3660 m hohen Berg. Als ein erster Erkundungsflug über einen Gletscher an der Südwestflanke zu keiner Spur des verschollenen Flugzeugs führte, wendete Arnold über der Kleinstadt Mineral, Washington, und flog langsam zurück, um sich noch einmal umzusehen:

»Plötzlich fuhr ein ungeheuer heller Lichtblitz über den Himmel und erleuchtete das Flugzeuginnere, die Tragflächen und die ganze Umgebung fast wie bei einer Explosion, nur daß das Licht eine bläulichweiße Färbung aufwies. Dies ereignete sich mitten am Nachmittag, und ich flog den Berg mit der Sonne im Rücken an, hatte also hervorragende Sichtverhältnisse und sah aus dieser Höhe die ganze Welt wie einen riesigen Swimmingpool unter mir liegen. Es war ein prachtvoll klarer Tag und alles gestochen scharf zu erkennen. Mir schoß sofort – ich glaube, im Bruchteil einer Sekunde – der Gedanke durch den Kopf, daß da wohl einer vom Militär mit einer P 51 im Sturzflug vor meiner Kanzel niedergegangen sein mußte, und daß mich das von sei-

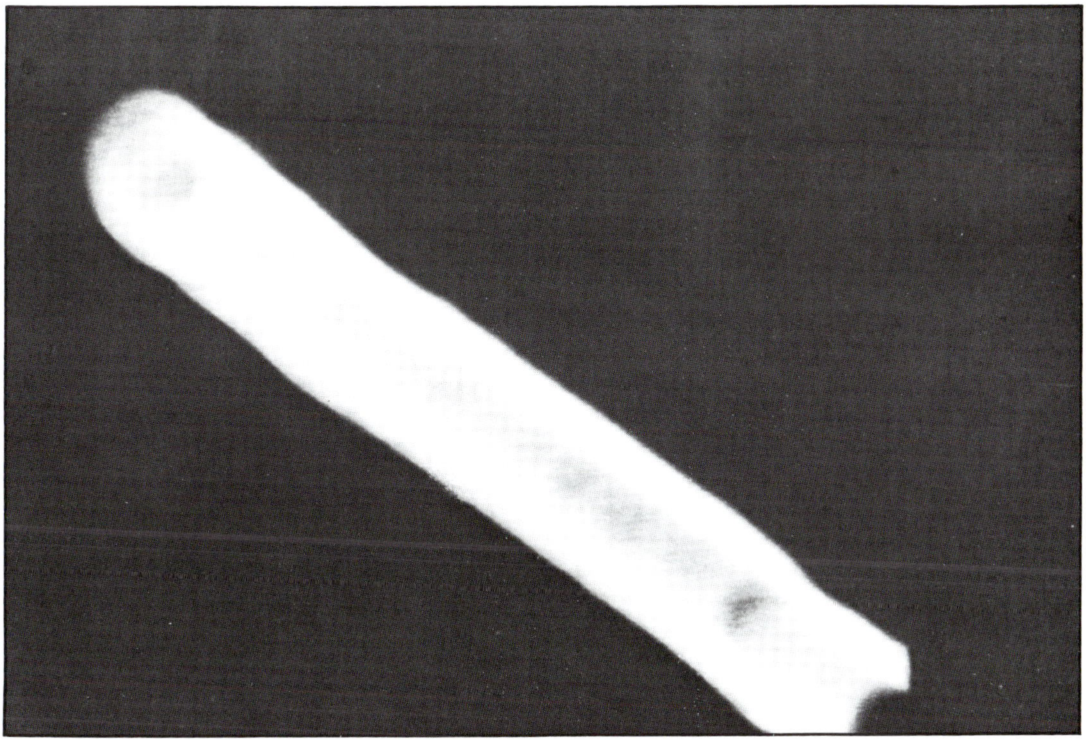

Polizeiaufnahme eines UFOs, das am 14. Dezember 1978 über Palermo, Sizilien, gesichtet wurde

Der Earl of Clancarty

Kenneth Arnold

nen Tragflächen reflektierte Sonnenlicht geblendet hatte. Als ich mich jedoch umschaute, konnte ich nichts entdecken, und da blitzte es schon wieder auf. Als ich den Blick nach links wandte, kam im Bereich des Mount Baker eine Kette äußerst eigenartiger Flugapparate daher. Sie flogen ziemlich ziellos, jedoch, wie ich sofort erkannte, mit ungeheurer Geschwindigkeit.«

Als erfahrener Pilot war Arnold daran gewöhnt, Größen, Geschwindigkeiten und Entfernungen vom Cockpit aus abzuschätzen. Er versuchte automatisch, die Hauptmerkmale der fremdartigen Maschinen zu erfassen:

»Ich schätzte ihre Spannweite auf mindestens 30 m, wahrscheinlich sogar etwas mehr. Sie flogen dicht über den Gipfeln in gleicher Höhe wie ich, d. h. schätzungsweise in 2700–2800 m, da ich sie in Augenhöhe vor mir hatte, und näherten sich in sehr hohem Tempo dem Mount Rainier. Insgesamt waren es neun, von denen fünf offenbar vorausflogen, während die restlichen vier, wie mir schien, in mäßigem Abstand hinterherkamen.«

Zu Arnolds Überraschung wiesen die Flugkörper keinerlei Ähnlichkeit mit den ihm bekannten Militär- oder Zivilmaschinen auf. Die meisten schienen rund und ohne Heck zu sein. Sie zeichneten sich deutlich gegen den Schnee ab und waren auf der Oberseite silbrig glänzend, unten dagegen schwarz. Offenbar stammte der Lichtschein, durch den Arnold auf die Flugkörper aufmerksam geworden war, von ihrer spiegelglatten Oberfläche. Sonderbar war auch ihre Art zu fliegen: »Sie gingen tiefer, führten eine vibrierende Bewegung aus und segelten dann dahin«, und zwar im Verband, »einer Art diagonalen Kette«, die jedoch keiner der Arnold bekannten militärischen Formationen entsprach. Da er die Topographie des Kaskadengebirges wie seine Westentasche kannte, konnte er zwei erstaunliche Berechnungen anstellen: Die Kolonne der Flugkörper war nicht nur 8 km lang, sondern legte auch ein Tempo von mindestens 1900 km/h vor, und das zu einer Zeit, in der 965 km/h für ein Flugzeug schon eine Spitzengeschwindigkeit war.
In der Befürchtung, möglicherweise eine unbefugt in den amerikanischen Luftraum eingedrungene unbekannte russische Waffe gesichtet zu haben, erstattete Arnold Meldung, als er zum Auftanken in Yakima zwischenlandete. Als er Pendleton erreichte, erwartete ihn auf dem Flugplatz bereits eine kleine Menschenmenge: Die Kunde von seiner außergewöhnlichen Beobachtung hatte sich bereits verbreitet, und jeder wollte ihn über den Vorfall befragen. An die breite Öffentlichkeit jedoch gelangte die Geschichte erst, als ein lokaler Journalist, dem Arnold sein Erlebnis berichtet hatte, seine Kollegen zusammentrommelte und eine dreitägige Pressekonferenz stattfand. Als der Leiter des örtlichen UPI-Büros fragte, wie die Objekte geflogen seien, gab Arnold eine Antwort, die dank der Formulierungskünste des Reporters die englische Sprache um einen neuen Begriff bereichern sollte. »Sie flogen«, erklärte Arnold, »wie wenn man eine Untertasse übers Wasser flitzen ließe, die in unregelmäßigen Abständen auf und nieder hüpft, nur, daß diese Dinger weiterflogen.« Als die UPI-Geschichte im Druck erschien, stellte die Schlagzeile die Bezeichnung »fliegende Untertassen« in großen Lettern heraus, und trotz Arnolds nachdrücklicher Versicherung, daß er eine solche Beschreibung nicht auf die Flugkörper selbst angewandt habe, fesselten diese beiden Worte die Phantasie der Öffentlichkeit.
Warum Kenneth Arnolds Geschichte eine derartige Aufregung hervorrief, läßt sich heute nur schwer sagen. Möglicherweise hatten Percival Lowells Theorien über eine Mars-Zivilisation bzw. die von diesen Theorien inspirierten Bücher von Edgar Rice Burroughs die Öffentlichkeit für die Vorstellung von Besuchern aus dem All empfänglich gemacht. Die Panik jedenfalls, die 1938 nach Orson Welles' Rundfunkfassung von H. G. Wells' Roman *Der Krieg der Welten* viele Amerikaner erfaßte, schien mit Sicherheit aus dieser Ecke zu kommen. Vielleicht auch waren die Leute nach dem erfolgreichen Einsatz deutscher Raketen im Zweiten Weltkrieg von der Möglichkeit der Raumfahrt überzeugt. Und schließlich haben wohl die Zeitungsberichte über Kenneth Arnolds Erlebnis so manchen erstmals zur Himmelsbeobachtung angeregt und zur Erörterung aller nicht ohne weiteres erklärbaren Wahrnehmungen geführt. Wo die Menschen im 19. Jahrhundert neue Planeten, Kometen oder sogar himmlische Besucher gesehen hatten, entdeckten sie jetzt fliegende Untertassen.

UFO-Beobachtungen

Seither haben sich zwei Denkschulen herausgebildet: diejenigen, die an UFOs glauben, und jene, die zwar von der Existenz seltsamer und unerklärter Himmelserscheinungen überzeugt sind, diese aber nicht notwendig auf Raumschiffe aus dem All zurückführen. Dreißig Jahre später, als aus den fliegenden Untertassen UFOs geworden waren und die »UFOlogie« in mancher Leute Augen den Status einer Wissenschaft erlangt hatte, kamen diese Ansichten in der erwähnten Oberhausdebatte zum Vorschein. Während viele Redner einen gemäßigten Standpunkt bezogen,

Von Stephen Pratt am 28. März 1966 über Conisbrough, Yorkshire, aufgenommene UFOs

brachte Lord Clancarty in seiner Eröffnungsansprache die Argumente der UFO-Anhänger vor. Wie er mit Nachdruck betonte, ließ sich an der Existenz der UFOs um so weniger rütteln, als sie von so vielen redlichen Normalbürgern gesehen worden waren. Außerdem hatten viele geschulte Beobachter wie Piloten, Küstenwachtangehörige, Polizeibeamte und Funktechniker sowie mindestens acht Astronomen solche Flugobjekte gesehen. Nach den Angaben dieser Zeugen tauchten die UFOs in jeglicher Form und Größe auf: Neben zigarrenähnlichen gab es ovale, scheiben-, kugel-, pfannkuchen-, halbmond- und kaulquappenförmige. Viele waren auffallend hell beleuchtet, wobei die Scheinwerfer häufig die Farbe wechselten und gelegentlich bei denen, die mit ihren Strahlen in Berührung kamen, Verbrennungen hervorriefen. Am wichtigsten aber war die Behauptung des Lords, Beispiele für viele eindrucksvolle Begegnungen nennen zu können, die sich nicht einfach von der Hand weisen ließen.

So war im Jahr 1954 ein Stratosphärenflugzeug der BOAC, die Boeing *Centaurus,* beim Flug von New York nach London einem leuchtenden, von sechs kleineren Objekten begleiteten Flugkörper begegnet. Als die Besatzung der Bodenstation Meldung machte, stiegen Jagdflugzeuge auf, bei deren Annäherung die Objekte jedoch verschwanden. Dieser Vorgang wurde von acht Besatzungsmitgliedern und 14 der 51 Passagiere beobachtet. Ein andermal kreuzten dreizehn Tage lang über den raketenbestückten strategischen Luftstützpunkten der amerikanischen Staaten Michigan, Montana, North Dakota und Maine UFOs herum, die beim Anflug von Abfangjägern ihre Scheinwerfer abblendeten und entschwanden. Schließlich gab Lord Clancarty noch die ungewöhnliche Geschichte jenes großen UFOs zum besten, das in den frühen Morgenstunden eines Februartages im Jahre 1978 von Hunderten von Augenzeugen über der iranischen Hauptstadt Teheran gesichtet worden war. Als ein Phantom-Düsenjäger der iranischen Luftwaffe die näheren Umstände erkunden wollte, versagten Kommunikationssystem und Bordinstrumente, so daß er unverrichteterdinge zum Stützpunkt zurückkehren mußte. Hierauf nahm ein zweiter Jet die Verfolgung auf, doch als er sich dem UFO näherte, löste sich von diesem ein zweiter, kleinerer Flugkörper und steuerte auf das iranische Kampfflugzeug zu. Der Pilot versuchte daraufhin eine AIM-9-Rakete abzufeuern, stellte aber gleichfalls den Ausfall sämtlicher Instrumente fest. Als er einen Sturzflug machte, um dem kleineren UFO auszuweichen, kehrte dieses zum »Mutterschiff« zurück, worauf die Instrumente wieder ordnungsgemäß funktionierten. Inzwischen entfernte sich das UFO.

Beispiele wie diese von Lord Clancarty zitierten und von glaubwürdigen Augenzeugen bestätigten Beobachtungen, die sich nicht unter die bekannten Erscheinungen einreihen lassen, bilden die Hauptstütze der UFO-Anhänger. Zu den überzeugendsten Erlebnisberichten zählt die berühmte Meldung vom 30./31. Dezember 1978 aus Neuseeland, bei der das UFO nicht nur von Augenzeugen gesichtet und mittels Radar aufgespürt, sondern sogar gefilmt wurde.

Hier kurz die Geschichte. Am 30. Dezember 1978 bestieg ein Filmteam unter Leitung des australischen Fernsehreporters Quentin Fogarty auf dem Flughafen Blenheim auf der neuseeländischen Südinsel eine Maschine, die Zeitungen nach Wellington befördern sollte. Fogartys Melbourner Redaktion hatte den Auftrag erteilt, nach einem UFO Ausschau zu halten, das einige Nächte zuvor ein anderes Flugzeug etwa 19 km längs der Küste verfolgt haben sollte. Gegen Mitternacht beobachtete das Filmteam über der Stadt Kaikoura an der Nordostküste einige helle Lichter und erhielt von der Radarstation in Wellington die Bestätigung, daß im betreffenden Gebiet unbekannte Objekte geortet worden waren. Während der verblüffte Reporter einen Kommentar auf Band sprach, gelang es dem Kameramann, einige der rasch vorbeiziehenden Lichter auf Film zu bannen. Auf dem Rückflug aber ereignete sich etwas noch Aufregenderes, denn nun tauchte an Steuerbord ein strahlendes Objekt auf, das nach Aussage des Kameramanns einen hellerleuchteten Unterbau und eine Art durchsichtige Kuppel aufwies. Als der Pilot den Flugkörper anzusteuern versuchte, behielt dieser seinen Abstand zum Flugzeug bei, zog dann jedoch vor der Maschine nach links und tauchte unter ihr weg. Auch diesmal hatte die Radar-Bodenstation im betreffenden Bereich unbekannte Objekte ausgemacht.

Kaum war der Film über die Fernsehschirme in aller Welt gegangen, hatten die Astronomen auch schon Erklärungen parat. Während die einen meinten, das Filmteam habe Meteore gesehen und die anderen für Planeten wie Jupiter und Venus plädierten, behaupteten wieder andere, infolge besonderer atmosphärischer Verhältnisse könnten sich die Scheinwerfer einer im fraglichen Gebiet kreuzenden japanischen Fischereiflotte am Himmel gespiegelt haben. Damals schienen diese Deutungen ganz plausibel, doch hat eine genaue Untersuchung des Films und der Augenzeugenaussagen mittlerweile wieder alles in Frage gestellt. Der Initiator dieser Überprüfung, der Optiker Dr. Bruce Maccabee von der US-Kriegsmarine, nimmt in seinem ausführlichen Report alle Erklärungsversuche unter die Lupe. Er gelangt jedoch zu dem Schluß, daß keiner eine überzeugende Antwort liefert. So konnte Maccabee z. B. die Planetentheorie durch den Nachweis entkräften, daß die Venus zum Zeitpunkt der Beobachtung noch nicht am Himmel stand, andere Planeten nicht hell genug strahlten und sich in der falschen Richtung befanden. Auch die japanische Fischereiflotte war zu weit entfernt, als daß Fogarty und seine Kollegen ihre Scheinwerfer hätten wahrnehmen können.

Um in die vielen tausend jährlich einlaufenden UFO-Berichte eine gewisse Ordnung zu bringen, hat der amerikanische Astronom Dr. J. Allen Hynek die Beobachtungen in drei Gruppen eingeteilt, nämlich nahe Begegnungen erster, zweiter und dritter Art. Letztere – d. h. ein tatsächliches Zusammentreffen mit menschenähnlichen Geschöpfen aus dem All – sind dank eines einschlägigen Spielfilms zwar am bekanntesten, aber auch am seltensten und umstrittensten. Das neuseeländische UFO fällt unter die erste Kategorie, handelte es sich doch nach Hyneks Begriffen um »ein Naherlebnis ohne greifbare physische Auswirkungen« auf die Beobachter. Vorfälle dieser Art ereignen sich zweifellos am häufigsten. Doch die UFO-Anhänger können auch auf viele Beispiele der zweiten Kategorie verweisen, die laut Hynek durch »meßbare physische Auswirkungen auf das Land sowie lebende und nicht lebende Objekte« gekennzeichnet ist. Eine solche Begegnung aus dem Gebiet von Moses Lake im Staate Washington hat trotz ihres ungewöhnlichen Charakters in der Öffentlichkeit nur wenig Beachtung gefunden.

In einer Augustnacht des Jahres 1965 wurde Mrs. Nancy Hawes, die sich allein mit ihren Söhnen Philip und Cliff in ihrem ein paar Kilometer von Moses Lake entfernten Haus aufhielt (ihr Mann befand sich zu diesem Zeitpunkt auf Geschäftsreisen in Kanada), um halb drei Uhr morgens durch ein Geräusch aus dem Schlaf gerissen. Es war, als ertönte irgendwo über ihrem Kopf eine Klingel, während draußen der Hund anschlug und die Pferde auf der nahen Koppel wieherten. Ein sonderbar heller Lichtschein erfüllte das ganze Haus. Aus irgendeinem ihr selbst nicht erkennbaren Grund blickte Nancy Hawes nicht aus dem Fenster, sondern sah nur nach, ob die Kinder noch schliefen und legte sich dann wieder zu Bett. Am nächsten Morgen holte ein Nachbarskind die Buben von Mrs. Hawes zum Spielen ab, deren Lieblingsbeschäftigung darin bestand, auf der Pferdekoppel nach Pfeilspitzen zu graben, die die Indianer in vergangenen Zeiten hier zurückgelassen hatten. Als jedoch der Nachbarsjunge, Philip Evans, als erster auf der Koppel anlangte, war der Gedanke an die Pfeilspitzen schnell verflogen, denn die Kinder entdeckten am Boden riesige Fußspuren, die von einer schüsselförmigen Vertiefung ausgingen und nach etwa 45 m wieder zu ihr zurückführten. Es fanden sich auch Abdrücke wie von einem Dreifuß.

Trotz des harten Bodens hatten sich die Trittspuren mehrere Zentimeter tief eingeprägt. Beim Nachmessen stellten die Buben eine gleichbleibende Länge von 56 cm fest, während die »Beinstellung«, wie Mrs. Hawes sich ausdrückte, konstant einen Zwischenraum von 46 cm aufwies. Die Schrittlänge betrug auf dem »Hinweg« 1,80, auf dem »Rückweg« dagegen 3 m. Da sich Mrs. Hawes auf das Ganze keinen Reim machen konnte, rief sie die Ortspolizei, die aber auch keine plausible Erklärung fand für die Fußspuren und das Klingelgeräusch (das laut Mrs. Hawes keinesfalls von ihrem Wecker stammte), für das wilde Gebaren der Pferde mitten in der Nacht und den sonderbaren Lichtschein, der das Haus erfüllt hatte. Auch ein zu Rate gezogenes Team vom nahen Luftstützpunkt Larsen stand vor einem Rätsel.

Noch merkwürdiger war die grobe Behandlung, die einem bei der örtlichen Development Corporation beschäftigten Förster am Freitag, dem

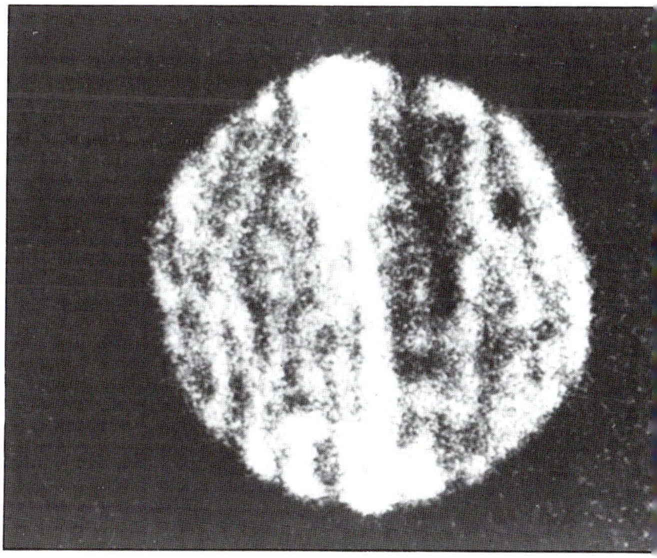

Das über Kaikoura im Osten der Südinsel Neuseelands gefilmte UFO, von dem »ein sehr helles, weißes Licht ausstrahlte«

Nancy Hawes

9. November 1979, im schottischen Livingston widerfuhr. Als sich Bob Taylor an besagtem Morgen gegen 10 Uhr auf seiner gewohnten Kontrollrunde durch die Wälder vor der Stadt befand und auf einer Waldstraße um die Ecke bog, sah er auf einer Lichtung zu seiner maßlosen Überraschung einen großen Metallkegel stehen. Wie er selbst sagt:

»Als ich um die Kurve kam, sah ich zu meiner Verwunderung dieses Vehikel und blieb wie angewurzelt stehen. Es glich einem riesigen Brummkreisel von etwa 6 m Breite und der gleichen Höhe, der ringsum einen weit vorspringenden Rand aufwies. Aus diesem ragte ein Stab, der am Ende mit Propellerflügeln bestückt schien, während dahinter Luken sichtbar waren.«

Plötzlich kamen aus dem UFO zwei Kugeln mit langen, spitz zulaufenden Schäften auf Taylor zugeflogen. Er verlor das Bewußtsein, und als er – wieviel später, vermag er nicht zu sagen – wieder zu sich kam, war seine Hose zerfetzt, und er spürte heftige Kopfschmerzen. Obwohl er sich »völlig ausgepumpt« fühlte, konnte er sich schließlich nach Hause schleppen. Seinen Lieferwagen ließ er am Straßenrand stehen. Taylors Hosen zeigten merkwürdig lange, nach oben verlaufende Risse im starken Gewebe, und seine Hüften waren zerkratzt. Er hatte einen unangenehmen Geschmack im Mund, ähnlich jenem Geruch, den er unmittelbar vor seiner Ohnmacht wahrgenommen hatte.
Auch hier wurde die Polizei hinzugezogen, die in einem Kreis von 4,50 m Durchmesser angeordnete, offenbar von irgendwelchen Spitzen herrührende Vertiefungen vorfand und photographierte. Die Löcher selbst wiesen eine Tiefe von 10 und einen Durchmesser von 9 mm auf. Doch weder die Beamten noch der seit 16 Jahren in Livingston beschäftigte Bob Taylor konnten das Rätsel lösen.
Die nach Lord Clancartys Darstellung ständig wachsende Zahl der UFO-Meldungen scheint jenen recht zu geben, die diese Flugkörper auf extraterrestrische, unsere Erde beobachtende Wesen zurückführen und hat schon viele kostspielige Nachforschungen ausgelöst. Bereits in der Frühzeit der UFOs, kurz nach Kenneth Arnolds Erlebnis, startete die US Air Force die erste von mehreren Untersuchungen, mit denen sie Aufschluß über das Phänomen zu gewinnen hoffte. Auf dieses sogenannte »Project Sign« folgte 1949 das »Project Blue Book« und schließlich das Condon Committee, das 1969 ein Gutachten erstellte. Doch auch diesen Komitees gelang es nicht, bestimmte Fälle aufzuklären, bzw. die UFOs als Flugkörper aus dem Weltraum zu identifizieren. Die französische Regierung unterhält derzeit ein kleines, unter der Bezeichnung *Gepan* bekanntes Forschungsteam in Toulouse, während mindestens eine Privatorganisation, Project Starlight International in Austin, Texas, UFO-Berichte mit komplizierten Apparaturen auswertet. In Kalifornien informiert ein Lehrer Interessierte in Sonderkursen, wie sie sich bei der Begegnung mit einem Besucher aus dem All verhalten sollen. In Frankreich wurde ein besonderer Flugplatz für Extraterrestrier angelegt, der aber mangels Zustroms vor mehreren Jahren wieder geschlossen werden mußte.

UFOs: Fehldeutungen

Viele allerdings finden das gewichtige »Beweismaterial« wenig überzeugend und begegnen den angeblichen Beobachtungen mit Skepsis – so auch ein Großteil der an der Oberhausdebatte beteiligten Redner. Da ist beispielsweise Lord Trefgarne, der, wie er sagte, als Pilot bei seinen vielstündigen Flügen über den Atlantik noch nie ein UFO zu Gesicht bekommen hatte. Und da ist Lord Kings Norton, der die Ansicht vertrat, viele dieser Flugkörper seien Objekte irdischer Herkunft wie Flugzeuge, Satelliten und Raketen, bzw. kosmische Erscheinungen wie Meteoriten oder Nordlichter. Lord Hewlett schließlich hatte von dem namhaften Astronomen Sir Bernard Lovell die Auskunft erhalten, sein Teleskop in Jodrell Bank habe in dreißig Jahren kein einziges UFO eingefangen, während am Himmel allerlei Abfall – von Resten zerschellter Raketen bis zu Trümmern, die auf natürliche Weise entstanden, – herumfliege. Demnach können also nicht nur die UFO-Anhänger, sondern auch die Skeptiker zur Rechtfertigung ihres Standpunkts einiges ins Treffen führen. Ihr Hauptargument lautet, die große Mehrheit der UFO-Beobachter erzähle keineswegs Lügengeschichten, sondern erliege ganz einfach optischen Täuschungen.
Als Beweis können die Skeptiker zahlreiche Fälle anführen, darunter die spaßige Geschichte zweier Engländer, die nach Pressemeldungen in der Nähe ihres Wohnorts in Nottinghamshire »eine große beleuchtete Kuppel« gesehen hatten. Als aber lokale UFO-Forscher der Sache auf den Grund gingen, entpuppte sich das geheimnisvolle Objekt

schlicht als »weißbraune Kuh im Mondenschein«!
Wie sehr sich sogar die zuverlässigsten Leute täuschen können, beweist folgende, einem 1973 ausgefüllten Fragebogen über eine UFO-Beobachtung entnommene Darstellung. Der Zeuge, ein Mann aus Atlanta, Georgia, erklärte, er habe an einem Oktoberabend des Jahres 1969 gegen 19.15 Uhr östlicher Normalzeit im Westen »in rund 30 Grad Höhe« ein UFO gesichtet. Es habe sich vom Himmel durch größere Helligkeit abgehoben und zeitweilig sogar »die Leuchtkraft des Mondes« erreicht, während seine Dimension von »größer als ein Planet bis zu scheinbarer Mondgröße« schwankte. Es »kam näher, entfernte sich, kam wieder näher und verschwand«, wobei seine Entfernung »schätzungsweise 300–900 m betragen haben dürfte«. Als aber ein rühriger UFO-Skeptiker, Robert Sheaffer, das Beweismaterial erneut unter die Lupe nahm, klärte sich das Rätsel rasch auf. Da der Augenzeuge nach eigenem Bekunden am fraglichen Tag mit Mitgliedern des Lions Club aus Leary, Georgia, beisammen gewesen war, mußte es sich um den 6. Januar 1969 gehandelt haben. Als Sheaffer daraufhin die Sternkarten für die betreffende Nacht einsah, konnte er unter Berücksichtigung dessen, was der Zeuge über Verhalten und Höhe des von ihm gesichteten Objekts gesagt hatte, zweifelsfrei nachweisen, daß der Mann den Planeten Venus beobachtet haben mußte. Man mag es seltsam finden, daß sich jemand die Mühe machte, die wahre Identität eines viele Jahre zuvor gesichteten »UFOs« zu ergründen. Doch gerade dieses Objekt war zur wichtigen Stütze der UFO-Lobbyisten aufgerückt, da es sich bei dem Augenzeugen zufällig um Jimmy Carter, den späteren Präsidenten der Vereinigten Staaten, handelte.
Die Venus wird so oft für eine Art Raumschiff gehalten, daß man sie »Königin der UFOs« getauft hat. Das ist ein wohlverdienter Titel, wie folgender Ausschnitt aus einem Artikel des namhaften britischen Physikers und Nachrichtenexperten R. V. Jones beweist. Er schreibt:

»Ich stieß etwa 1925 auf dieses Thema, als ich in Oxted, Surrey, von einem hellen Licht hörte, das jede Nacht langsam über den Himmel wandern sollte. Wie ich erfuhr, blieb ein Ehepaar sogar die ganze Nacht auf, um die Erscheinung zu beobachten. Es handelte sich um die Venus, die durch ihre Helligkeit die Aufmerksamkeit auf sich gezogen hatte. Daß auch alle anderen Planeten und

Die Venus, »Königin der UFOs«

Sterne scheinbar über den Himmel wandern, war ihnen bis dahin noch nie aufgefallen. Tatsächlich hat die Venus im Lauf der Jahre eine Menge Verwirrung gestiftet. 1940 oder 1941 etwa gab die Bedienungsmannschaft eines Flakgeschützes irgendwo im englisch-schottischen Grenzgebiet die beunruhigende Meldung durch, die Deutschen verfügten offenbar über ein neues, in großer Höhe fliegendes Flugzeug, das angeblich beleuchtet sein sollte und dessen Flugbahn sie mit ihrem Entfernungsmesser bestimmt hatten. Sie lag, wenn ich mich recht entsinne, bei 7800 m, wobei wir uns fragten, wie sie wohl zu dieser präzisen Zahl gekommen waren. Bei genauerem Nachforschen stellte sich dann heraus, daß dies der höchste Wert auf ihrer Meßskala war und daß sie – wie so viele andere auch – die Venus anvisiert hatten. Dieselbe Erklärung gilt für eine Reihe von fliegenden Untertassen, die in Nordschottland zu meiner Kenntnis gelangten. Manchmal wußten wir im voraus, in welchen Nächten wir mit Meldungen zu rechnen hatten. Sie gingen immer dann ein, wenn die Venus hell sichtbar am Himmel stand.«

Tatsächlich wurde fast alles, was durch die Luft fliegt, irgendwann schon einmal für ein UFO gehalten. Ein Skeptiker, Donald H. Menzel, hat sogar eine Liste »ausgewählter Beispiele« zusammengestellt. Sie reichen von Erscheinungen in den höheren Schichten der Atmosphäre, wie Raketenzündungen und Ionosphären-Experimenten, über Wolken, Kleinluftschiffe, Zugvögel und Flugzeug-Landescheinwerfer in den unteren Schichten bis zu Papierdrachen, Spinnweben, Federn und Fallschirmen in den untersten Bereichen und schließlich Leuchttürmen, Wetterfahnen, spiegelnden Fensterscheiben und Eisbergen auf bzw. nahe Boden- oder Meereshöhe. Außerdem führt Menzel an: meteorologische Erscheinungen wie Leuchtwolken, Sonnen- und Mondhalos sowie Kugelblitze, astronomische Manifestationen wie Planeten, Meteore und Kometen, physiologische Effekte wie Nachbilder von Straßenlampen und sogar Streichhölzern auf der Netzhaut, Sehfehler wie Astigmatismus oder Kurzsichtigkeit und Auswirkungen seelischer Probleme wie Halluzinationen.

Manche UFO-Berichte lassen sich auch, wie verschiedene Forscher überzeugend demonstrieren konnten, auf unvermutete Naturphänomene zurückführen. So gelang Philip S. Callahan und R. W. Mankin von der Forschungsabteilung des US-Landwirtschaftsministeriums in Gainesville, Florida, in Laborversuchen der Nachweis, daß Insektenschwärme, die an gewittrigen Tagen in die in größerer Höhe entstehenden elektrischen Felder aufsteigen, ein als Elmsfeuer bekanntes Leuchtphänomen auslösen können. Davon ausgehend, deckten die beiden Forscher eine Wechselbeziehung zwischen einer Welle von UFO-Beobachtungen und dem Auftreten einer Insektenplage im Uinta Basin in Utah in den Jahren 1965–1968 auf. Die UFOs waren nachweislich zu einem Zeitpunkt gesichtet worden, als die nahen Wälder unter starkem Befall einer bestimmten Insektenart zu leiden hatten. Da diese bei Einzel-Labortests Elmsfeuer ausgestrahlt hatte, äußerten Callahan und Mankin die Vermutung, ganze Schwärme dieser Lebewesen könnten bei stürmischen Witterungsverhältnissen sehr wohl für UFOs gehalten worden sein.

Außerdem können die Skeptiker auf viele mittlerweile aufgeklärte Fälle verweisen, in denen UFO-Beobachtungen nicht auf einer falschen Identifizierung beruhen, sondern auf Fälschungen oder Falschmeldungen. Eine der gelungensten UFO-Fälschungen aller Zeiten produzierten 1962 zwei Schulbuben aus dem englischen Sheffield, die fünf über den Vorort Mosborough ziehende Flugobjekte geknipst haben wollten. Ein Jahrzehnt lang bildete der »beste UFO-Schnappschuß der Welt«, wie die Presse ihn überschwenglich nannte, das Glanzstück in der Beweissammlung der UFO-Gläubigen. Doch im Oktober 1972 gestand einer der Beteiligten, David Brownlow, sie hätten damals fünf untertassenähnliche Gebilde auf eine Glasscheibe gepinselt und das Ganze photographiert. Interessanterweise war nach Veröffentlichung des von den Jungen gemachten Photos nicht nur eine Welle von UFO-Beobachtungen in dieser Gegend zu verzeichnen. Die spätere Aufklärung des Ganzen als Scherz stieß auch nach Aussage der Fälscher schlichtweg auf Unglauben. Ebenso wird auch viel Aufhebens von den UFOs gemacht, die die NASA-Astronauten bei ihren Weltraummissionen gesichtet haben sollen. Diese Geschichten fanden so weite Verbreitung, daß James Oberg vom Johnson Space Center in Houston, ein ebenso emsiger wie skeptischer Forscher, die entsprechenden Fälle unter die Lupe nahm. Sie erwiesen sich als haltlose, vielfach völlig aus der Luft gegriffene Erfindungen bzw. verdrehte Darstellungen. So hieß es z. B., Jim Lovell und Edwin Aldrin hätten bei ihrem Gemini-12-Flug am 11. November 1966 vier aneinandergekoppelte UFOs in Reihenformation beobachtet. Wie Oberg jedoch herausfand, wußten die Kosmonauten sehr wohl, was da geflogen kam – nämlich vier volle Abfallbeutel, die sie eine Stunde zuvor über Bord geworfen hatten. Und am 12. September des gleichen Jahres sollten die Astronauten Richard Gordon und Charles Conrad ein mehrere Kilometer entferntes »orangegelbes UFO« gemeldet haben, das sich jedoch bei genauerem Hinsehen als der russische Satellit Proton 3 und nicht als kosmisches Raumschiff entpuppte.

Wieder anders liegen die Dinge bei jenem UFO, das am Silvesterabend des Jahres 1978 vom Hausmeister Dominic Valdez und seinen Angehörigen über Runcorne in der englischen Grafschaft Cheshire gesichtet wurde. Mr. Valdez hatte am Nachmittag dieses Tages in seiner Schule die Stühle für eine Abendveranstaltung bereitgestellt und ging gegen 7 Uhr mit seinen Kindern hinaus, um seine soeben zur Party eingetroffene Schwester, Mrs. Veronica Scantlebury, und ihren Gatten zu begrüßen, als die soeben aus dem Auto gestiegene Mrs. Scantlebury plötzlich ein: »Mein

Rechts: Linsenförmige Wolke in Gestalt einer fliegenden Untertasse

Gott! Was ist denn das?« ausstieß. In der Tat schwebte über den Häusern auf der gegenüberliegenden Straßenseite in etwa 460 m Höhe ein hell erleuchtetes Objekt, das nicht die mindeste Ähnlichkeit mit irgendeinem bekannten Flugzeug aufwies. Die Nacht war kalt und klar, und da sowohl Mr. und Mrs. Scantlebury als auch Dominic Valdez die Maschine mindestens eineinhalb Minuten lang beobachteten, konnten sie sie später aus dem Gedächtnis genau beschreiben: Sie zeigte hell erleuchtete Luken, war zigarrenförmig und schien am hinteren Ende Flammen auszustoßen, während das Vorderende in andersfarbigem Licht erstrahlte. Das Flugobjekt zog geräuschlos auf einer geradlinig erscheinenden Bahn so tief am Himmel dahin, als würde es jeden Augenblick auf die Dächer krachen. So gespenstisch und rätselhaft der Anblick auch anmutete – es handelte sich dennoch um kein Raumschiff aus dem All, sondern, wie Experten später herausfanden, um die Überreste einer russischen Rakete, die am 26. Dezember den Raumsatelliten COSMOS 1068 in seine Umlaufbahn befördert hatte. Ihr Niedergehen wurde von vielen (darunter auch dem an der Oberhausdebatte beteiligten Lord Gainford) beobachtet, bis sie schließlich in der Nähe von Hannover endgültig zu Boden stürzte.

Ein vergleichbarer, ebenfalls recht bekannter Vorfall ereignete sich im Jahr 1968, als am 3. März aus mindestens neun amerikanischen Bundesstaaten UFO-Meldungen eingingen. Die Luftwaffe wurde mit Anrufen bestürmt, wobei die einen behaupteten, der von ihnen beobachtete Flugapparat habe erleuchtete Fenster gehabt, während andere ihn mit einem »langen Düsenflugzeug« verglichen. Die Air Force reagierte indessen gelassen, da für sie die wahre Natur des sonderbaren Leuchtobjekts bereits nach einigen Ermittlungen feststand: Es handelte sich gleichfalls um ein russisches Raumschiff, und zwar um den Satelliten ZOND IV, der seine vorgesehene Umlaufbahn verfehlt hatte und, in brennende Einzelteile aufgelöst, abstürzte. Interessant in diesem Zusammenhang ist, daß die Schilderungen bei aller Anschaulichkeit ziemlich ungenau waren. So hatten beispielsweise verschiedene Augenzeugen behauptet, das Objekt sei niedrig geflogen oder habe gar die Bäume gestreift, während ZOND IV in Wirklichkeit in 120 km Höhe dahinzog.

Skeptisch äußerte sich auch der britische Regierungssprecher, Lord Strabolgi, als er nach dreistündiger Debatte die Oberhaussitzung beendete. In seiner Schlußansprache umriß Strabolgi die Lage aus seiner Sicht und der seiner Kollegen mit den dürren Worten: »Nichts vermag die Regierung davon zu überzeugen, daß je auch nur ein einziges Raumschiff aus dem All die Erde besuchte, geschweige denn, daß die Zahl dieser Besuche, wie Seine Lordschaft, der Earl of Clancarty, behauptet, stetig zunimmt.« Zur Untermauerung seines Standpunkts stellte Lord Strabolgi eine Reihe von Fragen, die in der einen oder anderen Form jeden UFO-Skeptiker beschäftigen. So als erste die, welche Absicht eine fortgeschrittene und dank ihres technologischen Standes zu solch ausgedehnten Weltraumflügen befähigte Zivilisation im All (falls es eine solche geben sollte) »mit diesen zahllosen, angeblich schon seit mindestens drei Jahrzehnten durchgeführten, jedoch keinem erkennbaren Zweck dienenden Besuchen auf unserem Planeten verfolgen sollte«.

»Der Gedanke scheint in sich widersprüchlich. Wenn uns, um es auf den einfachsten Nenner zu bringen, diese angeblichen Besucher aus dem All aus dem Weg gehen wollten, dann stellte die Zahl der gemeldeten Beobachtungen sicher nur einen winzigen Bruchteil der tatsächlichen UFO-Bewegungen dar, die demnach in die Millionen gehen müßten. Wollten sie aber nicht unbemerkt bleiben, dann dürften wir gewiß mit offenen Begegnungen rechnen.

Warum haben sie nie versucht, Kontakt zu uns aufzunehmen? Warum gibt es keinen Hinweis darauf, daß sie in Funkverbindung zu uns treten wollten? Und müßte der lebhafte Flugbetrieb extraterrestrischer Objekte nicht von unserem Radar-Abwehrsystem registriert werden? Warum wurde kein einziger Gebrauchsgegenstand gefunden? Und wo sollten sich diese kosmischen Raumschiffe versteckt halten?«

Doch Lord Strabolgi beschränkte sich keineswegs auf Fragen. Nachdem er alle möglichen, fälschlich für UFOs gehaltenen Himmelserscheinungen beschrieben hatte, zog er den Schluß, daß

»tatsächlich Zehntausende sonderbarer Dinge zu sehen sind. Wir haben uns angewöhnt, derartige Erscheinungen als ›UFOs‹ zu bezeichnen und diesen Begriff nur allzu leicht in ›Raumschiffe aus dem All‹ umzumünzen. Doch die Erscheinungen sind zu flüchtig und die Beschreibungen zu ungenau, als daß man sie auf eine bestimmte Ursache zurückführen könnte. Alles, was wir feststellen

Skizze der fliegenden Untertasse, die Stephen Darbyshire am 4. Februar 1954 über Coniston, Lancashire, sichtete und die entstand, bevor die zugehörige Photographie entwickelt wurde

Stephen Darbyshires Photo

können, ist, daß es eine Vielzahl einfacher Erklärungen dafür gibt, und daß es deshalb der ausgefallenen Hypothese, die auf extraterrestrische Raumschiffe hinzielt, nicht bedarf.«

Mit diesen Worten wies Lord Strabolgi im Namen der britischen Regierung Lord Clancartys Begehren nach einer UFO-Untersuchung zurück und suchte klarzustellen, daß die Wahrheit keineswegs »vertuscht« werde. Die einlaufenden UFO-Meldungen würden auf etwaige, für die Landesverteidigung wichtige Details untersucht und nur deshalb vertraulich behandelt, um die Privatsphäre der Informanten zu schützen.
Obwohl die Debatte als einzig konkretes Ergebnis neben dem Meinungsaustausch lediglich die Aufstellung einer Oberhaus-UFO-Studiengruppe erbrachte, hatten die Diskussionsbeiträge doch die Kernprobleme beider Seiten beleuchtet: So sind die UFO-Anhänger trotz aller mutmaßlichen Beobachtungen und Analysen von Augenzeugenberichten und trotz der festen Überzeugung, daß es UFOs geben müsse, nach über dreißig Jahren intensiver Nachforschungen noch immer den unumstößlichen Beweis einer Begegnung schuldig, auch wenn, um einen ihrer Lieblingssprüche zu zitieren, fehlende Beweise kein Beweis für mangelnde Begegnungen sind. Die Skeptiker dagegen stehen vor der unmöglichen Aufgabe, dem Beweis dafür zu erbringen, daß etwas *nicht* existiert.
Welchen Standpunkt sie auch vertreten haben mögen – Anhänger wie Skeptiker dürften in jener Januarnacht beim Verlassen des Parlamentsgebäudes einen Augenblick lang ehrfurchtsvoll zum Himmel aufgeschaut haben.

Arthur C. Clarke meint dazu:
Alle paar Jahre sitze ich über einem Artikel: »Letztes Wort in Sachen UFOs« (das vorletzte letzte Wort findet man in *The View from Serendip*). Um es kurz zu machen:
Ich habe inzwischen so viele UFOs beobachtet, daß mich das Thema zum Gähnen langweilt und ich nicht einmal die Straße überqueren würde, um noch eines zu sehen. Im übrigen hat sich, wie ich gleich anfügen möchte, noch jedes meiner UFOs schließlich in ein *bekanntes* Flugobjekt verwandelt. Fast jedes hätte die meisten Laien zum Narren gehalten, und ein paar narrten auch mich eine Zeitlang, obwohl ich mir in diesem Punkt einige Erfahrung zugute halten darf.
Das letzte Beispiel zählt zu den besten: Ich sichtete das UFO an einem Spätnachmittag, als ich im Schatten meines Hauses in Colombo stand und einem Freund den Planeten Venus zeigte. (Die Tatsache, daß die Venus bei hellem Tageslicht sichtbar ist, versetzt die meisten Leute in großes Erstaunen und ist für viele UFO-Meldungen verantwortlich.)
Ich deutete also auf den winzigen hellen Stern, der hoch droben am westlichen Himmel blinkte. »Da ist sie!« sagte ich.
Doch mein Freund deutete fast im rechten Winkel nach Norden und sagte: »Nein – dort!«
Wir stritten uns ein Weilchen, bis ich schließlich zu meinem maßlosen Erstaunen einräumen mußte, daß die Venus offenbar eine eineiige Zwillingsschwester besaß, einen glänzenden Stern, der reglos fast in gleicher Höhe im Nordwesten stand.
Einen flüchtigen Moment lang sah ich mich schon als Entdecker der Supernova Clarke astronomischen Ruhm ernten und fragte mich, was es wohl kosten würde, das Schweigen meines Freundes zu erkaufen. Dann eilte ich zu meinem Teleskop und fand des Rätsels Lösung.
Was da oben blinkte, war der allnachmittäglich zu Messungen in die Atmosphäre entsandte örtliche Wetterbeobachtungsballon. Er schwebte bewegungslos in etwa 10 km Höhe über der Erde und fing die letzten Strahlen der untergehenden Sonne ein. Ihn mit bloßem Auge von der Venus zu unterscheiden, wäre *unmöglich* gewesen.
Ich könnte noch ein Dutzend weiterer Beispiele aus meiner eigenen Erfahrung anführen, deren Fazit lautet, daß ungewöhnliche Objekte (oder Erscheinungen) am Himmel selbst versierte und zuverlässige Zeugen völlig in die Irre führen können. Und die Aussagen von Unerfahrenen sind (selbst wenn sie nicht durch die momentane Aufregung oder Vorurteile verfälscht werden) ohnedies völlig wertlos. So pflege ich mich, wenn jemand davon erzählt, welch hellstrahlendes Objekt er jüngst über den Himmel ziehen sah, mit einer

Entschuldigung zu empfehlen – nicht etwa aus bornierter Fortschrittsfeindlichkeit. Vielleicht hat er in der Tat das Mutterschiff von Proxima Centauri beim Einfädeln in seine Umlaufbahn beobachtet. Aber da sich dies weder beweisen noch widerlegen läßt, weigere ich mich, meine Zeit mit der Aufzählung der möglichen Erklärungen zu vergeuden.
Was also tun? UFOs sind ein ernstes und faszinierendes Problem. Einige der vielen hundert Varianten könnten sogar (auch wenn ich dies persönlich bezweifle) zu bedeutenden wissenschaftlichen Entdeckungen führen. Das einzige, worüber ich mir ziemlich sicher bin, ist, daß UFOs *keine* Raumschiffe sind. *Diese* Erklärung wäre zu naiv und erdbezogen.
Was den UFOs meines Erachtens not tut, ist rund ein Jahrzehnt wohlwollender Vernachlässigung. Wenden wir uns also von all den Objekten am Himmel ab und den Berichten zu, die als einzige zählen: den »nahen Begegnungen der Dritten Art«. Bei ihnen handelt es sich, wie jedermann weiß, um eindeutige Konfrontationen mit Raumschiffen oder Wesen aus dem All. Entweder es gibt sie oder es gibt sie nicht, auch wenn noch so viele Lügen und Selbsttäuschungen ins Spiel kommen.
Hier kann nur die Zeit Aufschluß bringen – falls überhaupt.
Vielleicht werden die UFOs, wie die Hexen des Mittelalters, einfach verschwinden, wenn niemand mehr an sie glaubt, was ein ziemlich überzeugender Beweis für ihre rein psychologische Natur wäre.
Oder aber es stellt sich heraus, daß sie auf ein bislang unbekanntes Phänomen zurückgehen wie die noch immer völlig unerklärbaren Kugelblitze (deren Existenz von etlichen skeptischen Wissenschaftlern sogar in Abrede gestellt wird, siehe Kapitel 12).
Oder ...
Doch will ich es damit bewenden lassen und zum Abschluß nur noch J. B. S. Haldanes berühmten Aphorismus zitieren: »Das Weltall ist nicht nur seltsamer, als wir es uns vorstellen – es ist seltsamer, als wir es uns vorstellen *können*.«

11
Sonderbare Himmelserscheinungen

In der prachtvollen Bibliothek des Trinity College in Cambridge wird unter anderen Schätzen ein Manuskript in mittelalterlicher Handschrift mit illuminierten Kapitalbuchstaben, *Die Chronik des Gervasius,* aufbewahrt. Über ihren Verfasser, einen Mönch des zur Kathedrale von Canterbury gehörenden Klosters, ist nicht viel mehr bekannt, als daß er 1163, auf dem Höhepunkt des tragischen Konflikts zwischen König Heinrich II. und Thomas Becket, in den Orden eintrat. Doch nicht seine Anmerkungen zu Staatsgeschäften und kirchlichen Angelegenheiten machen sein Werk so lesenswert, sondern einige Passagen über astronomische Ereignisse, darunter eine Sonnenfinsternis und eine *Aurora borealis* von ungewöhnlicher Stärke. Das größte Interesse aber verdient zweifellos der am 18. Juni 1178 (Julianischen Kalenders) beobachtete Vorgang:

»In jenem Jahr am Sonntage vor dem Fest des heiligen Johannes des Täufers wurden fünf Männer oder deren auch mehr, die nach Sonnenuntergang beisammensaßen und den Mond betrachteten, Zeugen einer gar wundersamen Erscheinung. Wie sie nämlich die helleuchtende Sichel beschauten, deren Hörner, wie beim zunehmenden Monde üblich, gen Osten zeigten, spaltete sich jählings das obere Horn. Aus dem Mittelpunkte der Teilung schoß eine lodernde Flamme empor und spie über eine beträchtliche Entfernung hin Feuer, glühende Kohlen und Funken aus. Zugleich wand sich der darunter befindliche Körper des Mondes wie in Ängsten, und der Mond zuckte nach den Worten jener, die es mit eigenen Augen sahen und mir berichteten, wie eine verwundete Schlange. Sodann kehrte er zu seinem gewohnten Zustande zurück. Diese Erscheinung wiederholte sich ein dutzendmal oder öfter, wobei die Flamme verschiedentlich in sonderbaren Formen emporzüngelte und dann wieder zurückging. Nach diesen Verwandlungen aber nahm der Mond von Horn zu Horn, will sagen, über seine ganze Länge hin, ein schwärzliches Aussehen an.«

Die fünf Männer aus Canterbury zählen zu einer kleinen Gruppe, die in der Geschichte der Astronomie eine Sonderstellung einnimmt. Sie umfaßt außer ihnen noch einen amerikanischen Industriemagnaten, einen französischen Landarzt, einige chinesische Beamte und die Drei Weisen aus dem Morgenland: Sie alle wurden Zeugen einer Himmelserscheinung, die wegen ihrer flüchtigen Natur der übrigen Welt Rätsel aufgab, bzw. von vielen sogar angezweifelt wurde.
So blieb auch die aus Canterbury gemeldete Beobachtung für die wenigen zufällig auf sie stoßenden Wissenschaftler eine zwar faszinierende, aber völlig undurchsichtige Kuriosität. Nur Gervasius' Beteuerung, »der Verfasser dieses« habe »den Bericht von Männern entgegengenommen, die den Vorgang mit eigenen Augen verfolgt und bei ihrer Ehre schwören, daß sie obiger Erzählung weder etwas hinzugefügt noch sie gefälscht haben« verhinderte, daß sie als reine Erfindung ab-

Links: Sonnenfinsternis. Während der Eklipse des Jahres 1878 erblickte der Astronom James Watson »einen Himmelskörper ... bei dem es sich meines Erachtens ohne Zweifel um den lange gesuchten Vulkan handelt«

getan wurde. Tatsächlich stellt die Episode in mehrerlei Hinsicht eine ausgefallene astronomische Besonderheit dar, zu der sich in der ganzen alten Literatur keine Parallele findet. Sie ist ein Rätsel, das allerdings heute, nach 800 Jahren, endlich gelöst sein dürfte.

Mitte der siebziger Jahre nämlich stieß Dr. Jack B. Hartung von der New York State University in Stony Brook beim Schmökern auf einen kurzen Hinweis auf Gervasius und das außergewöhnliche, von den fünf Männern aus Kent bezeugte Ereignis. Neugierig geworden, las er daraufhin die Stelle der *Chronik* im vollen Wortlaut nach und fand für die geschilderten Monderscheinungen auch im Handumdrehen eine Deutung.

Die Möglichkeit, die Zeugen könnten ein statt auf dem Mond in der Erdatmosphäre zu lokalisierendes, durch Wolkenschichten oder Turbulenzen, bzw. den Eintritt eines Meteoriten in ihr Gesichtsfeld verursachtes Ereignis beobachtet haben, klammerte Hartung von vornherein aus. Denn Gervasius erwähnte nur den Mond selbst, nicht aber Wolken oder Schlechtwetter. Demnach rührten die geschilderten Phänomene wohl von einem ungeheuren Einschlag auf der Mondoberfläche her – eine Hypothese, die Hartung um so leichter untermauern konnte, als ein Gutteil seiner Forschungsarbeit an der New York State University dem Studium der von Meteoriten auf der Erdoberfläche erzeugten Krater galt. Der Bericht des Gervasius schien Hartungs Überzeugung Satz für Satz zu bestätigen. Die Textstelle: »... spaltete sich jählings das obere Horn ...« deutet darauf hin, daß beim Einschlag aufgewirbelter Staub oder Wolken den irdischen Beobachtern einen Teil der Mondsichel verborgen hatten. Die Passage: »... lodernde Flamme ... [spie] Feuer, glühende Kohlen und Funken aus« läßt darauf schließen, daß beim Aufschlag Gase oder Flüssigkeiten freigesetzt worden waren. Und Gase, die rings um den Einschlagsbereich eine vorübergehende »Atmosphäre« gebildet hatten, konnten auch den Anschein erweckt haben, der Mond zucke und winde sich »wie eine verwundete Schlange«. Obgleich auch Hartung für einige der von den Augenzeugen erwähnten Vorgänge nicht ohne weiteres eine Erklärung fand, kam er doch zu dem Schluß, daß die Männer 1178 als einzige Zeugen die Bildung eines großen Mondkraters beobachtet hatten. Fragte sich nur, wo der Einschlag erfolgt sein konnte und ob es im betreffenden Bereich einen Krater gab.

Hartung wußte, in welcher Phase sich der Erdtrabant am 18. Juni 1178 befunden hatte: Kurz nach Neumond stand er als dünne Sichel am Himmel, womit sich das mögliche Einschlagsgebiet auf einen schmalen Bereich reduzierte. Darüber hinaus lieferte der Bericht des Gervasius noch eine Fülle zusätzlicher Hinweise. Nach der Beobachtung der Männer aus Kent hatten sich die sonderbaren Vorgänge im Mittelpunkt des oberen Horns des zunehmenden Mondes abgespielt, d. h. nach Hartungs Berechnungen irgendwo im näheren Umfeld des 45. nördlichen Breiten- und des 90. östlichen Längengrads. Daß von der Erde aus mit bloßem Auge so viel zu sehen war, deutet darauf hin, daß die beim Einschlag aufgewirbelte Wolke eine Ausdehnung von über 100 km aufgewiesen haben dürfte und daß der Krater selbst einen Durchmesser von mindestens 10 km haben mußte. Er war aller Wahrscheinlichkeit nach von einem ausgedehnten »Strahlensystem« hellen Gerölls umgeben.

Also suchte Hartung auf dem neuesten, von Orbiter-Sonden und Apollo-Raumschiffen gelieferten Bildmaterial nach einem seinen theoretischen Berechnungen entsprechenden Krater. Er mußte irgendwo zwischen 30–60 ° nördlicher Breite und 75–105 ° östlicher Länge liegen, einen Durchmesser von über 20 km aufweisen und von hellen Strahlen eingefaßt sein. Er fand ihn auch tatsächlich auf 36 °N und 103 °O in Form des Kraters Giordano Bruno, eines nach dem Naturphilosophen des 16. Jahrhunderts benannten Einschlagtrichters von rund 20 km Durchmesser. Auch die übrigen Spuren des ungeheuren Einschlags konnte Hartung im Umkreis von vielen hundert Kilometern nachweisen: helle, durch Lichtreflexion von Staubteilchen erzeugte Strahlen, von denen einer eine Länge von mindestens 1200 km aufwies und auf den NASA-Photographien deutlich zu erkennen war. Erstaunlicherweise hatten die fünf Männer aus Kent am 18. Juni 1178 mit eigenen Augen die Entstehung eines gewaltigen Mondkraters beobachtet und dieses ungewöhnliche Ereignis der Nachwelt überliefert – erstaunlicherweise deshalb, weil nach Hartungs Worten

»... die Chancen, daß sich im Zeitraum von jeweils grob geschätzt 3000 Jahren überlieferter Menschheitsgeschichte irgendwo auf dem Mond ein derartiger Vorfall abspielt, ungefähr eins zu tausend stehen. Die Chance aber, an einen Bericht über einen derartigen Vorgang zu gelangen, war für uns noch geringer, da nur die eine Mondhälfte zu sehen ist, nicht ständig Beobachtungen angestellt, bzw. diese, soweit durchgeführt, nicht unbedingt aufgezeichnet wurden und die Aufzeichnungen nicht unbedingt erhalten blieben. Die Wahrscheinlichkeit also, in den Besitz eines Berichts über die Entstehung eines Einschlagskraters mit einem Durchmesser von über 20 km zu gelangen, war verschwindend gering.«

Der romantische Planet

Während die meisten von Jack Hartungs Astronomenkollegen seine Deutung der von Gervasius berichteten »wundersamen Erscheinung« für zutreffend halten, herrscht hinsichtlich der Beobachtung, die ein französischer Landarzt namens Lescarbault am Nachmittag des 26. März 1859 machte, keine solche Einstimmigkeit.

Der begeisterte Amateurastronom Lescarbault, der seine Arztpraxis in dem rund 100 km von Paris entfernten Dörfchen Orgères ausübte, nutzte an jenem Märznachmittag ein paar freie Minuten, um in sein kleines Observatorium hinaufzusteigen und die Sonne zu beobachten. Während er sie durch sein Teleskop betrachtete, sah er mit einemmal links oben am Rand der Sonnenscheibe einen dunklen Punkt auftauchen und allmählich nach unten wandern. Fasziniert verfolgte er die Erscheinung, bei der es sich, wie er als erfahrener Astronom wußte, mit Sicherheit um keinen Sonnenfleck handelte. Kurz darauf wurde er zu einem Patienten gerufen. Erfreulicherweise war das Objekt jedoch bei Lescarbaults Rückkehr noch immer zu sehen, so daß er es auf der stetigen Wanderschaft sonnenabwärts beobachten konnte.

Daß seine Beobachtung eine astronomische Entdeckung von aufsehenerregender Bedeutung darstellen könnte, ging dem Landarzt allerdings erst im folgenden Dezember auf. Zu dieser Zeit hatte Frankreichs führender Astronom, Urbain Jean Joseph Leverrier, eine Theorie vorgelegt, mit der er das von Sir Isaac Newtons Voraussagen abweichende Verhalten des Planeten Merkur zu erklären hoffte. Irgend etwas schien störend auf den Himmelskörper einzuwirken, und Leverrier stellte die Behauptung auf, dies geschehe durch ein unbekanntes Objekt zwischen dem Planeten und der Sonne. Seine Theorie fand um so größere Beachtung, als er 13 Jahre zuvor anhand von Abweichungen der Umlaufbahn des Uranus die Position des Planeten Neptun vorausgesagt hatte, der dank seiner Berechnungen dann auch tatsächlich entdeckt worden war.

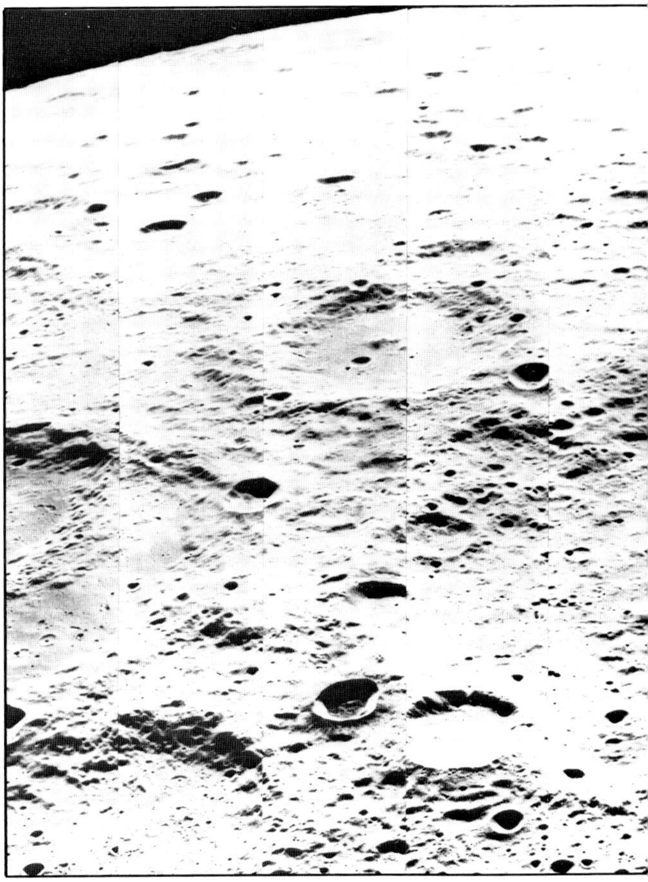

Der Mondkrater »Giordano Bruno«, dessen Entstehung die fünf Männer aus Kent möglicherweise 1178 beobachteten

Lescarbaults Observatorium in Orgères

Als Dr. Lescarbault von Leverriers Theorie hörte, fiel ihm sofort der dunkle Punkt ein, den er im vorangegangenen März über die Sonnenscheibe hatte wandern sehen. Er erkannte, daß dieser Punkt möglicherweise das fragliche Objekt sein könnte und teilte dem großen Astronomen in aller Unschuld genaue Einzelheiten über seine Beobachtung mit, die er, wie er schrieb, nur deshalb nicht früher erwähnt hatte, weil er sie bisher noch nicht durch eine weitere Observation hatte nachprüfen können.
Leverrier brach daraufhin sofort von Paris auf, um den Doktor zu befragen. Als er nach 19 km langem Marsch von der nächstgelegenen Bahnstation endlich vor Lescarbaults Haus anlangte, kochte der einmal als »einer der gröbsten Männer der Geschichte« geschilderte Gelehrte vor Wut. Was dann folgte, schildert ein astronomisches Handbuch aus dem vorigen Jahrhundert sehr anschaulich wie folgt:

Urbain Leverrier (links). Empfang bei König Louis Philippe

»Nachdem er am Hause des ebenso bescheidenen wie zurückhaltenden Arztes geläutet hatte, herrschte er diesen, ohne sich vorzustellen, in schroffstem Ton an: ›Sie also, mein Herr, wollen den Planeten zwischen Merkur und Sonne beobachtet haben, und Sie sind es, der den schweren Verstoß beging, diese Beobachtung neun Monate lang geheimzuhalten! Sie sehen mich in der Absicht hier, Ihre Behauptungen zu widerlegen und nachzuweisen, daß Sie entweder die Unwahrheit gesagt haben oder sich irrten. Teilen Sie mir also unzweideutig mit, was Sie beobachtet haben!‹ Hierauf erklärte der Doktor den Vorgang, dessen Zeuge er geworden war, und erläuterte seine Entdeckung in allen Einzelheiten. Als er die etwas grobe Methode erwähnte, mit der er die Dauer des ersten Kontaktes abgeschätzt hatte, verlangte der Astronom Dr. Lescarbaults Chronometer zu sehen und zeigte sich naturgemäß erstaunt, als der andere eine riesige alte, nur mit Minutenzeiger ausgestattete Uhr hervorzog. Sie sei ihm, erläuterte der Arzt, bei seinen Krankenbesuchen stets eine getreue Gefährtin gewesen, wenn er auch natürlich wisse, daß dies kaum als ausreichende Voraussetzung angesichts einer so heiklen Aufgabe gelten könne. Woraufhin Leverrier, der offenbar anfing, das Ganze für einen Schwindel zu halten, nicht ohne Herzlichkeit ausrief: ›Wie, mit dieser alten Uhr, die nur Minuten anzeigt, trauen Sie sich zu, Sekunden abzuschätzen? Mein Verdacht ist nur zu begründet.‹ Als Lescarbault entgegnete, er pflege die Sekunden mit einem Pendel zu bestimmen, wurde auch dieses Gerät, bestehend aus einer Elfenbeinkugel an seidenem Faden, hervorgeholt, an einem Nagel aufgehängt und angestoßen, bis es, wie die Uhr zeigte, ziemlich genau in Sekundenabständen schwang. Verblüfft begehrte Leverrier zu wissen, wie denn Lescarbault die Zahl der Sekunden feststelle, die ja nirgends vermerkt würde. Der Arzt erklärte dies zum einfachsten Ding von der Welt. Schließlich sei er es gewohnt, ›den Puls zu fühlen und seine Schläge zu zählen‹, was er ohne Mühe auch auf das Pendel übertragen könne.«

Und so ging das Verhör weiter, bei dem des Doktors Teleskop ebenso inspiziert wurde wie seine mittlerweile »mit Fettflecken und Laudanum« verunreinigte Notiz über die Entdeckung. Selbst seine Berechnungen des Planetenabstandes von der Sonne hatte der Äskulapjünger auf ein Brett geschrieben: »Lescarbault pflegte, da er nicht genügend Papier hatte, seine Berechnungen auf eine Planke zu kritzeln, die er von Zeit zu Zeit abhobelte, um Platz für neue Aufzeichnungen zu schaffen.«

Schließlich wußte Leverrier genug und kehrte nach Paris zurück, um die Entdeckung bekanntzugeben.

Wie nicht anders zu erwarten, wurde sie weltweit als Sensation aufgenommen. Von nun an warteten die Astronomen begierig auf eine Gelegenheit, den neuen, von Leverrier »Vulkan« getauften Planeten selbst in Augenschein zu nehmen. Doch obwohl die Teleskope in aller Welt zwischen dem 29. März und dem 7. April 1860, fast genau ein Jahr nach Lescarbaults Beobachtung, in der trügerischen Hoffnung ständig besetzt blieben, den Himmelskörper bei seinem nach astronomischer Berechnung bevorstehenden Vorübergang vor der Sonne beobachten zu können, war keine Spur eines Planeten zu entdecken.

Die Berufsastronomen wurden unruhig, ja, manche äußerten sogar öffentlich Zweifel an der Existenz des Planeten Vulkan. Leverrier jedoch stellte unbeirrt immer detailliertere Berechnungen über einen Planeten an, den er selbst nie zu Gesicht bekommen hatte. Gelegentlich gingen Berichte von Amateuren ein, wie der eines gewissen Richard Covington, dessen Beobachtung im *Scientific American* abgedruckt wurde:

»Ich befand mich zu diesem Zeitpunkt im Gebiet von Washington, wo ich wenige Kilometer von Fort Vancouver am Columbia River entfernt Arbeiten auf einer Wiese beaufsichtigte. Die Sonne war über einer fern am Horizont verlaufenden Bergkette aufgestiegen, als mich ein kleiner Junge fragte, was denn mit ihr los sei. Beim Hinsehen erkannte ich einen Planeten, einen makellos runden, klar umrissenen dunklen Fleck … Ich beobachtete seinen gesamten Weg mit Hilfe des Teleskops, wobei ich mit zugekniffenen Augen immer nur ganz kurz hinsah.«

Aber Meldungen dieser Art waren selten und konnten die Astronomen nicht überzeugen. So sah Leverrier, als er 1877 starb, seinen ehrgeizigen Plan, die Existenz des Planeten Vulkan zu beweisen, nicht nur gescheitert, sondern sich mit seiner Theorie sogar in Mißkredit gebracht. 1878 jedoch erhielten die Spekulationen dann neuen Auftrieb: Zwei Berufsastronomen behaupteten, Vulkan bei einer Sonnenfinsternis im Juli beobachtet zu haben.

Der eine war James C. Watson von der Ann Arbor University in Michigan, der schon viele Asteroiden entdeckt hatte und beschloß, während der Sonnenfinsternis nach dem Planeten Vulkan, für den er sich leidenschaftlich interessierte, zu fahnden. Bekanntlich bietet eine Sonnenfinsternis die beste Gelegenheit, sonnennahe Objekte auszumachen, da selbst die kleinsten und verschwommensten Dinge am Saum der abgedunkelten Scheibe noch in Erscheinung treten. So reiste also

James Watson und Thomas Edison beobachteten mit anderen Kollegen 1878 bei Rawlins, Wyoming, die Sonnenfinsternis

James C. Watson im Sommer 1878 in die Badlands von Wyoming, wo er sich nach seinen Berechnungen die beste Sicht auf die Eklipse erhoffte, und stieg in Separation, einer 2 km westlich der Kleinstadt Rawlins gelegenen Station der Union Pacific Railroad, aus. Während heute nur noch zwei steinerne Teleskopsockel im Unterholz von dieser Örtlichkeit zeugen, herrschte im Juli 1878 in Separation ein geschäftiges Treiben. Denn nicht nur Watson wollte die Sonnenfinsternis beobachten, sondern auch die Eclipse Expedition der US-Marine unter Leitung eines der namhaftesten Astronomen der damaligen Zeit, Simon Newcomb, hatte hier ihr Lager aufgeschlagen.

Watson baute sein Teleskop in unmittelbarer Nachbarschaft der anderen Astronomen in einer kleinen Mulde neben dem Bahngleis auf. In Anbetracht des stürmischen Wetters mußten die Teleskope durch Windschutzvorrichtungen gegen den Staub abgeschirmt werden. Doch als der Zeitpunkt der Eklipse nahte, herrschten gute Sichtverhältnisse, und mit fieberhafter Emsigkeit gingen die Astronomen daran, während der nur wenige Minuten dauernden totalen Sonnenfinsternis die geplanten Beobachtungen durchzuführen. Da entdeckte Watson plötzlich zwei Objekte im Sternbild des Krebses, die auf seinen astronomischen Karten nicht verzeichnet waren, und eilte zu Professor Newcomb, um ihn um die Überprüfung seiner Beobachtung zu bitten. Doch da die Zeit drängte, wimmelte der nicht zu den Vulkan-Anhängern zählende Newcomb Watson kurz angebunden ab und fuhr in seiner eigenen Arbeit fort. Erst wesentlich später fand Watson heraus, daß er mit seiner Beobachtung nicht allein dastand. In den wissenschaftlichen Zeitschriften erschienen nämlich Zuschriften von Dr. Lewis Swift aus Rochester, N. Y., von denen eine mit den Worten begann: »Während der totalen Phase der letzten Sonnenfinsternis, die ich von Denver, Colorado, aus beobachtete, bemerkte ich einen in Argelanders Katalog nicht verzeichneten Himmelskörper, bei dem es sich meines Erachtens ohne allen Zweifel um den lange gesuchten Planeten Vulkan handelt.«

Watson erntete gleichfalls Ruhm und erhielt Beifall seitens der Tagespresse, und auch die wissenschaftlichen Zeitschriften zollten ihm und Swift Anerkennung: So ließ etwa *The Observatory* in seinem Bericht über die Eklipse keinen Zweifel, daß »die Glanzleistung des Tages die Entdeckung eines Himmelskörpers durch Professor Watson und Mr. Swift darstellt, bei dem es sich allem Anschein nach um den lange gesuchten Planeten zwischen Merkur und Sonne handelt«. Doch die Kritik ließ nicht auf sich warten. Als Watson 1880 über dem Aufbau eines Teleskops, mit dem er seine Suche nach dem Planeten Vulkan fortzusetzen gedachte, an einer Lungenentzündung starb, waren sich die meisten Astronomen darin einig, daß er im Bestreben, die Existenz des unbekannten Planeten zu beweisen, den Stern Theta Cancri für den Vulkan gehalten hatte.

Obwohl auch nach Watsons Tod noch vereinzelte Berufsastronomen den Himmel nach Vulkan absuchten, bekam keiner den trügerischen Planeten zu Gesicht. Als Albert Einstein 1915 seine Allgemeine Relativitätstheorie veröffentlichte, fanden die sonderbaren Störungen des Merkurs, die einst Leverrier zu seiner Theorie angeregt hatten, eine einleuchtende Erklärung: Die Exzentrizität der Planetenbahn ging auf das Schwerefeld der Sonne zurück. Damit schien Leverriers Traum, einen Planeten zwischen Merkur und Sonne zu finden, ein für allemal ausgeträumt. Wie der britische Amateurastronom Richard Baum, der die Geschichte des gesuchten Planeten Vulkan genau unter die Lupe genommen hat, bemerkt:

»Einige Astronomen des ausgehenden 19. Jahrhunderts tauften ihn den romantischen Planeten, womit sie das Kind beim rechten Namen nannten. Er war tatsächlich der Mittelpunkt einer glanzvollen Romanze ... gewissermaßen der Suche eines Astronomen nach dem Heiligen Gral, aber mehr steckte nicht dahinter. Es war, als lachte uns der Himmel die ganze Zeit aus. Wir können bis in alle Ewigkeit am Firmament nach den Spuren des Vulkans Ausschau halten, doch diese Spuren sind geisterhaft, sind Geisterspuren und nichts weiter.«

Aber wenn Leverriers Theorie, der Merkur werde von einem anderen Planeten gestört, auch von Einstein widerlegt wurde, so bleibt doch die Frage offen, was Dr. Lescarbault gesehen hatte. Möglicherweise war einer der kleineren Planeten zwischen Mars und Jupiter auf einer exzentrischen Umlaufbahn in sein Gesichtsfeld geraten, so daß der Landarzt seine Stellung im Sonnensystem mißdeutete und ihn zwischen Merkur und Sonne ansiedelte. Doch es könnte sich trotz allem auch um einen neuen Planeten gehandelt haben. Mittlerweile hat man in der Beobachtung von Sonnenfinsternissen große Fortschritte erzielt. Statt, wie einst ihre Kollegen, die verdunkelte

Sonne in der kühnen Hoffnung anzustarren, etwas Ungewöhnliches zu entdecken, machen die heutigen Astronomen Aufnahmen, die sie anschließend in aller Ruhe untersuchen können. Beim Studium von Photos der Sonnenfinsternisse 1966 in Brasilien und 1970 in Mexiko und North Carolina aber entdeckte der amerikanische Wissenschaftler Dr. Henry C. Courten vom Dowling College, Long Island, eine Reihe geheimnisvoller, haarfeiner Lichtspuren, die seiner Ansicht nach von winzigen Objekten in der Nachbarschaft der Sonne herrühren. Obwohl die Spuren sehr schwach sind, hält Courten sie nicht für »Kodaksterne«, wie die Astronomen fehlerhafte Stellen auf photographischen Platten bezeichnen. Da die Suche nach dem Planeten Vulkan schon so manchen Astronomen um seinen guten Ruf gebracht hat, äußert sich Courten sehr vorsichtig. Er schließt aber dennoch die Möglichkeit nicht aus, daß er die Überreste eines kleinen, erst unlängst zerfallenen Planeten photographiert haben könnte. Dies wäre zwar nicht der Planet, mit dem der große Leverrier seine Theorien über das sonderbare Verhalten des Merkurs belegen wollte. Vielleicht aber ist es der kleine schwarze Punkt, den der französische Landarzt an jenem Frühjahrsnachmittag des Jahres 1859 beobachtete und der eines der trügerischsten Unterfangen in der Geschichte der Astronomie einleitete – die Suche nach dem Planeten Vulkan.

Marskanäle

Während die Vulkan-Kontroverse hauptsächlich in den wissenschaftlichen Zeitschriften ausgetragen wurde, machten die Marskanäle jahrzehntelang in der Weltpresse Schlagzeilen. 1877 hatte der italienische Astronom Giovanni Schiaparelli über ein Phänomen berichtet, das ihm bei der Beobachtung des damals in günstiger Opposition zur Erde stehenden roten Planeten aufgefallen war: nämlich ein Gitterwerk von Linien, das die Marsoberfläche bedeckte und auch schon von anderen bemerkt worden war. Schiaparellis Bericht über die *canali,* wie er sie nannte, fand zunächst nur ein schwaches Echo – sie sollten erst 1894 durch Percival Lowell zur Pressesensation aufrücken.

Im Jahre 1892 erfuhr Lowell, ein begeisterter Astronom und Erbe eines ansehnlichen Vermögens, daß Schiaparelli seine Marsstudien wegen nachlassender Sehkraft aufgeben mußte. Er beschloß, nicht nur seinerseits die Jagd nach den *canali* fortzusetzen, sondern zu diesem Zweck ein eigenes Observatorium zu errichten. Die Zeit drängte, da im Oktober 1894 eine für die Beobachtung besonders günstige Marsposition zu erwarten war. Dennoch ließ Lowell auf der Suche nach einem geeigneten, hoch über dem Meeresspiegel gelegenen Beobachtungspunkt mit möglichst klarer Luft und ohne störenden Lichtschein durch benachbarte Städte seinen Assistenten die atmosphärischen Verhältnisse in ganz Arizona überprüfen. Die Folge war, daß er sein Teleskop in der »großen Föhrenoase von Flagstaff mitten in der Wüste von Arizona« aufzustellen beschloß, wo oberhalb der kleinen Stadt das Lowell-Observatorium entstand.

Als dann das neue Teleskop hoch droben auf dem Mars Hill im Oktober 1894 erstmals den roten Planeten einfing, konnte Lowell die von Schiaparelli fünfzehn Jahre zuvor beschriebenen Linien auf Anhieb erkennen. Er schätzte sich glücklich, eine ungewöhnliche Sehschärfe zu besitzen, denn, wie er später schrieb:

Der riesige Grabenbruch Valles Marineris, der sich um rund ein Drittel des Planeten Mars zieht – möglicherweise einer von Lowells »Kanälen«

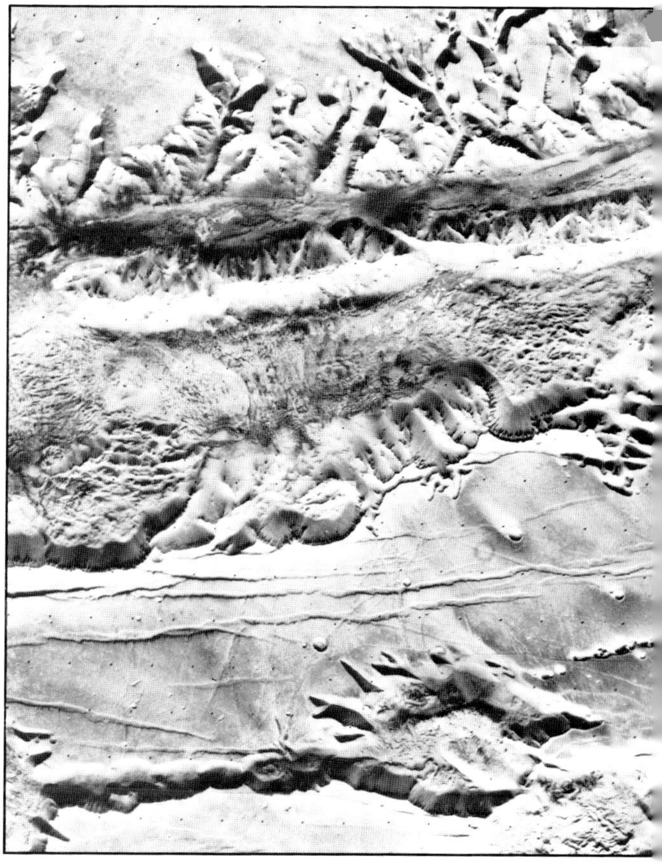

»Nicht jeder vermag diese zarten Gebilde, auch wenn sie ihm gezeigt werden, sogleich zu sehen; und die Wahrnehmung der feineren Details erfordert selbst bei besten Beobachtungsbedingungen ein ebenso geschultes wie scharfes Auge. Sind diese Voraussetzungen jedoch erfüllt, zeigt die Planetenscheibe ein einzigartiges Erscheinungsbild. Sie sieht nämlich aus, als sei sie über und über mit Spinnweben bedeckt. Ein feines, an ein Spinnennetz im taufrischen Frühlingsgras gemahnendes Gitterwerk von Linien zieht sich, wie die aufmerksame Beobachtung offenbart, von Pol zu Pol, wobei der Hauptunterschied zum Werk der Spinne in der Größe und komplexeren Struktur liegt. Beide aber stellen wahre Wunder an geometrischer Schönheit dar, denn auch die gleichbleibend breiten und sehr langen Linien, die Marskanäle, bestechen durch ihre Schönheit.«

Der amerikanische Astronom Percival Lowell

Lowell gewöhnte sich an, durchs Teleskop zu schauen und die dabei gesichteten Details sogleich zu Papier zu bringen. Die so entstandenen, mit zahllosen kleinen und feinen Zeichnungen der Marsoberfläche durchsetzten Notizen werden noch heute in Flagstaff aufbewahrt. Sie bildeten den Ausgangspunkt der sorgfältig ausgearbeiteten Karten des Marskanalsystems, die das Lowell Observatory zu Lebzeiten seines Gründers in laufender Folge herausbrachte. Doch mit Beobachtungen allein gab sich Lowell nicht zufrieden. Er formulierte schon nach wenigen, über dem Studium des Planeten zugebrachten Wochen eine ausgefallene Theorie zur Erklärung der Kanäle, an der er zeitlebens festhielt. Schiaparelli hatte mit dem Begriff *canali* lediglich andeuten wollen, daß es sich bei den von ihm auf dem Mars beobachteten Linien möglicherweise um Gräben handeln könnte. Lowell beharrte jedoch als Bürger des goldenen Kanalbauzeitalters – der 1869 vollendete Suezkanal zählte zu den modernen Weltwundern – darauf, daß auch der Italiener Kanäle entdeckt hatte, erbaut von einer überlegenen Marszivilisation.

Natürlich überzeugte sich Lowell zunächst einmal von der Bewohnbarkeit seines Planeten: Das veränderliche Erscheinungsbild vermeintlicher »polarer Eiskappen« bestärkte ihn in der Überzeugung, der Mars müsse eine Atmosphäre besitzen. Ein von Zeit zu Zeit in Polnähe erkennbares blaues Band interpretierte er als Wasser, während es sich seiner Ansicht nach bei den dunklen, blaugrünen Zonen, die sich zu verschiedenen Jahreszeiten ausbreiteten, um dann wieder zu verschwinden, zweifellos um Vegetation handelte. Doch nicht Lowells an sich schon umwälzende Hypothese von der Bewohnbarkeit des roten Planeten erregte Aufsehen, sondern seine Theorie, die Marskanäle seien die letzten Signale einer dem Untergang geweihten Marszivilisation, die auf ihrem von der Wüste bedrohten Planeten verzweifelt ums Überleben kämpfte.

Nach Lowells Ansicht durchliefen sämtliche Planeten in groben Zügen denselben Entwicklungsprozeß, d. h. sie wechselten vom Anfangsstadium, in dem das frisch grünende Land alle Lebensvoraussetzungen bot, über eine Periode, in der die ausufernde Wüste weite Bereiche veröden ließ, in eine Phase über, in der sie als tote, kahle Himmelskörper im All kreisten. Drei Planeten des Sonnensystems schienen ihm diese These zu veranschaulichen: Der Mond war der tote, die Erde der grünende, von Leben strotzende, und der Mars der sterbende Planet. Die Marskanäle aber zeugten von der Erkenntnis der Marsbewohner, daß ihre einzige Überlebenschance darin lag, ihren Planeten mit Hilfe ihres letzten, noch verfügbaren Wasserreservoirs, der polaren Eiskappen, zu bewässern. Zu diesem Zweck hatten sie ein kunstvolles Kanalnetz angelegt, das den gesamten Planeten umspannte und über viele tausend Kilometer hinweg die Oasen als letzte Zufluchtsstätten des Lebens verband. Immerhin bemühte sich Lowell, die Spekulatio-

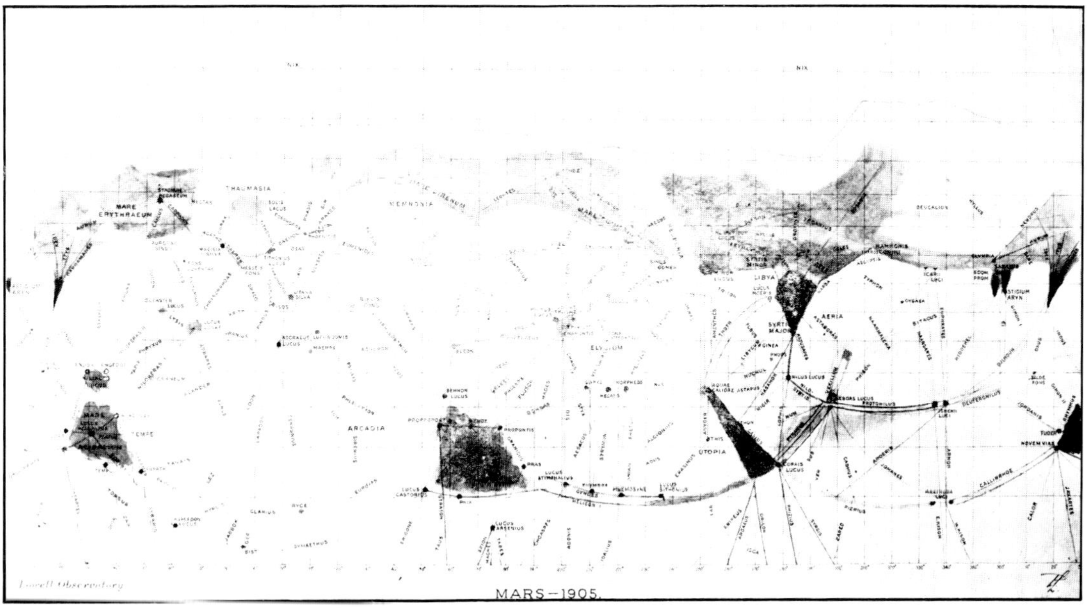

Ausschnitt aus Lowells Marskarte

nen nicht allzu sehr ins Kraut schießen zu lassen. Er versagte es sich daher, die Merkmale der Marsbewohner selbst zu beschreiben.
Dafür schwang er sich bei der Erläuterung seiner Theorie zum Propheten des künftigen Erdenschicksals auf: Auch auf unserem Planeten breiteten sich Wüsten wie die Sahara unaufhaltsam aus, so daß es nur noch eine Frage der Zeit sei, bis die Menschheit das Schicksal der Marsbewohner ereilen würde. »Es gibt hier«, schrieb Lowell über den Mars, »nicht nur Wüstengürtel. Vielmehr hat sich die ganze Oberfläche mit Ausnahme des Meeresgrundes in eine einzige Wüste verwandelt. Fünf Achtel sind schon dürres Ödland. Nackt und kahl, durch keinerlei Schatten geschützt und abgeschirmt, liegt es unter der erbarmungslos niederbrennenden Sonne.« Damit aber war das Schicksal des Planeten besiegelt: »Er wird mit Sicherheit immer weiter austrocknen, bis er kein Leben mehr beherbergen kann und dieses langsam, aber sicher erlischt. Ist dann der letzte Funke verglüht, wird der Planet als toter Himmelskörper im All kreisen und seine Entwicklung für immer hinter ihm liegen.« Die Parallele zur Zukunft der Erde lag auf der Hand: »Das Studium des Mars beweist, daß dieser Planet im Hinblick auf die Erde gewissermaßen die Rolle eines Propheten spielt, wirft er doch nicht nur Licht auf unsere Vergangenheit, sondern führt uns auch unsere Zukunft vor Augen.«
Das Publikum ließ sich von Lowells vollendeter Prosa nur allzu willig mitreißen, und so brach, wenn immer sich der Planet in günstiger Opposition zur Erde befand, weltweit die Mars-Psychose aus. Voll Spannung nahm die Menschheit die jüngsten Nachrichten vom tragischen Kampf ihrer Planetennachbarn entgegen. Gierig stürzten sich Zeitungsredakteure und Leser auf jede neue, vom Observatorium auf dem Mars Hill herausgegebene Zeichnung und Marskanal-Karte. Im Lauf der Jahre erwies sich dann das Kanalnetz als immer kunstvoller und komplizierter, und pausenlos tauchten neue Kanäle, Doppelkanäle und Abzweigungen auf. Und wie die Karten, so wurde auch die Theorie immer ausgefeilter: Der Bau des Kanalsystems, so Lowell, konnte nur unter Mitwirkung der gesamten Bevölkerung zustande gekommen sein, was den Mars als ein Utopia des Friedens und des Arbeitseifers auswies.
Die Astronomen jedoch waren sich dessen nicht so sicher – aus dem einfachen Grund, weil nur wenige die Kanäle überhaupt und ganz gewiß nicht in dem von Lowell behaupteten Ausmaß erkennen konnten. Selbst ein Gefährte der ersten Stunde wie Lowells Assistent Andrew Douglass, der den Planeten gleichfalls durchs Teleskop des Observatoriums beobachtet und Zeichnungen des allmählich immer weiter ausufernden Kanalnetzes angefertigt hatte, begann sich zu fragen, ob das Ganze nicht am Ende Einbildung sei. Verunsichert, suchte er in rund eineinhalb Kilometer Entfernung aufgestellte Scheiben durchs Tele-

skop nach ähnlichen Spuren ab, wie sie auf dem Planeten entdeckt worden waren. Durch diese und andere Experimente sah er sich in seinen Zweifeln so sehr bestärkt, daß er Flagstaff schließlich den Rücken kehrte. Manche Astronomen äußerten in der festen Überzeugung, die Marskanäle fänden sich nur im Auge ihres Entdeckers, offene Kritik, während andere Defekte im Teleskop vermuteten. Der Engländer E. W. Maunder schließlich testete mit Hilfe eines klug durchdachten, an der Royal Hospital School im Londoner Stadtteil Greenwich durchgeführten Experiments die Möglichkeit einer optischen Täuschung. Er wählte einen Raum mit gutem natürlichem Licht und forderte in verschiedenen Abständen aufgestellte Schulkinder auf, eine ihnen unbekannte, an der gegenüberliegenden Wand hängende Darstellung mit Ausschnitten aus den Marskarten abzuzeichnen. Während viele die Vorlage halbwegs getreu wiedergaben, verbanden andere die Oberflächenstrukturen durch Geraden, was Maunder in der Überzeugung bestärkte, daß

»die Marskanäle zwar in manchen Fällen ... den Grenzlinien von Tönungen oder Schattierungen entsprechen mögen. Meist resultieren sie jedoch aus der vom Auge vorgenommenen Integration winziger Details, die auf Grund ihrer Kleinheit nicht mehr einzeln und deutlich abgegrenzt wahrgenommen werden können. Es wäre daher in keiner Weise zutreffend zu behaupten, die zahlreichen Beobachter, die in den letzten 25 Jahren Marskanäle zeichneten, hätten etwas abgebildet, was sie nicht sahen. Sie zeichneten ganz im Gegenteil getreulich auf, was sie wahrnahmen. Und dennoch besitzen die von ihnen wiedergegebenen Kanäle nicht mehr objektive Realität als diejenigen, die unsere Greenwicher Jungen auf den ihnen vorgelegten Zeichnungen zu sehen glaubten.«

Lowell indessen hatte für Maunders »Schulbubentheorie« nur Verachtung übrig, und so gelangten nach wie vor Meldungen über die Kanäle und die Fortschritte der ums Überleben ringenden Marsbewohner aus Flagstaff in wissenschaftliche Zeitschriften und in die Tagespresse. Ja, Lowell wurde sich der Existenz der Kanäle von Jahr zu Jahr sicherer, obgleich ihm keine hinreichend deutlichen, zur Wiedergabe geeigneten Photographien gelingen wollten. Gelegentlich fand er sogar Zeit für ein aufsehenerregendes

A. E. Douglass am Clark-Refraktor in Flagstaff

Manöver wie jenen Ballonflug, den er während seiner Flitterwochen über Londons Regent's Park unternahm, um die Fußwege zu photographieren und so zu Anhaltspunkten für die Größenverhältnisse der Marskanäle zu gelangen.
Bei Lowells Tod im Jahre 1916 stellten die Marskanäle mehr als eine Theorie, nämlich einen Glaubensartikel dar. Als das eindrucksvolle Szenarium der sterbenden Marszivilisation schon längst aus dem Bewußtsein der Öffentlichkeit entschwunden war, blieben hinsichtlich ihrer Existenz bohrende Zweifel, die erst die Mariner-Nahaufnahmen der sechziger Jahre beseitigten. 1971 konnte Mariner 9 nach dem Abflauen eines großen Sandsturms über 7000 Bilder einfangen. Und diese konnten der Theorie der Marskanäle endgültig den Garaus machen, da sich auf der Oberfläche des roten Planeten nichts dergleichen entdecken ließ – es sei denn, die Marsbewohner hätten, wie Witzbolde zu bedenken gaben, alle Spuren ihrer Aktivität verwischt.
Was aber hatte dann Lowell durch das große Teleskop in Flagstaff gesehen? Wie konnten er und seine Helfer im Verlauf von mindestens zwanzig

Jahren das »Spinnennetz« der Kanäle auf Tausenden von Zeichnungen festhalten? Lowell war ein seriöser Astronom, dessen Richtlinien für die Anlage von Observatorien noch heute befolgt werden. Er vertrat leidenschaftlich die mittlerweile allgemein anerkannte Ansicht, daß es auch auf anderen Planeten Leben geben müsse. Er ermöglichte durch sein Werk postum die Entdekkung des Planeten Pluto, dessen Name mit seinen Initialen beginnt. Eine absichtliche Fälschung ist nach alledem sehr unwahrscheinlich, und so nahmen zwei namhafte amerikanische Wissenschaftler, Carl Sagan und Paul Fox, im Anschluß an den Mariner-9-Flug Lowells Kanalsystem erneut unter die Lupe. Sie stellten fest, daß zwar einige der Kanäle Tälern, Kämmen und Kraterketten auf der Marsoberfläche entsprechen, die meisten jedoch mit der wirklichen Topographie des Planeten nichts zu tun haben. »Die überwiegende Mehrzahl der Kanäle«, so Sagan und Fox, »scheint weitgehend ein Phantasieprodukt der Beobachter der ›Marskanal-Schule‹ zu sein, ein anschauliches Beispiel für die Unzuverlässigkeit des Systems von Auge, Hirn und Hand unter schwierigen Beobachtungsbedingungen.«

Aber damit ist noch nicht alles erklärt, denn 1971, im Jahr der kartographischen Erfassung des Mars durch Mariner 9, machten die beiden amerikanischen Astronomen Peter Boyce und Jim Westfall eine merkwürdige und aufregende Entdeckung: Als sie in einer Nacht, deren Beobachtungsbedingungen laut Boyce zu den besten zählten, die er je erlebt hatte, den Planeten in Cerrotollollo in Chile durch eines der besten Teleskope der Welt studierten, konnten sie drei Stunden lang ganz deutlich die Marskanäle erkennen. Und zwar sah Boyce plötzlich von der Spitze eines der trompetenförmigen Dunkelgebiete (Syrtis major) in der Äquatorzone des Planeten einen klassischen Lowellschen Kanal ausgehen. Als er ihn voller Verblüffung in Augenschein nahm, erschienen weitere Markierungen, darunter immer mehr Linien und sogar »Oasen«. Auch sein Kollege Jim Westfall, der an einem anderen Teleskop arbeitete, sah sie »überall plötzlich auftauchen«. Boyce ist sich seiner Beobachtung absolut sicher und macht, da die Möglichkeit von Marskanälen seit den Mariner-Aufnahmen endgültig ausscheidet, über die Oberfläche des Planeten ziehenden Staub für die Linien verantwortlich. Dies ist nicht mehr als eine Vermutung, könnte aber vielleicht erklären, was Percival Lowell wirklich sah.

Der Stern von Bethlehem

Unter den im Archiv des Lowell-Observatoriums aufbewahrten Schriftstücken findet sich auch ein an Lowell gerichteter Brief über das größte aller kurzlebigen astronomischen Rätsel, den Stern von Bethlehem. »Bitte teilen Sie mir doch mit«, schreibt da eine gewisse Ellen S. Hunter aus Leesburg, Florida, »wo und wann ich nach dem Stern von Bethlehem Ausschau halten soll, welchen astronomischen Namen er trägt und wie groß er ist.« Sicherlich fand Ellen Hunter, die Lowell ohne Zweifel als Quell aller astronomischen Weisheit betrachtete, die Antwort seines Assistenten Vesto Melvin Slipher, bislang sei »noch keine befriedigende Erklärung gefunden« worden, reichlich enttäuschend. Doch diese 1910 formulierte Auskunft gilt bis auf den heutigen Tag.

Nun ist es natürlich denkbar, daß es sich bei diesem Stern um gar keine astronomische Erscheinung handelt, sondern daß er eher in den Bereich der Mythen und Wunder gehört. Doch selbst gesetzt den Fall, er ließe sich astronomisch erklären, sind die verfügbaren Informationen überaus spärlich. Der einzige Hinweis findet sich im Matthäusevangelium, wo es am Anfang des zweiten Kapitels heißt:

»Als Jesus zur Zeit des Königs Herodes in Bethlehem in Judäa geboren worden war, kamen Sterndeuter aus dem Osten nach Jerusalem und fragten: Wo ist der neugeborene König der Juden? Wir haben seinen Stern aufgehen sehen und sind gekommen, um ihm zu huldigen ...
Danach rief Herodes die Sterndeuter heimlich zu sich und ließ sich von ihnen genau sagen, wann der Stern erschienen war. Dann schickte er sie nach Bethlehem und sagte: Geht und forscht sorgfältig nach, wo das Kind ist; und wenn ihr es gefunden habt, berichtet mir, damit auch ich hingehe und ihm huldige. Nach diesen Worten des Königs machten sie sich auf den Weg. Und der Stern, den sie hatten aufgehen sehen, zog vor ihnen her bis zu dem Ort, wo das Kind war; dort blieb er stehen. Als sie den Stern sahen, wurden sie von sehr großer Freude erfüllt ...«

So dürftig diese vom heiligen Matthäus gelieferten Anhaltspunkte auch sind, so ermutigten sie doch den großen deutschen Astronomen Johannes Kepler (1571–1630) zur Aufstellung einer auch heute noch von vielen gebilligten Theorie. Kepler nämlich vermutete hinter dem Stern von

Bethlehem ein astrologisches Ereignis – die dreimalige Konjunktion der beiden Planeten Saturn und Jupiter im Sternbild der Fische.
Er hatte diese Konstellation 1603/04 selbst beobachtet:
Nachdem Saturn und Jupiter am 17. Dezember 1603 dicht nebeneinander über den Himmel gezogen waren, kam es in den folgenden sechs Monaten noch zweimal zu einer ähnlichen Annäherung, davon einmal durch das Hinzukommen des Mars zur sogenannten »Planetenhäufung«. Nach Keplers Berechnungen trat eine derartige Konjunktion nur alle 805 Jahre auf und hatte die letzten beiden Male im Jahre 799 nach und 7 vor Christus stattgefunden.
Falls dies zutrifft, müßte Christus früher geboren worden sein, als unsere konventionelle Zeiteinteilung in v. Chr. und n. Chr. besagt – eine Annahme, für die einiges spricht: Die heutige Zeitrechnung wurde von einem römischen Mönch namens Dionysius Exiguus aufgestellt, der bei seinen Berechnungen die vierjährige Herrschaft übersah, die Kaiser Augustus unter seinem Eigennamen Octavian ausübte. Außerdem steht bei Matthäus ausdrücklich zu lesen, Christus sei »zur Zeit des Königs Herodes« geboren worden, dessen Tod sich an Hand eines anderen astronomischen Ereignisses genau datieren läßt: Nach den Angaben des alten Geschichtsschreibers Flavius Josephus starb dieser Herrscher während einer Mondfinsternis, die in der Nacht vom 12./13. März des Jahres 4 v. Chr. stattfand. Demnach muß Christus, der sich nach Angabe der Bibel beim Tod des Herodes in Ägypten befand, schon im Jahr 6 oder 7 vor der Zeitwende das Licht der Welt erblickt haben.
Niemand vermag mit Bestimmtheit zu sagen, wer die Weisen aus dem Morgenland waren, bzw. ob es sie überhaupt gab. Doch wir dürfen, falls sie existierten, ebenso wie die meisten Kommentatoren annehmen, daß sie nicht nur in der Sternbeobachtung, sondern auch in der Sterndeutung bewandert waren. So könnte eine dreimalige Konjunktion von Saturn und Jupiter im Zeichen der Fische für sie durchaus eine außergewöhnliche Bedeutung gehabt und sie zur Reise nach Bethlehem bewogen haben, zumal der Jupiter das Königtum symbolisierte, der Saturn Schutz für Israel bedeutete, und der Hintergrund der Konjunktion, die Fische, gleichfalls für Israel gestanden haben sollen. Interessanterweise befindet sich in einem Berliner Museum ein Täfelchen mit Vorausberechnungen dieser von Kepler als Weihnachtsstern gedeuteten Himmelserscheinung, was beweist, daß sie für die Astronomen und Astrologen der alten Welt ein Ereignis von besonderer Bedeutung darstellte. Zweifellos könnte die Hypothese, diese Konjunktion sei mit dem Stern von Bethlehem identisch, eine Erklärung für einige der rätselhafteren Aspekte des biblischen Berichtes liefern, so z. B., warum sich die Weisen aus dem Morgenland nach Jerusalem aufmachten, weshalb Herodes den Stern selbst nicht sah oder warum der Stern vor ihnen herzog. Ja, sie ermöglicht sogar, wie David W. Hughes, Großbritanniens führende Autorität in Sachen Stern von Bethlehem, aufzeigt, die Rekonstruktion der Ereignisabfolge: Demnach könnten die Weisen angesichts der Konjunktion vom 27. Mai des Jahres 7 v. Chr. den Plan zu ihrer Israelreise gefaßt haben und nach kurzer Vorbereitungszeit im Juni aufgebrochen sein. Durch die zweite Konjunktion am 6. Oktober waren sie wohl in ihrer Überzeugung, sich auf dem rechten Weg zu befinden, bestärkt worden. Die dritte Konjunktion hätte dann am 1. Dezember nach der Begegnung mit Herodes stattgefunden und ihnen den Weg südwärts nach Bethlehem gewiesen.
Andererseits aber war die dreimalige Konjunktion trotz ihres großen astrologischen Interesses ein ziemlich unauffälliger Vorgang. Denn die stets zwei Mondbreiten auseinanderstehenden Planeten vereinigten sich nie zu einem wie ein einziger Stern anmutenden Himmelskörper. Ein Autor des 19. Jahrhunderts, der sich mit dem Fragenkomplex befaßte, umschiffte dieses Problem mit der Vermutung, die Weisen seien offenbar so kurzsichtig gewesen, daß sie die (rund 1° voneinander entfernten) Planeten zu einem Stern verschwimmen sahen!
Viele Astronomen, denen die Theorie der dreimaligen Konjunktion als Erklärung für den Stern von Bethlehem allzu kompliziert erscheint, haben sich darauf konzentriert, einen einzelnen Stern ausfindig zu machen, der zur Zeit von Christi Geburt am Himmel gestanden haben könnte. Dabei handelt es sich um ein halbwegs aussichtsreiches Unterfangen, da wir über zwei ausführliche astronomische Register aus vergangener Zeit, eines aus dem alten China und eines aus Korea, verfügen. Das chinesische ist das bessere und stammt von Beamten, die vor der Erfindung des Teleskops auf dem Rücken liegend den Himmel nach neuen Erscheinungen absuchen mußten. Die Beobachtungen wurden dann in Form eines eigenen astronomischen Kapitels den Annalen der jeweils

herrschenden Dynastie angefügt. Diese Aufzeichnungen wie auch die der Koreaner werden von den modernen Astronomen sehr aufmerksam studiert, die sich von ihnen Aufschluß über den Ursprung von Radioquellen, die Abfolge von Sonnen- und Mondfinsternissen und die Wiederkehr von Kometen erhoffen. Und wie nicht anders zu erwarten, hat man in ihnen auch nach Anhaltspunkten für den Stern von Bethlehem gesucht.

Einer dieser historisch interessierten Astronomen, der Engländer Dr. Richard Stephenson von der Universität Liverpool, ist dank seiner Chinesischkenntnisse in der Lage, die alten Texte in der Originalfassung zu studieren. Er durchforschte mit zwei Kollegen die astronomischen Berichte für den Zeitraum von 10 v. Chr. bis 10 n. Chr. nach einem einzelnen, besonders hellen Stern und wurde im *Tschien-Han-Schu,* dem astronomischen Traktat der alten Han-Dynastie, auch fündig. Dort heißt es, daß im zweiten Monat des zweiten Jahres der T'schen-ping-Hochperiode ein *Hui-Hsing* in Tsch'ien-niu erschienen und über siebzig Tage lang beobachtet worden sei.

Dr. Stephenson und seine Kollegen wußten zwar, daß die Chinesen unter *Hui-Hsing* normalerweise einen Kometen mit deutlich erkennbarem Schweif verstehen. Sie gelangten aber, da in diesem Fall die sonst übliche Beschreibung der Bahn des Himmelskörpers fehlte, zu dem Schluß, daß es sich eher um eine Nova, d. h. einen jener durch plötzlichen starken Helligkeitsausbruch gekennzeichneten Sterne, gehandelt haben müsse. Wie Stephenson zu seiner Überraschung feststellte, stimmen die Angaben der Chinesen über den neuen Stern recht gut mit dem mutmaßlichen Datum von Christi Geburt überein, erschien doch der *Hui-Hsing* zwischen dem 10. März und dem 7. April des Jahres 5 vor der Zeitwende. Und auch noch in anderer Hinsicht erschiene die Nova-Hypothese plausibel: Der Stern hätte sich in der richtigen Himmelsgegend befunden, um vor Morgengrauen in Erscheinung zu treten und wäre zwar einigermaßen hell, jedoch nicht strahlend genug gewesen, um in der Himmelsbeobachtung unerfahrenen Leuten wie Herodes aufzufallen. Außerdem hätte er siebzig Tage, also wohl lange genug am Himmel gestanden, um den Weisen aus dem Morgenland als Leitstern dienen zu können.

Stephenson ist sich der Schwierigkeiten, die die Gleichsetzung des chinesischen *Hui-Hsing* mit dem im Matthäusevangelium erwähnten Stern aufwirft, vor allem des rätselhaften Umstandes,

Der Stern, der die Weisen aus dem Morgenland nach Bethlehem geleitete. Man nimmt an, daß Giotto den Halleyschen Kometen gesehen hatte. (*Anbetung der Könige,* Scrovegni-Kapelle, Padua)

Johannes Kepler (1571–1630)

»meiner Ansicht nach alle Erwartungen. Der Bericht bei Matthäus ist zwar in mancherlei Hinsicht recht ausführlich, doch müssen wir uns vor Augen halten, daß der Verfasser kein Astronom war und daher weder als Fachmann noch für ein wissenschaftlich geschultes Publikum schrieb. Aber die Datierung trifft ungefähr zu, und außerdem war der Stern über einen ziemlich ausgedehnten Zeitraum hin sichtbar und stand am rechten Ort – viel mehr können wir uns nicht erhoffen.«

Planetarischer Nebel im Sternbild Aquila, wo der Stern von Bethlehem womöglich noch leuchtet

Vulkanausbruch auf dem Jupitersatelliten Io, bei dem glühende Trümmer 160 km weit in den Weltraum hinausgeschleudert wurden (aufgenommen von Voyager 1)

daß der Stern vor den Weisen herzog, durchaus bewußt. Er verweist aber auf die Tatsache, daß jeder am Himmel stehende Stern den Wanderer zu begleiten scheint. So erfüllt die Nova des Jahres 5 v. Chr. nach Stephensons Worten

Doch die chinesischen Berichte lassen noch eine andere Deutung zu. In einem von ihnen nämlich findet sich eine weitere Nova erwähnt, die am 23. Februar des Jahres 4 v. Chr. aufflammte. Nach Ansicht des amerikanischen Mathematikers A. J. Morehouse handelt es sich möglicherweise um das dritte Glied in einer Ereigniskette, die eine Erklärung für den Stern von Bethlehem liefern könnte. Auf das Ereignis Nummer 1, die über einen Zeitraum von elf Monaten hin zu beobachtenden Konjunktionen von Saturn und Jupiter, wäre rund elf Monate später als Ereignis Nummer 2 die Nova des Jahres 5 v. Chr. und nach weiteren elf Monaten als Ereignis Nummer 3 die Nova des Jahres 4 v. Chr. gefolgt. Dieser Elfmonatsrhythmus könnte für die alte Welt durchaus eine astrologische Bedeutung besessen haben.

Doch Morehouse deutet in seinen Ausführungen über die Nova des Jahres 4 v. Chr. eine noch weit verblüffendere Möglichkeit an: *nämlich, daß der Stern von Bethlehem unter Umständen noch am Himmel steht.*

Morehouse hält dies insofern für denkbar, als die chinesischen Aufzeichnungen als Standort der Nova eine heute als α, β und γ Aquilae bekannte Sterngruppe angeben. Da aber die Nova anscheinend ungewöhnlich hell strahlte – die Berichte sprechen von einem »funkelnden« Stern –, könnte es sich ebensogut auch um eine Supernova, also einen Himmelskörper mit rund zehntausendmal stärkerem Helligkeitsausbruch als eine normale Nova, gehandelt haben. Wie Morehouse wußte, verwandeln sich Supernovae beim Zerfall in Pulsare, ausgebrannte Sterne, die Radiofrequenzpulse in den Weltraum entsenden. Nun finden sich zwar im Bereich von α, β und γ Aquilae zufällig viele Pulsare, von denen jedoch nach Ansicht von Morehouse nur einer wirklich in Betracht kommt. Es ist ein Doppelpulsar mit dem unbiblischen Namen PSR 1913 + 16 b. Morehouse' Überzeugung, daß es sich um ihn handeln

müsse, wuchs, als er bei seinen Berechnungen feststellte, daß dieser Stern einem am Südtor Jerusalems stehenden Betrachter über Bethlehem erschienen wäre.
Auch wenn diese Theorie von Morehouse keine allgemeine Zustimmung findet, vor allem, weil 4 v. Chr. als zu später Zeitpunkt für Christi Geburt erscheint, so hat dieser mit seiner Untersuchung doch einen neuen Beitrag zu einer Streitfrage geleistet, die sich seit den Tagen der Urkirche stellt. Und da sich letztlich nicht klären läßt, was hinter diesem rätselhaften Künder des großen Mysteriums wirklich steckt, wird der Stern von Bethlehem auch nach der nächsten Konjunktion von Saturn und Jupiter im Zeichen der Fische im Jahr 2409 sein Geheimnis wahren, zu einer Zeit also, in der PSR 1913 + 16b schon längst keine Pulse mehr aussendet.

Arthur C. Clarke meint dazu:
Wie die Tunguska-Explosion (siehe Kapitel 9) lehrt, muß es auf dem Mond ebenso wie auf der Erde immer wieder zum Einschlag riesiger Meteoriten kommen, womit die in der *Chronik des Gervasius* geschilderte Beobachtung durchaus in den Bereich des Möglichen rückt.
Ja, wir wissen sogar, wie ein solches Ereignis vonstatten geht, seit Voyager 1 heftige (vermutlich vulkanische) Explosionen auf dem Jupitersatelliten Io photographierte, der fast dieselbe Größe wie der Mond aufweist und gleichfalls keine Atmosphäre besitzt.
Ob die Geschichte mit den Marskanälen eher als Komödie oder als Tragödie zu betrachten ist, läßt sich schwer entscheiden. Einerseits stimmt es uns traurig, wenn ein glänzend begabter Mann wie Percival Lowell einer Einbildung zum Opfer fällt. Doch andererseits hat gerade seine fixe Idee das Interesse auf die Planeten gelenkt, weltweite Entdeckungen ermöglicht und nicht zuletzt den Anstoß zu einer umfangreichen Science-fiction-Literatur gegeben, die ganze Generationen in Spannung versetzte. So findet sich Lowells echtes und bleibendes Vermächtnis in den Schriften von Edgar Rice Burroughs und Ray Bradbury.
Und was schließlich den Stern von Bethlehem angeht, so machte ich ihn vor vielen Jahren zum Ausgangspunkt meiner vielleicht bekanntesten Kurzgeschichte. Wer sich also für meine Deutung interessiert, möge sie in »The Star« (in meiner Novellensammlung *The Other Side of the Sky*) nachlesen.

12
Riesen in der Erde

Der Riese von Cardiff

Wo Rätsel auftauchen, ist gewöhnlich auch ein Wissenschaftler zur Stelle, um das gefundene Material zu analysieren und nach Möglichkeit auszuwerten. Manchmal treten die Männer der Wissenschaft massiert auf den Plan – siehe die russischen Kommissionen zur Erforschung des Neandertalers oder die gleichfalls von der UdSSR ausgerüsteten Expeditionen zur Klärung der Tunguska-Explosion. Dann wieder befaßt sich ein Gelehrter im Alleingang mit einem Problem wie Professor Derek de Solla Price mit dem Mechanismus von Andikithira. Die Wissenschaft sucht jedenfalls das Geheimnisvolle zu ergründen, und so ließen ihre Vertreter auch nicht lange auf sich warten, als im Herbst 1869 aus einem Acker bei Cardiff, einem unbedeutenden Dorf im Staate New York, der Körper eines Riesen zutage gefördert wurde.

Am Tag dieser bemerkenswerten Entdeckung, dem 16. Oktober 1869, hob ein Arbeitstrupp auf einem Feld des Farmers William C. Newell einen Brunnen aus, als plötzlich einer der Männer auf etwas Hartes stieß. Kurz darauf wurde ein versteinerter Fuß sichtbar. Die Arbeiter gruben weiter und legten schließlich den mumifizierten Leib eines riesigen, 3,16 m langen Mannes frei, der, wie sich später herausstellte, 1360 kg wog und allem Anschein nach versteinert war. »Heiliges Jerusalem!« rief einer der Männer in Anbetracht der Umstände bemerkenswert gefaßt aus, »was für ein Riesenindianer!«

Links: Nachdem sich der Riese von Cardiff als ein Scherz entpuppt hatte, wurde er mit allen Ehren wieder bestattet

Über Nacht wurde der Riese von Cardiff, wie er bald hieß, zur Sensation. Schon am nächsten Tag hatte sich die Neuigkeit herumgesprochen, und die Einheimischen strömten herbei, um den ungewöhnlichen Fund zu besichtigen. Farmer Newell hatte bereits am Morgen über dem Grab des Riesen ein Zelt aufschlagen lassen, in dem Schaulustige für 50 Cent den Giganten eine Viertelstunde lang betrachten und sich über »das jüngste und vielleicht bemerkenswerteste Wunder auf dem amerikanischen Kontinent« belehren lassen konnten. Binnen kurzem nahm Cardiff einen rapiden Aufschwung. Die Läden erzielten Rekordumsätze, während Newell selbst durch den Verkauf seines Fundes an eine Gruppe von Geschäftsleuten zu Geld und Vermögen kam. Und als der Gigant kurz darauf im nahe gelegenen Syracuse zur Schau gestellt wurde, waren sämtliche Hotelzimmer ausgebucht. Unter den Schaulustigen befanden sich natürlich auch Wissenschaftler, die nach der Lektüre von Charles Darwins Werken darauf brannten, das »fehlende Glied« in der Evolution des Menschen zu finden oder doch wenigstens in Augenschein zu nehmen. Und während das Publikum Austern schlürfend im nahe gelegenen »Giant Saloon« über den rätselhaften Fund debattierte, machten sich die Wissenschaftler über den Riesen her, um ihn Stück für Stück zu untersuchen. Die zumeist in der Fossilienkunde bewanderten Gelehrten verglichen ihn mit den versteinerten Geschöpfen in ihren Sammlungen. Einer von ihnen verstieg sich sogar zu der Behauptung, wer die Echtheit des Riesen anzweifle, mache »sich selber zum Narren«. Mindestens vier Ärzte beteuerten steif und fest, der

Gigant habe einst geatmet, und ein Forscher, der den gewaltigen Schädel anbohrte, wollte gar einen Einblick in die Anatomie des Riesen gewonnen haben. Das war insofern etwas sonderbar, als es nichts zu sehen gab. Denn der Riese von Cardiff war – sehr zum Kummer der Wissenschaftler, die in ihm den Vertreter einer untergegangenen Rasse sahen, und zum Gaudium der wenigen, die ihn von Anfang an als Juxfigur aufgefaßt hatten, tatsächlich eine Fälschung. Dahinter steckte ein Verwandter Newells, der Zigarrenfabrikant George Hull. Dieser hatte sich nach einem hitzigen Wortwechsel mit Hochwürden Turk, einem der um die Mitte des vorigen Jahrhunderts in diesem Teil des Staates New York sehr aktiven Erweckungsprediger, über die Stelle der Genesis: »Wir sahen dort auch Riesen, Enaks Söhne aus dem Geschlecht der Riesen ...« den Scherz ausgedacht. Denn während der Geistliche die Stelle wörtlich nahm, wollte der Agnostiker Hull von solch dogmatischen Behauptungen nichts wissen.

So beschloß er, Turk und seinesgleichen einen Denkzettel zu verpassen, und scheute dabei weder Mühe noch Aufwand. Zunächst beauftragte er zwei Bildhauer aus Chicago, aus einem gewaltigen bei Fort Dodge in Iowa gefundenen Gipsblock in aller Heimlichkeit einen Riesen zu fertigen (der ihm angeblich recht ähnlich gesehen haben soll). Dann machte er sich daran, der Figur das Aussehen eines versteinerten Körpers zu geben: Nachdem er durch Bearbeiten der Gestalt mit einem mit Hunderten dicker Stopfnadeln gespickten Holzklotz Poren vorgetäuscht hatte, wurde durch Behandlung mit Schwefelsäure eine künstliche »Patina« erzielt. Danach ließ Hull den Riesen heimlich auf Newells Grund und Boden schaffen und dort vergraben.

Alles lief wider Erwarten gut: Die Erweckungsprediger wurden gründlich hereingelegt, während Hull dabei eine schöne Stange Geld verdiente. Und selbst als der Schwindel gegen Jahresende aufkam, schien das die Leute nicht weiter zu stören: Nach wie vor strömten Schaulustige herbei, um den Riesen von Cardiff gegen Eintrittsgeld zu besichtigen. Er erwies sich sogar als eine solche Attraktion, daß der große Schausteller P. T. Barnum, der das Original vergeblich zu kaufen suchte, am Broadway seine eigene Variante zeigte. Die einzig wirklich Leidtragenden waren die Fachleute, die den Giganten in ihrer Begeisterung so eilfertig zur echten Versteinerung erklärt hatten und nun ihren Ruf geschädigt sahen.

Wandernde Steine

Scherze wie der Riese von Cardiff bilden keine Ausnahme, und so ist es nicht verwunderlich, wenn Wissenschaftler den ihnen präsentierten »Rätseln« mit Vorsicht begegnen. So mancher hat sein mühsam erlangtes Ansehen durch vorschnelle Übernahme zweifelhafter Theorien eingebüßt. Darum lehnen es viele Experten rundweg ab, sich auf die Untersuchung seltsamer Vorkommnisse einzulassen. Das ist bedauerlich, da Wissenschaftler in vielen Fällen Licht in Angelegenheiten bringen können, die für den Laien ein Rätsel sind – wie beispielsweise jene Steine, die im kalifornischen Death Valley allem Anschein nach aus eigener Kraft umherwandern:

Überall im Bereich von Racetrack Playa, einem ausgetrockneten See am Rande des Death Valley, haben sich Spuren in den aus Sand, Schlamm und Lehm zusammengesetzten einstigen Seegrund eingeprägt. Es handelt sich hier um teilweise über 90 m lange, oft gewundene und verschlungene Fährten, an deren Ende sich stets ein Stein findet. Jeder halbwegs aufmerksame Beobachter kommt zu dem Schluß, daß die bis zu 270 kg schweren Blöcke die zu Dutzenden vorhandenen Furchen erzeugen. Allerdings hat seltsamerweise noch niemand die Steine wandern sehen: Sie befinden sich heute hier und morgen dort – mehr läßt sich nicht in Erfahrung bringen. Als die Wissenschaftler in den vierziger Jahren auf dieses Phänomen aufmerksam wurden, kam ihnen das Ganze zunächst wie ein Scherz vor. Je mehr sie aber darüber nachdachten, desto interessanter begannen sie es zu finden. Die einfachste Erklärung, daß nämlich irgendwelche Leute die Steine in Bewegung setzten, schied aus vielerlei Gründen aus. Welchen Sinn sollte es auch haben, Hunderte von Steinen, von denen sich die größeren oft als äußerst sperrig erwiesen, ständig in der Gegend herumzuschieben?

Auch andere Erklärungsversuche wie die Annahme, die Blöcke seien unter dem Einfluß magnetischer Kräfte, bzw. sogar geheimnisvoller Schwingungen in Bewegung geraten oder vom Hochwasser die Playa entlanggeschwemmt worden, konnten nicht überzeugen. So beschlossen 1968 zwei kalifornische Geologen, Robert P. Sharp und Dwight L. Carey, eine Langzeituntersuchung anzustellen. Sie wählten 25 Steine aus, versahen sie mit Namen wie Mary Ann, Sue, Sally, Milly, Jane, Carmen, Margie und einem Ordnungsbuchstaben und markierten ihren Standort mit einem Stahlpflock.

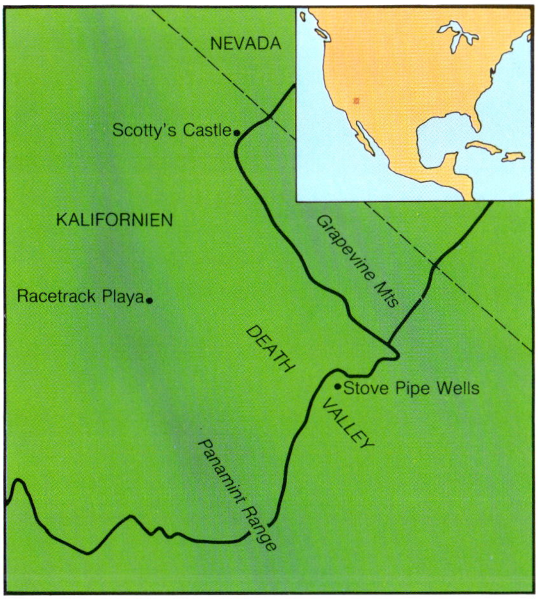

Das kalifornische Death Valley

Die wandernden Steine des kalifornischen Death Valley – ein interessantes Rätsel, das mittlerweile gelöst scheint

In den folgenden sieben Jahren trugen Sharp und Carey, die den rätselhaften Verschiebungen der Steine keine sonderliche wissenschaftliche Bedeutung beimaßen, ein ansehnliches Tatsachenmaterial zusammen. Sie fanden beispielsweise heraus, daß nicht nur Steine selbsttätig über Racetrack Playa wanderten, sondern daß auch Äste, Reisig, Eselsmist und möglicherweise Eisschollen Spuren hinterließen. Diese erwiesen sich vielfach als recht kompliziert: So war der Stein I (Kristy) zunächst 50 m nach Norden und dann in südsüdwestlicher Richtung zurückgewandert, während 8 der 23 Steine, die im Winter 1973/74 in Bewegung gerieten, 30 m weit nach Nordnordost rutschten. Manchmal wanderten ganze Gruppen, dann wieder startete nur ein einzelner Block und überholte die anderen. Als Weitstreckensieger ging aus der sieben Jahre dauernden Untersuchung der Stein H (Nancy) hervor. Er brachte es in mehreren Bewegungsabschnitten auf eine Spur von 262 m Länge, doch schienen früher manche Steine auch schon über 3 km zurückgelegt zu haben.

Noch wichtiger als diese Beobachtungen aber war, daß die Wissenschaftler eine Theorie ausklammern konnten, die zur Erklärung des Phänomens aufgestellt worden war: daß sich nämlich die Steine nur dann fortbewegten, wenn sie an Eisschollen haften blieben. Gegen diese These sprach vielerlei, so die Beobachtung, daß innerhalb von Gruppen immer nur einige Steine wanderten und dabei unterschiedliche Entfernungen zurücklegten. Außerdem verliefen die Spuren zweier benachbarter Steine oft nicht parallel, sondern kreuzten sich gelegentlich sogar. Eine besonders erfindungsreiche Überwachungsmethode bestand darin, bestimmte Steine durch Pflöcke »einzuzäunen«: Falls wirklich Eisschollen die treibende Kraft darstellten, so konnten sie jetzt nicht mehr zu den Steinen gelangen, aber sich auch nicht mit ihnen weiterbewegen, falls sich das Eis innerhalb der Eingrenzung gebildet hatte. In der Tat jedoch wanderte schon bald ein Stein aus seinem Gehege ab, was den Verfechtern der Eisschollentheorie einen weiteren Schlag versetzte. Alle Umstände sprachen gegen diese Theorie, doch was konnte dann die Bewegungen auslösen? Immerhin hatten die Wissenschaftler nach siebenjähriger Beobachtung einen wesentlichen Anhaltspunkt gefunden: Die meisten Verschiebungen waren in den Wintern 1968/69, 1972/73 und 1973/74 jeweils im Anschluß an einen Sturm auf der feuchten Playa erfolgt. Allerdings hatte Nässe allein nicht genügt. Es mußten vielmehr ganz bestimmte Voraussetzungen erfüllt sein, die Sharp und Carey folgendermaßen zusammenfaßten:

»Die Oberfläche der Playa muß so naß sein, daß sich über dem noch festen Untergrund eine dünne, glitschige, feuchtigkeitsgesättigte Schlammschicht bildet. Diese Bedingungen treten dann ein, wenn auf der Playa ein bis zwei Stunden lang Wasser steht. Wie aus Schmutzflecken auf der Vorderseite einiger Steine ersichtlich, waren diese in Bewegung geraten, als sich lediglich ein dünner Wasserfilm auf der Playa-Oberfläche befand.«

War die Playa schlüpfrig genug, gerieten die Steine unter der Einwirkung besonders heftiger Windstöße nahezu mit Sicherheit in Bewegung: »Einmal unterwegs, segeln sie, den Spuren nach zu schließen, buchstäblich über den Untergrund«, und zwar in einem Tempo, das die beiden Wissenschaftler als »mäßig flotte Kriechbewegung« umschreiben.
Natürlich könnte, da bislang noch niemand einen Stein in Bewegung angetroffen hat, Sharps und Careys Hypothese noch widerlegt werden. Doch da der von ihnen nach siebenjähriger Beobachtung und Überlegung gezogene Schluß vernünftig erscheint, glauben heute nur noch wenige, daß über Racetrack Playa oder einer der anderen, mit wandernden Steinen bestückten 6 Playas Kaliforniens und Nevadas ein undurchdringliches Geheimnis liegt.

Der Dunkle Tag

Die Forscher, die an die Lösung des Rätsels der wandernden Steine gingen, arbeiteten mit den erprobten und bewährten Methoden der Wissenschaft. Sie konnten die fragliche Erscheinung sorgfältig über eine beträchtliche Zeitspanne hin beobachten und dann ihre Schlüsse ziehen. Noch einfacher ist es natürlich, wenn sich ein Wissenschaftler während eines sonderbaren Vorgangs am Ort des Geschehens befindet. Das ist ein seltener Glücksfall, aber er trat am 19. Mai 1780 in Amerika ein, als zwischen zehn und elf Uhr vormittags der berühmte »Dunkle Tag« anbrach, der Neuengland in eine bis zur folgenden Nacht anhaltende Finsternis tauchte. Wie einem zeitgenössischen Bericht zu entnehmen, ging alles drunter und drüber:

»... nachdem die Vögel ihr Abendlied gesungen, begaben sie sich zur Ruhe und verstummten: Die Hühner hockten sich auf ihre Stange, und ringsum krähten die Hähne wie bei Tagesanbruch. Man konnte die Dinge nur aus nächster Nähe erkennen, denn über alles hatte sich das Dunkel der Nacht gebreitet.«

Bei den Siedlern löste die Finsternis Verwirrung und Panik aus, und selbst in der gerade tagenden Gesetzgebenden Körperschaft von Connecticut kam es zu außergewöhnlichen Zwischenfällen. Als die Dunkelheit hereinbrach, glaubten viele, das Ende der Welt sei gekommen. Einige schlugen vor, die Sitzung zu vertagen, worauf sich ein gewisser Mr. Davenport erhob und erklärte: »Herr Vorsitzender, entweder ist der Jüngste Tag angebrochen, oder er ist es nicht. Ist er es nicht, so besteht kein Anlaß zur Vertagung. Ist er es hingegen, so wünsche ich bei der Erfüllung meiner Pflicht angetroffen zu werden. Ich stelle den Antrag, Kerzen zu bringen und in der Tagesordnung fortzufahren.«
Doch Politiker und einfaches Volk sahen sich nicht allzu lange mit der Möglichkeit des Weltuntergangs konfrontiert. Schon bald lichtete sich das Dunkel, so daß jedermann wieder seinen Geschäften nachgehen konnte. Kurz darauf lieferte dann ein gewisser Professor Samuel Williams aus Massachusetts, der das Ereignis an Ort und Stelle verfolgt hatte, eine Erklärung für die sonderbare Finsternis.
Er schrieb:

»Bekanntlich herrscht in diesem Teile Amerikas der Brauch, große Waldfeuer anzuzünden, um Land für neue Siedlungen zu roden. Dies war in diesem Frühjahr in weitaus größerem Maße als üblich der Fall. In der Grafschaft York im westlichen Teil dieses Staates und in Vermont wurden ungewöhnlich große und ausgedehnte Feuer unterhalten.«

Williams war durch das Studium der Witterungsverhältnisse und Untersuchungen des während der Verfinsterung niedergehenden Aschenregens – bei dem es sich, wie er feststellte, um verbranntes Laub handelte – zu dem Schluß gelangt, riesige Waldbrände könnten den Dunklen Tag herbeigeführt haben. Daß dem tatsächlich so ist, zeigte sich im September 1950 in der schottischen Hauptstadt Edinburgh, wo sich die Sonne blau verfärbte, nachdem wenige Tage zuvor in vielen amerikanischen Städten eine solche Finsternis geherrscht hatte, daß am frühen Nachmittag die Flutlichtanlagen eingeschaltet werden mußten. Auch in diesem Fall hatten Waldbrände, und zwar in Alberta, die künstliche Nacht ausgelöst.

Frösche im Gestein

Im Gegensatz zu diesen Vorgängen konnte unseres Wissens bislang kein Forscher unmittelbare Erfahrungen bei einem Phänomen anderer Art sammeln: jenen im Fels eingeschlossenen Fröschen und Kröten, über die allerlei erstaunliche Geschichten in Umlauf sind und die in ihrem Gefängnis allem Anschein nach sehr lange überleben können. Immer wieder haben Bergleute und Steinhauer geschildert, wie ihnen beim Öffnen eines Steinblocks oder Kohleklumpens ein Frosch oder eine Kröte entgegenhüpfte. Ein recht anschauliches Beispiel dieser Art beschreibt der namhafte Geologe White Watson aus Derbyshire in einem aus dem Jahr 1811 stammenden Bericht. Wie er vermerkt, »entdeckte man 1795 in Bolsover Field beim Aufbrechen eines eineinhalb Tonnen schweren Kalksteinblocks eine lebende Kröte, die indessen sogleich verendete«. Und ein anderer Report erzählt von einer Kröte namens »Old Rip« (Alter Lump), die im Eckstein eines Regierungsgebäudes in Schenectady über 30 Jahre lang am Leben geblieben sein soll.

Diese Berichte weckten das Interesse des berühmten englischen Naturforschers Dr. William Buckland, der sie in einer Reihe ziemlich grotesk anmutender Experimente auf ihren Wahrheitsgehalt prüfte. Am 26. November 1825 grub Buckland 24 Kröten in versiegelten, teils aus undurchlässigem, teils aus porösem Kalkstein gefertigten Behältnissen in den Boden ein. Als er sie gut ein Jahr später, am 10. Dezember 1826, wieder ausgrub, fand er in den undurchlässigen Zellen sämtliche Tiere tot vor – sie waren offensichtlich schon vor vielen Monaten verendet. Im durchlässigen Kalkstein lebten noch einige, verhungerten aber schließlich, als sie im Namen der Wissenschaft ein weiteres Jahr Gefangenschaft erdulden mußten. Auch etliche in den Stamm eines Apfelbaums eingeschlossene Kröten wurden in ihrem Kerker vom Tod ereilt. Nachdem er so nachgewiesen hatte, daß Kröten ohne Luftzufuhr kein Jahr und mit Luftzufuhr, aber ohne Nahrung mit Sicherheit keine zwei Jahre im Gestein überleben können, stellte Dr. Buckland fest:

»... die Erklärung für diese Erscheinungen liegt meines Erachtens in den Lebensgewohnheiten dieser Kriechtiere und der Insekten, die ihnen als Nahrung dienen, beschlossen. Kaum nämlich hat die junge Kröte das Kaulquappenstadium durch-

Am Nachmittag des 24. September 1950 herrschte in der Main Street von Buffalo, NY, geheimnisvolles Dunkel

In einem Stein eingeschlossene mumifizierte Kröte

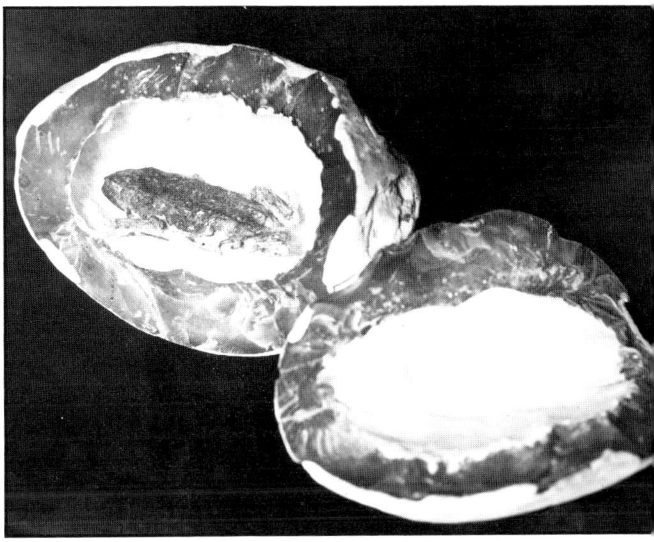

laufen und das Wasser verlassen, sucht sie in Höhlungen und Ritzen von Felsen und Bäumen Unterschlupf. Ein solches Tier, das durch eine sehr enge Öffnung in eine Höhlung gelangte und hier dank der Insekten, die gleichfalls gern in solchen Hohlräumen Unterschlupf suchen, einen reichgedeckten Tisch vorfindet, kann rasch so dick werden, daß es durch die enge Einlaßöffnung nicht mehr hinausgelangt. Ein so kleiner Spalt aber wird von Arbeitern, die ja als einzige bei ihrer Tätigkeit Höhlungen im Inneren von Stein und Holz freilegen, sehr leicht übersehen.«

Diese Erklärung dürfte mit einiger Sicherheit auf die mumifizierte Kröte zutreffen, die heute als wohl einziger Beweis für die Richtigkeit der Geschichten über »Lurche im Loch« im Museum von Brighton aufbewahrt wird. Sie war in einem von zwei Arbeitern in Lewes entdeckten, ungewöhnlich leichten Stein zum Vorschein gekommen und hatte seinerzeit großes Interesse wachgerufen. Tatsächlich hatten Forscher schon kurz nach der Entdeckung am einen Ende des Steins eine winzige, mit Kalk verstopfte Öffnung entdeckt, die zunächst niemand aufgefallen war.

Kugelblitze

Wäre es mit guter Beobachtung allein schon getan, so hätte die Wissenschaft das Problem der Kugelblitze längst geklärt, über die seit vielen Jahrhunderten zahllose Berichte aus erster Hand vorliegen. Den Augenzeugen zufolge bieten Kugelblitze einen furchterregenden Anblick: Oft taucht urplötzlich ein leuchtender Ball auf, bewegt sich geräuschvoll auf den Beobachter zu, versengt dabei gelegentlich Personen und Sachen und verschwindet vielfach nach einem heftigen Knall. Angeblich erlitt schon die bedauernswerte Diana von Poitiers (die Mätresse Heinrichs II. von Frankreich) in ihrer Hochzeitsnacht im Jahre 1557 durch eine sich rings um ihr Schlafgemach bewegende Flamme Verbrennungen. 1596 soll sich einem Bericht zufolge in der Kathedrale von Wells bei der Antrittspredigt eines gewissen Dr. Rogers der folgende Vorfall ereignet haben:

»Als er in seiner Predigt gemäß dem Texte, den er sich ausersehen, jedoch ohne zuvor ein Gebet zu sprechen, von Geistern und deren Eigenschaften zu handeln begann, kam nach einer Weile durchs Westfenster der Kirche ein dunkel und ungestalt Ding von der Größe eines Balles herein und lief auf der Kanzelseite die Wand entlang. Und plötzlich schien es zu zerbersten, wobei es ein ebenso schrecklich Getöse erregte, als wären hundert Kanonen zugleich abgefeuert worden; und mit dem brach schon unter Blitz und Donner das heftigste Ungewitter und Sturm los, als wäre die ganze Kirche in Flammen gestanden.«

Diese dramatischen Geschichten stellten die späteren Wissenschaftler vor ein Rätsel: Sie konnten sich nicht darüber klarwerden, ob es Kugelblitze gab oder nicht. Dabei war die ganze Angelegenheit vor dem wissenschaftlichen Zeitalter und seinen neuen Entdeckungen über das Wesen der Elektrizität im Grunde kein Problem gewesen: Die Menschen hatten Kugelblitze wie Donner oder Wolkenbrüche als Manifestationen eines unberechenbaren und oft feindseligen Universums hingenommen. Erst im 19. Jahrhundert konnten dann die mit der Erforschung der Elektrizität beschäftigten Wissenschaftler die neugewonnenen Erkenntnisse nicht mehr mit der Vorstellung eines Blitzes in Gestalt einer in sich abgeschlossenen Kugel in Einklang bringen. So stießen Berichte wie der folgende aus dem Jahre 1892 in den Forschungslabors der Welt meist auf Unglauben:

»... während sich eine Familie bei offenen Türen und Fenstern in einem Haus aufhielt, schien ein Feuerball vom Telegraphendraht zu hüpfen, durch die offene Tür und ein Fenster zu schweben und seinen Lauf ein paar Ruten weit über den freien Platz hinter dem Hause fortzusetzen. Ein Junge im Zimmer griff sich an den Daumen und schrie: ›Ich bin getroffen!‹, und Mr. Hewett verspürte eine Zeitlang in seinem linken Arm ein Reißen. Ein Mädchen packte ihr Halstuch und rannte hinaus, um dem Ball nachzujagen. Anschließend erzählte sie dann, sie sei der leicht dahinhüpfenden Kugel ein Stück weit gefolgt, bis sich diese ohne Explosion scheinbar in Luft auflöste ...«

In neuerer Zeit jedoch neigen viele Wissenschaftler zu der Ansicht, daß es Kugelblitze letztlich wohl doch gibt. Zu dieser Auffassung gelangte man nicht nur durch die ständig wachsende Zahl von Augenzeugenberichten. Das erweiterte Wissen auf den Gebieten der Meteorologie und der Plasmaphysik lieferte nun auch den Rahmen für die Untersuchung und Deutung des Problems.
Eine recht ungewöhnliche Manifestation des Phänomens wurde im August 1966 im kleinen

Bahn und Explosionspunkt eines Kugelblitzes, der um 2 Uhr nachts während eines Gewitters in Castleford, Yorkshire, auftrat (Aufnahme Roy Jennings)

schottischen Seebad Crail von mehreren Zeugen beobachtet. Mrs. Elizabeth Radcliffe kehrte an dem bewußten Nachmittag von einem Spaziergang auf dem Uferpfad heim. Sie berichtete:

»... bemerkte ich beim Aufschauen eine Art Licht, das sich augenblicklich in eine Kugel von Tennis- bis Fußballgröße verwandelte. Sie überquerte den Weg, von dessen Tönung sie etwas anzunehmen schien, schwebte weiter übers Gras, verfärbte sich grünlich und bewegte sich dann sehr rasch auf ein Café zu, wo sie explodierte.«

Im Café selbst stand um diese Zeit Mrs. Evelyn Murdoch in der Küche, um für die Gäste zu kochen:

»Im Lokal herrschte, wie gewohnt, reges Treiben. Mit einemmal ging ein fürchterliches Getöse los. Es waren unheimlich krachende Geräusche, die lauter und lauter wurden. Als ich zum Küchenfenster hinausschaute, sah ich, wie die Leute kreischend und schreiend über den Strand eilten, während der Lärm immer mehr anschwoll. Und dann tat es mit einemmal einen entsetzlichen Knall, daß die ganze Bude wackelte, und ein unheimlich heller Lichtschein erfüllte die Küche. In meinem ganzen Leben habe ich so was noch nicht gesehen ...

Die Gäste stürzten alle ins Freie, selbst ein Mann mit Holzbein, der immer am Tisch gleich neben der Theke sitzt, war mit den anderen verschwunden.«

Später entdeckte Mrs. Murdoch, daß die dicke Gußeisenplatte des großen Herdes in der Mitte geborsten war. Ihre Tochter, Mrs. Jean Meldrum, die sich zum fraglichen Zeitpunkt gleichfalls im Strandcafé aufhielt, hatte ihren kleinen Sohn im Kinderwagen draußen abgestellt. Als das sonderbare Geräusch anschwoll, rannte sie los, um ihn zu retten und sah dabei den Feuerball:

»Er war in der Mitte leuchtend orangerot und außen herum strahlend weiß und rollte geradewegs die Wand entlang. Dann erreichte er das Fenster, und als ich aufstand, um zu sehen, was los war, kam das Ding durchs Fenster, schlug ein paarmal gegen meine Brust und war verschwunden.«

Auf einem nahe gelegenen Campingplatz führte Mrs. Kitty Cox gerade ihre beiden Hunde spazieren:

»Plötzlich tat es einen ungeheuren Donnerschlag, und dann hörte ich vom Grundstück direkt gegenüber lautes Kreischen und sah Kinder wegrennen. Und schon tauchte vor mir diese zischende Kugel auf, die ein 5–8 cm breites, kupferfarbenes Band hinter sich herzog. Meine Hunde bekamen es mit der Angst zu tun, während ich dieses zischende Ding in höchstem Tempo vorbeischwirren und direkt im Meer verschwinden sah.«

Aus Amerika kommt die ungewöhnliche Geschichte von Clare Greenlee und ihrem Gatten, die einen orangerötlichen Kugelblitz durch die Schutzwand ihres betonierten Innenhofes in Crystal River, Florida, schießen sahen. Als die basketballgroße Kugel am Boden dahinrollte, hieb Mrs. Greenlee mit einer Fliegenklappe, die sie zufällig in der Hand hielt, auf sie ein. Darauf explodierte der Ball mit einem Krachen, wie wenn eine Schrotflinte abgefeuert wird. »Das dürfte der Fliege den Rest gegeben haben«, meinte Clare Greenlees Nachbarin, Mrs. Riggs.

Dieses Loch (hier in natürlicher Größe) in einem Fenster des Meteorologischen Instituts der Universität Edinburg wird auf einen Kugelblitz zurückgeführt

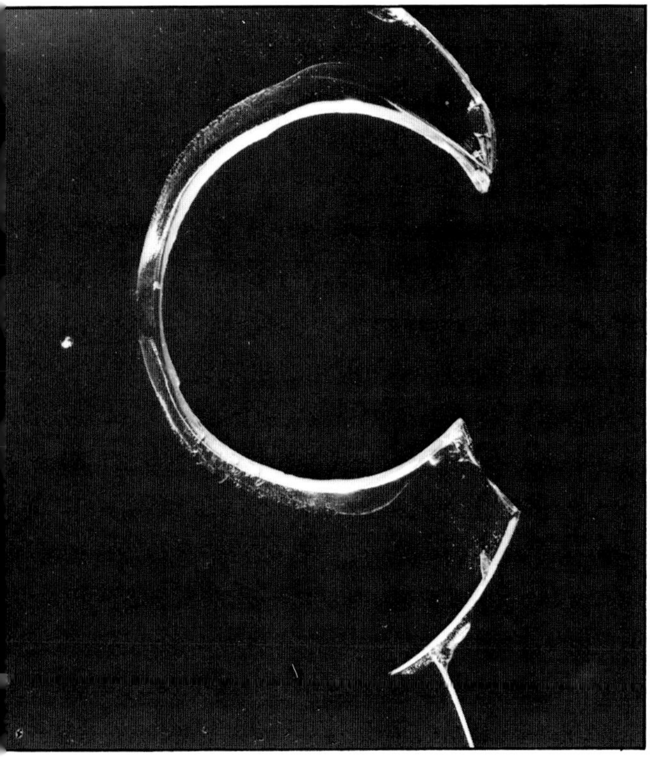

Als im afrikanischen Staat Kamerun Mrs. Joyce Casey eines Nachts im Jahre 1960 in ihre Küche ging, kam »ein Ding wie ein Autoscheinwerfer« den Gang entlang auf sie zugesaust, bog aber unmittelbar vor ihr ab, flog ins Bad und verschwand im Gully des Waschbeckens.

Inzwischen hat auch eine zunehmende Zahl von Wissenschaftlern Kugelblitze oder doch zumindest deren Auswirkungen beobachten können. Ein Beispiel dafür ist jenes Loch, das man nach einem Unwetter in einem Fenster des Meteorologischen Instituts der Universität Edinburg entdeckte und, da die Scheibe auf der Innenseite Schmelzspuren aufwies, auf dieses Phänomen zurückführte.

Eine der genauesten Beobachtungen gelang unter ungewöhnlich beunruhigenden Umständen im März 1963 Professor R. C. Jennison vom Elektronik-Labor der Universität Kent. Wie der Wissenschaftler in *Nature* berichtete, saß er bei einem Nachtflug der Eastern Airlines von New York nach Washington im vorderen Teil des Fluggastraums, als die Maschine in einen heftigen magnetischen Sturm geriet. Wenige Sekunden nach einer »plötzlichen hellen und lauten elektrischen Entladung« tauchte, wie Professor Jennison schreibt, »aus der Pilotenkabine eine glühende Kugel von gut 20 cm Durchmesser auf und schwebte ungefähr 50 cm von mir entfernt in gleichbleibender Höhe und Richtung den Gang hinunter«.

Des Professors Beobachtung erschüttert u. a. die weitverbreitete These, Kugelblitze seien nichts weiter als optische Täuschungen, »Nachbilder« gewöhnlicher Blitze auf der Netzhaut. Denn nach Jennisons Darstellung wurde die Kugel noch von einer zweiten Person gesichtet, »einer verängstigten Stewardeß, die auf der gegenüberliegenden Seite weiter hinten angeschnallt auf ihrem Sitz saß. Sie sah die Kugel weiterschweben und am Ende des Gangs im Bereich der Toilette verschwinden.«

Kugelblitze wurden auch schon photographiert. Doch die Wissenschaftler begegnen diesem Bildmaterial mit Vorbehalten, da ihrer Ansicht nach leicht eine Verwechslung mit anderen Lichtphänomenen möglich ist. Ein Mann jedoch hat eine kugelblitzähnliche Erscheinung sogar auf 16-mm-Film gebannt: der gebürtige Engländer und heutige amerikanische Staatsbürger Professor James Tuck. Er arbeitete im Laufe seiner glanzvollen

Karriere zunächst als wissenschaftlicher Chefberater von Winston Churchills Kollegen Lord Cherwell und beteiligte sich dann im Rahmen des Manhattan Project am Bau der ersten Atombombe in Los Alamos. In dieser Stadt, in der er heute noch lebt, nahm der Wissenschaftler ein Experiment in Angriff, um Kugelblitze unter Laborbedingungen zu untersuchen – etwas, was schon viele Forscher vergeblich versucht haben.

Wie Professor Tuck erfuhr, traten Kugelblitze gelegentlich in U-Booten bei falscher Bedienung der Batterie-Schaltanlage auf: Machte man einen Fehler, sollten angeblich Feuerbälle aus dem rückwärtigen Teil der Anlage entweichen und den ungeschickten U-Boot-Männern zuweilen die Beine versengen. Tucks Bemühungen, das Phänomen direkt an Bord eines U-Bootes zu erforschen, scheiterten. Dafür entdeckte er in Los Alamos eine U-Boot-Batterie im Wert von 2 Millionen Dollar, die für ein anderes Forschungsvorhaben angeschafft worden war und nun unbenutzt herumstand. Nachdem Tuck die Genehmigung eingeholt hatte, mit ihr zu arbeiten, führte er mit Kollegen in den Mittagspausen und auch außerhalb der offiziellen Arbeitszeit eine Reihe von Experimenten durch.

Doch obwohl James Tuck und seine Helfershelfer etliche gewaltige elektrische Entladungen herbeiführten, gelang es ihnen nicht, etwas Kugelblitzähnliches zu erzeugen. So verstrichen Monate, bis man sie schließlich drängte, ihre Experimente zum Abschluß zu bringen, da man das Batteriegebäude zugunsten eines anderen Forschungsprojektes abzureißen gedachte. Als draußen schon die Planierraupen bereitstanden, faßten die Wissenschaftler, die fast alles Erdenkliche versucht und dennoch keinen Kugelblitz zustande gebracht hatten, in letzter Sekunde einen verzweifelten Entschluß: In der Hoffnung, ihr Ziel durch Anreicherung der Atmosphäre rings um den Schalter vielleicht doch noch zu erreichen, bauten sie eine kleine Cellophanbox und bliesen Methan in niedriger Konzentration hinein. Obwohl sie das Gemisch auf Grund der geringen Gasmenge für nicht feuergefährlich hielten, gingen sie bei der Bedienung des Schalters doch vorsichtshalber hinter Sandsäcken in Deckung. Zum Glück, denn mit einem Donnerschlag bildete sich eine Flammenwand, während gleichzeitig das Dach des Gebäudes in die Luft flog.

Mehr blieb den Wissenschaftlern von ihrem letzten Versuch nicht im Gedächtnis. Doch als der von zwei Kameras unter verschiedenen Winkeln aufgenommene Film vom Entwickeln zurückkam, entdeckten sie, was sich sonst noch abgespielt hatte: Auf etwa 100 Aufnahmen nämlich war ein Lichtball von etwa 10 cm Durchmesser zu erkennen, der nach Professor Tucks Ansicht keinesfalls auf Defekte im Film oder Nachlässigkeiten beim Entwickeln zurückgehen kann. Von welcher Art die Erscheinung letztlich ist, kann auch er nicht mit Sicherheit sagen, doch könnte es sich seiner Ansicht nach durchaus um ein kugelblitzähnliches Phänomen handeln.

Im Bestreben, die Merkmale der Kugelblitze zu klassifizieren, hat James Tuck inzwischen verschiedene potentiell wichtige Faktoren zusammengetragen. So vermerkte er z. B., daß sich die Erscheinung in der Regel im Anschluß an einen gewöhnlichen Blitz vollzieht und daß der Ball durchschnittlich einen Radius von 15 cm aufweist, meist gelb bis rot getönt, nicht sonderlich heiß ist und häufig ein zischendes Geräusch erzeugt.

Vielleicht läßt sich aus diesen Merkmalen eines Tages eine für die Mehrzahl der Wissenschaftler annehmbare Theorie ableiten. Tuck selbst führt Kugelblitze am ehesten auf eine chemische Reaktion zurück. Doch es wimmelt in der Fachliteratur auch von anderen Deutungen: von »Antimaterie-Meteoriten« bis zur vielfältig abgewandelten These von der optischen Täuschung. So ist trotz der ständig größer werdenden Liste der aus zuverlässigen Augenzeugenberichten abgeleiteten Merkmale auch heute noch so gut wie alles offen. Doch viele Wissenschaftler haben in zunehmendem Maße die Zuversicht, eines Tages für die Kugelblitze eine befriedigende Erklärung zu finden.

Die schrittweise Anerkennung des Wirklichkeitscharakters eines Phänomens, wie wir sie derzeit beim Kugelblitz erleben, ist in der Geschichte der Wissenschaft nichts Neues. So ist es für uns heute erstaunlich, daß die Existenz von Meteoriten einst energisch bestritten wurde, und daß man darüber in der französischen Königlichen Akademie der Wissenschaften hitzig debattierte. Die Gelehrten konnten einfach nicht glauben, daß Steine vom Himmel stürzen sollten. Zwar waren ihnen Meteore ebenso vertraut wie die sonderbaren »Donnerkeile«, die wiederholt auf französischem Boden niedergegangen waren. Doch sie stellten mangels ausreichender Beobachtungen und einer einleuchtenden wissenschaftlichen Theorie zwischen den beiden Erscheinungen kei-

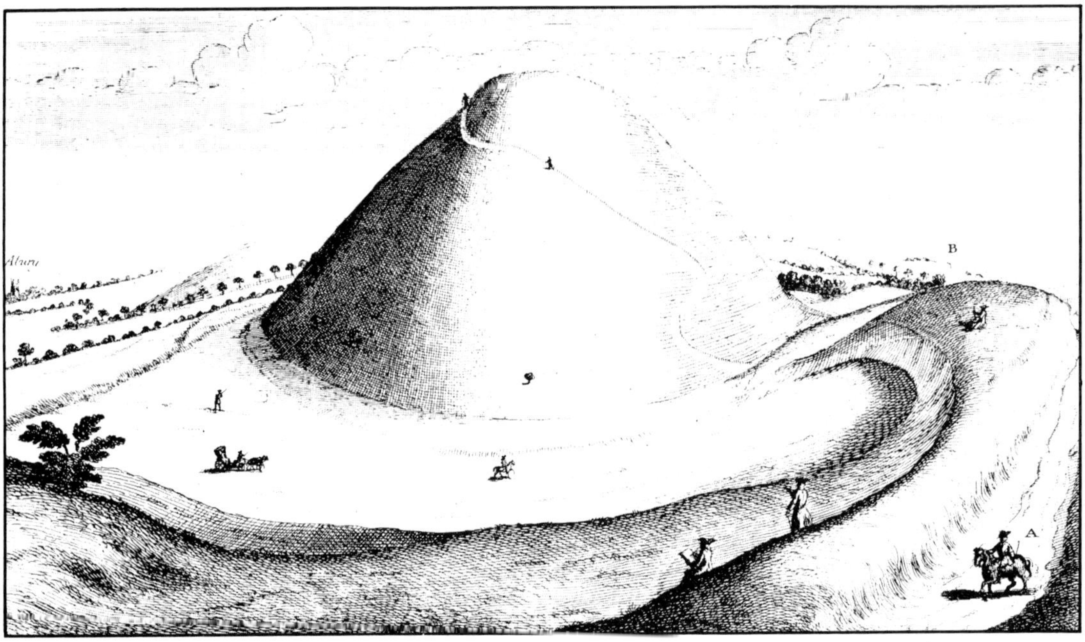

Silbury Hill nach einer Zeichnung des Altertumsforschers William Stukeley (18. Jahrhundert). Der seltsame künstliche Erdhügel wurde vor 4500 Jahren aufgeführt

ne Verbindung her. Erst als der angesehene deutsche Physiker Ernst Chladni die Existenz von Meteoriten als gegeben voraussetzte, nahm man sie seitens der Wissenschaft ernst genug, um Beobachtungen durchzuführen. Kaum aber hatte sich diese neue Einstellung durchgesetzt, folgte auch schon die Bestätigung, daß Meteoriten tatsächlich vom Himmel fallen.
Viele der in diesem Buch aufgeführten Rätsel könnten denselben Prozeß durchlaufen. Im Augenblick hält die Schulwissenschaft Phänomene wie UFOs, Yetis und Seeungeheuer für höchst unwahrscheinlich. Doch sie nahm einst auch den Meteoriten und bis vor kurzem den Kugelblitzen gegenüber eine ähnliche Haltung ein. Und da sich ein Gutteil der in unserem Zusammenhang erwähnten Rätsel und Geheimnisse mit Sicherheit genauer erforschen läßt, könnten sich eines Tages auch plausible Erklärungen für die geheimnisvollen Lebewesen oder unbekannten Flugobjekte finden.

Rätselhafte Erdhügel

Letztlich könnten sich jene Rätsel als die unlösbarsten erweisen, für deren Existenz wir eindeutige Beweise besitzen. So werden wir trotz aller wissenschaftlichen Methoden und Hilfsmittel nie herausfinden, welche Gedanken und Absichten jene Menschen hatten, von deren viele Jahrhunderte zurückliegenden Kulturen seltsame Überreste erhalten geblieben sind. Da ist z. B. Englands rätselhafteste Anlage, Silbury Hill, ein vor 4500 Jahren aufgetürmter, riesiger künstlicher Erdhügel. Seine Basis erstreckt sich über 2 ha, und da sein Volumen 36 Millionen Körben Kalk entspricht, dürfte seine Aufschüttung 10 Jahre lang den pausenlosen Einsatz von 500 Leuten erfordert haben. Seither ragt diese an eine umgedrehte Puddingform erinnernde Erhebung in einer Senke an der alten Landstraße von London nach Bath in nächster Nähe des großen Steinkreises von Avebury auf.
Viele frühe Besucher deuteten Silbury Hill als eine Art Grabhügel, während andere Schätze in ihm vermuteten. 1776 grub man einen Schacht vom Scheitelpunkt bis zur Hügelmitte, 1849 trieb man einen Tunnel gleichfalls bis in die Mitte vor, und 1968 stießen die Archäologen durch einen mit Hilfe moderner Bergbautechniken kunstvoll konstruierten Tunnel erneut ins Hügelinnere vor. Diese und andere Grabungen kleineren Umfangs ergaben, daß der Hügel in großen Etappen aufgeführt worden war und daß seine Erbauer, peinlich darauf bedacht, ihr Werk vor dem Einsturz zu bewahren, als eine der ersten Maßnahmen auf dem Bauplatz einen Zaun errichtet hatten.
Darüber hinaus jedoch fand sich weder ein Schatz noch ein Hinweis auf eine Begräbnis- oder

Der Great Serpent Mound in Adams County, Ohio, um dessen Erforschung sich der berühmte amerikanische Archäologe F. W. Putnam mühte

Gedenkstätte. So wissen wir trotz aller Bemühungen noch immer nicht, zu welchem Zweck Silbury Hill einst errichtet wurde.

Auch die Neue Welt hat ihre Frühgeschichte, die nur widerstrebend ihre Geheimnisse preisgibt. Über den ganzen Kontinent verstreut finden sich im offenen Land am Rand der großen Autobahnen die drohend aufragenden Relikte alter Kulturen, die lange vor Kolumbus ihre Blütezeit erlebten. Vielfach handelt es sich dabei um Erdhügel von so gewaltigen Ausmaßen, daß die frühen Siedler, die der eingeborenen Indianerbevölkerung solche Werke nicht zutrauten, sie auf eine edlere Rasse, die sogenannten »Mound Builders« (Hügelbauer) zurückführten. Nach Meinung der einen sollen es umherziehende Dänen oder Waliser gewesen sein, nach Ansicht der anderen gar Flüchtlinge aus dem versunkenen Atlantis. Heute wissen wir, daß die Mounds trotz allem auf die alten Indianerstämme zurückgehen, die sie teils als Grabstätten für ihre Toten, teils als Plattformen für ihre großen Tempelanlagen aufführten.

Im September 1883 richtete F. W. Putnam, einer der Väter der amerikanischen Archäologie, seine Aufmerksamkeit auf einen anderen rätselhaften Anlagentyp aus alter Zeit, die sogenannten »Effigy Mounds« (Bildnishügel). Sie haben sich teilweise bis heute erhalten und bestehen aus Erdaufschüttungen in Form von Vögeln und anderen Tieren. Putnam besuchte in jenem Herbst den bedeutendsten, den Great Serpent Mound in Adams County, Ohio. Er hat seine ursprüngliche Form bewahrt und windet sich schlangenförmig auf einer Länge von 365 m über einen Höhenrücken oberhalb eines Flüßchens. Der Schwanz dieser Schlange ist zur Spirale eingerollt, ihr Körper gewunden, als wollte sie zubeißen. Am sonderbarsten jedoch mutet der Kopf des Reptils an, das mit aufgerissenem Rachen ein Ei zu verschlingen scheint. Wie viele Besucher nach ihm – der Serpent Mound bildet heute den Mittelpunkt eines Nationalparks – fühlte sich der im Einspänner angereiste Putnam nach dem beschwerlichen Aufstieg auf den steilen Hang beim ersten Anblick der Schlange überwältigt. Wie er später schrieb:

»Ein höchst eigentümliches Gefühl der Ehrfurcht und Bewunderung ergriff mich, als mein lange gehegtes Verlangen plötzlich in Erfüllung ging, denn hier lag das geheimnisvolle Werk eines unbekannten Volkes vor mir, in dessen Allerheiligstes wir offenbar vorgedrungen waren.«

Obwohl Amerikas Archäologen im 19. Jahrhundert nicht zuletzt dank Putnam große Fortschritte in der Interpretation der Vergangenheit ihres Landes erzielt hatten, war es ihnen nicht gelungen, den wahren Zweck der Effigy Mounds zu entschlüsseln – ein Übelstand, dem Putnam abzuhelfen beschloß:

»Gegen eine der riesigen Windungen dieser gigantischen Schlange gelehnt, sann ich, während die letzten Strahlen der Sonne von den fernen Höhenrücken ihre langen Schatten übers Tal warfen, über die Vergangenheit nach. Und während ich so das Wahrscheinliche zu ergründen versuchte, stieg vor mir ein Bild wie aus ferner Zeit auf, das Bild eines Volkes mit fremdartigen Sitten und Gebräuchen, und zugleich verspürte ich das Verlangen, dies Geheimnis zu deuten, das Unbekannte zu entschlüsseln!«

So faßte Putnam den Beschluß, zu einem späteren Zeitpunkt nach Ohio zurückzukehren und das Rätsel des Great Serpent Mound mit der Standardmethode der Archäologie, nämlich mittels Ausgrabungen, ein für allemal zu lösen. Doch obwohl er mehrere Schnitte durch die Schlange legte und in den Erdaufschüttungen ringsum gleichfalls Grabungen durchführte, war seine Ausbeute enttäuschend dürftig: In der Schlange selbst fand sich so gut wie nichts, und die in ihrer unmittelbaren Umgebung zutage geförderten Steinwerkzeuge, Feuersteinmesser und Skelette verrieten lediglich, daß die Indianer an dieser Stelle einst eine beträchtliche Aktivität entfaltet haben mußten. Nichts aber brachte Putnam dem Ziel näher, von dem er bei seinem ersten Besuch auf dem Mound bei Sonnenuntergang geträumt hatte: nämlich eine Antwort auf die Frage zu finden, warum vor so langer Zeit in diesem abgelegenen Landstrich ein Erdhügel in Form einer riesigen Schlange entstanden war. Dies hielt ihn jedoch keineswegs davon ab, Spekulationen über ihren Zweck anzustellen und in seiner Phantasie die Landschaft mit Stämmen zu bevölkern, die an diesem Heiligtum ihre Andachtsübungen verrichteten: Wo die herkömmlichen Forschungsmethoden versagen, kommt endlich die Spekulation als ergötzlichster Aspekt der Geheimniserforschung zu ihrem Recht. Denn der Wissenschaft sind Grenzen gezogen, der Phantasie dagegen nicht.

Arthur C. Clarke meint dazu:
Dieses Schlußkapitel ist, um es ohne Umschweife zuzugeben, nichts weiter als ein Sammelsurium von einigen der bei unseren Nachforschungen angefallenen unklassifizierbaren Fragmente. Darüber hinaus hätten wir noch viele andere aufführen können, denn der Katalog der geheimnisvollen Vorfälle, seltsamen Erscheinungen und archäologischen Rätsel ist unerschöpflich. Gewiß werden auch wir unseren Nachfahren durch so manche Hinterlassenschaft Kopfzerbrechen bereiten. Warum, so werden sie sich fragen, buddelten Amerikaner und Russen diese mysteriösen Löcher in den Boden und verschlossen sie, wie gigantische Falltürspinnen ihre Wohnröhren, mit schweren Metalldeckeln? Was ging in den auf Film gebannten Rockkonzerten wirklich vor – handelte es sich dabei vielleicht um religiöse Zeremonien? Existierten Charlie Chaplin, James Bond, David Frost, Tarzan und Stalin tatsächlich oder sind sie lediglich Phantasiegestalten?
Es erscheint mir angebracht, an dieser Stelle einige abschließende Bemerkungen zum Thema *Rätsel und Geheimnisse* zu machen. In der Einleitung teilte ich sie nach dem Grad unseres Verständnisses ein, das von totaler Unwissenheit bis zum vollkommenen Begreifen reicht – womit das Geheimnisvolle natürlich entschwindet.
Daneben aber lassen sich Rätsel auch nach ihrer Bedeutung klassifizieren. Manche – wie das der wandernden Steine – sind ziemlich belanglos. Obwohl interessant, werden sie aller Wahrscheinlichkeit nach weder zum Wohlergehen der Menschheit noch zur Erweiterung unseres Wissens vom Universum beitragen, während andere möglicherweise die Voraussetzungen zur Veränderung unserer Welt in sich bergen.
UFOs könnten in letztere Rubrik fallen, auch wenn ich dies persönlich bezweifle, und ebenso paranormale Phänomene, denen ich meinen Roman *Childhood's End* gewidmet habe. Das Rätsel aber, für dessen Lösung ich das meiste Geld aufwenden würde, sind Kugelblitze.
Wir leben auf einem festen Planeten, befahren seine Meere, atmen seine Luft. Die meiste

Materie im All aber befindet sich nicht in einem der drei uns vertrauten Aggregatzustände fest, flüssig oder gasförmig. Sie ist ein sogenanntes Plasma – d. h. ein ungeheuer heißes, elektrisch leitendes Gasgemisch –, der Stoff der Sterne und der bei Atomexplosionen entstehenden Feuerbälle.

Auch bei den Kugelblitzen könnte es sich vielleicht um kleine Plasmamengen handeln, die durch irgendeinen Trick der Natur auf die Erde gelangen.* Falls wir die sie steuernden Naturgesetze herausfinden könnten, hielten wir vielleicht den Schlüssel zur ewigen Macht in Händen. Denn die Wissenschaftler hoffen, die bei der Kernfusion freigesetzte Energie eines Tages in ein kontrollierbares Plasma überführen zu können.

Doch ob wichtig oder nichtig, leicht zu lösen oder völlig unlösbar – Rätsel machen in erster Linie *Spaß.* Auch wenn sie nur Scherze der Natur darstellen, steigern sie unsere Freude an dem wunderbaren Universum rings um uns – eine Freude, von der meine Kollegen und ich Ihnen hoffentlich etwas vermitteln konnten.

Vielleicht können wir dadurch zur Lösung einiger dieser Rätsel beitragen, daß wir sie einem breiten Publikum präsentieren. Sollten wir auf zehn Prozent eine Antwort finden, wäre ich hocherfreut – und überrascht.

Doch selbst wenn wir auf alle hundert Prozent eine Antwort bekämen, wären die Geheimnisse dieser Erde damit noch lange nicht ausgeschöpft ...

* Kugelblitze scheinen bevorzugt in Höhenlagen aufzutreten. Als ich einmal zu J. B. S. Haldane sagte: »Soviel ich weiß, hat Ihr Vater auf dem Pike's Peak (einem 4300 m hohen Berg in Colorado) einige Versuche mit Kugelblitzen angestellt«, entgegnete er: »Nein, umgekehrt« – mehr war aus ihm nicht herauszubringen.

Danksagung

Die in diesem Buch geschilderten Phänomene wären noch rätselhafter, hätte sich nicht eine Gruppe von Mitarbeitern aus aller Herren Ländern intensiv mit ihnen befaßt. Sie haben, wenn nicht ihr Leben, so doch jedenfalls viel Phantasie für die jeweilige Aufgabe eingesetzt, ob diese nun, wie im Falle Theo Browns, in der Verfolgung der »Teufelsspuren« quer durch die englische Landschaft oder, wie bei Jim Woodman, in dem halsbrecherischen Abenteuer bestand, im Ballon über dem peruanischen Nazca aufzusteigen, um die geheimnisvollen, dort verewigten Linien aufzunehmen.

In dem durch strengste Sicherheitsmaßnahmen abgeschirmten Atombomben-Hauptquartier Los Alamos in New Mexico sprengte Professor James Tuck bei der Erforschung des Geheimnisses der Kugelblitze mutig ein Dach in die Luft. Tim Dinsdale hängte nach der mittlerweile zwanzig Jahre zurückliegenden ersten Begegnung mit dem Loch-Ness-Ungeheuer prompt seinen Beruf an den Nagel, um nur noch diesem Rätsel nachzuspüren. Nicht vergessen sei auch der Mann aus Kanada, der auf der Fährte der niederregnenden Fische und der geheimnisvollen Explosionen per Bus landauf, landab reist, ebenso Dr. Krinow, dem bei der Erforschung der großen sibirischen Explosion eine Zehe abfror, oder Professor Roy Mackal aus Chicago, der den dichtesten Kongo-Dschungel auf der Suche nach einem lebenden Dinosaurier durchkämmte.

Sollten jemals Raumschiffe aus dem All Kontakt zu uns Erdenbürgern suchen, so finden sie zumindest Ray Stanford aus Austin, Texas, samt zugehöriger Hardware im Wert von mehreren hunderttausend Dollar in Bereitschaft.

Und sollte es Bigfoot eines Tages einfallen, seine Schritte über das Kaskadengebirge hinauszulenken, so wartet Dr. Grover Krantz, der nie ohne geladenes Gewehr durch die Gegend fährt, auf ihn.

Von Professor Michael O'Kelly, der mutterseelenallein in der Finsternis einer irischen Nacht ausharrt, um seine Theorien über das älteste Bauwerk der Welt zu beweisen, bis zu Aubrey Burl, der im Mondschein neben dem alten schottischen Steinkreis von Castle Fraser von Tod und Opfern träumt, – immer waren es der Scharfblick und die Phantasie begeisterter Einzelner, die uns bei unseren Nachforschungen weiterhalfen.

Wie der Nobelpreisträger Richard Feynman einmal bemerkte, »tut es dem Geheimnis keinen Abbruch, wenn man ein wenig darüber weiß«. Was wir aber wissen, verdanken wir jenen Männern und Frauen, die nicht nur ihr Ansehen, sondern oft genug auch ihr Leben und ihre Gesundheit aufs Spiel setzten, um die dunkleren Bereiche der Natur und der Menschennatur aufzuhellen.

Simon Welfare und John Fairley

Verfasser und Verleger danken Victor Gollancz Ltd. für die freundliche Genehmigung, einen Auszug aus Arthur C. Clarkes *The View from Serendip* und *Rendezvous with Rama* abzudrucken; Ernest Benn Bros., Ltd., London und der St. Martin's Press Inc., NY, für den Auszug aus den *Complete Short Stories* von H. G. Wells; Paul Elek Ltd. für den Auszug aus *Danger My Ally* von F. A. Mitchell-Hedges.

Außerdem möchten die Verfasser auch ihren Kollegen vom Fernsehsender Yorkshire, insbesondere John Fanshawe und Michael Deakin, an dieser Stelle danken.

Die Wiedergabe der (mit Seitenangabe aufgeführten) Abbildungen erfolgte mit Genehmigung von:

Aerofilms 87; Frederick Aldrich 72; K. M. Andrew 61; American Research Foundation 25 l.; Associated Press 175, 205 o.; BBC Hulton Picture Library 53, 142, 197; Bettmann Archiv 200; Chris Bonington/Bruce Coleman GmbH 18; Janet und Colin Bord 59; Brighton 205 u.; Paul und Lena Bottriell 137 o.; British Museum/Aldus Books 32; British Tourist Authority 84; Cambridge University Collection 119; Camera Press, *hinteres Vorsatzblatt;* Bruce Coleman GmbH 17 o., 31, 86; Robin Constable 6, 35 l., 35 r., 91; Eric Crichton/Bruce Coleman GmbH 123; Crown copyright reserved 89; Crown copyright. Science Museum 66 r.; Lester Davies 17 u.; Devon and Exeter Institution 47 u. r.; Tim Dinsdale 111, 112; Francisco Erize/Bruce Coleman GmbH 145; Robert Estall 90, 97, 119 o., 125; Express Newpapers 109 u.; Fortean Picture Library 23 u., 25 o. r., 27, 33, 39, 45, 79, 113, 114, 173, 181 u.; Arlene Gaal 105; Gamma/Hermann 152; Dr. Georg Gerster/John Hillelson Agency 128, 129, 130, 211; Richard Griffiths 43; Jack B. Hartung/N.A.S.A. 187 o.; aus Hughes ›Scouring of the White Horse‹ 1859, 121; Lord Hunt 13; The Illustrated London News 55 u., 56, 57, 125, 203; Roy Jennings/Frank W. Lane 207; Kyodo News Enterprise Co. 107; Lowell Observatory, Flagstaff 192, 194; M.E.P.L. 68, 76, 210; Macmillan (Australien) 146; Mansell Collection 73, 78; John Massey-Stewart 150, 165 u.; Edwin Mickleburgh/Ardea 95; W. G. Miller 126; Pat Morris/Ardea 137 u.; Tony Morrison 131; Musée de L'Homme, Paris 55 o.; Museum of Mankind 50; National Museum of Ireland 44; Naval Ocean Systems Center 70 o.; Novosti 149 u.; Veronica Papworth 37; Patterson/Gimlin (c) 1968 Dahinden 24; Pelizaeus-Museum, Hildesheim 63; Photri 184, 198 o.; Bernard Pickard 123 o.; Popperfoto 15 u., 19, 109 o., 162, 171 o., 181 o.; Rainbird Picture Library 41, 64 l., 64 r., 80, 141, 143, 155 u., 158, 159, 160, 163, 171 u. r., 175 u., 187 u.; Slavomir Rawicz/William Tschernezky 28; Bernard Regent/Alan Hutchinson Library 69; G. R. Roberts 120; Roger-Viollet 188; Ann Ronan Picture Library 71, 77, 85; Royal Commission on the Ancient and Historical Monuments of Scotland 62; Royal Geographical Society 17 M.; Royal Scottish Museum 81; Scala, Florenz 197 o.; Philippa Scott/N.H.P.A. 149 o.; Scottish Tourist Board 93 r.; Myra Shackley 30; Ian Shepherd 58; Derek de Solla Price 65, 66; Sovfoto 165 o.; Space Frontiers/N.A.S.A. 157, 168, 177, 191, 198; Spectrum 15 o.; St Augustine Historical Society 75; Sunday Times 96; Syndication International 100, 108; Kojo Tanaka/Animals Animals/O.S.F. 138; Ron und Valerie Taylor/Ardea 70 u.; R. Thompson/Frank W. Lane 179; The Times 140; Topix 103; Torquay Natural History Society 46 l., r. o.; Universal Pictorial Press 171 u. l.; University of Edinburgh 208; U.S.-Innenministerium 189; Wolfang Volz 133; Ralph Wetzel 139; Don Whillans, *vorderes Vorsatzblatt,* 12; J. S. Whyte 21; Jim Woodman 116, 132; Yorkshire Television 93 l., 98, 110.

Register